아웃랜더 1

Outlander
Diana Gabaldon

아웃 랜더 1

Outlander
Diana Gabaldon

다이애너 개벌든 지음
오현수 옮김

현대문화센타

항상 사람들은 실종된다.

어느 경찰에게든 물어보라.

아니, 차라리 기자에게 물어보는 편이 낫다.

실종 사고와 기자의 관계는 실과 바늘 사이이니까.

젊은 아가씨들은 가출을 한다.

어린아이들은 부모와 떨어져 두 번 다시 못 만난다.

가정주부들은 참다못해 반찬 살 돈을 가지고

역으로 달려간다.

국제적인 금융인들은 이름을 바꾸고

수입산 시가 연기 속으로 사라진다.

하지만 그들 대부분은 살아서건 죽어서건 발견되기 마련이다.

무엇보다 실종에는 그 원인이 있기 때문이다. 대개는…….

<제목차례>

다이애너 개벌든을 소개하면서 절대로 빼놓을 수 없는 특징을 세 가지만 든다면 다음과 같다.

첫째, 하나의 역사적인 사건을 전후로 하여 사실과 픽션을 교묘하게 결합한 탁월한 작가주의적인 상상력.

둘째, 거의 모든 장르에서 시리즈물의 성공을 좌우하는 핵심 중 하나인 상업성을 철저하게 지향하는 프로 대중 소설가.

셋째, 비단 남녀주인공뿐 아니라 그 역할이 미미한 인물에 이르기까지 애정을 갖고 독특하며 친근감 있는 개성과 과거를 부여하는 창조력.

여기에 한 가지를 덧붙인다면 남녀사이의 아주 미묘하고 소소한 심리까지 놓치지 않고 가끔은 눈물을, 다음에는 웃음을 곁들여 애증의 드라마를 구수하게 풀어나가는 필력이 보통이 아니라는 것이다.

이 '아웃랜더'는 정말 재미있고 자신 있게 추천할 수 있는 작품으로 독자들의 열에 아홉은 후속작을 찾으리라 확신한다. 하지만 『Dragonfly in Amber』 『Voyager』 『Drums of Autumn』는 모두 천 쪽이 넘는 대작이므로 번역소설 시장이 갈수록 위축되는 우리나라에서 과연 소개될 수 있을지 미지수이다. 아무쪼록 많은 성원과 관심을 부탁드린다.

마지막으로 스코틀랜드는 토니 블레어 수상이 이끄는 노동당의 집권을 계기로 작년에 웨일즈 및 북아일랜드와 더불어 오랜 숙원이었던 분리자치권을 따냈으며 올해부터 본격적인 시행에 들어간다. 부디 이번 천년에는 무력과 폭력을 매개로 한 지배와 피지배가 사라지길 기원한다.

2000년 1월 오현수

제1장

1945년, 인버네스

1. 새로운 시작

누구든지 쥐도 새도 모르게 실종됨직한 장소가 아니었다. 최소한 첫눈에는 그랬다. 베어드 부인네는 1945년 하일랜드의 무수한 숙박업소와 별 다를 게 없었다.

바랜 꽃무늬 벽지, 반들거리는 바닥, 그리고 유료 온수 가열기가 설치된 세면장이 청결하고 한적한 분위기를 자아내는 그런 곳이었다. 베어드 부인은 펑퍼짐하고 인심 좋은 아낙으로, 프랭크가 수십 권의 책과 서류들을 아담하고 화사한 응접실에 어질러놓아도 싫은 내색을 비치지 않았다.

나는 나가는 길에 현관에서 베어드 부인과 정면으로 마주쳤다. 부인은 오동통한 손으로 내 팔을 잡으며 머리채를 가리켰다. "랜들 부인, 이런 꼴로 외출하면 안 돼요! 내 핀을 빌려드릴게요. 자, 보세요, 한결 낫잖아요. 내 사촌 말로는 신식 파마가 꿈처럼 아름답고 흐트러지지 않는답니다. 당신도 그 머리 모양을 해보세요."

나는 결코 게을러서 뻗친 연갈색 갈기를 방치한 게 아니라, 죽어도 말을 듣지 않기 때문에 생긴 대로 산다는 사연을 생략했다. 베어드 부인처럼 고분한 천연 파마를 타고난 사람의 귀에는 어차피 변명처럼 들릴 테니까.

"예, 꼭 해볼게요, 베어드 부인."

나는 천연덕스럽게 거짓말을 했다.

"프랭크를 만나려고 마을로 나가려던 참이에요. 차 시간에 맞춰서 돌아오겠어요."

더 이상 흐트러진 매무새를 검열당하기 전에 허둥지둥 밖으로 도망쳤다. 영국군 간호사로 4년을 보낸 마당이라 단조로운 유니폼과 보급품을 기꺼이 벗어 던지고 히스 황야에 부적절한 화려하고 가벼운 면드레스를 내 스타일로 굳힌 터였다.

원래 몸을 움직이는 것 따윈 내 계획에 없었다. 느지막하게 일어나 프랭크와 침대에서 노닥거리며 오후를 보내는 정도에서 그치려고 했다. 하지만 날마다 청소기를 들고 설쳐대는 북새통 속에서 베어드 부인의 눈치를 보며 나른하고 로맨틱한 분위기를 추구하기란 웬만한 철면피가 아닌 이상 불가능했다.

"여기 카펫은 하일랜드 전역에서 제일의 먼지구덩이가 틀림없어."

오늘 아침 프랭크가 침대에 누워, 윙윙거리는 청소기의 다그침을 들으며 투덜거렸다.

"안주인의 야한 상상만큼이나 지저분하지."

나는 장단을 맞췄다.

"아무래도 브라이튼으로 갈 걸 그랬나봐."

프랭크가 옥스퍼드 대학의 사학 교수로 임명된 뒤 우리의 휴가 장소를 하일랜드로 선택한 이유는 단순했다. 스코틀랜드가 영국의 다른 지역보다 전쟁의 파괴적인 손길이 덜 탔고, 여러 대중적인 피서지보다 전후 광란에 가까운 들뜬 분위기가 덜하리란 막연한 추측 때문이었다. 게다가 부부로서 새출발을 할 수 있는 상징적인 장소라고 이심전심으로 통했던 탓도 있었다. 우리가 하일랜드에서 결혼하고 신혼여행 이틀째를 맞던 날 공교롭게도 전쟁이 터졌고 그 전쟁은 장장 7년이나 지속되었던 것이다.

프랭크와 나는 미처 깨닫지 못했지만 여기가 서로를 재발견하기에 적당하고 한적한 은신처라고 믿었다. 스코틀랜드야 골프와 낚시가 가장 대중적인 실외 스포츠로 유명하고, 소문 씹기가 가장 대중적인 실내 스포츠로 자리매김한 곳이니까. 물론 이곳은 흐린 날이 많기 때문에 모두들 대부분의 시간을 실내에서 보낸다.

"뭘 하려구?"

이불을 젖히는 프랭크에게 물었다.

"저 마나님을 실망시키면 못쓰지."

프랭크가 예스런 침대 한 모서리에서 한두 번 뛰자 삐거덕거리는 소음이 일었다. 복도에서 진공청소기 소리가 뚝 멈췄다. 1, 2분을 계속 구른 후 프랭크는 요란하고 연극적인 신음과 함께 침대에 픽 쓰러졌고 스프링이 마지막 절규를 힘차게 내질렀다.

나는 침실 밖의 숨죽인 침묵을 깨지 않으려고 베개에 얼굴을 묻고 깔깔거렸다. 프랭크가 짐짓 인상을 쓰며 소곤거렸다.

"어이, 실없이 웃지 말고 숨넘어갈 듯 신음하라구. 자기가 이러면 베어드 부인이 나를 형편없는 연인으로 생각하잖아."

"환희에 찬 신음을 기대했다면 좀더 오래 지속했어야지. 겨우 2분이 뭐야? 창피한 줄 아세요, 서방님."

"이 인정머리 없는 음탕한 마누라여, 나는 여기에 쉬려고 왔노라!"

"게으름뱅이. 자기가 분발하지 않으면 가문의 후대를 잇지 못할걸."

가계(家系)에 대한 프랭크의 정열이 하일랜드를 선택했던 또 다른 이유였다. 그가 항상 끼고 다니는 좀투성이 서류에 따르면 따분한 선조들 가운데 한 분이 18세기 중엽—17세기였던가?—에 이 지역에서 이름을 날렸단다.

"내가 무자식으로 우리 가문을 끝장내면 그건 의심할 여지없이 저 밖의 염탐꾼 여주인 잘못이야. 우리는 결혼한 지 8년씩이나 된 잉꼬부부잖아. 꼬마 프랭크 2세는 목격자 없이 잉태되어도 합법적인 후계자라구."

"그거야 2세가 잉태되었을 때의 이야기지."

나는 비관적으로 말했다. 우리가 실망한 채 이번 주 하일랜드 은거지를 떠나게 될 가능성이 컸기 때문이다.

"정력의 특효인 이 신선한 공기와 건강식에도 불구하구? 이보다 더 가족 계획에 좋은 게 또 있을까?"

어젯밤 저녁 메뉴는 튀긴 청어였고 점심은 절인 청어였다. 그리고 이제 계단통에서 흘러 들어오는 저 친근하고 구수한 냄새는 아침이 훈제 청어임을 공공연하게 알렸다.

"프랭크, 자기가 베어드 부인의 선입견을 바꿀 요량으로 앙코르 공연을 할 생각이 아니라면 어서 옷을 입는 편이 낫겠어. 아침 10시에 그 사람을 만나기로 했다며?"

지역 교구의 웨이크필드 목사는 프랭크의 눈을 번쩍 뜨이게 할 만한 세례 교적부를 보여주기로 했다. 그리고 남편의 악명 높은 선조가 언급된, 썩어가는 군대 공문서 같은 것까지 지녔을 전망이 밝았다.

"자기 증조부의 고조에 또 증조부 존함이 뭐라고 했지? 그 무수한 반란 중 한때 여기에서 얼쩡거렸던 할아버지 말이야. 월리? 월터? 아, 기억이 가물가물하다."

"쯧쯧, 조나단 할아버지야."

프랭크는 가문의 역사에 대한 내 완벽한 무관심을 점잖게 받아들이면서도 항상 방어적인 태도로 초기 랜들 가문의 활동에 대해 정확한 연대까지 집어 꼬장꼬장하게 일장연설을 늘어놓기 일쑤였다. 지금도 셔츠 단추를 잠그는 그의 눈매에 광신적인 학자 특유의 열렬한 빛이 반짝거렸다.

"정확하게는 조나단 울버튼 랜들이야. 울버튼은 모계 쪽의 이름으로 석세스 지방의 하급 기사 가문이지. 하지만 조나단 할아버지는 '블랙 잭'이라는 이름으로 악명이 높으셔. 아마 여기 주둔하셨을 때 무용(武勇)으로 얻은 칭호일 거야."

나는 침대에 배를 깔고 누워 코웃음을 쳤다. 프랭크는 내 반응을 못 본 척하고 학자적인 견해를 계속 늘어놓았다.

"그분은 1730년대 중반에 임관해 용기병(기총을 가진 기마병) 대장으로 복무하셨어. 메이 사촌이 제공한 옛날 편지들에 따르면 군대에서 승승장구를 거듭했구. 차남으로서 군인이라는 직업은 탁월한 선택이었지. 그분의 동생도 관습에 따라서 보좌 목사의 길을 택했다지만 그 뚜렷한 행적이 아직 밝혀지지 않았어. 어쨌든 잭 랜들은 1745년 제2차 자코바이트(역주 : 카톨릭 교도와 감독교회 교도로 구성된 스튜어트 왕가의 추종자들) 반란을 전후해서 샌딩햄 공작으로부터 대단히 높은 평가를 받았어."

프랭크는 무지한 나의 지식 정도를 확인했다.

"보니 찰스 왕자(찰스 에드워드 스튜어트, 1720~1788)와 그 일당에 대해 알지?"

"나를 뭘로 보는 거야. 하지만 여기 스코트 족속들은 그 왕자가 옛날옛적에 죽었고 반란이 실패했다는 사실을 아직 모르나 봐."

나는 벌떡 일어나 앉아 헝클어진 머리를 매만졌다.

"어젯밤 술집에서 주인장이 우리를 '새서내크'라고 부르는 말을 똑똑히 들었어."

"신경 쓰지 마. 그건 '잉글랜드인' 혹은 '이방인'이라는 뜻이라구. 우리는 둘 다 해당되잖아."

"말뜻은 알고 있어. 내 귀에 거슬린 건 그 억양이야."

프랭크는 벨트를 찾느라 옷장 서랍을 뒤적거렸다.

"주인장이 진짜 약 올랐나보지. 내가 에일 맥주에 대해 싫은 소리를 했거든. 진짜 하일랜드 맥주라면 양조통에 낡은 부츠 한 짝을 넣어 푹 익힌 후에 최고급 속옷으로 걸러야 한다고 아는 척했거든."

"술값이 천문학적으로 나온 게 이유가 있었구나."

"맞아. 내 표현이 수사학적으로 좀 번드르르했지? 하지만 그거야 게일어에는 피복에 대한 어휘가 워낙 옹색하기 때문이라구."

나는 속옷을 찾아 입다 말고 호기심이 동했다.

"그 이유가 뭘까? 고대 게일인은 속옷을 입지 않았대?"

프랭크가 씩 웃으며 나를 곁눈질했다.

"옛 노래 들어봤지? 그럼 스코틀랜드인이 킬트 안에 뭘 입고 있는지 뻔하잖아."

"분명히 무릎까지 내려오는 고쟁이는 아니지. 자기가 목사님이랑 신나게 떠드는 동안 나는 밖에 나가서 킬트족이나 찾아봐야겠다."

"제발 체포는 되지 말아줘. 세인트 가일 대학의 학장이 좋아하지 않을 거야."

안타깝게도 마을 광장과 인근 상점가 주변에는 킬트를 걸친 현지인이 한 명도 없었다. 하지만 다른 사람들은 많았다. 대부분 베어드 부인과 비슷한 유형의, 장을 보러 나온 가정주부들이었다. 그들의 듬직한 체구와 수다가 차가운 안개에 싸인 아침 공기에 대항하여 상점가를 훈훈한 온기로 채웠다.

나는 쓸고 닦고 꾸며야 할 집이 없는지라 살 게 없었지만 물건이 꽉꽉 들어찬 상점가를 즐거운 마음으로 눈요기했다. 다시 풍족해진 상품들을 보는 것만으로도 흐뭇했다. 배급표에 의존해서 살았던 세월이 얼마며, 비누와 계란을 제외하고 쇼핑 재미를 잊고 살아왔던 게 몇 년이며, 삶의 사소한 사치품을 누리지 못했던 게 그 얼마나 오래였던가.

시선이 가정 소품의 진열장에서 떨어지지 않았다. 수를 놓은 테이블보와 쿠션, 물병과 잔, 각양각색의 빵틀, 한 조를 이룬 세 점의 꽃병이 아기자기하게 진열되어 있었다.

꽃병이라……. 내 평생 인연이 없던 물건이었다. 전시에는 당연히 펨브룩 병원과 프랑스 야전병원의 간호사 숙소에서 지냈고, 그전에도 소소한 장식품을 살 명분이 생길 만큼 오랫동안 한 곳에 머물러본 적이 없었다. 설령 꽃병이 있다 해도 내가 데이지를 꺾어오기 전에 램 삼촌이 일찌감치 거기에 고고학 발굴품 파편을 던져 넣었을 것이다.

퀸튼 램버트 보샹. 고고학 제자들과 친구들에게는 '큐'라고 불렸고, 세계 각지의 동료들에게는 '보샹 박사'로 알려졌지만 나에게는 항상 램 삼촌이었다.

내 아버지의 유일한 형제요, 나의 단 하나뿐인 피붙이였던 탓에 부모님이 자동차 사고로 돌아가셨을 때 삼촌이 다섯 살짜리 계집애였던 나를 맡았다. 그 당시 중동 발굴을 앞뒀지만 모든 일정을 연기한 채 장례식과 돌아가신 분들의 재산 문제를 차례로 처리하고 적당한 기숙사 학교를 물색해야 했다. 나는 오로지 그 나이에만 가능한 무조건적인 고집으로 완강하게 입학을 거부했다.

죽어라 차 문에 매달린 토실토실한 내 손가락을 하나씩 떼어내고 포대 자루처럼 들쳐업지 않는 한 학교 계단을 오르지 못할 상황에 처하자, 램 삼촌은 온갖 종류의 사적인 충돌을 싫어하는 분답게 자포자기의 한숨을 푹 내쉬었다. 그리고 자신의 현명한 판단과 내 새 밀짚모자를 창 밖으로 던져버렸다.

"끝까지 애물단지로구먼."

삼촌은 전속력으로 학교 진입로를 빠져나가며 백미러로 바람에 이리저리 날리는 밀짚모자를 응시했다.

"아무래도 좋아. 모자 쓴 여자는 항상 밥맛이었으니까."

램 삼촌은 나에게 단호한 시선을 못박고 엄중하게 경고했다.

"한 가지 명심하거라. 내 페르시아 부장품을 가지고 소꿉놀이하면 안 된다. 다른 발굴품은 괜찮지만 그것만은 안 돼. 알아들었니?"

나는 만족스럽게 고개를 주억거렸다. 그리고 삼촌과 함께 중동과 남미를 비롯해 세계 유수의 발굴지를 편력했다. 학술지의 논문을 통해 읽고 쓰기를 배웠고, 공동화장실을 청소했으며, 취약한 환경에서 요리를 하는 등 양가집 아가씨에게 부적절한 경험을 수도 없이 했다. 그러다가 이집트의 종교의식과 관계한 프랑스 철학계의 관점에 대해 램 삼촌의 의견을 자문하려고 들렀던, 젊고 잘생긴 사학자를 만났다.

결혼 후에도 프랭크와 나는 여러 대학의 학부와 유럽 각지의 학술회의를 쫓아다니느라고 임시거처를 전전했다. 그리고 전쟁이 발발하자 남편은 MI6의 장교훈련 및 정보부대로, 나는 간호사 양성소로 가게 됐다. 따라서 결혼한 지는 8년이었지만 옥스퍼드의 새집이 우리의 첫 번째 진짜 가정이 될 터였다.

나는 핸드백을 옆구리에 단단히 끼고 상점 안으로 들어가서 그 꽃병 세트를 샀다.

우리는 하이스트리트와 게레사이드의 사거리에서 만나 함께 숙소로 돌아왔다. 프랭크가 내 구입품목을 보고 눈썹을 치켜 올렸다.

"꽃병? 멋진걸. 이제 내 책에 꽃 끼워두는 일을 그만두겠구나."

"그건 꽃이 아니라 표본이었다구. 나에게 식물학을 권한 장본인이 자기였잖아. 간호에서 손을 뗐으니 할 일이 필요할 거라면서 말이야."

"사실이야. 하지만 참고서적을 펼칠 때마다 꽃잎이 우수수 떨어질 줄이야 누가 알았나. 자기가 '노동조합과 은행'에 끼워놓은 그 말라비틀어진 갈색 이파리의 정체가 뭐야?"

"그라우트 잡초(바위틈에서 서식하는 풀의 일종)라고 치질에 효과 만점이야."

"벌써부터 내 꼴사나운 말년을 대비하는 거야? 참으로 사려 깊기도 하지."

우리는 밝게 웃으며 숙소의 울타리를 넘었다. 프랭크가 나에게 먼저 좁은 계단을 오르라고 한 걸음 뒤로 물러섰다가 갑자기 팔을 잡았다.

"이런! 밟지 마!"

나는 한쪽 발을 엉거주춤하게 들고 첫 계단의 큼지막한 적갈색 얼룩을 살폈다.

"어머, 이상해라. 베어드 부인은 매일 아침마다 계단 청소를 하는데…… 오늘 아침에도 봤어. 이게 뭘까?"

프랭크가 얼룩진 계단을 들여다보며 코를 실룩거렸다.

"단연코 핏물이라고 말하겠어."

"피!"

나는 얼른 뒷걸음질쳤다. 그리고 신경질적으로 집 안을 힐끔거렸다.

"누구 피일까? 혹시 베어드 부인이 사고라도?"

엄청난 참변이 아니고서야 우리의 바지런한 여주인께서 핏자국을 현관 계단에 남길 리 없으므로, 나는 웬 미치광이 도끼 살인마가 주변을 어슬렁거리다가 우리에게 덤벼들면 어쩌나 싶어서 진저리를 쳤다.

프랭크는 고개를 가로저었다. 그는 발뒤꿈치를 들고 서서 울타리 너머의 이웃집을 훔쳐봤다.

"사고가 아니야. 옆집 콜린스네 계단에도 똑같은 얼룩이 있어."

"정말?"

남편 옆으로 다가가서 울타리를 넘겨다봤다. 하일랜드는 살인마가 활개칠 만한 장소라고 생각지 않았지만 그런 인간 말종이 뚜렷한 논리적 기준을 갖고 범행 장소를 고른다는 말도 들어보지 못했다. 옆집은 인기척 없이 조용했다.

"프랭크…… 심상치 않아. 이게 무슨 일이지?"

그는 얼굴을 찌푸리고 생각하다가 문득 허벅지를 쳤다.

"알 것 같아! 잠깐 기다려."

프랭크는 나를 현관 계단에 세워둔 채 종종걸음으로 대문 밖의 큰길을 따라갔다. 잠시 후 확신에 찬 얼굴로 희희낙락해서 돌아왔다.

"맞아, 그거야. 틀림없어. 이 거리의 집집마다 똑같은 흔적이 있어."

"그게 뭔데? 미치광이 살인마의 방문?"

내 목소리는 흉측한 핏자국과 홀로 내버려졌던 여파로 인하여 약간 날카로웠다. 프랭크가 껄껄 웃었다.

"아냐, 제물의식이야. 우와, 끝내주는걸!"

그는 땅바닥에 손과 무릎을 대고 핏자국을 흥미진진하게 관찰했다.

제물의식? 섬뜩하기론 미치광이 살인마와 막상막하였다. 나는 남편 옆에 쭈그리고 앉아 킁킁거리며 냄새를 맡았다. 아직 파리는 안 꼬였지만 하일랜드의 크고 둔한 날벌레 두 마리가 핏자국 주변에서 웽웽거렸다.

"프랭크, 제물 의식이라는 게 대체 무슨 뜻이야? 베어드 부인은 독실한 예수쟁이잖아. 이웃 사람들도 마찬가지구. 여기에는 드루이드교(고대 켈트와 게일족이 믿었던 종교)의 흔적이 전혀 없어."

프랭크는 자리에서 일어나 바짓가랑이를 탈탈 털었다.

"표면상으로야 그렇지. 하지만 스코틀랜드의 하일랜드만큼이나 옛 미신과 마법이 일상생활 속으로 녹아든 곳은 찾기 어려워. 주님의 어린양이든 아니든, 베어드 부인과 다른 이웃들은 민간신앙을 굳게 신봉한다구."

그가 깔끔한 구두코로 핏자국을 가리키며 설명했다.

"검은 수탉의 피야. 그리고 인근 주택들은 새로 지은 집들이지."

나는 싸늘한 시선으로 남편을 노려봤다.

"그 정도로 충분한 설명이 될 줄 알았다면 다시 생각해보시지.

집의 건축연도가 무슨 상관이 있다는 거야? 그리고 사람들은 어디에 있지?"

"다들 술집에 모여 있겠지. 한번 가볼까?"

프랭크가 내 손을 잡고 게레사이드 쪽으로 이끌었다.

"옛날옛적에는 말이야, 아니 그리 오래지 않은 옛날에도 집을 지을 때 지신(地神)을 달래기 위해 인신 제물을 건축현장에 묻었어. 하늘땅처럼 오래된 옛말이 있잖아. '장남으로 초석을 삼고 막내아들로 대문을 세워라.' 알지?"

나는 부르르 떨었다.

"그게 정말이라면 사람 대신 수탉을 사용해줘서 고마울 뿐이야. 아까 집들이 새것이라는 말인즉, 저기에 시체가 묻혀 있지 않고 주민들이 현관 계단에 수탉의 피를 뿌렸다는 뜻이구나."

"맞아. 목사님 말씀에 따르면 현지인들 다수는 자신의 뿌리를 외면하고 적절한 예방조치를 무시했기 때문에 전쟁이 일어났다고 생각한대. 예를 들어 건축 토대에 제물을 묻는다든가, 생선가시를 화덕에 태우는 등의 조치 말이야. 물론 생선 중에서 해덕(대구의 일종)은 제외야. 자기도 해덕 가시 태우는 걸 못 봤지? 으응, 아예 못 봤어? 아무튼 해덕 가시는 땅에 묻어야 해."

"명심 또 명심해둘게. 아무래도 난 청어만 먹어야겠다. 청어가 눈에 띄지 않는 경우에는 어떻게 해야 할지 자기가 귀띔해줘."

프랭크는 이미 학문적인 황홀경에 도취하여 방대한 기억창고를 헤집고 만물의 기원으로부터 지식을 끄집어내는 일에 몰두해 있었다.

"청어 가시에 대해서는 모르겠는걸."

그가 느닷없이 말했다.

"하지만 생쥐들이 어떻게 되었는지는 알지. 죽음을 앞둔 스코틀랜드 군인을 생쥐에 비유했어. '그리하여 감옥에서 스코틀랜드 병사가 생쥐처럼 떨고 있네. 두 번 다시 팔팔한 수사슴을 사냥하지 못하리.' 그리고 건축지에 묻힌 시체들에 대해서도 알아. 유령이 되어서 출몰하지. 저기 하이스트리트 모퉁이의 대저택 '마운트게랄드'를 봤지? 거기에서도 유령이 나온대. 하인 한 명을 제물로 죽여서 묻었다는 거야. 18세기의 일이라니까 꽤 최근에 속하지."

프랭크는 생각에 잠겨 덧붙였다.

"저택 주인이 기초벽을 세웠는데 돌이 무너져 내렸대. 그래서 하인을—가장 마음에 안 드는 사람을 제물로 택했겠지—죽여서 지하실에 묻고 집을 세웠다는 거야. 그 하인은 유령이 되어 제 삿날과 4대 기념일만 빼고 지하실을 서성거린다더군."

"기념일?"

"고대의 축제 말이야. 섣달 그믐, 새해 첫날, 세례 요한 축제일, 그리고 벨테인 축제(고대 켈트족의 5월 1일 축제). 드루이드 신자와 초기 픽트인(기원전 로마인들은 스코틀랜드의 켈트인을 '색칠한 사람, 픽티'라고 부름), 비커족(선사시대 영국의 정착민으로, 스톤헨지를 세운 것으로 추정)은 태양과 불을 숭배하는 제전을 벌였어. 어쨌든 유령들은 성축일에 자유를 되찾아 마음대로 선행과 악행을 저지를 수 있어. 이제 벨테인 축제가 가까우니까, 교회 묘지를 지날 때 조심해."

프랭크는 학문의 무아지경에서 벗어나 눈을 장난스럽게 반짝거렸다.

나는 까르르 웃었다.

"그럼 여기에는 유명한 유령들이 많겠구나?"

"잘 모르겠는걸. 목사님에게 물어볼게."

말하기가 무섭게 목사와의 만남이 이뤄졌다. 웨이크필드 목사는 술집에서 주민들과 어울려 거주지의 새로운 축성을 거나하게 자축하고 있었다.

웨이크필드 목사는 미신적인 배교 행위에 가담한 현장을 들켜 부끄러워하는 기색이 역력했다. 하지만 그걸 '푸른 옷 걸치기'(일반적으로 영국군의 붉은 군복에 대항, 스코틀랜드의 독자성과 독립을 상징하는 색)같이 역사적인 색채가 가미된 지방의식의 수준으로 끌어내렸다.

"대단히 매혹적인 의례가 아닙니까?"

목사가 학자 특유의 폐부에서 우러나오는 한숨과 더불어 단언했다.

프랭크는 동류의식을 발동시키는 그 한숨에 고취되어, 짝짓기에 나선 철새처럼 목사와 함께 고대 미신과 현대 종교의 원형 및 비교라는 학술적인 군무(群舞)를 췄다. 나는 어깨를 으쓱하고 붐비는 술집을 오가며 양손에 브랜디 잔을 날랐다.

이런 토론에서 프랭크의 관심을 분산시키기란 불가능했다. 그 사실을 잘 아는 나는 남편의 손에 술잔을 쥐어주고 조용히 자리를 떴다.

마침 창가 안쪽 자리에서 베어드 부인이 나이가 지긋한 남자를 벗삼아 에일 맥주를 홀짝거리고 있었다. 나는 그녀에게 다가

갔다.

"랜들 부인, 내가 전에 말했던 분이 여기 크룩 씨랍니다. 식물에 대해서 모르는 게 없는 사람 말이에요. 그리고 크룩 씨, 이 새색시는 들풀에 대한 관심이 대단해요."

베어드 부인은 술기운과 말벗으로 흥에 겨워 눈이 초록초롱 빛났다. 크룩 씨가 난청과 정중한 예의 때문에 고개를 지긋이 숙이고 경청하자, 베어드 부인은 더 신이 났다.

"보이는 풀마다 족족 뽑아서 책갈피에 꽂아놓거나 표본으로 만드는 열성파 색시예요."

"오호, 그래요?"

크룩 씨가 성성한 흰 눈썹을 치켜 올리며 관심을 보였다.

"우리 집에 정식 식물표본들이 다소 있소. 대학물 먹은 조카 녀석이 방학 때 사왔습디다. 어찌나 성의가 기특한지 필요 없다는 말을 못 하겠더군요. 정히 약초가 필요하면 둘둘 묶어놓거나 단지에 보관할 것이지 뭣 때문에 한 잎씩 펴서 비싼 틀에 눌러 놓는지 모르겠어요."

"그거야 보고 즐기라는 뜻이 아니겠어요?"

베어드 부인이 마음씨 곱게 나를 두둔하고 나섰다.

"랜들 부인은 당아욱숙 봉오리와 제비꽃 같은 들풀 표본을 아주 예쁘게 만들어놨어요. 벽걸이로도 안성맞춤이지요."

"으흐흐흠."

크룩 씨의 주름투성이 얼굴에는 의심이 가득했다.

"색시가 관상용 벽걸이를 만들려고 표본을 모은다면 내 것도 드리겠소. 철없는 조카의 선물을 그냥 버리고 싶지 않은데다, 나에게는 도무지 쓸모가 없는 물건이라오."

나는 크룩 씨의 관대한 제의에 감사하지만 그보다 희귀한 식물의 서식지를 직접 안내해준다면 더 기쁠 거라고 말했다. 처음에 크룩 씨는 늙은 황조롱새처럼 고개를 비딱하게 틀고 나를 응시하다가, 마침내 내 관심이 진짜라고 판정하고 다음날 교외에 나가기로 약속했다. 프랭크는 자료 조사차 인버네스에 갈 예정이었으므로 동행을 거절할 구실이 생긴 셈이었다. 언제나 딱 한 건의 문서는 또 다른 것으로 끝없이 이어졌으니까.

잠시 후 프랭크가 목사와의 토론을 끝냈다. 우리는 베어드 부인과 나란히 숙소로 향했다. 나는 수탉 피로 얼룩진 계단에 대해 언급을 피했지만 프랭크는 망설임 없이 그 배경을 캐물었다.

"상당히 오래된 관습이지요?"

프랭크가 지팡이로 길가의 잡초 사이를 헤집으며 물었다. 이미 양초와 싱크포일이 활짝 피었고 다른 꽃봉오리도 단단히 여물어 다음주의 개화를 고대했다.

베어드 부인이 우리의 젊음과 보조를 맞춰 걸으며 대답했다.

"그럼요. 기원을 헤아릴 수 없을 만큼 오래되었지요. 거인들의 시대까지 거슬러 올라가는 걸요."

"거인?"

내가 물었다.

"예, 피온과 페인의 시대 말이에요."

"게일의 민간전설에 나오는 영웅들이야."

프랭크가 열광적으로 설명했다.

"북유럽 신화에 뿌리를 뒀지. 이 근방은 그쪽의 영향을 많이 받았고 서쪽 해안으로 갈수록 더해. 지방 명칭의 일부는 게일어가 아니라 노르웨이어라구."

나는 또 다른 연설을 예상하고 고개를 가로저은 반면, 베어드 부인은 다정하게 웃으며 프랭크를 부추겼다. '랜들 씨의 견해가 전적으로 옳아요, 제가 북쪽으로 여행가서 형제 석상을 봤는데 그것도 노르만의 흔적이지요?' 기타 등등.

"노르만(데인인을 지칭)이 500년에서 1,300년 사이에 그쪽 해안을 헤아릴 수 없이 침략했어."

프랭크는 꿈꾸는 듯한 시선을 지평선에 못박았다. 마침 용선(龍船) 모양의 구름 한 조각이 하늬바람을 따라 서서히 이동해왔다.

"소위 바이킹(데인인과 노르웨이인을 함께 지칭) 말이야. 그들에게 묻어서 신화가 따라 들어온 거야. 여기는 신화가 어울리는 고장이잖아. 세상이 바로 이곳에서 시작된 것 같아."

그 말은 공감이 갔다. 노을이 하늘을 짙게 물들이면서 태풍의 전조가 엿보였다. 자욱한 구름을 뚫은 몇 줄기 괴기한 빛 속에서 현대적인 주택가가 저기 몇 걸음 떨어진 사거리를 수천 년 동안 지켜왔던 픽트족의 풍상 겪은 돌처럼 오래되고 불길하게 보였다. 마치 빗장이 열리고 암흑의 시간이 도래한 듯했다.

프랭크는 베어드 부인의 응접실에서 한눈에 들어오는 퍼스 항구와 더불어 편히 쉬는 것보다, 현지 사료에 관심 있는 베인브리지 씨와 한잔하는 편을 택했다. 하지만 나는 그 변호사를 이미 만나봤던 경험을 되살려 퍼스 항구와 함께 남기로 했다.

"태풍이 오기 전에 돌아와야 해."

나는 프랭크에게 키스하며 말했다.

"그리고 베인브리지 씨에게 안부 전해줘."

"으흠, 알았어. 물론이지."

프랭크는 신중하게 내 눈을 피하며 코트를 걸치고 문 옆의 우산을 찾았다. 남편 뒤로 현관문을 닫았지만 자물쇠는 채우지 않았다. 응접실로 돌아오는 길에 프랭크가 독신인 척하리란 생각이 뇌리를 스쳤다. 베인브리지 씨도 그 연극에 합류할 게 뻔했다. 하지만 나무랄 마음은 없었다.

어제 오후 베인브리지 씨의 자택을 방문했을 때 처음에는 모든 게 순조로웠다. 나는 얌전하고, 품위 있고, 지성적이지만 겸손한 양가집 마나님 냄새를 팍팍 풍겼다. 그야말로 완벽한 교수 부인답게 행동했는데 그놈의 차(茶)가 화근이었다.

나는 오른손 아랫마디에 잡힌 물집을 유감스럽게 살폈다. 홀아비 베인브리지 씨가 도자기 찻잔 대신 싸구려 주석잔으로 차를 대접한 게 어찌 내 잘못이랴. 또한 그 변호사가 점잔을 빼며 나에게 차 시중의 영광을 돌렸던 것도 내 잘못이 아니었다. 게다가 뜨거운 차주전자의 손잡이용 덧천이 닳아빠진 것 역시 내 잘못이라고 할 수 없다.

고로 난 잘못한 게 하나도 없다. 그 상황에서는 차 주전자를 놓친 게 정상적인 반응이다. 단, 장소를 잘못 선정해서 베인브리지 씨의 무릎에 주전자를 떨어뜨린 것이 사고였을 뿐이다. 아무튼 나는 손을 데고 엉겁결에 '제기랄!' 하고 소리쳐서 베인브리지 씨의 간담을 서늘하게 만들었다. 프랭크가 나를 노려봤다.

일단 충격에서 회복된 베인브리지 씨는 기사도 정신을 발휘하여 내 손부터 걱정했고, 그 옆에서 프랭크는 어설픈 변명을 늘어놓았다.

"하하, 제 아내가 2년 동안 프랑스의 야전병원에서 근무하면서 양키들에게 꽤…… 원색적인 표현을 주워들은 모양입니다."

"사실이에요."

나는 이빨을 갈며 찬 수건으로 손을 식혔다.

"남자들은 엉덩이에서 포탄 파편이 뽑힐 때 상당히 '원색적'이더라구요."

베인브리지 씨는 기교적으로 화제를 바꾼답시고 상스런 표현의 변천사에 대해 관심을 품어왔노라고 털어놓았다. 예를 들어 '갓 블라인드 미(God blind me)'라는 맹세가 '고블라이미(빌어먹을 Gorblimey)'라는 욕설로 변했다나.

프랭크가 열렬하게 새로운 화제를 환영했다.

"그렇다면 '갓주크(염병할 Godzook)'의 어원은 뭘까요? '갓'이란 부분은 명백하지만 '주크'는……."

변호사가 조심스럽게 견해를 제시했다.

"제 생각에는 고대 스코트어 '요크(Yeuk)'에서 파생된 듯합니다. 그 뜻이 '좀 쑤신다'니까 말이 되잖습니까?"

프랭크는 학자답지 못하게 머리까지 나부끼며 힘차게 고개를 끄덕거렸다. 그는 흘러내린 앞머리를 자동적으로 쓸어 넘겼다.

"정말 흥미롭습니다. 그런 식으로 신성모독이 전개되었군요. 클레어, 내 차에 설탕은 됐소."

"또한 그 과정이 여전히 진행되고 있죠."

나는 조심스럽게 집게로 각설탕을 집으며 맞장구를 쳤다.

"오호?"

베인브리지 씨가 정중하게 물었다.

"부인께서는…… 전시에 그런 변용을 들어보셨나요?"

"그럼요. 한 양키에게 주워들었어요. 뉴욕 출신의 윌리엄이란 병사였지요. 붕대를 갈 때마다 고래고래 외치더군요."

"뭐라고요?"

"엿먹을 지저스 루스벨트 크라이스트!"

나는 차 한 방울 튀기지 않고 각설탕을 프랭크의 잔에 떨어뜨렸다.

베어드 부인과 평화롭지만 지루한 시간을 죽인 끝에 침실로 돌아와 잠자리를 준비했다. 프랭크의 주량은 고작 셰리주 두 잔이었으므로 돌아올 시간이 멀지 않았다.

사나운 바람이 기세를 더했고 침실 전구가 아슬아슬하게 깜박거렸다. 날씨가 어찌나 불길한지 머리에 빗을 대자마자 정전기가 일어 빗질을 생략하기로 했다. 오히려 얼굴에 달라붙고 올올이 일어난 머리카락을 가라앉혀야 할 판이었다.

불행히도 물병은 비어 있었다. 프랭크가 베인브리지 씨를 만나러 가기 전에 몸단장을 한답시고 다 써버린 것이다. 그렇다고 세면장까지 갔다오기도 귀찮았다. 대신 로르 블루 오드콜로뉴를 흠뻑 따라 양손에 비빈 다음 머리에 발랐다. 그리고 다시 빗에 몇 방울을 더 떨궈 머리를 빗어 넘겼다.

'좋았어. 아까보다 훨씬 낫군.' 나는 흠집 난 거울에 얼굴을 이리저리 비춰보며 생각했다. 촉촉한 수분이 정전기를 가라앉혀,

머리카락이 윤기 있는 곡선을 그리며 차분하게 얼굴을 감쌌다. 그리고 오드콜로뉴의 알코올기가 발산되며 향긋한 냄새를 남겼다. '프랭크가 좋아할 거야. 로르 블루 향기를 최고로 치니까.'

번개가 음울한 천둥과 더불어 하늘을 가르는 순간, 전기가 일제히 나갔다. 숨죽여 욕을 중얼거리며 화장대 서랍을 열고 간신히 양초와 성냥을 찾았다. 하일랜드에서는 정전이 잦았기 때문에 양초가 모든 호텔과 숙박업체의 상비품이었다. 최고급 호텔은 주로 감미로운 인동초 냄새가 나는 향초와 크리스털 장식이 달린 촛대를 구비해놓았다.

베어드 부인네는 실용적이기 그지없는 흰 초였다. 하지만 숫자가 넉넉했고 촛대도 세 개나 됐다. 게다가 나는 이런 상황에서 스타일을 따지는 좀팽이가 아니었다.

초 하나에 불을 붙여 옷장 위의 푸른색 세라믹 촛대에 꽂은 다음 침실 전체가 부드럽고 은은한 빛으로 감싸일 때까지 곳곳에 촛불을 밝혔다. '매우 낭만적인걸.' 흡족해하며 부적절한 순간에 전기가 갑자기 들어와 분위기를 깨지 않도록 조명 스위치를 껐다.

양초가 반 이상 타들어 갔을 때 침실 문이 벌컥 열리고 프랭크가 들어섰다. 문자 그대로 들이닥쳤기 때문에 계단통의 센바람으로 촛불 세 개가 동시에 꺼졌다.

프랭크 뒤에서 문이 두어 차례 퉁기며 닫혔다. 그는 돌연한 빛에 눈을 깜박거리고 헝클어진 머리를 뒤로 넘겼다. 나는 남편의 돌연한 출현을 나직하게 책망하며 꺼진 촛불을 다시 켰을 때 프랭크의 하얗게 질린 안색이 눈에 들어왔다.

"자기, 왜 그래? 유령이라도 봤어?"

그가 천천히 대답했다.

"글쎄…… 유령인지 뭔지 잘 모르겠어."

프랭크는 얼빠진 표정으로 내 빗을 자기 머리에 댔다. 로르 블루의 향기가 확 풍기자 남편은 코를 찡그리며 그걸 내려놓고 주머니에서 참빗을 꺼냈다.

나는 유리창 밖으로 시선을 던졌다. 느티나무가 도리깨처럼 정신없이 휘날렸고 건물 어디선가 느슨한 덧문이 꽝꽝거리며 부딪혔다. 그때서야 행인들에게 볼거리를 제공하지 않으려면 우리 방 덧문을 꼭 닫아야겠다는 생각이 머리를 스쳤다.

"유령을 보기엔 날씨가 너무 험악하지 않아? 유령은 대개 바람 없는 안개 낀 밤에 묘지에서 출몰하잖아?"

프랭크가 겸연쩍게 피식 웃었다.

"그래, 아무것도 아니야. 베인브리지 씨의 으스스한 이야기에다 술이 생각보다 독했나 봐. 유령이 어디 있겠어."

이제 내 호기심에 발동이 걸렸다. 나는 의자에 앉아 협탁 위의 반쯤 남은 위스키 병을 눈짓으로 가리켰다. 남편이 눈치 빠르게 다가와 술을 두 잔 따랐다.

"프랭크, 자기가 정확히 뭘 봤는데?"

"실은 한 남자야. 길가에 서 있는 남자."

"이 집 밖에서? 호호, 그렇다면 유령이 틀림없네. 어떤 생사람 이 이런 밤중에 나와서 우두커니 서 있으려구."

술잔에 물병을 기울였지만 물이 나오지 않자, 프랭크는 나를 비난하듯 쏘아봤다.

"그런 얼굴 하지 마. 자기가 물을 다 써놓고 누구를 원망하는 거야? 그리고 난 원액 그대로의 술맛이 좋아."

프랭크는 세면장으로 가서 물을 떠올까말까 궁리하다가 포기했다. 그리고 최상의 위스키 원액을 조심스럽게 찔끔거리며 하던 이야기를 마저 이었다.

"정말이야. 그 남자가 이 집 울타리 가장자리에 서 있더라구. 내가 보기에……."

프랭크는 말을 하다 말고 잠시 술잔을 물끄러미 응시했다.

"그는 우리 침실 창문을 올려다보고 있었어."

"우리 창문? 어머나, 남우세스러워라!"

나는 진저리를 치며 창문으로 달려갔다. 뒤늦은 감이 있지만 덧문을 닫을 때 프랭크가 옆으로 다가오며 말했다.

"아래에서 자기가 훤히 보였어. 빗질하면서 머리카락이 붕 뜨니까 뭐라고 욕을 하더군."

"그 남자가 배꼽을 잡고 웃었겠구나."

나는 비분강개했다. 프랭크는 미소와 함께 내 머리를 쓰다듬으며 고개를 저었다.

"아니, 웃지 않았어. 반대로 아주 불행하고 비참한 표정이었어. 실은 남자의 얼굴이 잘 보이지 않았으니까 정확하진 않아. 서 있는 자세에서 그런 분위기가 풍겼다는 거지. 나는 그의 뒤로 다가갔어. 하지만 아무 반응이 없기에 도움이 필요하냐고 공손하게 물었지. 남자는 내 말을 듣지 못한 눈치더라구. 바람소리가 워낙 세니까 못 들을 수도 있겠다 싶었어. 그래서 내가 주의를 끌려고 그의 어깨를 두드리려는 찰나, 남자가 갑자기 획 돌아서

더니 나를 무시하고 가버렸어."

"무례하고 몰상식한 사람이구나. 하지만 유령 같진 않은데. 어떻게 생긴 남자야?"

"엄청난 덩치였어. 하일랜드 의상을 완벽하게 갖춰 입은 스코틀랜드 남자. 킬트 앞에 가죽 장식 주머니까지 늘어뜨리고, 플래드(외투 대용의 격자무늬 스코틀랜드 어깨걸이)를 가장 정교한 브로치로 고정했더라구. 달리는 수사슴 모양의 브로치였어. 그걸 어디에서 구했느냐고 묻기도 전에 가버렸어."

나는 협탁으로 가서 빈 술잔을 채웠다.

"보기 드문 차림새이지만 비정상적이진 않네. 난 이 마을에서 그런 남자들을 여럿 봤는걸."

"그래…… 옷차림이 이상한 건 아니었어. 하지만 남자가 내 옆을 지나갈 때 서로 옷자락이 스칠 정도로 가까웠는 데도 닿는 감촉이 없었어. 하도 이상해서 그의 뒷모습을 지켜봤어. 남자는 게레사이드로 향했지만 모퉁이를 돌 즈음…… 연기처럼 사라졌어. 그때야 소름이 쫙 끼치더라구."

"자기가 잠깐 한눈을 판 사이에 남자가 어둠 속으로 사라졌겠지. 그 모퉁이 근처에는 가로수들이 줄지어 있잖아."

"눈 한 번 깜박거리지 않고 그를 지켜봤어. 맹세해."

프랭크가 돌연 고개를 치켜들었다.

"알았다! 당시에는 몰랐는데, 그가 그렇게 이상하게 보였던 이유를 이제야 깨달았어."

"뭔데?"

나는 유령 소동에 약간 진력이 나면서 훨씬 재미있는 화제,

예를 들면 잠자리에 대한 말을 꺼내고 싶었다.

"바람이 맹렬하게 불었지만 그의 킬트와 플래드가 전혀 움직이지 않았어. 남자가 발걸음을 옮길 때만 옷자락이 펄럭거렸다구."

우리는 서로의 얼굴을 빤히 바라봤다. 내가 먼저 입을 열었다.

"그래, 조금 오싹하다."

프랭크는 어깨를 으쓱하며 씩 웃었다.

"최소한 목사님께 질문할 거리가 생긴 셈이지. 이 지방의 유명한 유령일 거야. 목사님이 거기에 얽힌 사연을 소상히 말씀해주실걸."

그가 시계를 힐끔 봤다.

"하지만 지금은 잠자리에 들 시간이야."

"맞아."

거울을 통해서 프랭크가 셔츠를 벗는 모습을 구경했다. 그는 옷걸이로 손을 뻗다가 문득 동작을 멈췄다.

"클레어, 자기 담당 환자 중에 스코틀랜드인이 있었겠지? 야전병원이나 펨브룩 병원에서?"

"두말하면 잔소리지."

나는 영문을 모른 채 말을 이었다.

"프랑스 아미엥의 야전병원에는 시포드와 카메론 출신이 많았어. 깡에서는 고든 출신이 상당수였구. 대부분이 고래심줄처럼 강인했어. 일반적인 문제에는 금욕적인 자제력을 발휘하지만 주사만 보면 집단 겁쟁이들로 돌변하지. 특히 심했던 환자가 한명 있었어. 시포드 제3연대 소속의 백파이프 주자였는데 엉덩이 주사라면 오금을 못 추는 거야. 주사 맞기 몇 시간 전부터 전전

긍긍하고, 간호사가 다가가면 팔뚝에 놔달라고 애걸복걸했어. 호호호, 그가 뭐랬는 줄 알아? '내가 꼭 엉덩이를 까고 죽어야 한다면 아가씨를 품에 안은 자세가 좋소. 바늘을 든 아가씨를 내 뒤에 세워둔 자세가 아니라.'"

프랭크는 미소를 지었지만 떨떠름한 기색이 역력했다. 내가 점잖지 못한 말을 할 때마다 그의 반응은 항상 이랬다. 나는 살살 달랬다.

"걱정하지 마. 교수 휴게실에서 차를 마실 때는 이런 이야기를 꺼내지 않을게."

밝아진 얼굴로 프랭크가 협탁 옆으로 다가와 내 뒤에 섰다.

"자기가 무슨 말을 하든 모든 교직원이 당신을 좋아할 거야. 으음, 자기 머리에서 기찬 향기가 나는데."

"마음에 들어?"

질문에 대한 대답으로 그의 손이 내 어깨를 따라 내려와 얇은 잠옷 사이를 파고들었다. 나는 거울에 반사된 우리의 모습을 응시했다. 내 정수리에 턱을 얹은 프랭크.

"난 자기의 모든 게 마음에 들어."

프랭크가 탁한 목소리를 냈다.

"촛불 속에서 한층 아름다운걸. 눈이 크리스털 잔에 담긴 셰리주처럼 영롱하고, 피부는 상아처럼 뽀얗게 빛나. 자기는 촛불 마녀야. 아무래도 전기를 영원히 끊고 살까 봐."

"그러면 침대에서 책을 읽기가 나쁘잖아."

내 심장이 정신없이 두근거리기 시작했다.

"침대에서는 독서보다 더 좋은 일을 해야지."

나는 그의 품속에서 돌아서서 목을 얼싸안았다.

"정말? 예를 들어서 뭘 할 건데?"

시간이 흐른 후 닫힌 겉창 밖에서 포효하는 천둥소리를 들으며 나는 남편의 어깨에서 고개를 들고 물었다.

"아까 왜 그런 질문을 했어? 스코틀랜드 환자를 간호했느냐고 물었잖아. 그런 병원에는 전국 각지에서 온 병사들이 있다는 걸 훤히 알면서 말이야."

프랭크는 순간 움찔했지만 내 등을 부드럽게 쓰다듬었다.

"으응, 별거 아니야. 그놈을 길가에서 보는 순간 어쩌면 녀석이…… 자기 환자였고, 당신이 여기 있다는 말을 듣고 찾아왔다는 생각이 불현듯 떠올랐어."

"그렇다면 집 안으로 들어와서 나에게 인사했어야지."

"어쩌면……."

프랭크의 목소리는 아주 태연자약했다.

"나와 마주치고 싶지 않았나 보지."

나는 한쪽 팔꿈치를 세워 몸을 일으키고 남편을 노려봤다. 촛불 하나를 남겨뒀던 터라 그의 얼굴을 빠짐없이 살필 수 있었다. 프랭크는 슬쩍 고개를 돌리고, 우연찮게도 베어드 부인이 우리 침실 벽에 걸어뒀던 보니 찰스 왕자의 석판화를 보는 척했다. 난 그의 턱을 잡아 이쪽으로 돌렸다. 프랭크의 눈이 동그래졌다.

"자기가 암시한 뜻은 그 남자가 나와 일종의……."

나는 적절한 표현을 찾지 못하고 헤맸다.

"정사를 나눈 사이?"

프랭크가 거들었다.

"로맨틱한 사이냐는 거지?"

내가 말을 맺었다.

"아냐, 절대로 그런 뜻이 아니었어."

프랭크는 힘없이 부인했다. 남편이 키스하려 했지만 이번에는 내가 고개를 돌렸다. 그는 강압적으로 나를 침대에 밀어붙이고 위로 올라왔다.

"클레어…… 우리는 6년이나 떨어져 있었어. 그동안 세 번밖에 못 만났고 마지막 경우에는 겨우 하룻밤을 같이 보냈잖아. 그러니까…… 의사와 간호사는 긴급상황에서 극심한 스트레스를 받고…… 난 이해할 수 있어. 설령 충동적인 본성으로 일이 벌어졌다 해도……."

남편을 뒤로 밀어젖히고 침대 밖으로 뛰어나갔다.

"내가 부정을 저질렀다고 생각해? 진심이야? 그렇다면 당장 이 방에서 나가. 끝장내자구! 어떻게 감히 그런 추악한 암시를 할 수 있지?"

나는 노발대발 화를 냈다. 프랭크는 엉거주춤 일어나 앉아 나에게 손을 뻗었다.

"내 몸에 손대지 마! 낯선 남자가 우리 침실을 올려다본 정황만으로 나를 환자와 놀아난 화냥년 취급해!"

프랭크가 침대에서 나와 내 어깨와 머리카락을 다정하게 애무했다. 나는 롯(소돔을 피해 도망 나오다가 뒤를 돌아보고 소금기둥이 된 아내를 둔 아브라함의 조카)의 아내처럼 뻣뻣하게 서 있었다.

"아냐, 그런 생각은 추호도 없어."

그는 단호하게 말하고 나를 더 힘주어 안았다. 내 몸에서 긴장이 약간 풀렸다. 한참 동안 프랭크는 내 머리칼에 얼굴을 묻고 있다가 나직하게 속삭였다.

"아니야. 난 당신을 그런 여자라고 생각하지 않아. 내가 하려던 말은…… 자기가 실수했다 해도 괜찮다는 거였어. 난 당신을 깊이 사랑해. 그 어떤 것도 내 사랑을 바꿔놓을 수 없어."

그는 내 얼굴을 양손으로 감싸고—우리 두 사람의 신장은 9센티미터 차이여서 서로의 눈을 정면으로 볼 수 있다—부드럽게 물었다.

"나를 용서해줄 거지?"

위스키 냄새가 묻은 프랭크의 따뜻한 숨결이 내 얼굴에 닿았고 입술은 감질날 만큼 가까이에서 나를 유혹했다.

그때 밖에서 번쩍하는 빛과 함께 태풍이 다시 기세를 더하더니, 묵직한 빗방울이 슬레이트 지붕을 쪼개놓을 듯 쏟아졌다. 나는 천천히 그의 허리에 팔을 감고 성경구를 외웠다.

"자비의 혜택을 누가 막으리. 천국의 촉촉한 이슬처럼 만물을 적시는 것을……"

프랭크는 껄껄 웃으며 위를 올려다봤다. 천장에 번진 빗물 자국이 우리의 마른 잠자리를 위협하고 있었다.

"클레어, 이게 당신의 자비라면…… 복수는 사양하겠어."

그의 말에 대한 대답처럼 천둥이 치명적인 공격처럼 포효했다. 우리는 둘 다 웃음을 터뜨리고 다시 사이가 좋아졌다.

잠시 후 남편의 규칙적인 호흡을 들으며 나는 생각했다. 아까 말했듯이 내 부정을 암시하는 증거는 아무것도 없다. 내 쪽은 결백했다. 하지만 남편의 말대로 6년은 아주 긴 시간이다.

2. 선돌

크룩 씨는 약속대로 다음날 아침 7시 정각에 나타났다.

"미나리아재비의 이슬을 맞으러 가볼까요?"

그의 재치는 나이 지긋한 신사답게 고풍스러움으로 번득였다. 교통 수단인 오토바이도 주인과 엇비슷한 고물털털이였지만 끄떡없이 우리를 교외까지 실어 날랐다. 식물 표본틀을 예인선의 범퍼처럼 양옆에 단단히 고정하고 평화로운 정적을 털털거리는 굉음으로 깨며 신나게 달리는 맛이 그럴 듯했다. 알고 보니 그 노인장은 지방 식물학의 대가로서, 서식지를 필두로 약효와 재배법까지 두루 꿰고 있었다.

나는 필기도구를 미처 챙기지 못한 실수를 애석해하며 무거운 표본틀에 식물 견본을 주워 담는 틈틈이 많은 정보를 머리에 입력하려고 애썼다.

우리가 도시락을 펼친 곳은 꼭대기가 편평한 언덕의 발치였다. 그 언덕은 주변의 여느 곳처럼 푸른 겉옷을 두른 바위투성이 돌무덤이었지만 남다른 구석이 하나 있었다. 잘 닦인 길 하나가 불쑥 융기된 화강암 정상까지 쭉 이어졌던 것이다.

"저 길이 어디로 통하죠? 아무리 봐도 소풍 장소 같지 않은데요."

내가 햄 샌드위치로 언덕을 가리키며 물었다.

"위에 '크래이나둔'이 있지요. 식사를 마치고 색시에게 보여줄 참이었소."

"아주 특별한 곳인가요?"

"예."

크룩 씨는 직접 눈으로 확인하라는 듯 더 이상의 설명을 피했다.

노인네의 등반 능력에 회의를 품었지만 정작 가파른 오르막에서 보조를 맞추려고 헐떡거린 사람은 내 쪽이었다. 마침내 보다 못한 크룩 씨가 갈퀴 같은 손을 내밀어 나를 언덕 정상으로 끌어올렸다.

"바로 이겁니다."

그는 땅 임자나 되는 것처럼 의기양양하게 손짓했다.

"세상에나! 스톤헨지(역주 : 영국의 석기시대 유적)잖아! 축소형이네!"

전쟁으로 인해 마지막으로 솔즈베리 평원을 찾았던 때가 벌써 여러 해 전이었지만 프랭크와 난 결혼 직후 스톤헨지를 보러 갔다. 다른 관광객처럼 거대한 환상열석(역주 : 環狀列石, 선돌이

원 모양으로 세워져 있는 유적)에 압도당한 채 오락가락했고 알터스톤 앞에서 입을 떡 벌렸다. 거기에서 고대 드루이드 사제가 인신 제물의식을 거행했다는 런던 토박이 관광 안내원의 낭랑한 설명에 맞춰 일단의 이탈리아 관광객들이 그 흔하디 흔하게 생긴 넙적 바위 사진을 의무적으로 찍었다.

프랭크는 넥타이를 나란히 옷걸이에 걸어놔야 직성이 풀리는 그 주도면밀함을 되살려 나를 질질 끌고 울퉁불퉁한 주변을 한 바퀴 돈 것으로 모자라, Z와 Y자 구멍 사이의 거리를 재고 어마어마한 높이로 직립한 사르센 서클의 상인방 개수를 일일이 헤아렸다.

세 시간에 걸친 고행 끝에 Z와 Y자 구멍이 몇 개인지(나와 달리 궁금해하는 분을 위해 59개라고 밝혀두겠다) 알아냈지만 그러한 건축 목적에 대해서는 지난 5백 년 동안 동일한 지역을 득실거렸던 무수한 프로 및 아마추어 고고학자들처럼 오리무중이었다.

물론 학설이야 분분했다. 학계 경험을 통해 나는 잘 포장된 학설이 그렇지 못한 것보다 훨씬 설득력 있고 출세에 지대한 영향을 끼친다는 사실을 터득한 바였다.

거기가 신전이었네, 묘지였네, 천체 관측소였네, 학자들은 제각기 목소리를 높였다. 처형장소였다는 의견도 있었다(한쪽 구덩이가 반쯤 함몰되었다는 점으로 미루어 스톤헨지를 '도살 바위'라고 서툴게 번역했다). 일각에서는 야외시장이었다고 주장했다. 내 개인적으로는 마지막 학설이 가장 마음에 들었다. 석기시대의 아낙네들이 시장 바구니를 들고 상인방 사이를 오가며 신

식 오지그릇을 요리조리 살피고 빵장수, 사슴뼈 도구 상인, 호박
목걸이 장사꾼과 줄다리기 흥정을 하는 상상이 그럴 듯했기 때
문이었다.

이런 억측에 반하는 유일한 증거라면 알터스톤 아래에서 출토
된 시체와 Z 홀에 남아 있는 화장 흔적이었다. 어느 불운한 상
인이 무게를 속여 팔았다는 죄목으로 처형된 경우가 아닌 이상
시장터에 시체를 묻는 건 위생상 문제가 있으니까.

하지만 여기 언덕 위의 축소형 스톤헨지에는 묘지의 흔적이
보이지 않았다. '축소형'이란 의미는 진짜 스톤헨지보다 규모가
작다는 뜻이지 결코 선돌 자체의 크기를 뜻함이 아니다. 각각의
기둥이 내 키의 두 배가 넘었고 전체적으로 거대했다.

스톤헨지에서 엿들었던 또 다른 관광 가이드의 설명에 따르면
이런 환상열석이 영국과 유럽 전역에 남아 있단다—일부는 월등
하게 보존 상태가 좋고, 어떤 것은 시대와 형태에 있어서 약간
다르지만 하나같이 그 건축 목적과 기원이 밝혀지지 않았다.

크룩 씨는 흐뭇한 표정으로 내가 열석 안을 노닐며 여기서 잠
깐 구경하고, 저기 불후의 기념비에 손도장을 찍는 모습을 지켜
봤다.

선돌의 상당수가 변색되어 칙칙한 줄이 나 있었다. 일부는 돌
비늘이 떨어져나가 기세 좋은 아침 햇살에 맨살이 반짝거렸다.
그 모두가 주변의 토착 암석과 다른 재질이었다. 누가 이 환상
열석을 만들었고, 왜 세웠는지 몰라도 자신들의 존재를 증명하
는 표상처럼 특별한 바위를 채석하고 깎고 운반하는 게 중요하
다고 여긴 모양이었다. 이걸 무엇으로 깎았고, 어떻게 운반했으

며, 얼마나 먼 거리를 거쳤을까?

"제 남편이 좋아할 거예요."

크룩 씨에게 이 장소를 보여줘서 고맙다고 사의를 표했다.

"나중에 남편을 꼭 데려오겠어요."

꼬장꼬장한 노인장은 신사도를 유감없이 발휘하여 길 정상에서 팔짱을 제의했다. 나는 가파른 경사를 힐끔 본 다음, 나이에 상관없이 크룩 씨의 걸음이 나보다 안정되었다고 판단하고 망설임 없이 그와 팔짱을 꼈다.

그날 오후에는 목사관으로 프랭크를 데리러 갔다. 시골집이 드문드문 늘어선 길을 따라 걸으며 하일랜드 특유의 감칠맛 나는 공기를 마음껏 들이켰다. 히스와 샐비어 그리고 양골담초의 쌉쌀한 향기가 인근의 굴뚝 연기, 튀긴 청어의 구수함과 혼합된 이 공기란! 마을은 하일랜드의 황무지에서 숨가쁘게 돌출한 저 바위산 가운데 하나의 내리막 발치에 편하게 주저앉았고 길가의 작은 집들이 예쁜 그림처럼 보기 좋았다. 전후의 만개한 번영이 여기 깔끔한 색으로 단장된 주택에서 풍겼다. 심지어 최소 몇백 년은 묶었을 목사관의 도기 창틀도 화사한 노란색으로 반들거렸다.

목사관 가정부가 문을 열었다. 훤칠한 근골형의 체구에 세 줄짜리 인조 진주 목걸이로 여성미를 보탠 중년 부인은 내 정체를 알자마자 반색하며 길쭉하고 좁은 복도로 안내했다. 어두운 벽을 장식한 초상화들은 당대의 유명인사이거나 현재 목사의 자애스런 친척일 수 있겠지만, 몇몇 우울한 얼굴이 제법 낯설지 않은 것으로 미루어 왕족일 가능성도 컸다.

뜻밖에도 서재는 한쪽 벽면이 천장에서 마루까지 전부 유리창이어서 환하고 밝았다. 이젤 하나가 벽난로 근처를 차지한 채 반쯤 완성된 황혼의 시꺼먼 절벽 풍경을 보여줬다. 아하, 이 때문에 서재 벽이 고풍스런 집답지 않게 유리창으로 개조되었구나.

땅딸막한 목사와 프랭크는 방 한쪽의 책상을 마주 보고 사이 좋게 이야기를 나누고 있었다. 남편은 나에게 아는 척도 안 했지만, 목사는 예의바르게 말을 멈추고 허겁지겁 달려왔다. 그는 동그란 얼굴에 사교적인 미소를 가득 머금고 내 손을 다독거렸다.

"랜들 부인, 다시 뵙게 되어서 반갑습니다. 때맞춰 잘 오셨어요. 좋은 소식이 있습니다!"

"좋은 소식이오?"

책상을 빼곡하게 뒤덮은 각종 고문서와 서류를 보아하니, 그 문제의 소식이 1750년을 전후한 게 틀림없었다. 따끈따끈한 최신 뉴스와 거리가 멀군.

"예, 우리는 옛 군대 문서를 통해 부군의 선조이신 잭 랜들을 추적했어요."

이 시점에서 목사는 미국 영화의 갱처럼 한쪽 입가를 비틀며 속삭였다.

"실은 제가 지방 사학회에서 원본 몇 개를…… 흠흠, '빌려' 왔어요. 다른 사람에게 말씀을 삼가주시겠죠?"

나는 엄숙하게 비밀을 누설하지 않겠노라고 약속했다. 18세기의 그 최근 소식을 들을 만한 편안한 자리를 찾아보니, 창가의 팔걸이 의자가 안성맞춤으로 보였다. 하지만 책상을 돌아간 내 앞에 의외의 불청객이 나타났다. 갈가마귀 깃털처럼 새까만 머리의 한 어린 소년이 몸을 동그랗게 말고 새근새근 잠들어 있었던 것이다.

"로저!"

목사도 나만큼 기겁을 했다. 소년은 화들짝 놀라, 이끼 색 눈을 동그랗게 뜨고 벌떡 일어났다.

"이 녀석아, 여기에서 뭘 하는 게냐?"

목사는 애정 어린 어조로 호령을 쳤다. 그리고 바닥에 떨어진 야광 표지의 책 한 권을 주워 소년에게 건넸다.

"옜다. 또 만화책을 읽다가 잠들었구나. 빨리 나가봐라. 난 랜들 부부와 할 일이 있어. 참, 이런 정신머리하고는…… 소개를 빼먹었네. 랜들 부인, 내 아들 로저입니다."

나는 약간 놀랐다. 첫눈에 틀림없는 독신남이 있다면 여기 웨이크필드 목사였기 때문이다. 그럭저럭 속마음을 감추고 소년과 악수했다. 으악, 이게 웬 끈적거림? 손을 치맛자락에 닦으면 무례하게 보이겠지?

웨이크필드 목사는 부성애가 듬뿍 담긴 시선으로 소년의 뒷모습을 지켜보며 고백했다.

"실은 조카의 아들이에요. 제 아비는 영불 해협에서 전사하고 어미는 블리츠에서 죽었지요. 그래서 내가 저 녀석을 맡았습니다."

"자비로우시기도 해라."

나는 램 삼촌을 떠올리며 중얼거렸다. 삼촌도 블리츠의 대영박물관에서 강의하던 중 폭격으로 목숨을 잃었다. 살아생전의 행적을 비춰볼 때 삼촌은 당신 목숨보다 강연장 옆방의 페르시아 유물관이 재난을 모면했다는 사실에 대단히 만족하실 것이다.

"별말씀을요. 전혀 그렇지 않아요."

목사는 수줍은 듯 손짓까지 해가며 부인했다.

"오히려 어린것이 와서 집안 분위기가 환해졌지요. 여기 앉으세요."

프랭크는 내가 핸드백을 내려놓기도 전에 고문서를 훑어보며 말하기 시작했다.

"우리 운수가 대통했어, 클레어. 목사님께서 조나단 랜들이 언급된 일련의 군대 문서를 빠짐없이 구하셨거든."

"제가 한 일이 뭐 있습니까. 랜들 대장의 행적이 워낙 유명했기 때문이지요."

목사는 프랭크에게 일부 서류를 받으며 겸손하게 말을 이었다.

"그는 4년 동안 포트윌리엄의 주둔군을 지휘했지만, 잉글랜드 국왕을 대신하여 국경 근처의 스코틀랜드인을 못살게 구는 데 많은 시간을 할애했어요. 문서의 상당수가 여러 가문과 지주들의 탄원서예요. 랜들 대장과 휘하 주둔군의 말 도둑질을 말리다가 하인과 영지민들이 육체적인 '모욕'을 당한 것은 물론이고 체포되었다는 불평이지요."

나는 프랭크를 약올렸다.

"어머, 당신 선조가 전설적인 말도둑이었군요?"

남편은 무심하게 어깨를 으쓱했다.

"각자 타고난 품성을 어쩌겠어. 난 그저 사실을 알고 싶을 뿐이야. 하지만 당시 시대 상황으로 비춰볼 때 그런 불만과 탄원은 이색적인 게 아니지. 넓게는 잉글랜드인 전체가, 좁게는 주둔군이 하일랜드 전역에서 인기가 없었으니까. 오히려 불평이 없었더라면 이상했을걸."

목사는 체질상 오래 침묵을 지킬 수 없는지 대화에 끼어들었다.

"옳습니다. 당시 장교들의 권한은 오늘날과 현저하게 달랐어요. 사소한 문제에 관한 한 자기 마음대로 처리할 수 있었지요. 하지만 랜들 대장의 경우는 특이합니다. 지역민의 불평이 상부의 조사와 감찰을 받지 않은 채 완전히 무시되었거든요. 두 번 다시 언급조차 되지 않았어요. 랜들 박사, 아무래도 당신 선조의 뒤에 든든한 후원자가 있었던 모양이에요. 그가 무슨 짓을 해도 무마시켜 줄 수 있는 사람 말입니다."

프랭크는 머리를 긁적거리며 군대 문서를 들여다봤다.

"있을 법한 일입니다. 그 후원자는 막강한 권력자여야 해요. 군 서열상 최고위치거나 권세 있는 귀족 정도."

"어쩌면……."

목사의 이론은 가정부 그레이엄 부인의 등장으로 끊어졌다.

"신사 양반들, 잠시 머리를 식히세요."

가정부가 차 쟁반을 책상 한가운데 내려놓자 목사는 허겁지겁 소중한 고문서들을 치웠다. 그녀는 강단 있는 체구, 쑥 파인 안구와 어울리는 예리한 시선으로 나를 건너다봤다.

"찻잔은 두 개만 준비했어요. 랜들 부인께서는 저와 부엌에서 차를 마시고 싶어할 것 같아서요. 저로서는……."

나는 초대의 뒷말을 기다리지 않고 얼른 일어났다. 목사의 이론이 다시 이어지는 소리를 들으며 부엌의 회전문을 밀었다.

차는 엽차였다. 따끈하고 향긋한 냄새가 일품인 데다 찻잎 몇 개가 둥둥 떠 있었다. 나는 잔을 내려놓으며 말했다.

"음, 오룡차는 정말 오랜만이에요."

그레이엄 부인이 고개를 끄덕거렸다. 자신의 수고가 정당한 평가를 받은 게 기쁜 눈치였다. 섬세한 도자기 차받침에 수제 레이스를 깔고, 한 입 베어 물면 크림이 주르르 흘러나오는 스콘까지 대접하는 등 신경 쓴 흔적이 역력했다.

"전시에는 오룡차를 구하지 못했답니다. 찻잎으로 점괘를 읽는 데는 그게 최고예요. 얼그레이 홍차는 잎이 너무 빨리 퍼져서 운수를 알기 힘들어요."

"그런 것을 다 하세요?"

내 호기심이 발동했다. 그레이엄 부인처럼 집시 점쟁이의 일반 개념과 동떨어진 사람은 드물리라. 짧고 성성한 회색 머리를 인두로 지지고 세 줄짜리 진주 목걸이로 모양을 낸 점쟁이가 또 있을까. 그녀의 길고 강인한 목에 오룡차 넘어가는 과정이 자세히 보였다.

"그럼요. 저희 할머님이 찻잎 읽는 법을 가르쳐주셨고, 그분은 또 전대의 할머님에게 배웠는 걸요. 어서 차를 마저 드세요. 제가 당신의 운수를 점쳐드리리다."

그레이엄 부인은 입을 꾹 다물고 내 찻잔을 깡마른 손으로 감싼 채 햇살을 향해 기울이기도 하고 이리저리 흔들어보기도 했다.

오랜 침묵이 흐른 끝에야 그녀는 찻잔이 부서질까 두렵다는 듯 아주 사뿐히 내려놓았다. 입가의 골이 깊이 파지고 미간에 주름이 잡혀서 속내를 가늠하기 어려웠다.

"이렇게 이상한 운수는 보기 드물어요."

"오호, 제가 키 크고 까무잡잡한 이방인을 만나거나 외국 여행을 가게 되나요?"

"가능하지요."

그레이엄 부인은 내 비아냥거림을 감지하고 슬쩍 웃으며 나와 똑같은 어조로 대답했다.

"그렇지 않을 수도 있구요. 색시의 점괘는 모든 게 상반되었어요. 여행을 뜻하는 구부러진 잎이 보이는가 하면 제자리에 머문다는 의미인 갈라진 잎도 있어요. 하지만 이방인은 확실하게 만날 운이에요. 하나도 아닌 여러 사람을요. 그 가운데 한 명이 당신 남편이 돼요."

흥겨움이 폭 꺼지고 약간 섬뜩해졌다. 6년의 이별 끝에 겨우 6개월을 함께 보낸 지금, 남편은 여전히 타인이나 마찬가지였기 때문이다. 찻잎으로 어떻게 그 사실을 알아냈을까? 그레이엄 부인의 미간 주름이 더 깊어졌다.

"손을 줘봐요, 색시."

그녀의 손은 뼈마디가 굵었지만 놀랄 만큼 따뜻했다. 내 손바닥 위로 숙여진 머리에서 라벤더 향기가 은은하게 풍겼다. 그레이엄 부인은 마치 사막의 오아시스로 향한 길이 표시된 지도를 읽듯이 내 손금을 하나씩 따라 그렸다.

나는 애써 가벼운 목소리를 냈다.

"어때요? 내 운명이 차마 말할 수 없을 정도로 고약한가요?"

그레이엄 부인은 수수께끼 같은 시선으로 내 얼굴을 곰곰이 바라봤다. 그리고 입술을 꾹 다문 채 고개를 설레설레 흔들었다.

"아니에요. 손금에는 정해진 운명이 안 나와요. 단지 운명의 씨앗들을 엿볼 수 있지요."

그녀는 깊은 생각에 잠겨 고개를 삐뚜름하게 기울였다.

"손금은 수시로 바뀐답니다. 하지만 색시는 인생의 어느 시점에서 지금보다 약간 힘든 처지에 놓이게 될 거예요."

"미처 몰랐어요. 손금은 태어날 때 그대로 영원한 줄 알았어요. 그렇다면 언제 손금을 읽어야 가장 정확하게 운명을 알 수 있죠?"

나는 그녀에게 잡힌 손을 빼고 싶은 충동을 억눌렀다. 퉁명스럽게 말할 생각은 없었지만 찻잎의 점괘가 워낙 오싹했던지라 부지불식간에 신경이 날카로워졌다. 그레이엄 부인은 뜻밖에 빙긋 웃으며 다정하게 내 손가락을 하나씩 오므렸다.

"손금은 현재를 보여줘요. 그래서 손금이 바뀌는 거예요. 또 변해야 하구요. 극히 드물지만 어떤 사람들은 평생 충분한 변화를 겪지 못하고 쳇바퀴를 맴돌지요. 그러면 손금이 바뀌지 않아요. 불행한 일이지요. 색시는 그런 사람이 아니에요. 이렇게 젊은 나이인데도 손금이 많이 변했는 걸요. 아마 전쟁 때문이겠지요."

호기심이 다시 고개를 쳐들었다. 나는 자발적으로 주먹을 펴고 손바닥을 내밀었다.

"손금에는 내가 어떤 사람이라고 나와 있죠?"

"한마디로 단정 내릴 수 없어요. 일반적으로 손금은 인품을 반영해요. 하나를 보면 열을 안다는 옛말 그대로예요. 인간은 어쩔수 없이 몇몇 부류로 나뉘거든요."

그녀가 활짝 웃었다. 비정상적으로 새하얀 의치가 드러나서더 야릇하고 의미심장하게 보였다.

"그래서 점쟁이들이 밥을 먹고사는 거죠. 난 교회 축일이면 점을 봐요. 아니, 전쟁 전에 그랬어요. 이제 다시 하게 될 테구요. 텐트를 설치하고 도널드슨 씨에게 빌린 공작새 깃털을 터번에 꽂지요. 동방의 광채가 어린 예복—실은 샛노란 바탕에 공작새자수가 놓인 목사님의 잠옷 가운—을 걸치구요. 어쨌든 한 아가씨가 점을 보러 오면 난 손바닥을 보는 척하면서 가슴팍이 드러난 블라우스, 싸구려 향수, 어깨까지 내려온 귀걸이 등을 눈여겨봐요. 그러면 수정 구슬이 없어도 그 아가씨가 다음해 이맘때쯤임신해 있으리란 게 뻔하죠. 호호호, 손금을 봐달라고 내민 손에반지가 없다면 조만간 결혼하게 될 거라고 덕담부터 풀어놓고요."

"그러니까 결혼반지의 유무를 확인할 뿐이지 손금을 보는 게아니로군요?"

그레이엄 부인은 깜짝 놀란 표정을 지었다.

"물론 보고말고요. 우선 개인의 외모에서 유추한 품성에 맞춰손금 풀이를 해주는 거예요. 일반적으로는요."

그녀는 내 손바닥을 고갯짓으로 가리켰다.

"하지만 색시 같은 손금은 처음이에요. 어디 보자…… 엄지가 크군요. 손금과 달리 손가락 크기는 그리 변하지 않아요. 큰 엄지는 마음이 굳고 뜻을 쉽사리 꺾지 않는다는 뜻이에요. 어때요, 색시 남편에게 고집쟁이라는 말을 많이 듣지요? 이 부분을 보면……."

그레이엄 부인은 엄지 아래의 볼록한 살을 가리켰다.

"그 부분이 뭔데요?"

"소위 '금성구'라고 해요. 여기가 두둑하면 남자는 호색한이지요. 하지만 여자는 달라요. 내치는 대로 말해서 색시 남편이 좀처럼 침대를 떠나지 못하겠어요."

그녀는 걸쭉한 웃음을 내뱉었고 나는 얼굴을 살짝 붉혔다. 중년의 가정부가 다시 내 손을 잡고 검지로 손금의 여기저기를 가리키며 말을 이었다.

"자, 생명선이 또렷하니 건강은 좋아요. 오래 살겠군요. 운명선에 잔금이 끼었어요. 색시 운명이 획기적으로 변하리란 뜻이에요. 하긴 그렇지 않은 사람이 누가 있겠어요? 그러나 색시는 유달리 잔금이 많아요. 풍파가 많겠어요. 어디 결혼선을 볼까…… 갈라졌네. 진귀한 경우는 아니지만 두 번 결혼할 팔자예요."

나는 약간 움찔거렸다. 그레이엄 부인이 내 희미한 반응을 감지하고 눈을 들었다. 그녀는 정말 신통한 점쟁이답게 내 마음을 간파하고 고개를 저었다.

"색시 남편에게 무슨 일이 생긴다는 게 아니에요. 만일의 경우에 두 번 결혼하게 된다는 거죠. 색시는 남은 평생 탄식하며 수절할 타입이 아니에요. 첫사랑을 잃으면 새출발할 수 있어요."

그레이엄 부인은 근시처럼 눈살을 찌푸리고 짧은 손톱으로 내 결혼선을 따라 그렸다.

"하지만 갈라진 결혼선은 일자로 뻗어나가다가 끊어지는 게 대부분인데…… 당신의 것은 끝이 구부러졌어요. 혹시 남몰래 중혼한 건 아니죠?"

나는 웃으면서 고개를 저었다.

"아뇨. 언제 그럴 틈이 있었겠어요?"

이번에 나는 손바닥의 안쪽을 내보이며 가능한 무심한 목소리로 질문을 던졌다. 내 손의 그 부분은 이례적으로 깨끗했다.

"이쪽의 잔금이 슬하의 자식 숫자를 가리킨다면서요?"

그레이엄 부인은 어이없다는 몸짓을 했다.

"흥, 그건 아무도 모르는 일이에요."

바보같이 그 말을 들으니 마음이 놓였다. 내가 손목의 가로선이 어떤 의미냐고―혹시 자살 가능성이라도―물어보려는 찰나, 웨이크필드 목사가 빈 쟁반을 들고 부엌에 나타났다. 쟁반을 개수대에 놓고 선반을 기웃거리는 게 도움을 요청하는 모양새였다.

그레이엄 부인은 성역을 방어하려고 얼른 일어나서 목사를 한 구석으로 쫓아버린 다음 차 준비를 새로 했다.

목사가 손짓으로 나를 불렀다.

"랜들 부인, 함께 서재로 가서 저희와 차를 마실까요? 우리가 방금 획기적인 발견을 했습니다."

침착한 어조와 달리 목사는 주머니에 두꺼비를 숨겨놓은 소년처럼 흥분을 감추지 못했다. 아무래도 조나단 랜들의 세탁 영수증이나 부츠 수리 접수증 등등의 매혹적인 문서를 찾아낸 모양이었다.

프랭크는 낡아빠진 문서에 고개를 박고 나를 거들떠보지 않았다. 그는 목사의 재촉으로 마지못해 고문서를 건네줬다. 그리고 거기에서 잠시도 눈을 뗄 수 없다는 듯 책상을 돌아가서 목사의 어깨 너머로 훔쳐봤다.

목사가 넘겨준 낡은 종이 조각을 들여다보며 내가 정중하게 말했다.

"예, 정말 흥미진진하군요."

사실 개발새발 필체는 지나치게 멋을 부리고 빛이 바랬기 때문에 판독하기 어려웠다. 그나마 보존상태가 가장 좋은 문서의 상단에 문장이 찍혀 있었는데, 웅크린 표범의 빛 바랜 문장 아래에 찍힌 인쇄는 필체보다 훨씬 읽기 쉬웠다.

"샌딩햄…… 공작?"

"예, 맞습니다."

목사가 한층 얼굴을 빛냈다.

"부인께서도 아시다시피 그 가문은 혈통이 끊어졌지요."

나는 모르는 사실이었지만 엄청난 발견의 광기에 휩싸인 두 명의 사학자와 장단을 맞췄다. 보통 학구적인 대화가 이 단계에 이르면 적시에 '어머머, 정말이에요?'라든가 '너무 근사해요!'와 같은 곁다리 이외의 언급은 삼가는 게 이로웠다.

프랭크와 목사의 주거니받거니 견해를 종합한 결과, 이 편지가 새로운 발견에 끼친 중요성이 마각을 드러냈다. 프랭크의 선조, 즉 악명 높은 '블랙 잭' 랜들은 잉글랜드 국왕의 용맹스런 군인이었을 뿐 아니라 샌딩햄 공작의 믿음직한, 그리고 비밀스런 첩자였던 것이다.

"앞잡이라고 해도 무방하지 않을까요, 랜들 박사?"

목사가 우아하게 프랭크에게 대화의 주도권을 넘겼다. 프랭크는 거뭇한 집게손가락으로 고문서를 조심스레 넘겼다.

"그럼요. 여기 표현은 극히 절제되어 있지만……."

내가 한마디 했다.

"어머머, 정말이에요?"

"조나단 랜들은 관할 지역의 저명한 스코틀랜드 가문 사이에서 자코바이트 기운을 불러일으키는 임무를 하달받았어요. 어떤 하급 귀족들과 수장들이 그런 쪽으로 은밀한 동정표를 던지고 있는지 알아내는 게 주요 관건이었지요. 하지만 앞뒤가 안 맞군요. 샌딩햄 공작은 자코바이트가 아니잖습니까?"

프랭크의 얼굴이 의문으로 구겨졌다. 목사의 반들반들한 이마에도 똑같은 주름이 섰다.

"박사의 의견이 옳아요. 잠깐 기다려보십시오. 카메론의 저서를 확인해봅시다. 샌딩햄 공작에 대한 부분을 본 기억이 나는데……."

목사는 득달같이 책장으로 달려가서 소가죽 장정본을 뒤적거렸다.

"너무 근사해요."

나는 한쪽 벽면을 차지한 책장으로 관심을 돌리며 중얼거렸다. 거기에는 다양한 물건들이 자리잡고 있었다. 대부분이 여러 분야의 서적이었지만 그 외에도 가스 대금 영수증, 각종 서신,

교구 위원서의 통지서, 제본이 떨어진 소설책 일부분, 목사 자신의 메모뿐 아니라 열쇠와 술병, 소형 자동차 부품이 널려 있었다.

나는 하릴없이 그 잡동사니를 기웃거리며 등 뒤에서 오가는 토의를─샌딩햄 공작이 자코바이트였을 거라고 결론났다─반쯤 흘려들었다. 이제 내 관심은 벽 한구석의 가계도에 집중되었다. 네 귀퉁이가 압정으로 고정된 가계도는 17세기 초반까지 거슬러 올라갔는데, 내 시선을 끈 부분은 맨 아래쪽의 이름이었다. '로저 W.(맥켄지) 웨이크필드.'

"말씀 중에 죄송해요."

나는 공작의 문장 표범이 앞발로 딛고 있는 게 과연 백합이냐 크로커스냐 하는 토론의 막바지를 경우없이 잘랐다.

"이건 당신 아드님의 가계도인가요?"

"웅? 아, 예, 그렇습니다."

정신이 분산된 목사는 얼떨떨해하다가 내 옆으로 다가왔다. 그는 다시 밝은 낯빛을 되찾고 가계도를 벽에서 조심스럽게 떼어 협탁에 내려놓고 입을 열었다.

"아들 녀석이 제 가문을 기억하기 바라는 마음으로 이걸 만들었지요. 꽤 오래된 가문입니다. 16세기까지 거슬러 올라가니까요. 난 이곳의 실정을 고려하여 로저를 입양했습니다. 허나 사람은 뿌리를 잊어선 안 되죠. 부끄럽습니다만, 제 가문은 자랑할 게 없어요. 목사와 부목사 집안이고 가끔 서적상이 나왔지요. 그나마 빈약한 기록으로 인하여 1762년 이전의 자취는 찾아보기 어렵구요."

목사는 무명의 선조들이 송구스럽다는 듯 머리를 긁적거렸다.

늦은 시간이 되어서야 우리는 목사에게 다음날 해가 뜨자마자 마을로 가서 그 편지들을 복사하겠다는 약속을 받고 목사관에서 물러났다.

프랭크는 베어드 부인의 숙소로 가는 길 내내 자코바이트와 첩자들에 대하여 열나게 떠들었다. 그러다가 드디어 내 침묵을 알아차렸다.

"자기 왜 그래? 기분이 안 좋아?"

그는 걱정스럽게 내 팔을 잡으며 물었다.

"아냐, 난 괜찮아. 그저…… 로저 생각을 하고 있었어."

"로저라니?"

나는 초조한 한숨을 내뱉었다.

"프랭크, 까마귀 고기라도 먹었어! 웨이크필드 목사의 아들 말이야."

"그래, 그 아이. 활발한 소년이지. 그런데 로저가 어때서?"

"그런 아이들이 많이 있잖아. 고아들."

프랭크는 나를 노려보며 고개를 가로저었다.

"안 돼, 클레어. 나도 이성적으로는 입양을 찬성해. 하지만 감정적으로는…… 내 친자식이 아닌 아이에게 정을 느낄 수 없어. 내가 이기적이고 감정적이라는 것은 알아. 그러나 사실이 그런 걸. 언젠가는 마음이 바뀔지 모르겠지만 지금은……."

우리는 불편한 침묵 속에서 걸음을 옮겼다. 갑자기 프랭크가 멈춰 서서 내 팔을 다시 잡았다.

"클레어, 난 우리 아이를 원해. 자기는 이 세상에서 가장 중요한 존재야. 자기의 행복을 그 무엇보다 원한다구. 그렇지만……
난 당신을 독차지하고 싶어. 외부에서 끼어든 아이, 우리와 아무
관계가 없는 아이는 침입자처럼 보일 거야. 그러나 자기가 내
아이를 갖고, 자기 뱃속에서 자라는 모습을 지켜보고, 자기가 낳
으면…… 그 아이는 당신의 연장으로 느껴지겠지. 물론 나의 연
장이기도 하구. 가족의 진짜 구성원으로."

남편은 간청하듯 눈에 힘을 줬다.

"그래, 알았어. 이해해."

나는 기꺼이 포기했다—지금은. 그리고 몸을 돌려 걸음을 옮
기려 했지만 프랭크가 나를 덥석 품에 안았다.

"클레어, 사랑해."

남편의 다정한 어조는 압도적이었다. 나는 그의 가슴에 얼굴
을 묻고 온기와 힘을 느꼈다.

"나도 자기를 사랑해, 프랭크."

우리는 잠시 서로의 품에 안겨 길가를 쓸고 지나가는 바람에
맞춰 조금씩 흔들렸다. 갑자기 프랭크가 뒤로 물러나서 미소 띤
얼굴로 나를 바라봤다.

"게다가 우리는 아직 포기하지 않았잖아. 그렇지?"

"맞아."

그는 내 손을 잡아 옆구리에 꼈고, 우리는 사이좋게 여인숙으
로 걸음을 옮겼다.

"가문의 후손을 위해 다시 시도해볼까?"

"좋지."

게레사이드 거리에 접어들자, 길가에 서 있는 픽트족의 유적

바라그 모르가 환상열석에 대한 내 기억을 일깨웠다.

"깜박 잊고 있었네! 자기에게 보여줄 게 있어. 아주 멋진 거야."

프랭크는 나를 더 가까이 끌어당겼고 싱긋 웃으며 입을 열었다.

"나도 그래. 자기의 것은 내일 보여줘."

그 내일이 되자 다른 할 일이 생겼다. 하루 일정으로 네스 대협곡에 다녀오기로 했던 계획을 잊고 있었다.

협곡까지는 먼 거리였기 때문에 우리는 동이 트자마자 일찌감치 출발했다. 쌀쌀한 새벽 공기를 헤치고 대절한 자동차까지 달음박질한 다음 러그로 몸을 감싸자, 손발에 온기가 돌아오면서 달콤한 졸음이 덮쳤다. 나는 새벽빛 속에서 붉게 물든 운전사의 머리를 마지막 광경으로 프랭크의 어깨에 기대어 잠들었다.

아홉 시가 조금 넘어서야 목적지에 도착했다. 프랭크가 사전에 수배한 안내원이 작은 조각배를 호숫가에 대놓고 기다리고 있었다.

"정시에 오셨군요. 호수를 가로질러 저편의 우르쿠하르트 성으로 갑시다. 그곳에서 저녁을 먹고 돌아오면 딱 좋습니다."

안내원은 음울한 인상의 작달막한 남자였다. 낡은 면셔츠와 능직 바지 차림이었는데, 조각배 좌석 아래에 피크닉 바구니를 빼곡하게 실은 후 나에게 못박인 손을 내밀어 배에 태웠다.

화창한 날이었다. 호수의 험한 물살 속으로 잠수하는 가파른 제방마다 새순이 파릇파릇하게 돋아 있었고 햇살은 투명하고 맑게 수면에 반사되었다. 안내원은 뚱한 생김새와 달리 지식이 풍부하고 말도 많아서, 길쭉한 호숫가를 따라 자리잡은 여러 성과 폐허 그리고 섬들의 이름과 내력을 쉬지 않고 설명했다.

"저기가 우르쿠하르트 성입니다."

안내원이 숲 사이로 언뜻 보이는 매끈한 돌벽을 가리켰다.

"오히려 성의 잔재라는 표현이 옳겠지요. 마녀들의 저주를 받아 불행이 끊이지 않다가 망했어요."

그는 우르쿠하르트 성 영주의 딸 메리 그랜트와 그녀의 연인이자 방랑시인, 보훈틴의 맥도널드 아들인 도널드 던의 슬픈 사랑을 말해줬다.

영주는 청년의 아버지가 들르는 성마다 '절도'하는 습관(안내원은 그게 하일랜드의 명예스럽고 오래된 직업에 속한다고 보증했다) 때문에 딸과 애인의 만남을 금지시켰지만 젊은이들은 밀애를 계속했다. 영주는 화가 난 나머지 거짓 만남으로 청년을 유인해서 잡았다. 그 청년은 죽음을 선고받자, 무뢰한처럼 교수형을 당하느니 신사답게 참수시켜 달라고 애원했다. 결국 그 요청이 받아들여졌다. 청년은 단두대로 끌려가며 이렇게 되뇌었다. '악마가 그랜트 영주의 신발을 가져가서 집행이 취소된다.' 하지만 물론 그런 일은 벌어지지 않았고 청년은 참수되었다. 전설에 의하면 청년의 머리가 단두대에서 데굴데굴 굴러 떨어지며 '메리, 내 머리를 잡아줘' 하고 말했단다.

내가 부르르 떨자 프랭크가 나를 껴안으며 차분하게 말했다.

"도널드 던의 시 한 수에 이런 구절이 남아 있어."

내일이면 이 몸은 목 없이 어느 언덕에 버려지리라.

그대여 비탄에 잠긴 내 님이 불쌍하지도 않은가.
나의 메리, 저 어여쁘고 다정한 눈매의 그녀가?

나는 남편의 손을 꼭 쥐었다. 배반과 살인 그리고 폭력의 이
야기를 연이어 듣자, 호수의 불길한 평판이 당연해 보였다. 여기
는 유혈과 딱 어울리는 배경이었다. 나는 어두운 수면 속을 들
여다봤다.

"네스 호(湖)의 괴물이 정말 있어요?"

"확실히 여기는 이물스러운 곳이지요. 한때 저 깊은 곳에 늙고
사악한 뭔가가 살았다는 이야기가 전해옵니다. 그래서 제물을
바쳤다더군요. 소떼와 심지어 어린아이들까지 고리버들 바구니
에 넣어 수장시켰대요. 또 어떤 이는 말하길, 호수가 한없이 깊
답니다. 바다 중앙에 스코틀랜드 전부를 합친 것보다 깊은 구멍
이 뚫려 있다나요. 한편으로는……."

안내원의 처진 눈매가 약간 더 내려앉았다.

"몇 해 전 랭커셔 지방에서 놀러온 일가족이 인버모리스턴의
경찰서로 뛰어가서, 괴물이 호수 밖으로 나와 숲으로 숨는 모습
을 봤다고 난리를 쳤어요. 붉은 털이 숭숭 나고 날카로운 뿔이
돋아난 흉측한 괴물이 입가에 피를 질질 흘리며 뭔가를 질겅질
겅 씹었다더군요."

안내원이 갑자기 한 손을 쑥 내밀었고 나는 으악 비명을 질렀
다.

"그래서 사람들이 현장으로 우르르 몰려가서 확인한 결과
……."

안내원은 뜸을 들여 공포감을 조성했다.

"잘생긴 하일랜드 황소 한 마리가 건초를 되새김질하고 있더랍니다!"

우리는 호수를 반쯤 가로지른 곳에 상륙해 늦은 점심을 먹었다. 거기에서 차편을 만나 대협곡을 되돌아오는 동안 깜짝 놀란 붉은 여우 한 마리 이외의 사악한 괴물은 만나지 못했다. 그리고 자동차가 붕 소리와 함께 급격하게 커브를 돌자, 얼빠진 표정의 작은 동물 한 마리가 도로변에 멍청하게 있다가 재빨리 어둠 속으로 도망치기도 했다.

아주 늦은 시각에야 우리는 맥이 풀린 다리로 베어드 부인의 여인숙 계단을 올라갔지만 여전히 웃고 떠들며 하루의 사건을 되새겼다. 옷을 벗고 잠자리에 들려는 순간, 기억을 떠올리고 축소형 스톤헨지인 '크래이나둔'에 대해 프랭크에게 말했다.

"진짜야? 그 장소를 알아? 클레어, 정말 근사해!"

프랭크는 좋아하며 가방을 뒤지기 시작했다.

"뭘 찾는 거야?"

"자명종 시계."

"왜?"

"시간 맞춰 일어나서 그들을 보려구."

"누구를?"

"마녀들."

"마녀? 거기에 마녀가 있다고 누가 그래?"

"목사님이. 자기 가정부가 마녀래."

나는 위엄 있는 그레이엄 부인을 떠올리고 코웃음을 쳤다.

"웃기지 마!"

"엄밀히 말하자면 진짜 마녀는 아냐. 스코틀랜드 전역에서 마녀들이 몇백 년에 걸쳐 맥을 이어왔어. 뭐, 18세기에 상당수가 화형을 당했지만 말이야. 그러나 악마를 신봉하는 마녀가 아니라, 드루이드 신자였지. 난 13인의 마녀 집회까진 기대하지 않아. 허나 목사님 말로는 일단의 현지인들이 고대의 태양 숭배 의식을 보존하고 있다는 거야. 목사님은 사회적인 위치 때문에 그런 모임에 관심을 드러낼 수 없잖아. 그렇다고 싹 잊어버리기에는 워낙 호기심이 강한 분이구. 어쨌든 의식이 거행되는 장소는 모른대. 하지만 근처에 환상열석이 있다면 거기가 틀림없어."

프랭크는 기대감에 넘쳐 두 손을 비볐다.

"대박이다!"

하루를 어두컴컴한 새벽에 일어나서 모험을 나서는 것은 일종의 즐거움이다. 하지만 이틀 연이어 같은 짓을 하면 자기 학대가 된다. 이번에는 안락한 자동차도, 따뜻한 보온병도 없었다. 나는 졸린 눈을 비비고 돌부리에 차여가며 프랭크의 뒤를 따라 언덕을 올라갔다. 대기는 차갑고 짙은 안개에 싸여 있었다. 나는 카디건 주머니에 양손을 깊이 쑤셔 박았다.

사력을 다해 언덕 정상에 도착하고 눈앞에 환상열석이 펼쳐졌을 때, 주위는 동트기 전의 음울한 빛으로 감싸여 겨우 천지를 분간할 수 있었다. 프랭크가 석상처럼 서서 고대 유적을 경배하는 동안 나는 넓적한 바위에 앉아 헐떡거렸다.

"장엄해."

프랭크가 중얼거렸다. 그는 기척 없이 열석의 외곽부로 접근하더니, 어느 틈엔가 선돌의 거대한 그림자 속으로 감쪽같이 녹아들었다.

맞다, 유적은 장엄했다. 동시에 소름이 돋을 만큼 무서웠다. 누가 저걸 만들었는지 몰라도 사람들에게 깊은 인상을 심어줄 의도였다면 성공한 셈이다.

잠시 후 프랭크가 돌아왔다.

"아직 아무도 안 왔어."

그가 갑자기 등 뒤에서 속삭이는 바람에 나는 펄쩍 뛰어올랐다.

"클레어, 내가 잠복 장소를 찾았어. 저쪽이야."

이제 동쪽에서 빛이 퍼져 나와 지평선을 옅은 회색으로 물들였지만 프랭크의 다그치는 손에 끌려서 길가의 웃자란 덤불 쪽으로 무사히 향하기에는 충분했다. 덤불 사이에는 두 사람이 어깨를 맞대고 서 있을 만한 공간이 있었다. 길 전면이 깨끗하게 보였고, 약 5백 미터 떨어진 환상열석도 잘 보였다. 이번이 처음은 아니지만 프랭크가 전시에 어떤 임무를 수행했는지 의아스러웠다. 그는 어둠 속에서 인기척 없이 움직이는 요령을 확실하게 터득한 것처럼 보였다.

나는 수면 부족으로 덤불 속에 쪼그리고 앉아 잠자고 싶은 마음이 굴뚝같았다. 하지만 그럴 공간이 없었으므로 계속 서서 드루이드 신자의 접근을 감시하는 수밖에 없었다. 오래지 않아 등이 쑤시고 다리가 아팠다. 동녘의 빛이 흐린 핑크색으로 변했으니 앞으로 30분 내로 해가 뜰 것이다.

그때 첫 번째 사람이 거의 프랭크에 버금갈 만큼 소리 없이 나타났다. 언덕 정상 근처에서 자갈 밟는 발소리에 이어 깔끔한 회색 머리가 조용히 시야에 드러났다. 그레이엄 부인! 그렇다면 목사의 말이 사실이로구나. 목사관 가정부는 분별 있게 두툼한 트위드 치마와 모직 코트를 입고 흰 꾸러미를 들고 있었다. 그녀는 유령처럼 소리 없이 선돌의 그림자 속으로 사라졌다.

뒤를 이어 두세 명씩 짝을 이뤄 숨죽여 웃고 속삭이며 언덕으로 올라왔지만 열석 앞에서 경건하게 입을 다물었다.

그 중 몇 명은 낯이 익었다. 저기 뷰캐넌 부인이 보였다. 마을 우체국장으로 갓 파마한 금발의 웨이브에서 화학 약품 냄새가 짙게 풍겼다. 나는 웃음을 억눌렀다. 현대판 드루이드 마녀의 실상이로군! 전부 열 다섯 명이었고 모두 여자였다. 60대의 그레이엄 부인에서부터, 이틀 전 상점가에서 유모차를 끌고 쇼핑하던 20대 초반의 새댁까지 연령대가 다양했다. 한결같이 든든한 활동복 차림으로 꾸러미를 끼고 있었다. 그녀들은 한두 마디씩 속닥거리며 선돌이나 덤불 뒤로 사라졌다가, 이내 흰옷을 걸치고 나타났다. 근처 덤불에서 감지된 세탁비누 냄새로 추정할 때 저 여자들이 몸에 둘둘 말아서 한쪽 어깨에 고정한 의상은 이불보일 가능성이 높았다.

그들은 환상열석 밖에서 나이 순서대로 서서 기다렸다. 이제 동녘의 빛이 점점 강해지기 시작했다.

태양이 지평선 위로 첫 모습을 드러내자, 여자들의 행렬이 두 개의 선돌 사이에서 천천히 움직였다. 선두가 일행을 열석 중앙으로 이끌었고, 거기에서 원을 만들며 빙빙 돌았다. 마치 백조들의 반복적인 회전을 보는 듯했다.

그때 선두가 우뚝 서서 두 팔을 위로 쳐들었다. 그리고 여자들의 원 중심으로 들어가서, 가장 동쪽에 자리잡은 두 개의 선돌로 고개를 돌린 채 목청 높은 소리로 외쳤다. 큰소리는 아니었지만 환상열석 전체에 퍼졌고 안개 속에서 메아리가 되어 거듭 울렸다.

그 외침이 뭐든 간에 춤사위와 함께 반복되었다. 이제 여자들이 모두 무희로 탈바꿈했다. 서로를 향해 두 팔을 내밀었지만 접촉하지 않은 채 중얼거리며 원무를 췄다. 그러다가 갑자기 원이 두 개로 나뉘었다. 일곱 명의 여자들이 시계 방향으로 계속 원을 그렸고, 나머지는 반대 방향으로 움직였다. 두 개의 반원이 점점 속도를 더해가며 하나의 원을 만들었다가 다시 두 개로 나뉘기를 반복했다. 그 중앙에서 선두는 미동도 하지 않은 채 이미 오래 전에 사라진 사어(死語)를 거듭 거듭 외쳤다.

뚱뚱하고 굼뜬 여자들이 이불보를 뒤집어쓰고 언덕 꼭대기에서 원무를 추는 광경이라니! 하지만 그들의 외침에 내 뒷덜미의 솜털이 삐죽 섰다.

이제 여자들이 반원을 이루고 일제히 떠오르는 태양을 향했다. 해가 지평선 위로 떠오르자 햇살이 동쪽 선돌 사이로 쏟아졌고 열석의 중심부를 관통하여 서쪽의 쩍 갈라진 기둥면에 반사되었다.

무희들은 한동안 햇빛 가장자리에 얼어붙은 듯 서 있었다. 마침내 그레이엄 부인이 사어로 대화하듯 뭐라고 말했다. 그녀는 빙그르르 돌아 청회색으로 어른거리는 빛의 길을 따라 똑바로 걸어갔다.

한마디 말없이 다른 무희들도 뒤를 따랐고 차례로 중심 기둥을 스쳐 사라졌다.

덤불 속에서 프랭크와 나는 옷을 갈아입은 여자들이 웃고 떠들며 언덕 아래의 목사관으로 커피 마시러 가는 모습을 지켜봤다.

"맙소사!"

나는 기지개를 켜고 등과 다리의 뭉친 근육을 풀었다.

"대단한 볼거리야, 안 그래?"

"죽여줬어! 세상을 다 준다 해도 놓치지 않을 의식이야."

프랭크는 뱀처럼 날렵하게 덤불을 빠져나갔다. 내가 가지에 끼어 낑낑거리는 동안 그는 사냥개처럼 땅에 코를 처박고 환상 열석 내부를 엉금엉금 기어다녔다.

"뭘 찾는 거야?"

내가 머뭇거리며 열석 안으로 들어섰다. 날이 훤하게 밝은 터라 선돌은 동틀 무렵의 사악한 분위기를 많이 상실했다. 프랭크는 짧은 풀숲에 시선을 박고 대답했다.

"표시. 그들이 동작을 어디에서 시작하고 멈춰야 할지 어떻게 알았을까?"

"좋은 지적이야."

난 무심코 땅바닥으로 눈을 떨궜고 어느 거대한 선돌 아래에서 흥미로운 식물을 발견했다. 물망초일까? 아냐, 저 꽃은 감청 바탕에 오렌지색 핵 부분을 가졌다. 호기심이 발동한 나는 앞으로 나섰다. 그때 프랭크가 예리한 청력을 유감없이 발휘하여 자리에서 벌떡 일어남과 동시에 내 팔을 잡고 환상열석 밖으로 나갔다. 미처 1분도 지나지 않아 새벽녘의 무희 중 한 명이 반대쪽에 나타났다.

그랜트 양이었다. 짜리몽땅 오동통한 외모에 걸맞게 마을의 하이스트리트에서 제과점을 운영하는 그녀는 환상열석의 둘레를 샅샅이 수색했다. 결국 잃어버린 머리핀이 발견되었다. 그녀는 숱 많은 머리에 핀을 단단히 꽂은 다음 선돌 하나에 기대서서 유유히 담뱃불을 붙였다.

프랭크가 속상한 듯 한숨을 내뱉었다.

"돌아가는 편이 좋겠어. 저 여자의 거동으로 봐서 하루 종일 미적거릴 태세야. 그리고 뚜렷한 표시도 못 봤구."

"나중에 다시 오자."

나는 푸른색 꽃에 대한 미련이 남아 있었다.

"그래."

하지만 프랭크는 환상열석에 대한 흥미를 잃고 마녀 의식에 흠뻑 빠져 있었다. 그는 언덕의 내리막길에서 나를 들들 볶으며 사어의 정확한 발음, 춤이 시작되고 끝난 시점을 떠올리도록 끈질기게 강요했다.

"북구 계통이야."

그가 만족스럽게 단언했다.

"고대 노르웨이어에 뿌리를 둔 말이 확실해. 하지만 춤은 아냐. 춤은 그보다 훨씬 오래된 거야. 바이킹 원무가 없진 않지만 두 패로 나뉘는 패턴은…… 마치 비커족의 유약 그릇 무늬와 비슷해. 그렇지만……."

71

프랭크는 학문적인 무아지경에 빠져 간간이 혼잣말을 중얼거렸다. 하지만 그 무아지경을 방해하는 장애물이 언덕 발치에서 출현했다. 프랭크는 느닷없이 놀란 비명과 함께 두 팔을 버둥거리며 앞으로 넘어지더니, 마지막 비탈길을 떼굴떼굴 굴러서 목초지에 안착했다.

남편을 따라 달려 내려갔지만 아래에 도착했을 즈음 그이는 한들거리는 야생화 사이에 앉아 있었다.

"괜찮아?"

나는 멀쩡한 남편에게 공연한 질문을 했다. 프랭크가 얼떨떨하게 앞머리를 쓸어 넘겼다.

"그런 것 같아. 내가 뭐에 걸려 넘어졌지?"

"이거야."

나는 어느 상춘객이 버린 정어리 통조림을 내밀었다.

"문명의 쓰레기 중 하나지."

그는 통조림 안을 확인하고 어깨 너머로 던졌다.

"빈 통이어서 유감이야. 한바탕 운동을 했더니 뱃가죽이 등에 달라붙었거든. 베어드 부인이 늦은 아침으로 뭘 대접할지 보러 갈까?"

"차라리 이른 점심을 먹는 게 어때?"

나는 남편의 잔머리를 뒤로 넘겨줬다. 우리의 시선이 마주쳤다.

"아!"

그의 목소리는 완전히 달라져 있었다. 프랭크는 내 팔에서 목까지 천천히 쓰다듬으며 올라와서, 엄지로 내 귓불을 만지작거렸다.

"그럴까?"

"자기가 너무 배고프지 않다면 말이야."

남편의 다른 손이 등 뒤로 슬며시 돌아오더니, 나를 가까이 끌어당겼다. 뜨거운 손가락이 점점 아래로 내려갔다. 프랭크는 입술을 살짝 벌린 채 아주아주 얕게 호흡하며 내 드레스 목선을 따라갔다. 이제 훈훈한 숨결이 내 가슴 위로 쏟아졌다.

프랭크가 나를 조심스럽게 풀밭에 눕히자 민들레 솜털이 춤추 듯 하늘거리며 남편의 머리 위로 날아올랐다. 그는 고개를 숙여 부드럽게 키스하며 단추를 한 번에 하나씩 풀었고, 약 올리듯 감질나게 가슴의 끝 부분을 슬쩍슬쩍 어루만졌다. 드디어 단추 가 목에서 허리까지 다 풀어졌다.

"아…… 흰 벨벳 같아."

남편은 여전히 잠긴 목소리를 냈다. 다시 앞머리가 흘러내렸 지만 이번에는 뒤로 넘기지 않았다.

프랭크는 엄지를 딱 한 번 튕겨 내 브레지어 고리를 풀고 그 노련한 손기술을 오로지 내 가슴에 집중시켰다. 양손 가득 가슴 을 쥔 채 손바닥을 천천히 놀려 융기한 봉오리 사이를 쓸어 내 려가다가, 약간 방향을 틀어 갈비뼈를 하나씩 그리며 다시 올라 왔다. 쉼없이 위아래로 반복되는 애무…… 나는 신음하며 남편 을 향해 두 팔을 내밀었다.

프랭크가 힘차게 내 입술을 덮치며 몸을 내리눌렀다. 이제 우 리의 하반신이 종이 한 장 들어갈 틈 없이 밀착되었고, 그이는 고개를 틀어 내 귓불을 잘근잘근 씹었다.

손이 내 등을 따라 미끄러지듯 아래로, 더 아래로 내려가다가 우뚝 멈췄다. 프랭크는 얼굴을 들고 나에게 씩 웃었다.

"이게 다 뭡니까?"

그는 마을 순경을 흉내냈다. 나는 새침하게 대답했다.

"실습 중이에요. 간호사들은 뜻밖의 상황에 대처하는 훈련을 쌓는답니다."

프랭크는 치마 속으로 손을 집어넣고 매끄러운 허벅지 사이의 부드럽고 따뜻한 지점을 찾았다.

"클레어, 자기는 내가 아는 사람 중에서 가장 철두철미하게 유능한 사람이야."

그날 밤 베어드 부인의 응접실에서 프랭크가 내 의자 뒤로 다가왔다. 나는 두툼한 책 한 권을 무릎에 올려놓은 터였다. 남편이 가만히 어깨를 짚으며 물었다.

"뭐해?"

"꽃을 찾고 있어. 환상열석에서 봤던 것. 어디 보자, 그 꽃은 '캄파눌라세아에' 아니면 '젠티아나세아에' 속(屬)일 거야. 아네모네 속의 변종일 수도 있어."

나는 총천연색 그림 하나를 가리켰다.

"용담 속(屬)은 아니야. 꽃잎이 완전한 원형은 아니었거든. 그렇지만……"

"앉아서 궁리하지 말고 꺾어오는 게 어때? 크룩 씨가 털털이 오토바이를 빌려줄 거야. 아하, 베어드 부인의 차를 빌리는 편이 더 안전하겠다. 자동차로 언덕 발치까지 타고 간 다음에 걸어서 올라가면 식은 죽 먹기지."

"일자형의 천 미터 등반이 식은 죽 먹기라구? 그나저나 자기가 웬일이야, 식물에 관심을 다 갖구?"

의자에서 몸을 틀고 남편을 올려다봤다. 응접실 램프 빛이 그의 머리 주변에 중세시대 성자의 후광처럼 얇은 금테를 만들었다.

"식물은 아무래도 상관없어. 하지만 자기가 거기에 간다면 환상열석의 외곽을 훑어봐 줘."

"좋아, 뭘 찾아볼까?"

"불의 흔적. 벨테인(고대 켈트족의 축제)에 관한 자료에 따르면 불이 항상 언급되어 있어. 그러나 오늘 아침의 그 여자들은 불을 피우지 않았잖아. 내 생각에는 어젯밤 벨테인 봉화를 피운 후 아침에 와서 춤을 춘 게 아닐까 싶어. 열석 내부에는 모닥불 흔적이 없었지만 바깥쪽도 마저 확인하면 좋겠어. 우리가 떠나기 전에 말이야."

"알았어."

나는 순순히 대답하고 하품을 했다. 이틀 연이어 일찍 일어났던 여파가 만만치 않았다. 책을 덮고 일어났다.

"내일 아침에는 9시까지 깨우면 안 돼."

밤 11시가 가까운 시각에 환상열석에 도착했다. 가랑비가 부슬부슬 내렸고 미처 방수 외투를 생각지 못했던 나는 푹 젖은 채 환상열석 외곽을 대충 훑어봤다. 설령 거기에서 모닥불이 피워졌다 해도 누군가 그 흔적을 말끔하게 치운 모양이었다.

반면에 꽃은 쉽게 찾았다. 기억하고 있는 장소, 즉 가장 큰 선돌 발치에 얌전히 피어 있었다. 몇 송이를 꺾어 임시방편으로 손수건에 쌌다. 일단 베어드 부인의 자동차로 돌아가서 제대로 손질하고 두툼한 식물 표본집에 넣어야지.

가장 큰 선돌은 한 뿌리의 중앙에서 수직으로 쪼개져 두 개의 거대한 조각으로 갈라져 있었다. 기묘하게도 각 조각은 서로 반대 방향으로 기울어졌는데 그 벌어진 폭이 60에서 90센티미터에 이르렀다.

근처 어디에선가 웅웅거리는 깊은 소음이 들려왔다. 어느 바위틈에 벌집이 있나 싶어 선돌에 손을 얹고 쪼개진 틈을 들여다봤다.

그때 선돌이 비명을 질렀다.

나는 생애 가장 민첩하게 뒤로 물러섰다. 하지만 지나치게 급한 동작은 화를 부르는 법. 다리가 꼬여 엉덩방아를 찧었다. 나는 식은땀을 흘리며 선돌을 바라봤다.

그런 소리는 처음이었다. 이 세상의 생명체가 내는 소리는 아니었다. 도저히 형용할 말이 없었다. 바위가 낼 듯한 비명이라고밖에는. 일순간 소름이 쫙 끼쳤다.

화답하듯 다른 선돌들이 일제히 고함치기 시작했다. 거기에 전쟁 소음, 죽어가는 자의 비명, 말발굽 소리가 아련히 중첩되었다.

소리를 없애려고 세게 고개를 흔들어봤지만 소음이 사라지지 않았다. 엉거주춤 일어나 환상열석 밖으로 비칠거리며 움직였다. 소음이 나를 에워싸고 무섭게 억눌렀다. 이빨이 덜덜 마주쳤고 머리가 핑 돌았다. 시야마저 흐릿해졌다.

선돌의 갈라진 틈을 봤기 때문에 이런 일이 생긴 걸까, 아니면 우연히 소음의 안개 속에서 헤매게 된 걸까? 정말 모를 일이었다.

내 시야를 채웠던 어두컴컴한 주위가 싹 바뀌고 어둠이 환한 공허로 대체되었다. 지금 내가 빙글빙글 돌고 있나? 아니면 어떤 힘에 의해 몸 안팎으로 수축과 팽창을 거듭하는 건가? 모든 게 엄연한 사실이었지만 온몸이 무너져 내리는 듯한 감각, 존재하지 않는 뭔가에 심하게 내리꽂히는 듯한 느낌에는 세상의 어떤 개념도 들어맞지 않았다.

사실은 아무것도 움직이지 않았고, 어떤 것도 변하지 않았으며, 아무 일도 없었던 것처럼 보였다. 그러나 내가 누군지, 어떤 존재인지, 여기가 어디인지에 대한 모든 기억과 감각을 빼앗긴 자의 원초적인 공포가 들이닥쳤다. 혼란…… 이 극심한 혼란에 나는 넋이 나간 채 육체적, 정신적으로 완전히 고갈되었다.

내가 의식을 잃었던 걸까? 단연코 아니다. 그저 지난 몇 시간이 몰래 흘러갔을 뿐이다. 난 돌부리에 차여 비틀거리면서 깨어났다. 깨어났다는 게 적당한 표현이라면 말이다. 언덕 발치였다. 언제, 어떻게 여기까지 왔을까? 난 흔들리는 몸을 바로 하길 포기하고 무성한 풀 위에 주저앉았다.

구역질이 나고 현기증이 돌았다. 손과 무릎을 이용해 간신히 떡갈나무 그루터기까지 기어가서 기대앉았다. 근방에서 들려오는 거친 고함과 혼란스런 소음이 선돌의 비명을 상기시켰다. 그 두 가지에는 분명한 차이가 있었다. 이제 초인적인 폭력의 여운이 사라진 것이다.

저건 인간 분쟁의 평범한 소리였다. 나는 그쪽을 향해 고개를 돌렸다.

3. 숲 속의 남자들

　저만치 남자들이 있었다. 두세 명이 킬트 자락을 휘날리며 맹렬하게 좁은 개간지를 달리고 있었다. 빵빵빵…… 아, 총소리구나. 나는 망연자실하게 먼 소음을 식별했다.

　총소리에 이어 너덧 명의 남자들이 빨간 코트와 무릎까지 오는 부츠를 신고 머스켓총(구식 보병총)을 휘두르며 나타났다. 이건 환각이야. 난 눈을 깜박거렸다. 눈앞에서 손을 흔들었다가 두 개를 펴 보였다. 두 손가락이 확실히 보였다. 흐릿하지도 않았다. 이번에는 조심스럽게 숨을 들이켰다. 봄맞이 나무의 신선한 냄새, 내 발치의 클로버 향.

　후각은 정상이군. 다음은 머리를 만져봤다. 아픈 구석이 없었다. 뇌진탕은 아니로구나. 맥박이 약간 빨랐지만 규칙적이었다.

　고함소리가 돌연 코앞에서 터져 나왔다. 지축을 가르는 말발굽 소리와 함께 여러 필의 말이 이쪽으로 달려왔다. 기수들은 킬트를 걸친 스코트족으로 게일어를 외쳐댔다. 내가 민첩하게 길에서 비켜섰다는 게 육체적으로 멀쩡하다는 증거다. 뭐, 정신 상태는 의문이지만.

바로 그때, 빨간 코트의 남자 한 명이 달아나던 스코트족에게 한 대 얻어맞고 멀어지는 말꼬리를 향해 위협적으로 주먹을 휘둘렀다. 오호라, 영화! 나는 내 둔함에 혀를 찼다. 여기서 시대극을 촬영하고 있구나. 보니 찰스 왕자와 관련된 영화겠지.

내 예술적 취향에 상관없이 영화 관계자들은 촬영 장면의 역사적인 부정확성으로 남을 불청객을 달가워하지 않으리라. 나는 살금살금 숲 속으로 들어갔다. 개간지를 빙 돌아 자동차를 주차시킨 곳으로 갈 생각이었다. 하지만 전진하기가 생각보다 힘들었다. 나무들이 어리고 덤불이 빽빽해서 걸음을 옮길 때마다 가는 묘목을 헤치고 엉킨 치맛자락을 풀어야 했다.

그가 뱀이었다면 밟고 지나갔을 것이다. 그 남자는 묘목들 사이에 거의 뱀처럼 교묘히 숨어 있었기 때문에 한 손이 불쑥 튀어나와 내 팔을 낚아채기 전까지 그의 존재를 전혀 눈치채지 못했다.

나머지 한 손이 입을 틀어막았다. 나는 공포에 질려 버둥거리며 떡갈나무 숲으로 끌려갔다. 포획자가 누군지 몰라도, 키는 그리 크지 않았지만 팔 힘은 놀랄 만큼 좋았다. 라벤더 향의 꽃향기와 함께 남자 특유의 짙은 땀 냄새가 코를 찔렀다. 하지만 우리의 자취 뒤로 덤불 가지들이 제자리를 되찾았을 즈음 나는 사내의 팔뚝과 손에서 친근한 기미를 알아차리고 미친 듯 반항하여 풀려났다.

나는 버럭 소리를 질렀다.

"프랭크! 이게 대체 무슨 짓이에요?"

여기에서 남편을 만났다는 안도감과 이런 고약한 장난에 대한 분노가 한꺼번에 몰려들었다. 환상열석에서 워낙 괴이한 경험을 했던지라 짓궂은 장난을 받아줄 기분이 아니었다.

그의 손이 떨어져나갔다. 하지만 나는 돌아서기도 전에 뭔가 잘못되었음을 간파했다. 전적으로 낯선 오드콜로뉴 때문이 아니었다. 매우 미묘한 차이가 있었다.

나는 모골이 송연해지는 공포를 느끼며 속삭였다.

"당신은 프랭크가 아니야."

"맞소."

그는 지대한 관심을 보이며 나를 주시했다.

"동명의 사촌이 하나 있지만 그 자식과 내가 혼동될 리 없지. 우리는 닮은 구석이 없거든."

이 남자의 사촌이 어떻게 생겼는지 알 바 아니었지만 그는 남편의 형제로 통할 정도였다. 유연하고 꽉 짜여진 근육, 균형 잡힌 사지, 조각 같은 윤곽, 짙은 눈썹, 초롱초롱한 갈색 눈동자…… 심지어 이마로 살짝 내려온 반곱슬의 검은머리까지 똑같았다.

그러나 이 남자의 머리는 훨씬 길어서 뒤로 가죽끈으로 묶여 있었고 집시 같은 피부는 수 개월, 아니 수년 동안 자연광에 노출된 듯 까무잡잡했다. 프랭크가 하일랜드 휴가 중에 그을렸던 구릿빛이 아니었다.

"당신은 누구죠?"

난 극도로 거북했다. 프랭크에겐 수많은 친척과 친지가 있었지만 시댁의 영국 쪽 방계 혈연을 빠짐없이 알고 있었다. 그 가운데 이런 남자는 없다. 게다가 하일랜드에 먼 친척이 있다는 말 따위 들어보지 못했다. 만일 있다면 프랭크가 진작에 가계도와 필기도구로 무장하고 찾아가서 그 유명한 선조 '블랙 잭' 랜들에 대한 토막 역사를 수집했을 것이다.

사내는 내 질문에 눈썹을 치켜 올렸다.

"내가 누구냐구? 마담, 오히려 내가 할 질문이오. 꽤 정당한 사유에서 말이오."

그의 시선이 내 머리에서 발끝까지 천천히 훑어 내렸고, 작약무늬의 얇은 면드레스와 내 맨다리에 고정되었다. 그 표정을 전혀 이해할 수 없었지만 신경이 날카로워진 상태라, 쭈뼛거리며 뒷걸음질쳤다. 이제 등허리가 나무줄기에 부딪혀서 더 이상 후퇴할 공간이 없었다.

드디어 사내가 시선을 돌렸다. 나는 결박에서 풀려난 사람처럼 참았던 숨을 내뱉었다. 일시에 긴장이 풀어지면서 어깨가 아팠다. 사내는 돌아서서 어린 떡갈나무 가지에 걸려 있던 코트를 잡아챘다. 그리고 나뭇잎을 털어내고 옷을 걸치기 시작했다.

코트는 선홍색으로 길이가 넉넉한 반면 옷깃이 없고 앞섶에 장식 고리가 일렬로 달려 있었다. 족히 18센티미터에 이르는 접이식 소매 끝단은 황갈색 가죽으로 덧대진 위에 견장 하나와 황금색 노끈이 반짝거렸다.

용기병 코트, 그것도 장교복이었다. 순간 어떤 생각이 뇌리를 스쳤다. 맞아, 저런 복장이 당연하지. 배우니까. 숲 반대편에서 봤던 영화 촬영팀의 일원이로구나. 제작비가 넉넉한 모양이지? 가죽 허리띠에 고정된 단검이 어떤 영화의 소품보다도 진짜처럼 보이는걸.

나는 나무에 체중을 실었다. 왠지 마음이 든든해졌다. 그리고 가슴팍에 팔짱을 꼈다.

"도대체 댁이 누구냐니까요?"

내가 다시 다그쳤다. 이번에는 내 귀에도 겁에 질린 목소리였다. 사내는 못 들은 척 능장을 부리며 군복의 장식 고리를 하나씩 잠갔다.

착복식이 끝났을 때야 그가 다시 나에게 관심을 기울였다. 그는 손을 심장에 가볍게 얹고 조롱하듯 고개를 숙였다.

"저로 말씀드릴 것 같으면 지엄하신 국왕 폐하의 제8연대 지휘관, 조나단 랜들이라고 하옵니다. 삼가 인사 여쭙겠습니다, 마담."

나는 달음박질을 쳤다. 떡갈나무와 오리나무의 장벽을 요리조리 피하고 들장미 덤불, 쐐기풀 무리, 돌멩이, 쓰러진 통나무 등 길을 가로막는 모든 것을 무시한 채 숨이 턱에 닿도록 달렸다. 뒤에서 고함소리가 들렸지만 공포로 넋이 나갔기 때문에 어디서 나는 소린지 방향조차 분간할 수 없었다.

그저 맹목적으로 달렸다. 나뭇가지가 얼굴과 팔에 생채기를 냈고, 얕은 구멍과 돌부리가 발목을 잡았다. 그렇다고 이성적인 생각을 할 여유가 없었다. 자칭 조나단 랜들이라는 저 남자로부터 도망치고 싶은 마음뿐이었다.

육중한 무게가 내 하반신을 덮쳤고, 쿵 소리와 함께 앞으로 엎어졌다. 거친 손이 나를 앞으로 돌려 눕혔다. 조나단 랜들 대장이 내 위에 무릎을 꿇고 앉았다. 그는 가쁜 숨을 몰아쉬었는데, 추적으로 단검을 잃은 상태였다. 옷매무새가 흐트러지고 머리끝까지 화가 나 있었다. 하지만 암갈색 머리칼이 이마를 덮어 프랭크와 더욱 흡사해 보였다.

그가 윽박질렀다.

"왜 도망쳤지?"

조나단 랜들은 몸을 숙여 내 양팔을 움켜잡았다. 나는 여전히 헐떡거리며 몸부림쳤지만 벗어나기는커녕 그를 내 위로 끌어당기는 꼴이 되고 말았다.

그는 균형을 잃고 나를 완전히 덮쳐 눌렀다. 기가 막히게도 이런 상황이 그의 분노를 식혀준 모양이었다.

"아하, 이런 거였군? 기꺼이 당신 의향에 따라주지, 귀염둥이. 하지만 때를 잘못 골랐어."

그러면서 조나단 랜들은 온 체중을 나에게 실었다. 자갈이 등을 찔렀고 나는 아픔을 피하려고 꿈틀거렸다. 그가 다시 엉덩이를 밀어붙이며 내 어깨를 땅에 고정시켰다.

내 입술이 분노로 벌어졌다.

"무슨 짓을 하려……."

말을 채 끝내기도 전에 조나단 랜들이 고개를 박고 나에게 키스했다. 혀가 내 입술 안으로 들어왔고 후퇴와 돌진을 반복하며 대담하게 나를 탐색했다. 그리고 시작처럼 갑자기 입술을 뗐다. 조나단 랜들이 내 뺨을 다독거렸다.

"꽤 쓸만한걸. 지금은 곤란하고 나중에 보자구. 내가 당신을 온전하게 즐길 수 있을 때."

그런 기회를 놓칠세라 호흡을 회복하고 그의 귀청이 터져라 비명을 질렀다. 조나단 랜들이 움찔 뒤로 물러난 틈에 무릎을 세워 그의 노출된 옆구리를 힘껏 올려쳤다. 그는 배를 움켜잡으며 대자로 뻗었다.

나는 엉거주춤 일어났다. 조나단 랜들이 능숙하게 몸을 굴려 옆으로 접근했다. 나는 미친 듯 사방을 둘러보며 탈출구를 찾았지만 여기는 한 발짝 앞이 천길 아래의 하일랜드 토양으로 추락하는 화강암 낭떠러지였다. 마른 바위 표면이 맥없이 부서져 내리는 찰나, 조나단 랜들이 나를 붙잡았다.

그는 절벽 끄트머리에 서서 두 팔과 돌벽 사이에 나를 가뒀다. 잘생긴 까무잡잡한 얼굴이 분노와 호기심으로 일그러졌다.

"당신의 보호자가 누구지? 아까 프랭크를 찾았지? 내 휘하에는 그런 부하가 없어. 이 근처에 사는 남자인가? 이상한걸. 당신 피부에선 역겨운 거름 냄새가 나지 않아. 코딱지만한 오두막 생쥐가 아니란 뜻이지. 가난뱅이 농사꾼이 감당하기에 좀 비싸 보이기도 하고."

나는 두 주먹을 불끈 쥐고 이빨을 깨물었다. 이 더러운 자식의 농간에 놀아나지 않을 테야.

"무슨 말인지 모르겠군요. 나를 당장 놔주면 고맙겠어요!"

나는 고참 수간호사의 어조를 흉내냈다. 일반적으로 반항적인 잡역부와 풋내기 인턴들에게 효과 만점인 목소리였지만 랜들 대장은 피식 웃었다. 난 갈비뼈 부근에서 놀란 암탉처럼 퍼덕거리는 공포와 무기력을 억누르려고 의지를 총동원했다.

조나단 랜들이 나를 다시 자세히 살피며 고개를 천천히 가로 저었다.

"지금은 안 돼, 귀염둥이. 당신을 보고 있자니 이런 질문이 저절로 떠오르는군. 왜 속치마 바람으로 돌아다니는 창녀가 신발은 신었을까? 그것도 꽤 고급 신발을 말이야."

"뭐라구요?"

랜들 대장은 나를 완전히 무시하고 별안간 내 턱을 잡았다.

"봐요!"

그의 손가락은 강철이었다. 내 반항을 가볍게 제압한 채 내 얼굴을 저물어가는 햇살에 이리저리 돌려봤다.

"귀부인의 피부야. 그리고 머리에서 프랑스 향수 냄새가 나구."

랜들 대장이 손을 뗐다. 나는 화도 나고 아프기도 해서 턱을 문질렀다. 그가 혼잣말처럼 중얼거렸다.

"다른 부분은 후원자에게 돈을 뜯어내야겠어. 하지만 말투도 귀부인이야."

"칭찬해줘서 눈물나도록 고맙군요! 썩 비켜요. 남편이 기다리고 있어요. 10분 내로 가지 않으면 그이가 나를 찾으러 올 걸요."

"오호, 남편? 그의 이름이 뭐지? 지금 어디에 있나? 왜 아내가 벗은 몸으로 숲 속을 헤매도록 놔두지?"

내 머리는 지금까지 경험한 황당한 사건을 논리적으로 규명하려고 녹초가 된 상태였다. 이 남자가 왜 프랭크와 비슷한 용모와 같은 성(姓)을 가졌는지 온갖 가능성을 열거한 뒤라 더 이상 고민해봤자 머리만 복잡해지리란 판단이 섰다. 게다가 랜들 대장에게 질문하는 것은 일고의 가치가 없었으므로 말없이 그를 밀어젖히고 떠나려 했다. 그가 한 팔로 길을 막으며 나머지 팔을 나에게 뻗었다.

그 순간 위에서 획 하며 뭔가 보인다 싶더니 쿵 소리가 났다. 랜들 대장이 내 발치에 쓰러졌고 낡은 플래드 뭉치 같은 것이 그 위를 덮쳤다. 그 뭉치에서 갈색 돌멩이 같은 주먹 하나가 쑥 나와 과단성 있게 내리꽂힘과 동시에 뼈 으스러지는 소리가 났다. 랜들 대장의 버둥거리던 다리가 곧 잠잠해졌다.

나는 어느덧 예리한 검은 두 눈을 바라보고 있었다. 적시에 랜들 대장의 달갑지 않은 관심을 분산시켜 주었던 그 힘찬 손이 빨판처럼 내 위팔에 달라붙었다.

"댁은 또 누구예요?"

내가 깜짝 놀라 물었다. 내 구조자는 나보다 약간 작고 빈약해 보였다. 하지만 너덜거리는 셔츠 밖으로 노출된 맨팔은 근육질이었고 전체적인 분위기가 스프링처럼 탄력적이었다. 곰보에 좁은 이마, 가파른 턱이 미남에는 역부족이었다.

"이쪽이오."

그가 팔을 잡아끌었다. 나는 급박한 상황 전개에 혼비백산해서 순순히 따라갔다.

새로운 동반자가 민첩하게 오리나무 사이를 빠져나가 커다란 바위를 돌자 갑자기 눈앞에 길이 나타났다. 웃자란 가시금작화와 히스가 무성하고 너무 꼬불꼬불해서 2백 미터 앞조차 보이지 않았지만, 길은 분명히 길이었고 가파른 언덕 정상으로 통했다.

언덕 반대편을 조심스럽게 내려갈 즈음, 나는 숨을 돌리고 우리의 목적지를 물어봤다. 그러나 아무 대답도 얻지 못했다. 이번에는 더 큰소리로 어디로 가는 거냐고 재차 반복해서 물었다.

놀랍게도 내 동반자는 찡그린 상으로 돌아보고 아무 말 없이 나를 앞으로 밀었다. 내가 항의하려고 하자, 그는 내 입을 막고 질질 끌고 내려갔다.

두 번은 어림없어! 나는 절망적으로 몸부림쳤고 그 통에 내 동반자보다 뒤늦게 어떤 소리를 들었다. 나는 반항을 멈췄다. 고함과 발소리가 여기저기에서 우리를 포위해오고 있었던 것이다. 희미한 저 소리는 명백한 영어였다. 나는 자유를 찾으려고 미친 듯이 몸부림쳤다.

결국 최후의 수단으로 내 동반자의 손가락을 깨물었다. 그가 아픈 손을 빼는 모습을 힐끔 보는 순간 뭔가 내 뒤통수를 힘껏 쳤고 세상이 암흑으로 뒤덮였다.

몽롱한 밤안개 속에서 석조 오두막이 불쑥 드러났다. 모든 문과 겉창이 굳게 닫힌 틈으로 가느다란 빛줄기 하나가 새어 나왔다. 몇 시간이나 정신을 잃었는지, 여기가 크래이나둔 언덕과 인버네스 시(市)에서 얼마나 떨어졌는지 알 도리가 없었다. 지금 나는 두 손이 묶인 채 납치범의 안장 앞자리에 앉아, 길도 없는 험한 지세를 느리게 전진하고 있었다.

몇 가지 상황을 종합해볼 때 내 의식불명 상태는 그리 길지 않았다. 두개골 아랫부분의 큼지막한 혹을 빼고 심각한 후유증도 없었다. 납치범은 과묵한 남자여서 내 질문에 '으흐흠'이란 음성 기호를 수십 가지의 스코틀랜드식 소음으로 변형시켜 대답하는 게 고작이었다. 설령 이 남자의 국적에 일말의 의혹을 품었다 해도 그 소리만으로 모든 의심이 풀어졌으리라.

터덜거리는 말을 타고 자갈과 가시금작화 투성이의 산길을 헤치는 동안 시력이 차차 어두운 석양빛에 익숙해졌기 때문에 오두막의 환한 실내로 들어서자 순간적으로 앞이 안 보였다. 눈부심이 줄어들면서 실내 조명기구가 고작 벽난로와 촛불 여러 개, 그리고 위험해 보이는 구닥다리 기름 램프 하나임을 알아차렸다.

"그건 웬 화상인가, 무타흐?"

"말투로 짐작컨대 새서내크 색시입니다, 듀갈."

방 안에는 여러 명의 남자들이 있었다. 일부는 호기심으로, 일부는 음흉하게 일제히 나를 주목했다. 나는 오후의 격렬한 활동으로 말미암아 심하게 뜯어진 드레스를 재빨리 점검했다. 특히 앞섶의 구멍으로 한쪽 가슴이 아슬아슬하게 드러나 있었다. 그 부위를 감춰봤자 더 많은 관심을 부르리라 판단하고 무작위로 한 남자를 골라 대담하게 쏘아봤다. 나와 그 남자의 정신이 분산되기를 바라면서……

"새서내크이건 아니건 예쁘장한 계집인걸."

그 남자는 느끼하게 생긴 뚱보였다. 그는 빵 덩어리를 든 채 불가에서 내 쪽으로 다가왔다. 그리고 손등으로 내 턱을 위로 올렸다. 빵 부스러기가 드레스 앞섶으로 떨어졌다. 다른 남자들도 땀과 술 냄새를 풍기며 다가왔다. 그때서야 비로소 모든 사람들이 킬트를 걸쳤다는 사실을 알아차렸다. 아무리 여기가 하일랜드라고 해도 이례적이었다. 지금 일족회의나 군대 동기모임

중인가?

"이쪽으로 와요."

검은 수염의 거인이 창가 식탁에서 나를 소환했다. 권위적인 분위기가 이 일당의 우두머리처럼 보였다. 남자들이 마지못해 길을 터줬고, 무타흐는 납치범의 권리를 자랑하듯 나를 끌고 갔다.

그 시꺼먼 거인은 무표정한 얼굴로 나를 진중하게 살폈다. 보기 드물게 준수한 용모였지만 우호적이진 않았다. 이마에 깊은 고랑이 새겨진 엄숙한 인상으로 까불거리며 거역할 상대가 아니었다.

"이름이 뭐요?"

그 목소리는 우람한 체격과 달리 깊은 저음이 아니라 가벼웠다.

"클레어…… 클레어 보참."

순간적으로 머리를 굴려 처녀 때 성을 댔다. 이자들이 몸값을 염두에 뒀다면 프랭크와 연관된 실마리를 주지 않으리라. 게다가 내 정체를 알리기 전에 이 험악한 남자들의 정체부터 밝히는 게 급선무다.

"보샹? 프랑스계로군. 그렇지?"

그는 내가 영어식으로 이름을 댔는 데도 불구하고 정확한 프랑스어로 발음했다. 방 안에 놀람의 물결이 일어났다. 나도 약간 놀랐다.

"그래요."

"이 여자를 어디에서 발견했나?"

듀갈이 무타흐에게 고개를 돌렸다. 마침 납치범은 가죽 술병을 기울이다가 어깨를 으쓱했다.

"크래이나둔의 발치에서요. 나와 안면이 있는 용기병 대장과 말씨름을 하고 있더라구요. 저 여자가 숙녀인지, 작부인지 아리송한 의문을 풀어가던 중이었어요."

듀갈은 다시 시선을 돌려 내 꽃무늬 면드레스와 신발을 꼼꼼히 뜯어봤다.

"토론에서 이 숙녀의 위치가 어떻게 판명되었지?"

그의 냉소적인 어조가 '숙녀'를 강조했다. 이 방의 스코트 족속들은 무타흐처럼 사투리가 심한 반면, 듀갈은 비교적 정확한 억양을 구사했다. 비록 숙녀를 '식녀'에 가깝게 말했다 해도.

무타흐가 얄팍한 입술 한쪽을 올렸다.

"본인 말로는 작부가 아니랍니다. 대장은 갈팡질팡하다가 몸소 확인할 참이었어요."

"우리도 그러자. 직접 확인해보자구."

검은 수염의 뚱보가 음흉한 미소를 짓고 허리띠를 만지작거리며 앞으로 나섰다. 나는 황급히 뒷걸음질쳤지만 공간이 워낙 협소한 관계로 뚱보와 충분한 거리를 두지 못했다.

"나중에 해, 루퍼트."

듀갈은 여전히 나에게 시선을 못박은 채 권위적인 어조로 으르렁거렸다. 루퍼트가 기죽은 얼굴로 한 발짝 뒤로 물러섰다.

"강간에는 이의 없지만 그럴 시간이 없어."

나는 그 애매모호한 도덕적 기반의 정책 선언에 좋아라 했지만, 일부 사내들의 얼굴에서 여전히 징그러운 표정을 알아차리고 경계심을 늦추지 않았다. 속옷 차림으로 공중에 나선 기분이 이럴까? 게다가 이 하일랜드 패거리는 정체와 목적이 오리무중이었으므로 최고의 위험분자들처럼 보였다. 나는 혀까지 올라온 분별없는 말을 꿀꺽 삼켰다.

듀갈이 납치범의 의견을 물었다.

"자네 생각은 어떻지? 이 여자는 루퍼트를 탐탁해하지 않잖나."

"증거가 불충분합니다."

땅딸막한 대머리가 반대하고 나섰다.

"루퍼트는 화대를 흥정하지 않았어요. 어떤 아가씨든 저런 자식에게 공짜로 몸을 줄 리 없다구요. 사전에 돈부터 확실하게 챙길 거예요."

대머리의 말이 끝나자 다른 사내들이 '옳소, 옳소' 하며 찬성표를 던졌다. 듀갈은 아무 말 없이 딱 한 번의 고갯짓으로 흥겨운 소음을 일거에 가라앉혔다. 대머리는 계속 싱글벙글하며 어둠 속으로 물러났다.

무타흐는 동료들의 법석에 합류하지 않은 채 찡그린 얼굴로 나를 뜯어봤다. 그리고 주름살을 펴며 고개를 가로저었다.

"저 여자의 정체가 뭔지 몰라도, 창녀는 아니라는 데 가장 좋은 셔츠를 걸겠어요."

나는 그의 가장 좋은 셔츠가 지금 걸친 것이 아니길 바라마지 않았다. 저 넝마조각은 일전 한푼의 가치가 없어 보였기 때문이다.

"무타흐, 네놈이 여자에 대해 얼마나 안다고 허튼소리를 하나?"

뚱보 루퍼트가 야유했지만 듀갈의 예리한 시선에 입을 다물었다. 마침내 듀갈이 퉁명스럽게 선언했다.

"수수께끼는 나중에 풀자. 오늘밤은 가야 할 길이 멀어. 그리고 제이미부터 조치를 취해야 해. 저런 몸으로는 말을 탈 수 없어."

나는 슬며시 벽난로 근처의 어둠 속으로 피했다. 저 무타흐라는 남자가 이곳에 도착하자마자 결박을 풀어준 터였다. 남자들이 다른 곳에 정신을 파는 틈을 타서 도망가자. 이제 방 안의 모든 관심은 구석 걸상에 쭈그린 젊은이에게 쏠렸다. 청년은 고개를 푹 숙이고 한쪽 어깨를 감싸 안은 채 아파서 몸을 앞뒤로 흔들고 있었다.

듀갈은 부드럽게 젊은이의 손을 어깨에서 떼어냈다. 남자 한 명이 청년의 플래드를 뒤로 풀자 핏물과 먼지로 얼룩진 리넨 셔츠가 드러났다. 이번에는 콧수염을 기른 작은 남자가 단검을 들고 앞으로 나섰다. 그는 젊은이의 멱살을 쥐고 칼을 휘둘렀고, 어느 틈엔가 셔츠 가슴팍에서 소매까지 일자로 찢어져 맨어깨가 보였다.

나는 다른 남자들과 함께 놀란 숨을 들이켰다. 젊은이는 어깨에 심한 중상을 입은 것이다. 어깨 윗부분을 가로지른 자상에서 피가 흘러내리고 있었다. 하지만 더 충격적인 것은 어깨 관절이었다. 그쪽 뼈가 위로 툭 튀어나온 데다 팔이 뒤틀린 채 대롱거렸다.

듀갈이 툴툴거렸다.

"젠장, 관절이 어긋났군. 완전히 나갔어."

젊은이가 처음으로 고개를 들었다. 비록 고통으로 일그러지고 붉은 수염에 가려 있었지만 강인하고 인상이 좋았다.

"머스켓을 한 방 맞고 안장에서 떨어질 때 이쪽 팔로 땅을 짚었는데 '뿌드득' 소리가 났습니다. 그리고 이 모양이 됐죠."

"뿌드득거릴 만했군."

털북숭이 스코트 남자가 배운 티 나는 억양으로 말하며 젊은이의 어깨를 요리조리 살폈다.

"총상은 괜찮아. 탄환이 깨끗하게 살을 관통했어. 피도 흘릴 만큼 흘렸구. 하지만 난 탈구에 대해서 아는 게 없단 말씀이야. 관절을 제대로 맞추려면 치료사가 있어야겠어. 제이미, 이대로 말을 탈 수 있겠나?"

나는 어안이 벙벙했다. 머스켓 탄환? 치료사는 또 뭐야? 젊은이가 하얗게 질린 얼굴을 가로저었다.

"어깨가 아파서 한시도 가만히 있지 못하겠어요. 말을 다루기 힘들어요."

무타흐가 초조하게 입을 열었다.

"이 일을 어쩐다…… 저 녀석을 뒤에 남기고 갈 수 없어요. 삶은 가재들(붉은 군복의 영국군을 경멸적으로 지칭하는 말)은 어둠 속에서 눈뜬 소경이지만 조만간 이곳에 들이닥칠 겁니다. 눈 달린 사람이라면 제이미를 무고한 농민으로 여길 리 없어요."

듀갈이 단호하게 지침을 내렸다.

"공연한 걱정 말게. 그를 꼭 데려갈 생각이야."

털보가 한숨을 쉬었다.

"그렇다면 별 수 없군. 우리끼리 뼈를 맞춰보는 수밖에. 무타흐, 자네와 뚱보 루퍼트가 제이미를 붙들어. 내가 힘써보지."

나는 동정 어린 눈으로, 털보가 젊은이의 손과 팔목을 잡고 위로 밀어 올리는 모습을 지켜봤다. 잘못된 각도로 무식하게 힘만 썼기 때문에 환자의 고통을 가중시켰다. 청년은 비 오듯 땀을 흘리면서도 나직한 신음을 딱 한 번 발했다. 그리고 갑자기 앞으로 무너졌고, 주위 사내들이 그가 마룻바닥과 충돌하기 전에 얼른 잡았다.

누군가 그의 입술에 휴대용 가죽통을 댔다. 독한 술 냄새가 멀리 내 코까지 찔렀다. 젊은이는 목이 막혀 콜록거리면서도 찢어진 셔츠 앞섶을 황금색 액체로 물들이며 술을 받아넘겼다.

대머리가 입을 열었다.

"한 번 더 참아볼 테야? 그리고 이번에는 힘센 루퍼트가 나서는 게 좋겠어."

뚱보 루퍼트가 기꺼이 나섰다. 그는 원목 던지기에 나선 사람처럼 어깨를 푼 다음, 있는 힘껏 어긋난 관절을 맞출 요량으로 젊은이의 손목을 잡았다. 저러다가 팔이 장작개비처럼 부러질 게 뻔했다.

"손도 대지 말아요!"

난 엉겁결에 직업적인 분노를 터뜨리며 앞으로 나섰다. 방 안의 사내들이 깜짝 놀란 표정으로 나를 주목했다.

"싸가지 없이 그게 무슨 말이야?"

대머리가 내 참견에 화를 냈다.

"댁들이 그의 팔을 부러뜨리겠다는 말이에요. 저리들 물러서요."

나는 지지 않고 쏘아붙이고 루퍼트를 밀어낸 후 직접 환자의 손목을 잡았다. 환자는 다른 사람들처럼 놀란 표정이 역력했지만 저항하지 않았다. 몸이 아주 뜨거웠지만 열병이 오른 것은 아니었다.

"위팔의 뼈부터 정확한 각도로 맞춰야 어깨에 잘 맞물린다구요!"

나는 환자의 손목을 위로 올림과 동시에 팔꿈치를 받치며 일장 훈계를 늘어놓았다. 그나저나 젊은이는 엄청난 거구였다. 팔하나가 굵은 동아줄을 여러 겹으로 엮어놓은 듯했다. 나는 팔꿈치를 위로 들어올려 어깨뼈를 맞출 준비를 했다. 그리고 환자에게 경고했다.

"아프겠지만 참으세요."

그의 입술이 일그러졌다.

"이보다 더 아플 수는 없겠죠. 어서 하세요."

이제 내 얼굴에 땀방울이 맺혔다. 최고의 환경에서도 어깨 탈구는 다루기 복잡한 법, 하물며 뼈가 어긋난 지 여러 시간이 흘러 근육이 퉁퉁 부어오른 거인 환자를 치료하려면 젖 먹던 힘까지 짜내야 할 판이었다. 거기에다 벽난로는 왜 이리 가까운지. 난 어깨뼈를 잘못 만져 우리 두 사람이 불 속으로 쓰러지지 않기만 바랐다.

갑자기 어깨에서 팍 하는 희미한 소리와 함께 관절이 맞물렸다. 환자는 신통한 표정으로 다친 팔을 위로 들어올렸다.

"더 이상 아프지 않아요!"

그의 얼굴에 기쁨의 미소가 가득 퍼졌다. 남자들은 일제히 감탄사를 발하며 박수를 쳤다. 나는 흐뭇한 마음으로 이마의 땀을 닦았다.

"며칠 푹 쉬어야 해요. 이삼 일은 팔을 쓰지 말고, 그 다음에도 무리하지 마세요. 통증이 오면 즉시 일을 중단하구요. 매일 뜨거운 찜질도 해주세요."

내 충고를 환자는 존경 어린 태도로 경청했고, 다른 이들은 의혹 어린 표정이었다. 나는 왠지 방어적인 기분을 느끼며 설명했다.

"보시다시피 나는 간호사예요."

단박에 듀갈과 뚱보 루퍼트가 내 젖가슴을 뚫어지게 응시했다. 그들은 반감과 매혹이 교차된 시선을 좀처럼 떼지 못하다가, 남자들끼리 의미심장한 표정을 교환했다. 듀갈이 내 얼굴을 다시 보며 눈썹을 치켜 올렸다.

"당신은 젖어미치고 치료 기술이 뛰어나군. 저 젊은이가 승마하도록 상처도 마저 치료할 수 있소?"

"붕대는 감을 수 있죠."

나는 제법 신랄하게 비꼬았다.

"댁들에게 붕대가 있다면요. 하지만 나에게 '젖어미'라니, 그게 무슨 뜻이죠? 게다가 내가 왜 댁들을 도와야 하나요?"

내 말은 완전히 무시당했다. 듀갈이 돌아서서, 방구석에 웅크리고 있던 여자에게 게일어로 명령한 것이다. 나는 한 무리의 남자들에게 둘러싸여 있었던지라 그녀를 미처 알아차리지 못했다. 그 여자의 옷차림은 특이했다. 너덜거리는 긴치마에 긴소매 블라우스를 입고 그 위에 보디스(코르셋 위에 입는 여성복)를 걸쳤는데, 얼굴을 포함한 그녀의 모든 것이 누추하고 궁기가 흘렀다. 새삼 주변을 둘러보니 전기는 물론이거니와 실내 수도시설까지 미비했다. 이러니까 집이 먼지투성이지.

여자는 얼른 듀갈에게 절을 하고는 종종걸음으로 무타흐와 루퍼트의 곁을 지나 화덕가의 옻칠된 나무궤짝에서 지저분한 천을 꺼냈다.

"안 돼요. 그건 못써요."

나는 더러운 천 조각을 손가락질하며 말했다.

"상처가 감염되지 않도록 소독한 다음에 살균 붕대로 감아야 해요. 깨끗한 천이라도 좋아요."

모든 사람들의 눈이 동그래졌다. 작달만한 남자가 신중하게 입을 열었다.

"감염?"

"그래요."

나는 단호하게 말했다.

저 남자의 말씨는 제법이지만 약간 맹추로구나.

"상처에서 모든 먼지를 제거하고, 세균번식을 막는 동시에 치료를 돕는 약을 발라줘야 해요."

"예를 들자면?"

"일례로 옥도정기가 있죠."

내가 대답했다. 하지만 어느 누구의 얼굴에서도 이해의 빛이 떠오르지 않자 재차 시도했다.

"메르티올레이트(살균소독제의 상표명)는 어때요? 희석한 석탄수는? 그럼 알코올은 있나요?"

이제야 좌중에서 안도의 표정이 흘렀다. 드디어 내가 그들이 알아들을 수 있는 말을 한 것이다. 무타흐가 가죽 술통을 내밀었다. 나는 초조하게 한숨을 쉬었다. 하일랜드가 원시적이라는 소리는 들었지만 이건 해도해도 너무했다. 나는 가능한 참을성 있게 말했다.

"이보세요, 환자를 시내로 데려가는 게 어때요? 여기에서 멀지 않잖아요. 이 남자를 봐줄 의사가 최소한 한 명은 있겠죠."

여자가 놀란 숨을 헐떡거렸다.

"웬 도시요?"

듀갈은 일체의 대화를 무시한 채 창문의 커튼 한쪽을 약간 제치고 어둠 속을 내다보고 있었다. 그는 커튼을 도로 놓고 문 밖으로 나갔다. 사내들이 약속이나 한 듯 입을 다물었다.

잠시 후 그가 돌아왔을 때 옆에는 대머리가 있었고 그들에게서 솔잎의 짙고 쌉쌀한 냄새가 풍겼다. 듀갈은 일행의 질문 어린 표정에 고개를 가로저었다.

"아무도 없어. 안전할 때 떠나야 해, 즉시!"

듀갈은 나와 눈이 마주치자 말을 멈추고 궁리했다. 그러다가 갑자기 나에게 고개를 끄덕거렸다. 이제 결정이 내려진 것이다.

"저 여자는 데려간다."

그는 식탁의 천 조각을 뒤적거리다가 낡은 넝마를 쥐었다. 한때 목도리였음직한 넝마였다. 털보는 나를 데려간다는 계획에 반대인 모양이었다. 그들의 목적지가 어딘지 모르겠지만.

"여자를 그냥 놔두고 갑시다."

듀갈은 털보에게 답답하다는 시선을 던졌지만 무타흐에게 설명을 맡겼다.

"삶은 가재들이 새벽녘에 여기 도착할 거야. 이 여자가 잉글랜드 스파이라면 우리의 행적을 미주알고주알 고해 바치겠지. 만일 앞잡이가 아니라면…… 외로운 여자를 혼자 내버려둘 수 없어."

무타흐는 약간 밝아진 표정으로 내 치맛자락을 가리켰다.

"어쩌면 몸값을 받아낼 수 있을지도 몰라. 저 여자는 가진 게 별로 없지만 다 좋은 거라구."

듀갈이 한마디 보탰다.

"게다가 나름대로 쓸모 있는 여자야. 치료에 대해 제법 아는 눈치거든. 허나 지금은 제대로 치료할 시간이 없어. 이보게, 제이미. '감염'당하지 않고 말을 탈 수 있겠나?"

"예."

"좋았어. 자……."

듀갈이 더러운 천을 나에게 던지고, 음흉한 인상의 사내와 뚱보 루퍼트에게 돌아섰다.

"상처를 묶으시오, 빨리. 당장 떠나야 해. 그리고 자네들 두 사람은 말을 준비하게."

나는 그 천을 혐오스럽게 앞뒤로 살피며 불평했다.

"이건 못써요. 너무 불결해요."

눈 깜박할 사이에 거인 듀갈이 내 어깨를 움켜잡고 험악한 검은 눈을 부라렸다.

"어서 해."

그리고 나를 앞으로 밀어내며 부하 두 명과 함께 밖으로 나갔다. 나는 매우 동요한 채 총상 치료에 나섰다. 하지만 구질구질한 목도리를 붕대로 삼는 것은 내 의학적인 상식이 용납하지 않왔다. 나는 혼란과 공포를 감추려고 노력하며 더 적당한 대체물을 찾았고, 결국 내 속치마 밑단을 뜯기에 이르렀다. 살균 붕대와는 거리가 멀었지만 지금으로서 가장 깨끗한 소재였기 때문이다.

환자의 리넨 셔츠는 낡았지만 놀랄 만큼 질겼다. 좀 악전고투하며 남은 소매를 마저 뜯고 붕대를 감았다. 나는 뒤로 물러서서 임시변통의 치료 결과를 확인한 후, 이미 오두막으로 돌아와서 우리를 지켜보고 있던 듀갈을 돌아봤다. 그는 내 솜씨에 만족한 표정이었다.

"잘했소. 이리 와요. 떠날 준비가 끝났소."

듀갈은 여자에게 동전 한 닢을 던지고 나를 밖으로 몰았다. 그 뒤를 제이미가 천천히 따랐다. 여전히 안색이 창백한 상태였다. 낮은 걸상에서 벗어난 내 환자는 엄청난 거구로 판명되었다. 거인 듀갈보다 몇 센티미터 가량 더 컸다.

어둠 속에서 뚱보 루퍼트와 무타흐가 여섯 필의 말을 붙잡고 부드러운 게일어로 동물들을 달래고 있었다. 아직 달이 보이지 않았지만 별빛만으로도 초조해하는 말들의 금속 마구가 번쩍거렸다. 나는 무심코 고개를 들었다가 숨이 막힐 뻔했다. 밤하늘이 온통 별들로 찬란하게 수놓아져 있었던 것이다. 저렇게 많은 별은 생전 처음이었다. 주변을 에워싼 숲을 둘러보니 이해가 갔다. 인공 불빛으로 휘황찬란한 도시가 없어서 별들이 마음껏 하늘을 독차지하고 제 빛을 뿜내는구나.

순간 생각의 흐름이 중단되고 온몸에 소름이 쫙 끼쳤다. 도시의 불빛이 없다? 아까 오두막에서 여자가 '웬 도시?'라고 말했다.

난 전시의 등화관제와 야간폭격에 익숙해진 나머지 전깃불이 없다는 사실을 마음에 두지 않았다. 하지만 전쟁은 끝나고 평화가 돌아왔다. 인버네스의 불빛이 여러 마일 밖까지 보여야 마땅하다.

사내들은 어둠에 가려 형체를 분간할 수 없었다. 숲 속으로 도망갈 생각을 했지만, 듀갈이 내 마음을 읽은 듯 팔꿈치를 잡고 말 쪽으로 끌고 갔다.

"제이미, 안장에 올라라."

그가 명령했다.

"이 여자는 너와 같은 말을 탄다. 이봐요, 당신이 제이미를 대신해서 가끔 고삐를 잡으시오. 우리와 보조를 맞추도록. 엉뚱한 짓을 하면 목을 확 그어버리겠어. 알아들었소?"

나는 고개를 끄덕거렸다. 입이 모래처럼 말라서 소리를 낼 수 없었다. 듀갈의 말투는 그리 위협조가 아니었지만 나는 말 한마디, 쉼표 하나까지 믿었다. 어떤 일이 '엉뚱한 짓'에 해당되는지 모르겠지만 뭐든 할 의욕이 사라졌다. 게다가 여기가 어디이고, 이 사내들이 누구이며, 이렇게 긴박하게 떠나야 하는 이유와 목적지를 모르는 마당에서는 동행 이외의 대안이 없었다. 프랭크가 떠올랐다. 지금쯤 그이가 얼마나 걱정하며 나를 찾고 있을까? 하지만 지금은 남편을 언급할 때가 아닌 듯했다.

듀갈은 내 고갯짓을 알아차렸는지 내 팔을 놓고 갑자기 몸을 숙였다. 나는 멀뚱하게 서서 그를 바라봤다. 듀갈이 답답한 듯 호령했다.

"발! 내 손에 발을 올려요! 이런, 왼발을 올려야지!"

나는 허둥지둥 발을 바꿔 그의 손에 올렸다. 약간 투덜거리며 듀갈이 나를 제이미의 앞자리에 태우자, 내 환자가 성한 팔로 나를 가까이 보듬어 안았다.

전체적으로 기막힌 상황에도 불구하고 스코트족 청년의 온기가 반가웠다. 그는 목탄과 피와 씻지 않은 체취를 강하게 풍겼지만 쌀쌀한 밤공기가 내 얇은 드레스를 사정없이 파고들었으므로 기꺼이 청년의 가슴에 기대앉았다.

오로지 나직하게 짤랑거리는 마구 소리만 울려 퍼지는 가운데 우리는 별빛 어린 밤을 가로질렀다. 사내들은 일체의 대화를 삼가고 경계 태세를 늦추지 않았다. 도로로 나서자 전력 질주가 시작되었다. 나는 말 등에서 워낙 정신없이 요동쳤으므로, 설령 내 의견에 귀를 기울이는 사람이 있다 해도 입을 뗄 여유가 없었다.

내 환자는 한 손으로도 수월하게 말을 다뤘다. 나와 맞닿은 허벅지에 힘을 줬다, 풀었다 하면서 말에게 방향을 지시했다. 한편 나는 낙마하지 않으려고 짧은 안장의 모서리에 매달려 있었다. 전에도 말을 타봤지만 이 제이미처럼 노련한 기수란 뜻은 아니다.

잠시 후 사거리에 이르자 일행은 짧은 휴식을 취했다. 듀갈과 대머리가 나직하게 속닥거리는 동안, 제이미는 고삐를 놓고 내 뒤에서 이리저리 몸을 비틀었다.

난 따끔하게 주의를 주었다.

"조심해요! 그렇게 움직이면 붕대가 풀어진단 말이에요! 뭘 하려는 거예요?"

"플래드로 당신을 감싸주려구요. 추워서 막 떨고 있잖아요. 하지만 나는 한 손이라 못 하니까, 당신이 플래드의 브로치를 빼주실래요?"

한참을 어색하게 꼼지락거리고 밀고당긴 끝에야 플래드를 푸는 데 성공했다. 청년은 귀신처럼 민첩하게 옷자락 한쪽을 획 돌려 숄처럼 어깨를 감싼 후 플래드 양끝을 내 앞의 안장 속에 고정시켰다. 이제 우리는 고치처럼 따뜻하게 감싸였다.

그가 의기양양하게 입을 뗐다.

"됐어요! 우리가 도착하기 전에 동사하는 일은 없을 거예요."

"정말 고마워요. 그런데 우리가 향하는 곳이 어디죠?"

나는 청년의 얼굴을 볼 수 없었다. 그는 잠시 머뭇거리다가 짧은 웃음을 터뜨렸다.

"실은 저도 모릅니다. 그곳에 도착하면 우리 둘 다 알게 되겠죠, 안 그래요?"

우리가 지나가고 있는 들판의 한 지점이 어렴풋하게 낯이 익었다. 저 수탉 꼬리처럼 생긴 거대한 돌무더기를 본 기억이 나는데……

"쿡나몬 바위로구나!"

"예, 맞아요."

내 환자가 심드렁하게 긍정했다. 난 지난주 내내 여러 시간에 걸쳐 프랭크가 늘어놓았던 지역사를 떠올리려고 노력했다.

"잉글랜드인들이 저 바위를 매복장소로 이용하지 않을까요? 만일 잉글랜드 정찰병이 인근에 있다면요……"

정말 잉글랜드 정찰병이 있다면 나는 꼼짝없이 죽은목숨이다. 이 청년과 한 플래드를 덮고 있으니까. 게다가 조나단 랜들 대장은 살 떨리게 끔찍했다. 내가 갈라진 선돌을 만진 이래 경험했던 모든 일이, 숲에서 만났던 그 남자가 남편의 6대조 증조부라는 사실을 가리켰다.

아무리 그런 결론을 강력하게 부인한들 모든 상황을 만족시킬 만한 또 다른 설명이 없었다.

처음에는 평소보다 훨씬 생생한 꿈을 꾸는 거라고 치부했지만, 랜들의 소름 끼치도록 친밀하고 강압적인 키스가 그런 인상을 말끔하게 지워놓았다. 또한 무타흐에게 얻어맞은 뒤통수도 꿈이라는 생각에 들어맞지 않았다. 내 머리의 혹과 지금 안장에 쓸리고 있는 허벅지 안쪽의 아픔 역시 꿈과 거리가 멀었다. 그리고 피도 한몫 거들었다. 예전에도 흥건한 피에 대한 꿈을 꿔봤지만 피 냄새는 결코 아니었다. 그 찝찔하고 비릿한 냄새가 바로 내 뒤의 남자에게서 풍겨나고 있었다.

"이럇, 이럇."

제이미가 말을 채근해서, 한참 게일어로 소곤거리고 있는 선두 그룹을 따라잡았다. 이제 말들이 속력을 줄여 걸음을 경보로 바꿨다.

듀갈의 신호가 떨어지자, 제이미와 무타흐와 땅딸보 대머리는 뒤로 돌아갔고 다른 두 남자는 약 20킬로미터 우측 전방의 쿡나몬 바위를 향해 전력 질주했다. 휘영청 밝은 반달이 길가의 한들거리는 당아욱 이파리까지 헤아릴 수 있을 만큼 주위를 환하게 비췄지만 굵직한 돌무덤 틈새는 짙은 어둠을 머금고 있었다.

질주하는 말과 기수의 형상들이 쿡나몬 바위를 지날 때, 그 틈새에서 머스켓 총구가 불을 뿜었다. 그러자 내 뒤에서 머리털이 쭈뼛 서는 고함과 함께 날카로운 채찍소리에 맞춰 말들이 앞으로 튀어나갔다. 정신을 차릴 시간도 없이 우리는 히스 황야를 가로질러 쿡나몬 바위를 향해 달리고 있었고 무타흐와 다른 사내들이 밤하늘을 향해 소름끼치는 포효를 내질렀다.

나는 죽어라고 안장 앞머리에 매달렸다. 옆에서 거대한 가시금작화 덤불이 불쑥 모습을 드러내자, 제이미가 나를 사정없이 덤불에 내동댕이쳤다. 우리 말은 급격하게 힘을 얻어서 빠르게 지축을 가르며 쿡나몬 바위를 한 바퀴 돌았다. 말이 바위의 어둠 속으로 사라질 때는 안장에 바짝 엎드려 있던 기수가 똑똑히 보였는데, 돌무덤을 돌아 나왔을 때는 안장이 텅 비어 있었다.

쿡나몬 바위의 표면은 어둠의 장막에 싸여 있었다. 줄기찬 고함과 간간이 불을 뿜는 총성은 들렸지만, 언뜻언뜻 보이는 동작들이 남자들의 것인지 아니면 바위틈에서 자생한 떡갈나무의 비비 틀린 그림자인지 분간할 수 없었다.

나는 한참을 바동거린 끝에 겨우 가시금작화 덤불을 벗어났다. 치맛자락과 머리는 따금따금한 가시투성이였고 손발은 온통 긁혀 있었다. 팔의 생채기를 핥으며 앞으로 어떻게 할지 궁리했다. 쿡나몬 바위에서의 전투가 끝날 때까지 기다려? 스코트족이 승리하거나 살아남는다면 나를 찾으러 오겠지. 만일 모두 전사한다면 잉글랜드군에게 접근하면 그만이고. 그럴 경우에는 내가 스코트족과 한 패거리이고 모종의 음모에 연루되었다고 의심받으리라. 무슨 음모인지야 알 길이 없지만 오두막에서 사내들의 행동을 보건대 잉글랜드군이 대단히 마땅찮아 하는 일을 꾸미고 있는 게 명백했다.

차라리 양쪽 모두를 피하는 편이 낫겠다. 무엇보다 현재의 위치를 파악했으니까, 방향만 제대로 잡는다면 마을이나 도시로 돌아갈 수 있다. 마음을 굳히고 빌어먹을 쿡나몬 바위산의 울퉁불퉁한 화강암을 넘기 시작했다.

전투음이 사라졌을 즈음 드디어 길이 나왔다. 저 길을 따라 걸으면 쉽게 눈에 띄겠지만 마을까지 가려면 어쩔 도리가 없었다. 어둠 속에서 방향을 분간할 수 없는 데다, 프랭크에게 별자리를 보고 길 찾는 법 따윈 배운 바 없으니까. 남편 생각에 울고 싶어졌기 때문에 관심을 분산시킬 겸 오후의 일을 논리적으로 분석하려고 애썼다.

한마디로 황당했다. 그러나 내가 18세기 후반의 관습과 정치 역학 관계가 고스란히 보존된 곳에 있다는 지금의 현실은 의문의 여지가 없었다. 제이미라는 청년만 없었다면 모든 것이 일종의 거짓 활극으로 여겨졌으리라. 하지만 그는 정말 머스켓 총상을 입었다. 또한 오두막에서 사내들의 행동도 연극이 아니었다. 모두 진지하기 이를 데 없었고, 지저분한 땟물과 검도 진짜였다.

혹시 여기가 주민들이 정기적으로 역사의 특정한 시대를 재현하는 민속촌일까? 독일에 그런 곳이 있다는 말은 들어봤지만 스코틀랜드에선 금시초문이었다. 그리고 머스켓으로 서로에게 총질하는 배우가 있다는 말도.

쿡나몬 바위를 돌아보고 현재 위치를 확인한 후 전방의 지평선으로 돌아선 순간 온몸의 피가 싸늘하게 식었다. 지평선에는 울창한 솔잎들이 검정 바늘처럼 퍼져 있을 뿐 아무것도 없었다. 인버네스의 불빛은 어디로 갔지? 쿡나몬 바위가 내 뒤에 있으니까 인버네스는 남서쪽으로 약 5킬로미터 앞에 있어야 했다. 그 정도의 거리라면 도시의 불빛이 보여야 옳았다. 정말 인버네스가 거기에 있다면.

소름 돋은 팔뚝을 문지르며 두 발을 동동 굴렀다. 아무리 내가 다른 시대에 와 있다는 어처구니없는 가능성을 인정한다 해도 인버네스는 무려 6백년이나 한 자리를 지켰잖은가. 즉, 도시는 거기에 있지만 불빛이 없다는 뜻이다. 결론적으로 또 다른 증거가 늘어났다. 하지만 정확하게 어떤 사실에 대한 증거지?

그때, 바로 눈앞의 어둠 속에서 시꺼먼 형상이 튀어나왔다. 내가 비명을 억누르며 돌아서서 도망치려는 찰나 커다란 손 하나가 내 팔을 잡고 말렸다.

"염려하지 마세요. 저예요."

"홍, 그게 내가 염려했던 바라구요."

제이미를 보고 한없이 안도했지만 겉으로는 쌀쌀맞게 쏘아붙였다. 이 청년도 만만찮게 위험해 보였지만 다른 남자들처럼 두렵지는 않았다. 아마 젊기 때문이리라. 사실 나보다 어려 보였다. 게다가 내 환자를 무서워하긴 힘든 법이다.

"댁이 그 어깨를 무리하게 휘두르지 않았길 바랄게요."

나는 병원 기숙사 여사감의 어조로 엄중하게 문책했다. 권위적인 태도로 밀고 나가서 그의 손아귀에서 탈출하자.

"실은 당신의 얇은 속옷 천이 오래 버티지 못했어요."

제이미는 성한 손으로 어깨를 문지르며 인정했다. 그가 달빛으로 나온 순간, 셔츠 앞섶을 흠뻑 적신 핏자국이 선명하게 드러났다. 동맥출혈이로구나. 그런데 어떻게 이 청년이 서 있을 수 있을까?

"당신…… 다쳤군요! 어깨 상처가 터졌어요? 다른 곳을 다쳤나요? 여기에 앉아서 보여주세요, 빨리요!"

머릿속으로 구급 처치 과정을 재빨리 열거하며 그를 둥근 바위 쪽으로 밀었다. 수중에는 필요한 의약품이 하나도 없었다. 내옷가지만 빼고. 남은 속치마를 찢어 붕대로 쓰려 할 때 청년이 껄껄 웃었다.

"저 때문에 그러실 필요 없어요. 이건 제 피가 아니에요. 대부분은 말이에요."

제이미는 피에 젖은 셔츠를 몸에서 떼어 보였다. 나는 마른침을 꿀꺽 삼켰다. 속이 매슥거렸다.

"어머나……."

"듀갈과 동료들이 길가에서 기다리고 있어요. 어서 가시죠."

그가 내 팔을 잡았다. 억지로 끌고 간다기보다는 기사도에 입각한 몸짓이었다. 나는 이 기회를 잡기로 결심하고 저항했다.

"싫어요! 당신과 가지 않겠어요!"

청년이 반항에 놀라 걸음을 멈췄다.

"이러면 안 돼요. 아가씨는 저와 함께 가야 해요."

그는 동요하지 않았다. 오히려 내가 다시 납치되기를 거부하는 게 약간 재미있다는 눈치였다.

"싫다면요? 목을 자를 거예요?"

나는 일부러 가장 극단적인 경우를 들이밀었다. 그는 여러 가지 대안을 곰곰이 생각한 다음에 침착한 어조로 대답했다.

"아닙니다, 아가씨는 무거워 보이지 않으니까 정히 걷지 않겠다면 어깨에 짊어지고 가죠. 제가 그러길 원해요?"

그가 앞으로 나섰고, 나는 황급히 뒤로 물러섰다. 이 청년은 부상당했건 멀쩡하건 정말 그럴 결심이었다.

"아뇨, 그러지 마세요. 어깨가 다시 빠질 거예요."

그의 얼굴은 어둠에 가려 있었지만 활짝 미소짓자 이가 달빛에 반짝거렸다.

"아가씨가 내 부상을 원치 않는다는 말인즉, 나와 함께 가겠다는 뜻이로군요?"

머리를 굴려 적절한 대답을 찾았지만 결국 실패했다. 청년이 내 손을 다시 잡았고 우리는 길을 나섰다.

제이미는 내가 돌부리나 히스 그루터기에 걸려 비틀거릴 때도 손을 놓지 않았다. 그의 걸음걸이는 훤한 대낮에 포장도로를 걷는 사람의 것이었다. 나는 씁쓸하게 혼잣말을 했다. 흥, 전생에 고양이였나보군. 아까 어둠 속에서 인기척 없이 내 뒤를 밟아온 것만 봐도 그래.

다른 남자들이 그리 멀지 않은 곳에서 말을 탄 채 기다리고 있다가 우리에게 손을 흔들었다. 부상자나 사상자는 없었다. 나는 품위 없이 버둥거리며 안장 위에 올랐다. 그 과정에서 본의 아니게 내 머리가 제이미의 다친 어깨를 박았고, 제이미는 저도 모르게 헉 소리를 냈다. 나는 다시 잡힌 유감과 그를 아프게 한 죄책감을 주제넘은 으름장으로 감췄다.

"댁은 아파도 싸요. 그런 몸으로 들판을 샅샅이 뒤지고 덤불과

바위밭을 추적했잖아요. 내가 다친 어깨를 쓰지 말라고 했죠? 이
제 댁은 타박상과 근육통으로 고생하게 될 거예요."

그는 내 잔소리를 재미있어 했다.

"선택의 여지가 없었어요. 어깨를 쓰지 않으면 죽게 될 판이었
으니까요. 난 한 손으로 잉글랜드군을 한 명, 아니 두 명까지 거
뜬하게 요리할 수 있어요. 하지만 세 명은 무리죠. 게다가……."

약간 허풍 섞인 어조였다. 제이미는 나를 피로 얼룩진 셔츠
쪽으로 바짝 끌어당겼다.

"목적지에 도착해서 아가씨의 치료를 다시 받을 수 있잖아요."

"누구 마음대로요?"

나는 그 끈끈한 옷감에서 몸을 떼며 차갑게 쏘아붙였다. 제이
미가 말에게 신호를 보냈고 우리는 다시 길을 나섰다. 이제 남
자들은 전투 후의 호전적인 분위기에 젖어 웃음과 농담을 지껄
여댔다. 내가 덤불에 처박힌 사소한 무용(武勇)이 과장된 찬사를
받았고, 내 명예에 대한 축배를 들기 위해 여러 개의 휴대용 술
병이 돌려졌다.

나는 몇 차례 술을 제의받았지만 격렬하게 터덜거리는 안장에
매달린 몸이었기 때문에 정중히 사양했다. 남자들의 대화로 미
루어, 불쌍한 패자는 머스켓과 검으로 무장한 열댓 명의 잉글랜
드군 정찰병으로 추정되었다.

누군가 제이미에게 술병을 건넸다. 그가 술을 들이킬 때 강하
고 독한 술내가 진동했다. 거기에 섞인 희미한 꿀 냄새가 하루
종일 먹은 게 없음을 상기시켰고, 창피하게도 내 배에서 꼬르륵
소리가 요란하게 울렸다.

"어이, 제이미! 배고픈가? 혹시 백파이프를 불었어?"

뚱보 루퍼트가 소리의 진원지를 착각하고 외쳤다.

"백파이프를 먹어치울 만큼 배가 고파요."

제이미는 신사답게 누명을 감수했다. 잠시 후 휴대용 술병이 내 앞에 들이밀어졌다.

"한 모금 마셔두세요."

제이미가 내 귀에 대고 소곤거렸다.

"배를 채워주진 못하겠지만 허기를 잊게 해줄 겁니다."

그 밖의 다른 것도 잊게 해주길 기도하며 나는 술병을 기울였다.

내 환자의 말이 옳았다. 위스키는 작은 모닥불처럼 내 속을 뜨끈하게 달궈주며 허기를 속였다. 우리는 고삐와 위스키 술통을 번갈아 쥐며 아무 탈 없이 수 마일을 지났다. 하지만 폐허가 된 어느 오두막 근처에서 내 환자의 호흡이 갑자기 가빠지기 시작하면서 지금까지 규칙적으로 요동쳤던 우리의 균형이 일거에 무너져 내렸다. 내가 말짱한 마당에 그가 취했을 리 없는데…… 어쨌든 아까 준비운동 없이 당했던 낙마를 되풀이할 마음 따윈 추호도 없었다.

나는 목청 높여 소리쳤다.

"잠깐만요! 도와주세요! 이 청년이 떨어지고 있어요!"

어둠에 가린 형상들이 방향을 틀고 당황한 목소리로 중얼거리며 우리 곁으로 몰려들었다. 제이미가 돌무더기처럼 머리부터 고꾸라졌지만 다행스럽게도 누군가 그를 받았다. 나머지 남자들이 말에서 내려 청년을 땅에 눕혔을 즈음 난 엉거주춤 땅바닥을 딛었다.

"아직 숨은 붙어 있어."

한 사내가 말했다.

"흥, 꽤 도움되는 말이네요."

나는 맥박을 찾으려고 미친 듯이 암흑 속을 더듬거렸다. 마침내 잡은 맥박은 빠르지만 강하게 뛰고 있었다. 한 손은 제이미의 명치에, 귀는 그의 입에 대보니 규칙적인 호흡이었다.

"이 청년은 기절했어요. 안장을 그의 발 아래에 괴어주고 물을 가져다주세요."

놀랍게도 내 명령은 즉각 시행되었다. 이 청년이 제법 중요한 인물인 모양이다. 그는 신음하며 눈을 떴다. 창백한 피부가 광대뼈 위로 팽팽해져서 해골바가지 같았다. 그는 일어나려고 애썼다.

"괜찮습니다. 약간 현기증이 일었어요."

나는 그의 가슴을 뒤로 밀어서 다시 눕혔다.

"잠자코 누워 있어요."

나는 일행의 우두머리인 듯한 거구의 형상을 향해 몸을 돌렸다.

"총상이 다시 터졌고 자상을 여러 군데 입었어요. 상태는 심각하지 않지만 피를 많이 흘렸어요. 셔츠가 푹 젖도록요. 얼마만큼이 그의 피인지 모르겠지만요. 아무튼 이 청년은 안정과 휴식이 필요해요. 아침까지 이곳에 캠프를 치는 게 좋겠어요."

그 형상이 부정적인 몸짓을 보였다.

"안 돼. 주둔군을 멀찌감치 따돌리긴 했지만 감시망을 완전히 벗어나지 못했소. 가야 할 길이 족히 30킬로미터는 더 남았소. 최소한 다섯 시간에서 넉넉잡아 일곱 시간이 걸릴 거요. 당신이 출혈을 막고 다시 붕대를 감을 때까지 기다릴 테니까, 빨리 시작하시오."

내가 욕설을 중얼거리며 일에 착수했을 때 듀갈이 부하 한 명에게 말들을 길가로 몰고 가라고 명령했다. 나머지 남자들은 잠시 휴식을 취했고 술을 마시거나 낮은 목소리로 한담을 나눴다. 족제비상 무타흐가 나를 도와서 리넨을 찢고 물을 더 길어오거나 붕대를 감을 수 있도록 환자를 부축하는 동안, 제이미는 활동을 금지당해 꼼짝하지 못한 채 괜찮다는 말만 되뇌었다.

"입 닥쳐요. 댁은 괜찮지 않아요."

나는 두려움과 분노를 폭발시켰다.

"당신, 바보 아니에요? 어떻게 칼에 찔려놓고 상처를 돌보지 않을 수 있어요? 출혈이 얼마나 심한지 못 느껴요? 죽지 않은 게 다행이에요. 밤새도록 황야를 쏘다니고, 쌈박질에다 전속력으로 말을 타다니…… 가만히 있어욧!"

어둠 속에서 붕대 대용품인 나일론과 리넨 조각이 내 성질을 자극했다. 마치 새하얀 배를 내보이며 깊은 물 속으로 자맥질하는 물고기처럼 천들이 내 손아귀에서 흘러내리거나, 닿을락 말락 잡히지 않은 것이다. 차가운 밤공기에도 불구하고 땀방울이 내 목덜미를 타고 흘렀다. 드디어 천의 한쪽을 잡는 데 성공하고, 환자의 등 뒤에서 고집스럽게 처진 다른 끝을 향해 손을 내밀었다.

"자자, 제발 좀 잡혀라…… 이 밥통 같은 머저리!"

제이미가 움직이는 바람에 잡고 있던 천 조각의 끝마저 친 것이다. 일순 충격 어린 침묵이 흘렀다. 뚱보 루퍼트가 겨우 입을 뗐다.

"맙소사, 내 평생 저런 말을 하는 여자는 처음이야."

"우리 그리젤 아줌마를 못 봤구먼."

다른 목소리가 껄껄 웃으며 말했다. 그 뒤를 이어 나무 그림자 속에서 엄숙한 목소리가 들려왔다.

"저 여자는 남편에게 혼나야 해. 사도 요한이 말씀하시길, '여자를 침묵하게 하라. 그렇지 않으면……'"

"당신 일이나 신경 써요. 사도 요한에게도 그러라고 하구요."

나는 땀을 닦으며 앙칼지게 쏘아붙이고 환자에게 지시했다.

"왼쪽으로 몸을 돌려요. 붕대를 묶는 동안 손가락 하나만 까딱해도 요절을 내겠어요."

"예."

그가 양순하게 대답했다. 나는 천 끝자락을 세게 잡아당겼다. 그러자 이번에는 붕대 전체가 스르르 풀어지는 게 아닌가.

"젠장할, 다 썩어문드러져라!"

나는 좌절감을 못 이긴 나머지 땅바닥을 치며 고래고래 소리를 질렀다. 다시 좌중에 침묵이 흘렀고, 내가 빈약한 붕대 대용품의 끝자락을 찾으려고 어둠 속을 더듬는 동안 길가의 쭈그린 형상이 내 여자답지 못한 말씨를 꼬집었다.

"듀갈, 저 여자를 안네 수녀원으로 보내야겠어요. 우리가 해안을 출발한 이래 제이미의 욕설을 한 번도 못 들어봤잖아요. 제

115

이미는 한때 뱃사람이 고개를 돌릴 정도로 입이 걸었는데 말이죠. 필시 수도원에서 넉 달을 보내면서 좋은 감화를 받은 거라구요. 아가씨, 더 이상 주님의 이름을 헛되이 부르지 마시오. 알았소?"

"아저씨도 별 수 없을 거예요. 한 번 욕할 때마다 2월의 추운 밤에 셔츠 바람으로 예배당 돌바닥에 엎드려뻗쳐를 해보시라구요."

내 환자가 능청스럽게 반박했다. 남자들이 일제히 웃음을 터뜨린 가운데 제이미는 다시 말했다.

"속죄는 두 시간밖에 걸리지 않지만 바닥에서 일어서는 데 더 많은 시간이 걸렸어요. 내 불알이…… 음, 내 뼛속까지 얼어붙은 줄 알았다니까요."

나는 단단히 화가 났음에도 불구하고 웃음이 새어 나왔지만 겉으로는 엄하게 말했다.

"가만히 있어요. 아니면 눈물이 쑥 빠지도록 아프게 해주겠어요."

제이미가 조심스럽게 붕대를 만지길래 나는 사정없이 손등을 때렸다. 이제 그가 뻔뻔스럽게 나왔다.

"협박하는 거예요? 술을 나눠준 나에게 이럴 수가!"

휴대용 술통이 남자들 사이에서 한 바퀴 돌았다. 듀갈이 내 옆에 무릎을 꿇고 앉아 술통을 환자 입으로 기울였다. 위스키 원액의 자극적이고 독한 냄새가 풍기자, 나는 듀갈의 손을 잡고 말렸다.

"더 이상은 안 돼요. 이 청년은 물이나 차를 마셔야 해요. 술이 아니라요."

듀갈은 들은 척도 하지 않고 내 손을 물리친 다음 환자의 목 구멍에 상당한 양의 술을 쏟아 부었다. 청년이 사래가 들어 콜록거렸다. 기침이 멈추고 겨우 호흡이 정상으로 돌아오자 듀갈이 다시 술병을 들었다. 나는 재빨리 그의 손을 다시 잡았다.

"그만두라니까요! 이 청년이 만취해서 일어서지 못하는 꼴을 보고 싶어요?"

내 환자가 흥겨운 목소리로 한마디 거들었다.

"꽤 만만찮은 여자지요?"

"당신의 소임이나 다 하시오."

듀갈이 명령했다.

"오늘밤 가야 할 길이 머니, 제이미는 술김을 빌어서라도 힘을 내야 하오."

붕대가 감기자마자 내 환자는 일어나려고 버둥거렸다. 나는 한쪽 무릎으로 청년의 가슴을 단단히 짚었다.

"움직이면 안 돼요."

난 듀갈의 킬트 자락을 확 잡아당겨 그를 도로 주저앉혔다.

"이걸 좀 보세요."

내가 병동 간호사다운 어조로 말하고, 피에 흠뻑 젖고 찢어진 셔츠를 듀갈에게 건넸다. 그는 혐오 어린 신음과 함께 제이미의 셔츠를 떨어뜨렸다. 이번에는 그의 손을 환자의 어깨에 올려놓았다.

"그리고 이것도 보시라구요. 이 사람의 삼두박근이 칼에 정통으로 찔렸어요."

"총검에 찔린 거예요."

내 환자가 말을 바로 잡았다.

"총검! 왜 나에게 아무 말도 안 했어요?"

그는 어깨를 으쓱하다가, 경미한 통증을 느끼고 즉시 멈췄다.

"총검이 살을 파고드는 감각은 느꼈지만 얼마나 심하게 다쳤는지 몰랐어요. 당시에는 그다지 아프지 않았거든요."

"지금은 아파요?"

"예."

"흥, 깨소금 맛이로군요. 댁은 아파도 싸요. 이제 교훈을 얻었겠죠? 황야를 어슬렁거리면서 젊은 여자를 납치하고 사람을 죽이면 안 돼요. 그리고……."

나는 정말 우습게도 눈물이 북받치는 것을 느끼고 얼른 입을 다물었다. 듀갈은 이 대화에 인내심을 잃었다.

"제이미, 말 등에 앉아 있을 수 있겠어?"

내가 분연히 소리쳤다.

"그는 아무 데도 못 가요! 병원으로 가야 한다구요! 절대로……."

내 반대는 언제나처럼 묵살되었다. 듀갈이 다시 물었다.

"말을 탈 수 있어?"

"예, 이 아가씨를 내 가슴에서 들어올리고 깨끗한 셔츠 한 장만 주신다면요."

4. 성(成)으로 가다

　나머지 여행은 평온 무사했다. 뭐, 한밤중에 부상당한 남자와 말을 나눠 타고 이빨까지 무장한 킬트족들을 벗삼아 길도 없는 황야를 30킬로미터나 횡단한 것을 사건으로 치지 않는다면 말이다. 최소한 산적의 공격을 받거나, 사나운 야수와 맞부딪히거나, 비바람을 만나진 않았다. 내가 점점 익숙해져가는 기준에 비하면 지루할 정도였다.

　새벽의 여린 빛줄기가 짙은 안개를 뚫고 황무지를 비추기 시작했다. 저 앞에 우리의 목적지가 어둑한 회색빛 속에서 거대하고 거뭇한 돌무더기로 드러났다.

　주변은 더 이상 조용한 황무지가 아니었다. 조잡한 차림의 사람들이 드문드문 성으로 향하고 있었다. 그들은 말에게 자리를 양보하고 길가로 물러서서 황당한 표정으로 내 기이한 차림을 구경했다.

여전히 짙은 안개가 깔려 있었지만, 성 앞의 아치형 석조 다리 하나와 그 아래에서 졸졸거리며 약 5백 미터 밖의 일렁이는 호수로 흐르는 작은 개울이 보였다.

성 자체는 둔탁하고 견고했다. 예쁜 탑이나 이빨 모양의 흉벽 따위 없었다. 두툼한 돌벽으로 둘러싸이고 좁다란 창문이 나 있는, 거대한 요새에 가까운 성이었다. 경사진 타일 지붕 위로 수십 개의 굴뚝이 불쑥 솟아 있어 전체적으로 우중충한 분위기를 더했다.

성 입구는 마차 두 대가 나란히 통과할 수 있을 만큼 넓었다. 이건 어림잡은 묘사가 아니라, 우리가 다리를 지날 때 직접 목격한 풍경이었다. 각각 술통과 목초를 실은 마차가 황소에 끌려 성안으로 들어갈 때까지 우리 일행은 다리에서 초조하게 기다려야 했다.

말들이 이슬 젖은 안뜰의 미끄러운 자갈 위를 딛자, 나는 참았던 질문을 터뜨렸다. 노상에서 동행인에게 응급처치를 한 이후 입을 떼지 않은 터였다. 그도 말이 걸음을 잘못 디딜 때마다 가끔 투덜거리는 것 이외에는 침묵을 지켰다.

"여기가 어디죠?"

내 목소리는 추위와 오랜 침묵으로 갈라져 있었다. 그가 짧게 대답했다.

"레오크 성."

레오크 성. 좋아, 최소한 현 위치는 알았다. 예전에 내가 봤던 레오크 성은 바그렌난 시 북쪽으로 60킬로미터 떨어진 그림 같은 폐허였다. 지금은 돼지들이 성벽 아래에서 구근을 캐먹고 역한 구린내가 생생하게 풍겨오는 것이 한 폭의 그림 이상이었다. 난 내가 18세기의 어느 시점에 있다는, 도저히 있을 수 없는 개념을 받아들이기 시작했다.

이런 불결함과 혼란상이 1945년 스코틀랜드의 어느 곳에 있을 리 없었다. 집중 폭격을 당했다 해도 이럴 수는 없다. 그리고 여기는 스코틀랜드가 분명했다. 사람들의 억양이 눈곱만한 의심까지 말끔하게 씻어줬다.

"듀갈 나으리!"

초라한 마부가 뛰어나와 선두 말의 굴레를 잡았다.

"일찍 오셨네요. 대모임 때에나 도착하실 줄 알았습니다!"

우리 소일행의 우두머리는 고삐를 지저분한 청년에게 넘기고 안장에서 훌쩍 뛰어내렸다.

"그래. 우리에게 운이 따랐지. 행운과 불운 모두가. 난 형님을 뵈러 가야겠네. 피쯔 부인에게 음식 준비를 하라고 알려주겠나? 내 일행에게는 아침식사와 잠자리가 필요해."

그는 족제비상 무타흐와 뚱보 루퍼트를 대동하고 아치 밑으로 사라졌다. 나머지 일행이 말에서 내려 젖은 안뜰을 서성이며 10분을 보냈을 즈음 문제의 피쯔 부인이 등장했다. 호기심 많은 꼬마들이 우르르 몰려와서 내 출신지와 정체를 놓고 자기들끼리 추측했다. 그 중 대담한 녀석이 내 치맛자락을 들추기 시작할 때, 암갈색 수직 드레스를 걸친 뚱뚱한 아낙이 나타나 소리를 지르며 꼬마들을 쫓아버렸다. 그녀는 반색을 하며 우리에게 돌아섰다.

"윌리, 이 사람아! 정말 반가워! 그리고 네디!"

그녀가 땅딸막한 대머리에게 쪽 소리가 나도록 뽀뽀했다.

"모두 식전이라며? 부엌에 잔뜩 차려놓았으니까 어서들 가서 먹어요."

나와 제이미에게 돌아선 피쯔 부인이 독사에게 물린 것처럼 움찔 뒤로 물러섰다. 그녀는 나를 보고 아예 입을 다물지 못한 채 제이미에게 말없이 설명을 구했다. 청년은 고갯짓으로 내 쪽을 가리켰다.

"클레어예요."

그리고 반대쪽으로 고개를 슬쩍 기울였다.

"피쯔기본스 부인이구요. 무타흐가 어제 이 아가씨를 발견했고, 듀갈이 데려와야 한다고 결정했어요."

그는 자기에게 아무 잘못이 없다는 점을 명백하게 밝혔다. 피쯔기본스 부인이 입을 다물고 예리한 시선으로 나를 위아래로 훑어보며 평가했다. 그리고 나의 이상하고 남우세스런 차림에도 불구하고 무해하다고 판단했는지 부인은 이빨 빠진 입 속을 환히 드러내고 웃었다.

"환영해요, 클레어. 나와 함께 가서 적당한…… 옷을 찾아봅시다."

피쯔기본스 부인은 내 짧은치마와 부적절한 신발을 둘러보며 고개를 설레설레 흔들었다. 그녀가 나를 단단히 끌고 갈 때 난 환자를 기억해냈다.

"잠깐만요! 제이미를 잊었어요!"

피쯔기본스 부인이 깜짝 놀랐다.

"제이미는 앞가림할 수 있어요. 어디로 가야 배를 채울지 안다구요. 누군가 그의 잠자리를 준비해줄 거예요."

"하지만 그는 다쳤어요. 어제 총에 맞은 데다 밤에는 칼에 찔렸어요. 내가 임시방편으로 붕대를 감아줬지만 시간이 없는 관계로 제대로 치료하지 못했어요. 상처가 감염되기 전에 손을 써야 해요."

"감염?"

"예. 그러니까…… 상처에 염증이 생겨서 고열과 함께 고름이 나고 짓무르는 것 말이에요."

"아하, 알겠어요. 하지만 그 치료법을 안다는 뜻인가요? 당신이 치료사예요? 비톤 일족?"

"엇비슷해요."

비톤 일족이 누군지 몰랐지만, 이 추운 안개 속에 서서 내 의학적인 자격요건을 늘어놓고 싶지 않았다. 피쯔기본스 부인도 나와 같은 생각이었는지, 반대쪽으로 가고 있던 제이미를 불러들였다. 이제 그녀는 양손에 각각 우리의 팔을 잡고 성으로 이끌었다.

빠끔한 창문으로 새어 들어오는 침침한 빛 속에서 춥고 좁은 복도를 한참 지난 끝에 제법 널찍한 방에 도착했다. 거기에는 침대 하나와 여러 개의 걸상, 그리고 가장 중요한 벽난로가 갖춰져 있었다.

나는 환자를 제쳐두고 일단 손부터 녹였다. 피쯔기본스 부인은 추위에 이골이 났는지, 제이미를 불가의 걸상에 앉히고 누더기 셔츠를 벗긴 다음 침대에서 따뜻한 누비이불을 가져와 청년의 어깨를 감쌌다. 그리고 멍들고 부어오른 어깨를 보고 쯧쯧 혀를 찼다. 난 벽난로에서 돌아섰다.

"물을 듬뿍 묻혀서 붕대를 떼고 열병을 방지하는 약을 써서 상처를 닦아줘야 해요."

피쯔기본스 부인은 유능한 간호사 재목이었다. 딱 한 마디만 물었던 것이다.

"뭐가 필요하세요?"

나는 열심히 머리를 굴렸다. 항생제가 발명되기 전에는 감염을 방지하기 위해 뭘 썼지? 새벽녘의 이 원시적인 스코틀랜드 성에서 구할 수 있는 게 뭘까? 드디어 내가 의기양양하게 입을 뗐다.

"마늘! 마늘과 개암나무 껍질을 갖다주세요. 그리고 깨끗한 천과 물을 끓일 주전자두요."

"문제없어요. 거기에다 나래지치(약용으로 쓰이는 식물)도 갖다드리죠. 참, 등골나물 차나 카모밀(꽃잎이 각성제로 쓰임)은 어때요? 저 젊은이를 보아하니, 긴긴 밤을 보낸 것 같군요."

사실 제이미는 누적된 피로로 휘청거렸고 너무 지친 나머지 우리의 대화에 자신이 무생물처럼 거론되어도 반론을 제기하지 못했다.

잠시 후 피쯔기본스 부인이 마늘 구근과 말린 약초 바구니, 낡은 리넨을 앞치마에 하나 가득 담아 돌아왔다. 튼실한 팔뚝에는 시꺼먼 작은 주전자가 매달렸고, 품에는 소름이 돋을 만큼 차가운 물병이 안겨 있었다.

"자, 이제 내가 뭘 하면 될까요?"

그녀가 명랑하게 말했다. 나는 약초 바구니의 내용물을 조사하는 동안 부인에게 물 끓이기와 마늘 까기를 할당했다. 바구니 안에는 내가 요청했던 개암나무 껍질뿐 아니라 등골나무와 카모밀 차, 체리목 껍질이 들어 있었다.

"진통제로구나."

그 나무껍질과 약초 효능에 대한 크룩 씨의 설명을 떠올리며 만족스럽게 중얼거렸다. 좋았어, 진통제가 필요하고말고.

우선 깐 마늘과 나래지치를 끓인 물에 넉넉하게 집어넣은 다음 거기에 천 조각을 삶았다. 벽난로에 얹힌 작은 주전자에서 등골나무와 카모밀과 체리목 껍질이 푹푹 고아지고 있었다. 바삐 몸을 움직이며 이런저런 준비를 하자 마음이 가라앉았다. 내가 지금 어느 시대에 와 있는지, 왜 여기로 오게 되었는지 몰라도 다음 15분 동안 해야 할 일은 알기 때문이었다.

나는 공손하게 입을 뗐다.

"감사합니다, 피쯔기본스 부인. 이제는 저 혼자 할 수 있어요. 혹시 부인께서 다른 할 일이 있으시다면요."

육중한 부인은 커다란 가슴을 들먹거리며 웃었다.

"아가씨도 참! 내가 할 일이 바로 아가씨를 돌보는 거예요. 수프를 올려보낼 테니까 요기를 하시구려. 또 필요한 게 있으면 불러요."

그녀는 체구와 어울리지 않게 민첩한 걸음으로 침실에서 나갔다.

나는 가능한 붕대를 살살 풀었다. 레이온이 피와 말라붙어 희미하게 '찌찍' 소리를 내며 살에서 떨어졌고 상처 가장자리에서 핏방울이 다시 배어났다. 환자는 움직이거나 신음하지 않았지만 아프게 해서 미안하다고 사과했다. 청년이 약간 희롱기 섞인 미소를 지었다.

"걱정하지 마십시오. 나는 아가씨보다 덜 예쁜 사람들에게 훨씬 심한 상처를 입어봤어요."

그는 마늘 삶은 물로 상처를 닦기 쉽도록 허리를 숙였다. 그때 깃털 이불이 청년의 어깨에서 흘러내렸다.

난 청년의 말이 칭찬이든 아니든 솔직한 사실임을 깨달았다. 정말 이 청년은 훨씬 심하게 아파봤던 것이다. 등 위쪽이 희미한 십자 흉터투성이였다. 가혹한 체형을, 그것도 한 번 이상 당했던 게 틀림없었다. 은백색의 얇은 선이 죽죽 가 있는 흉터의 어떤 부분은 채찍질이 교차된 위에 주먹질까지 더해져서 살이 벗겨지고 근육까지 파여 있었다.

나는 야전병원 간호사였던 만큼 심각한 상처와 부상을 무수히 봤지만 이 흉터는 충격적이고 야만스러웠다. 나도 모르게 가쁜 숨을 들이켰는지 청년이 고개를 돌리고 내 시선을 포착했다. 그는 성한 어깨를 으쓱했다.

"삶은 가재 짓이에요. 나를 일주일 간격으로 연이어 채찍질했죠. 원래는 같은 날 두 차례를 해치우려고 했어요. 그러지 않은 이유는 내 죽음을 염려해서가 아니라 시체를 때려봐야 재미없기 때문이겠죠."

나는 침착한 목소리를 내려고 애쓰며 상처를 다시 닦았다.

"누가 재미로 그런 짓을 하겠어요."

"그놈을 보면 내 말을 이해할 겁니다."

"누구요?"

"내 등가죽을 벗겨놓은 잉글랜드군 대장이오. 그놈이 재미로 채찍질한 게 아니었다면 남몰래 흐뭇해하긴 했을 겁니다. 랜들이 녀석의 이름이에요."

"랜들!"

나는 충격을 감추지 못했다. 환자의 차갑고 푸른 눈동자가 나에게 고정되었다. 청년이 돌연 의심스러운 목소리로 입을 뗐다.

"그놈을 아세요?"

"아뇨, 그 집안의 혈연되는 사람과 아는 사이에요. 오래 전······ 아주 오래 전에요."

신경이 날카로워진 나머지 나는 천 조각을 떨궜다.

"이런······ 다시 삶아야겠네."

바닥에서 주운 헝겊을 벽난로 쪽으로 가져가서 부산을 떨며 혼란을 감추려고 애썼다. 랜들 대장이 훗날 현저한 기록을 남겼고, 무용을 떨쳤으며, 샌딩햄 공작의 비밀 첩자였던 프랭크의 선조일 수 있을까? 정말 나의 다정하고 사려 깊은 프랭크와 핏줄로 이어진 사람이 이 청년의 등에 무정하고 끔찍한 흉터를 남길 수 있을까?

벽난로를 마주한 채 나래지치와 마늘 한줌을 다시 넣고 헝겊을 더 많이 삶았다. 목소리와 얼굴 표정을 관리할 자신이 생기자, 헝겊을 들고 제이미에게 돌아갔다. 내 입에서 밑도끝도 없는 질문이 나왔다.

"왜 태형을 당했죠?"

기교적인 화술과 거리가 멀었지만 나는 매우 알고 싶은 동시에 너무 피곤했기 때문에 다정하게 채근할 수 없었다. 그는 어깨를 불편하게 움직이며 한숨을 쉬었다. 그 역시 지쳤고, 아무리 살살 치료한다 해도 아픈 게 분명했다.

"처음에는 탈출한 죄로, 다음에는 절도죄 때문이었어요. 혐의상으로는 그래요."

"어디에서 탈출했는데요?"

그는 냉소적으로 눈썹을 치켜 올리며 입을 열었다.

"당연히 잉글랜드군에게서죠. 장소를 물었다면, 포트윌리엄에서요."

"거기가 잉글랜드군 주둔지라는 뜻이군요."

나는 그의 어조에 맞춰 건조하게 말했다.

"애당초 포트윌리엄에는 왜 끌려갔죠?"

"내가 사법집행을 방해한 모양이에요."

"사법 침해, 탈출, 절도죄라…… 당신은 위험 인물이군요."

나는 환자의 관심을 치료에서 분산시키기 위해 짐짓 가볍게 놀렸다. 내 의도가 약간 먹혀들었다. 그는 넓적한 입술 한쪽을 씩 들어올리고 암청색 눈을 반짝이며 어깨 너머로 나를 돌아봤다.

"맞아요. 아가씨가 나와 한 방에 있으면서 안전한 줄 알면 오산이에요. 당신은 잉글랜드 여자잖아요."

"지금 당장은 댁이 해롭지 않게 보이는 걸요."

실은 정반대였다. 상체를 벗고 피로 얼룩진 데다, 붉은 수염 자국이 완연하고 눈까지 붉게 충혈된 청년은 진짜 악당처럼 보였다. 게다가 아무리 피곤하다 해도 상황이 요구하면 더한 파괴 행위를 할 수 있는 남자였다. 그는 놀랄 만큼 깊고 흥겨운 웃음을 터뜨렸다.

"옳습니다. 새장 속의 비둘기만큼 해롭지 않죠. 나는 배가 고파서 아침밥 이외의 다른 짓은 엄두도 못 내겠어요. 여기 바닥에 떨어진 빵 부스러기라도 주워 먹을 거예요. 아얏!"

"미안해요. 총검 상처가 워낙 깊고 얼룩져서요."

"괜찮아요."

하지만 붉은 수염으로 가려진 안색이 창백해졌다. 나는 다시 그를 대화에 끌어들이려고 노력했다.

"정확하게 어떤 사법 집행을 방해했죠? 대단한 중죄 같지 않은데 말이에요."

청년은 깊은 한숨을 내뱉었다. 그리고 내가 약간 힘주어 총상 부위를 닦는 동안 시선을 조각된 침대 머리에 결연하게 고정시켰다.

"잉글랜드인들 입장에서 나는 중죄인이에요. 하지만 내 입장에서는 가족과 재산을 지키는 과정에서 반쯤 죽다 살아났죠."

그는 더 이상 말을 않겠다는 듯 입을 닫았지만, 시간이 좀 흐르자 어깨 이외의 다른 관심거리를 찾았다.

"거의 4년 전 일이에요. 포트윌리엄 부근의 영지가 착출당했지요. 주둔군을 위한 양식과 수송용 말을 빼앗아가는데 누가 쌍수 들어 환영하겠어요. 당연히 싫어했죠. 장교 한 사람의 지휘하에 일단의 소병력이 마차를 끌고 다니며 곡식과 가축을 수거했어요. 시월 어느 날, 그놈의 랜들 대장이 랜리……."

그는 헛기침을 하며 내 눈치를 봤다.

"우리 농장으로 왔어요."

난 상처에서 눈을 떼지 않은 채 고개를 끄덕이며 뒷말을 부추겼다.

"놈들이 농장까지 오리라곤 상상도 못 했죠. 우리 농장은 요새에서 한참 떨어진 데다 길이 험하거든요. 하지만 그놈들이 나타났어요."

청년은 잠깐 눈을 감았다.

"당시 아버지는 출타 중이셨어요. 조문차 이웃 농장에 가셨더랬지요. 나는 대부분의 남자들과 들에 나가 있었어요. 추수철이라 이것저것 할 일이 많았거든요. 그래서 집에는 우리 누나 혼자 남았어요. 하녀 두세 명도 함께 있었지만 붉은 군복을 보자마자 위층의 이불 속으로 도망갔죠. 잉글랜드군을 악마의 하수인으로 여긴 겁니다. 뭐, 그들의 생각이 완전히 틀렸다고는 못해요."

나는 손을 내렸다. 치료의 가장 고약한 부분이 끝난 터였다. 이제는 일종의 고약―요오드팅크와 페니실린의 결핍으로 인해 그게 내가 할 수 있는 최선의 감염 방지책이었다―을 붙이고 붕대를 감으면 끝이었다. 여전히 눈을 지긋이 감은 청년은 그 사실을 알아차리지 못했다.

"나는 헛간에서 추수용 농기구를 가져가려고 집 뒤편으로 돌아오는 길에 누나의 비명을 들었어요."

"그래서요?"

나는 꼬치꼬치 캐묻는 듯한 여운을 죽이려고 노력했다. 그만큼 랜들 대장의 실체에 대한 호기심이 컸고, 청년의 이야기는 그 대장의 첫인상을 굳혀줬다.

"내가 부엌문으로 들어갔을 때, 두 명의 잉글랜드군이 식품 저장실의 밀가루와 베이컨을 자루에 담고 있더군요. 그 중 한 녀석은 머리를 박살내고 나머지는 창 밖으로 던져버렸지요. 그리고 응접실로 달려갔더니, 제니 누나가 또 다른 두 놈과 실랑이를 벌이고 있더군요. 누나의 드레스는 약간 찢어졌고 놈들의 얼굴에는 할퀸 상처가 있었어요."

청년은 눈을 뜨고 씁쓸한 미소를 지었다.

"어쩔 도리가 없는 상황이었어요. 놈들이 주변에 쫙 깔린데다, 랜들 대장까지 나타났으니까요."

랜들은 제니의 머리에 총을 겨눔으로써 아주 간단하게 몸싸움을 중지시켰다. 항복할 수밖에 없었던 제이미는 두 명의 병사에게 포박당했다. 랜들은 매력적인 미소를 지으며 말했다.

'여기에 배짱 두둑한 들고양이가 둘이나 있군. 하나는 힘든 밭일로 기운이 팔팔하고, 또 하나는 발톱 아홉 달린 고양이네. 요런 귀염둥이 고양이를 다루는 법이 따로 있지.'

제이미는 잠시 말을 멈추고 턱에 힘을 줬다.

"랜들 대장은 누나의 팔을 등 뒤로 잡고 옷 속으로 손을 넣어 가슴을 주물렀어요."

그는 당시의 장면을 회상하며 느닷없이 미소를 지었다.

"그러니까 누나가 대장의 발등을 찍고 팔꿈치로 배를 쳤죠. 랜들 대장이 복부를 움켜잡고 캑캑거리자, 누나는 획 돌아서서 무릎으로 급소를 찼어요. 순간 랜들이 총을 떨어뜨렸죠. 누나는 그걸 집으려고 했지만 나를 붙잡고 있던 녀석 중 한 놈이 더 빨랐어요."

나는 붕대를 다 감고 청년의 성한 어깨에 손을 얹은 채 가만히 서 있었다. 그 이야기를 끝까지 들어야 할 필요를 느꼈기 때문에 청년이 내 존재를 의식하고 말을 멈출까 봐 두려웠다.

"랜들은 호흡을 되찾자 부하들에게 우리 남매를 밖으로 끌고 가라고 명령했어요. 놈들은 내 셔츠를 찢고 나를 마차에 묶었죠. 랜들이 칼집으로 내 등을 사정없이 치더군요. 그는 화가 머리끝까지 난 상태였어요. 약간 아프긴 했지만 매질이 오래가지 않았어요."

이제 흥겨운 기색이 사라지고, 손을 통해 그의 몸이 긴장하는 걸 느낄 수 있었다.

"랜들은 누나에게 돌아서서 물었어요. 동생이 맞는 꼴을 더 보고 싶으냐, 아니면 자기와 함께 집안으로 가서 더 즐거운 여흥을 베풀겠냐구요. 나는 여전히 마차에 묶인 채 등 뒤에서 군인들에게 잡힌 누나에게 난 괜찮다고―정말로 그리 아프지 않았어요―소리쳤어요. 내 목에 칼이 들어오지 않는 이상 그놈과 가지 말라구요. 그러자 '퉤' 하는 소리가 들렸어요. 누나가 랜들의 얼굴에 침을 뱉은 거죠. 직접 보지 않아서 확신할 수 없지만 그게 틀림없어요. 왜냐하면 랜들이 내 머리채를 잡고 목에 칼을 들이댔거든요. '네 소원대로 해주마' 하더니 칼날을 살갗 속으로 약간 찔러 넣어 피를 냈어요. 나는 칼날이 내 얼굴을 향해 내려오는 것을 봤어요. 그리고 피가 마차 아래의 바닥으로 떨어지는 것두요."

그의 어조는 마치 꿈을 꾸고 있는 듯했다. 격심한 피로와 고통으로 일종의 최면 상태에 빠진 것이다. 그는 내 존재조차 의식하지 못했다.

"나는 누나에게 외쳤어요. 누나가 그런 놈에게 정조를 잃느니 내가 죽는 편이 낫다구요. 하지만 랜들이 칼을 위로 올려 내 입속으로 쑤셔 넣었기 때문에 더 이상 말을 할 수 없었죠."

제이미는 아직도 금속의 맛이 느껴진다는 듯 커다란 손등으로 입을 비볐다. 그는 말을 멈추고 앞을 멀거니 응시했다.

"다음에 어떻게 됐어요?"

남은 이야기는 미루어 짐작이 갔지만 나는 확인해야 했다. 제이미는 꿈에서 깨어나는 사람처럼 고개를 흔들고 목 뒤를 주물렀다.

"누나는 랜들과 함께 갔어요. 그놈이 나를 죽일 거라고 판단한 거죠. 어쩌면 그랬을 거예요. 그리고 무슨 일이 일어났는지 모르겠습니다. 용기병 하나가 머스켓 개머리판으로 내 머리를 쳤거든요. 눈을 떠보니까 암탉들과 함께 마차에 묶인 채 포트윌리엄으로 향하고 있더군요."

"그랬군요. 정말 유감이에요. 얼마나 끔찍했을지 상상이 가요."

"정말 끔찍했어요. 암탉들은 형편없는 동반자예요. 특히 장거리 여행에는 더하죠."

붕대가 다 감긴 것을 깨닫자 제이미는 시험 삼아 어깨를 으쓱하다 상을 찌푸렸다.

"그러지 말아요!"

내 경각심이 발동되었다.

"절대로 움직이면 안 돼요. 아무래도 그쪽 팔을 옆구리에 고정해야겠어요. 가만있어요."

청년은 더 이상 말하지 않았다. 하지만 치료가 아프지 않다는 것을 깨닫고 내 손길 아래에서 긴장을 풀었다. 나는 이 스코트족 청년에게 기묘한 친밀감을 느꼈다. 그 일부는 방금 들은 처참한 이야기에서 연유했고, 나머지는 둘 다 반쯤 꾸벅꾸벅 졸며 서로를 의지한 채 어둠을 갈랐던 긴 여행길 때문이었다. 남편 이외의 다른 남자와 동침해본 적이 없지만 누군가와 한 잠자리에 드는 행위가 이런 친밀감을 준다는 것을 일찌감치 간파한 터였다. 수면 중에는 자신과 상대의 영혼이 육체에서 빠져 나와 두 사람을 무의식적인 교감의 담요로 감싼다. 옛날, 훨씬 원시적인 시대에는—'지금 시대처럼?' 하고 내 의식의 일부가 물었다—다른 사람 앞에서 잠자는 것이 신뢰의 증표였다. 그 신뢰가 상호적이라면 잠을 자는 단순한 행위가 몸을 섞는 것보다 두 사람을 더욱 가깝게 만들어줄 수 있다.

치료를 끝내고 제이미의 상한 어깨에 찢어진 리넨 셔츠를 걸쳐줬다. 그는 자리에서 일어나 한 손으로 셔츠 자락을 킬트 속으로 넣고 나에게 웃어 보였다.

"정말 고마워요, 클레어. 당신 손길은 아주 부드러워요."

제이미가 내 얼굴을 만지려는 것처럼 손을 들어올렸다가 중간에 생각을 달리했다. 손이 맥없이 떨어졌다. 그도 이 묘한 친밀감을 느끼는 모양이었다. 나는 황급히 시선을 돌리며 별말을 다 한다는 듯 손을 흔들었다.

난 침실을 한 바퀴 둘러봤다. 연기에 그을린 벽난로, 커튼 없는 좁은 창, 튼튼한 떡갈나무 가구들. 전기용품은 아무것도 없었다. 카펫도 없었다. 침대 뼈대는 번쩍거리는 청동이 아니었다.

모든 것이 정말 18세기의 성처럼 보였다. 그렇다면 프랭크는 어떻게 되었을까? 숲에서 만났던 남자는 남편을 빼닮았지만, 제이미가 묘사한 랜들 대장은 나의 다정하고 평화주의자인 프랭크와 전혀 달랐다. 하지만 지금까지의 정황이 모두 사실이라면ㅡ난 어쩔 수 없이 사실로 인정하기 시작했다ㅡ랜들 대장은 어떤 인간이든 될 수 있었다. 내가 가계도를 통해 아는 남자가 그 후손과 닮아야 할 필요는 없으니까.

지금 이 순간 내 걱정은 오로지 프랭크였다. 내가 18세기에 있다면 그이는 어디에 있을까? 내가 베어드 부인의 숙소로 돌아가지 않았을 때 그이는 어떻게 했을까? 우리가 다시 만나게 될까? 프랭크에 대한 생각이 마지막 지푸라기였다. 나는 환상열석 안으로 들어서서 평범한 삶과 작별한 이후 폭행과 위협, 납치와 거친 대접을 당했다. 지난 24시간 동안 제대로 먹지도, 자지도 못했다. 아무리 참으려고 애써도 입술이 바들바들 떨리고 눈물이 앞을 가렸다.

나는 얼굴을 감추려고 벽난로 쪽으로 돌아섰다. 하지만 너무 늦었다. 제이미가 내 손을 잡고 다정한 목소리로 왜 그러냐고 물었다. 순간 내 결혼반지가 장작불을 반사하며 반짝거렸다. 나는 흐느끼기 시작했다.

"나, 난 괜찮을 거예요. 정말이에요. 단지…… 내 남편이…… 난 몰라서……."

"저런, 미망인이 됐군요?"

그의 목소리가 동정과 염려로 가득했기 때문에 난 자제력을 완전히 잃었다.

"아니에요. 마, 맞아요. 모르겠어요. 예, 난 미망인이 된 것 같아요!"

격한 감정과 피로에 압도당한 나는 그의 품에 안겨 목놓아 울었다. 청년은 착한 마음씨의 소유자였다. 사람을 부르거나 뒤로 물러서는 대신, 도로 의자에 앉아 나를 자신의 무릎에 걸터앉히고 부드러운 게일어를 속삭이며 내 머리를 쓰다듬었다. 나는 공포와 혼란에 항복하고 마음껏 눈물을 흘렸지만, 제이미가 넓고 따뜻한 가슴을 제공하고 내 목과 등을 쓰다듬자 서서히 진정되기 시작했다. 나는 그의 어깨에 기대어 마음을 추슬렀다. 이 청년이 말을 잘 다루는 건 당연해. 내 귀의 뒤쪽을 다정하게 문지르는 그의 손길을 느끼고, 나를 달래는 이해하지 못할 말을 듣고 있자니 날카로운 신경이 가라앉았다. 내가 말이라면 이 청년을 태우고 땅 끝까지 갈 거야.

그 우스꽝스런 생각은, 문제의 청년이 완전히 기진맥진한 게 아니라는 뒤늦은 깨달음과 맞물렸다. 사실 그의 남부끄러운 상태가 점점 뚜렷해졌다. 나는 눈물을 닦고 목소리를 가다듬으며 그의 무릎에서 일어났다.

"정말 미안해요. 저기 그러니까 내 말뜻은…… 고마워요. 하지만……."

나는 붉게 달아오른 얼굴을 돌리며 횡설수설했다. 그의 얼굴에도 홍조가 어렸지만 당황해하지 않았다. 청년은 내 손을 잡고 가까이 끌어당겼다. 그리고 다른 부위가 닿지 않도록 주의하며 내 턱을 들어올리고 억지로 눈을 맞췄다.

"나를 대신해서 변명하지 마세요. 여기에는 아무도 없잖아요."

그는 손을 떼고 벽난로 쪽으로 돌아섰다.

"당신에게는 화끈한 게 필요해요."

청년이 당연하다는 듯 말했다.

"그리고 요깃거리두요. 배가 든든해지면 도움이 될 겁니다."

청년이 한 손으로 수프를 따르려고 하자, 나는 신경질적인 웃음을 뱉고 얼른 나섰다. 그의 말이 옳았다. 음식은 큰 도움이 되었다. 우리는 침묵에 싸여 수프와 빵을 먹었고, 점점 차 오르는 온기와 만족스런 평온을 나눴다.

마침내 그가 자리에서 일어나 바닥에 떨어진 깃털 이불을 주웠다.

"좀 자도록 해요, 클레어. 당신은 지쳤어요. 그리고 누군가 조만간 당신과 이야기를 나누고 싶어할 겁니다."

난 불확실한 내 위치를 상기했지만 너무 피곤한지라 걱정을 물리쳤다. 지금으로서는 침대보다 더 유혹적인 것은 없었다. 게다가 제이미는 다른 곳에서 자겠다고 나를 안심시켰다. 그가 침실을 나가기도 전에, 나는 깃털 베개에 머리가 닿자마자 잠들었다.

5. 맥켄지 일족

나는 완전한 혼란에 싸여 눈을 떴다. 무엇인가 대단히 잘못되었다는 것은 어렴풋하게 떠올랐지만 정확하게 그게 뭔지 생각나지 않았다.

실은 너무 푹 잤기 때문에 현재의 위치는커녕 내가 누군지조차 순간적으로 기억나지 않았다.

내 몸은 따뜻했고 주변 공기는 살을 에일 듯 차가웠다. 도로 깃털 이불 속으로 기어들려고 했지만 나를 깨운 목소리가 계속 종알거리며 귀찮게 했다.

"일어나요! 벌떡 일어나라구요!"

마치 양치기 개가 짖는 소리 같았다. 나는 마지못해 한쪽 눈을 빠끔히 뜨고 집채만한 암갈색 수직 드레스를 봤다.

피쯔기본스 부인! 그녀를 보자마자 정신이 단박에 돌아왔다.

여전히 이게 현실이로구나. 나는 담요로 몸을 감싸고 가능한 빨리 벽난로 곁으로 갔다.

피쯔기본스 부인이 뜨끈한 수프 접시를 들고 기다리고 있었다.

내가 파괴적인 공습의 생존자 같은 기분을 느끼며 묽은 수프를 마시는 동안, 부인은 여러 점의 옷가지를 침대에 펼쳐놓았다. 밑단에 얇은 레이스가 달린 노란색 긴 슈미즈, 질 좋은 면제 페티코트, 갈색의 겉치마 두 벌, 얇은 레몬색 보디스, 거기에다 갈색 모직 스타킹과 노란색 슬리퍼까지 준비되어 있었다.

여타의 반대를 묵살하고 피쯔기본스 부인은 나에게 부적절한 옷을 벗으라고 성화를 떤 다음 속옷부터 갈아입는 것을 감독했다.

그녀는 뒤로 물러서서 자신의 작품을 만족스럽게 감상했다.

"노란색이 잘 어울리는군요. 이럴 줄 알았어요. 당신의 연갈색 머리를 돋보이게 해주고 금빛 눈동자를 강조하잖아요. 가만히 있어봐요, 리본으로 마무리를 해야겠어요."

자루 같은 한쪽 주머니에서 피쯔기본스 부인이 한 움큼의 리본과 여러 점의 보석을 꺼냈다.

나는 너무 놀란 나머지 반항할 생각조차 못 하고 그녀에게 머리를 맡겼다. 결국 내 머리카락은 장밋빛 리본으로 가지런하게 묶여서 여자답지 못한 잘똑한 길이로 어깨와 살짝살짝 맞닿았다.

"맙소사, 어쩌자고 머리를 이렇게 짧게 잘랐어요? 남자로 변장한 거예요? 어떤 아가씨들은 혐오스런 잉글랜드군을 피하려고 여행할 때 성별을 감춘다더군요. 내가 보기에 여자들은 그저 집 구석에 틀어박히는 것이 최고예요."

피쯔기본스 부인은 뻗친 머리를 손질하거나 리본을 매만지며 수선을 피웠다. 마침내 나는 부인이 흡족할 만큼 단장되었다.

"훨씬 보기가 좋군요. 이제 요기를 하고 그분을 만나러 가요."

"그분이라니요?"

나는 질색을 했다. 그분이 누군지 몰라도 대답하기 어려운 질 문을 할 게 뻔했다.

"당연히 맥켄지 일족의 수장이죠. 그 밖에 누가 있겠어요?"

정말 그 외에 누가 있으랴? 내 어렴풋한 기억에 따르면 레오 크 성은 맥켄지 영지의 중심에 위치했고, 여전히 일족의 지휘권 은 맥켄지 핏줄에게 있었다.

이제야 왜 어젯밤 우리 일행이 성에 도착하려고 필사적이었는 지 이해가 갔다. 여기는 잉글랜드 국왕의 추종자에게 추적당하 는 사람들에게는 난공불락의 피난처일 것이다. 제정신을 지닌 잉글랜드 장교라면 부하들을 이끌고 일족의 영지 깊숙이 침범하 지 않으리라. 그건 숲 속의 덤불 속에서 생을 마감하는 짓이나 똑같을 테니까. 또한 대규모의 군대도 많이 와봤자 성의 문전까 지가 고작일 것이다.

나는 역사적으로 잉글랜드군이 정말 그런 적이 있었는지 기억 하려고 애쓰다가, 문득 이 성의 최종적인 운명이 내 촉박한 미 래만큼이나 경각에 달려 있음을 깨달았다.

식욕이 없었지만 피쯔기본스 부인의 성의가 고맙고 생각할 시 간을 벌기 위해 밥을 몇 술 떴다.

부인이 다시 돌아왔을 때 내 조잡한 계획은 완성된 후였다.

맥켄지 일족의 수장은 끝없는 계단의 꼭대기 방에서 나를 접견했다.

그곳은 둥근 탑방으로, 완곡하게 경사진 벽마다 그림과 태피스트리가 걸려 있었다.

성의 다른 부분들이 쾌적한 축에 속하는 데 반해 이 방은 반들거리는 가구와 각종 장식품들로 번쩍거렸으며 벽난로와 촛불이 흐릿한 자연광에 더하여 훈훈한 빛을 던지는 등 대단히 호화스러웠다.

성 외벽이 군사 방어에 적합하도록 높고 갸름한 창문이 나 있는 것과 달리 여기 내벽은 최근 보수가 되었는지 길쭉한 여닫이 창문으로 햇빛이 넉넉하게 들어왔다.

내 관심은 둥근 한쪽 벽면의 천장에서 마루까지 차지한 거대한 금속 새장으로 쏠렸다. 거기에는 멧새와 박새를 비롯하여 수십 종의 휘파람과(科) 새들이 깃털을 날리고 있었다.

좀더 가까이에서 살펴보니, 조심스럽게 뿌리째 이식된 떡갈나무, 느릅나무, 밤나무의 벨벳같이 진한 녹색 나뭇잎 사이에서 포동포동하고 매끈한 새들이 보석처럼 빛나는 눈으로 나를 응시했다. 경쾌하게 대화하는 듯한 지저귐은 그 천국의 거주자들이 날아오르거나 훌쩍 나뭇가지를 도약할 때마다 푸드득 날갯짓과 나뭇잎 바스락거리는 소리에 중첩되었다.

"부산한 녀석들이지요?"

내 뒤에서 깊고 즐거운 목소리가 들려왔다. 나는 미소 띤 얼굴로 돌아섰다가 그만 얼어붙고 말았다.

컬룸 맥켄지의 강인한 골격과 넓은 이마는 동생 듀갈과 흡사했다. 하지만 듀갈이 위협적인 분위기를 발산하는 반면, 이 맥켄지 일족의 수장은 동생에게 빠지지 않는 활력과 함께 좀더 친근하고 우호적인 인상을 풍겼다. 게다가 연갈색이라기보다 암회색에 가까운 눈동자와 가무잡잡한 피부는 근접을 저어하는 위엄을 발하기도 했다.

그러나 이 모든 것은 차치하고 내 마음을 불편하게 만드는 원인은 딱 하나였다. 저 아름답게 조형된 용모와 넓은 상체가 충격적일 만큼 구부러지고 짜리몽땅한 다리에서 끝난 것이다. 180센티미터의 장신이어야 할 그가 내 어깨에 닿을락 말락 했다.

컬룸은 시선을 계속 새장에 던진 채 나에게 표정을 관리할 틈을 주었다. 자신과 처음 만나는 사람들의 반응에 익숙한 태도였다.

순간적으로 저 맥켄지 일족의 수장이 얼마나 자주 새로운 사람을 만날까 하는 생각이 뇌리를 스쳤고, 나는 새로운 눈으로 주변을 둘러봤다.

여기는 성역이었다. 외부 세계와 단절된 남자가 스스로 창조한 세계.

"부인을 환영하오."

그가 슬쩍 목례하며 말했다.

"내 이름은 컬룸 반 캠벨 맥켄지, 이 성의 영주요. 내 아우가 여기에서 꽤 떨어진 곳에서 당신과…… 만났다는 말을 전해 들었소."

"제대로 말하자면 그가 저를 납치했어요."

나는 대화를 성심성의껏 풀어가고 싶었지만 무엇보다 이 성에서 벗어나서 환상열석이 있는 언덕으로 돌아가고 싶었다. 지금까지 나에게 일어났던 모든 일에 대한 대답이 있다면 바로 그곳에 존재할 테니까. 영주의 두툼한 눈썹이 약간 올라가고 단아한 입가에 미소가 어렸다.

"당신 주장이 옳을 수도 있겠지요. 아우는 가끔…… 충동적이니까."

나는 한 손을 살랑살랑 흔들어 그 문제를 우아하게 마무리할 뜻을 전달했다.

"다소의 오해가 있었다고 해두죠. 어쨌든 저는 그에게…… 발견되었던 곳으로 돌아갈 수 있다면 대단히 기쁘겠어요."

"으음."

여전히 눈썹을 치켜 올린 채 컬룸이 의자를 가리켰다. 내가 마지못해 자리에 앉자 그는 문가의 시종에게 고개를 끄덕거렸다. 시종이 재빨리 밖으로 사라졌다.

"이제 다과가 준비될 겁니다, 보샹…… 부인. 그 호칭이 옳소? 듣자하니, 당신은 곤란한 상황에서 내 아우 일행에게 발견되었다더군요."

영주는 미소를 감추지 못했다. 이 남자가 내 적절치 못한 차림에 대해 얼마나 많은 묘사를 전해 들었을까?

나는 숨을 크게 들이쉬었다. 지금이야말로 내가 고안해낸 설명을 할 때였다. 이 설명을 짜내는 과정에서는 프랭크가 장교 훈련소에서 이수했고 나에게 들려줬던 요령을 주요 원칙으로 삼왔다. 가능한 진실을 고수하되 세부사항은 비밀로 남겨두기. 전체적인 줄거리가 그럴 듯하면 사소한 부분은 간과되기 마련이란다. 좋아, 이 원칙이 얼마나 효과적인지 한번 알아보자.

"맞아요, 저는 공격을 당했답니다."

컬럼이 관심 있는 낯빛으로 고개를 끄덕거렸다.

"오호? 누구에게 공격을 당했소?"

진실을 말할 대목이었다.

"잉글랜드군에게요. 좀더 집어서 말한다면 랜들이라는 남자예요."

귀족적인 얼굴이 급격히 바뀌었다. 비록 컬럼은 흥미진진한 표정을 유지했지만 입가에 힘이 들어가고 주름이 생겼다. 랜들이란 이름이 친숙한 모양이었다. 맥켄지 일족의 수장은 편히 앉아 양손을 깍지끼고 나를 주의 깊게 응시했다.

"오호, 좀더 말해보시오."

나는 속으로 주님의 가호를 요청하며 더 말했다. 스코트족과 랜들의 부하들 사이에서 일어났던 대치전은 훗날 듀갈의 이중 확인을 염두에 두고 아주 길고 상세하게 말했다. 나와 랜들의 대화는 무타흐가 얼마나 엿들었는지 모르므로 극히 기본적인 선에서 마무리지었다.

컬럼이 지대한 관심을 나타내며 물었다.

"하지만 왜 그런 곳에 있었소? 거기는 인버네스에서 꽤 떨어졌잖소. 부인은 배를 타려고 인버네스로 향하는 길이었던 듯한데…… 맞소?"

나는 고개를 주억거리고 숨을 들이켰다. 이제 창작의 세계로 넘어가자. 아, 프랭크가 노상강도의 주제에 대해 일장연설을 늘어놓을 때 왜 딴전을 피웠을까? 후회스러웠지만 최선을 다했다. 나는 옥스퍼드 주에 사는 과부다, 마침 프랑스─거기가 가장 안전하게 먼 장소로 여겨졌다─의 먼 친척으로부터 연락을 받고 하인과 길을 떠났다, 불행히도 노상강도를 만나서 하인은 도망쳤다, 나는 정신없이 말을 달려서 숲 속으로 피했다, 가까스로 노상강도는 피했지만 말과 모든 소지품을 잃어버렸다, 그렇게 맨몸으로 숲 속을 헤매다가 랜들 대장과 정통으로 마주쳤다 등등.

나는 의자에서 약간 물러나 앉았다. 내 창작실력이 그지없이 만족스러웠다. 간단명료하고, 깔끔하고, 확인 가능한 부분은 전부 진실이다.

컬룸의 얼굴에선 정중한 관심 이외의 다른 것을 찾아볼 수 없었다. 그가 질문을 하려고 입을 연 순간, 복도에서 나직한 인기척이 들렸다.

새벽 나절에 안뜰에서 봤던 남자들 가운데 한 명이 작은 가죽 상자를 들고 문가에 서 있었다.

맥켄지 일족의 수장은 곧 돌아와서 우리의 흥미진진한 대화를 재개하겠다는 다짐과 함께 나를 새들과 놔두고 우아하게 퇴장했다.

문이 닫히자마자 나는 책장으로 달려가서 가죽 장정본들을 훑어봤다. 거기에 서른 권 정도의 책이 있었고 맞은편 벽장에는 더 많았다.

황급히 각 권의 첫 페이지를 들췄다. 일부는 출판연도가 없었고, 그 나머지는 전부 1720년에서 1742년 사이에 발간된 책들이었다. 컬룸 맥켄지는 윤택해 보였지만 이 방의 장식에 비춰볼 때 골동품 수집가 같진 않았다. 게다가 책의 장정이 모두 새것으로, 종이가 누렇게 변색되거나 파손되지도 않았다.

이어서 나는 양심의 가책을 뒤로하고 밖의 인기척에 신경을 곤두세운 채 올리브목 책상을 뒤졌다.

찾던 물건이 가운데 서랍에서 나왔다.

반쯤 완성된 한 통의 편지는 지렁이 같은 필체도 문제였거니와 맞춤법과 철자를 완전히 무시했기 때문에 도무지 무슨 말인지 알 수 없었다. 그 내용 여하를 제쳐두고 편지지 상단의 날짜가 눈에 쏙 들어왔다.

1743년 4월 20일.

컬룸이 돌아왔을 때 난 두 손을 얌전히 포개고 여닫이창 근처 의자에 앉아 있었다. 앉은 이유는 서 있지 못할 만큼 다리가 후들거려서였고, 두 손을 무릎 위에 포갠 까닭은 편지지를 제자리에 놓기 힘들었던 만큼 떨려서였다.

맥켄지 일족의 수장이 손수 다과상을 가져왔다.

나는 뱃속이 지나치게 요동치는 바람에 식욕이 나지 않아서 에일 맥주와 꿀이 뿌려진 귀리 케이크를 깨작거렸다.

컬룸은 자리를 비운 무례를 정중하게 사과하고 내 불운한 처지를 동정했다. 그리고 사색적인 시선을 나에게 못박은 채 말했다.

"그러나 보상 부인, 어쩌다가 속치마 바람으로 헤맸소이까? 노상강도라면 몸값을 노리고 부인을 억류했어야 옳소. 게다가 랜들 대장의 악명이 아무리 드높다 한들, 잉글랜드군 장교가 길 잃은 여행자를 강간했다는 소리는 금시초문이오."

"그러세요? 소문이 어떻게 났는지는 몰라도 랜들 대장은 못할 짓이 없는 위인이에요."

나는 옷차림에 대한 부분을 미처 생각지 못했다. 그 족제비상 무타흐가 나와 랜들의 실랑이를 얼마만큼 봤을까?

다시 컬룸이 입을 뗐다.

"아, 그럴 수도 있겠지요. 그자는 워낙 평판이 나쁘니까."

"그럴 수도 있다니요? 제 말을 못 믿으세요?"

사실 맥켄지 수장의 얼굴에는 희미하지만 명백한 의심이 드러나 있었다. 그는 동요하지 않고 내 말을 받아 넘겼다.

"부인을 못 믿는다고는 말하지 않았소. 허나 내가 귀에 들어오는 이야기를 전부 믿었다면 험한 20여 년 동안 대일족의 통수권을 지킬 수 없었을 거요."

"만일 제 말을 믿지 못하겠다면 영주님께서는 저를 뭐라고 생각하시나요?"

내가 가차없이 공격했다. 컬룸은 허를 찔리고 잠시 당황했다. 그러나 반석 같은 평온이 금방 되돌아왔다.

"그건 두고 봐야 할 문제요. 한동안 부인을 레오크 성의 손님으로 환영하겠소."

컬룸이 우아하게 손짓을 하자 문가에 대기하고 있던 시종이 나를 침실로 바래다주려고 앞으로 나섰다. 맥켄지 일족의 수장은 침묵을 지켰지만 뒷말이 입 밖으로 나온 것처럼 내 등 뒤에 꽂혔다.

'부인의 진짜 정체를 알아낼 때까지는.'

제2장

레오크 성

6. 컬럼의 홀

나는 피쓰기본스 부인이 '꼬마 알렉'이라고 칭한 소년의 안내를 받아 저녁식사를 하러 갔다. 어느 길쭉한 방에 식탁들이 두 줄로 길게 놓여 있었고 하인들이 방 양끝의 아치형 통로를 바삐 오가며 나무 접시와 주전자를 날랐다. 초여름의 저무는 햇살이 높고 좁은 창문으로 가느다란 빛을 던지는 가운데 사방 벽의 낮은 돌 받침대에서 횃불이 타오르고 있었다.

깃발과 타탄(하일랜드의 격자무늬 모직물)이 창문 사이의 빈 공간을 메웠고, 플래드와 각양각색의 문장은 우중충한 회색 벽을 화려하게 수놓았다. 이와 대조적으로 사람들의 차림은 대부분 실용적인 갈색과 회색 계열이거나, 히스 황야에 잠복하기 딱 좋은 연갈색과 초록이 교차된 사냥용 킬트와 플래드였다.

내가 꼬마 알렉을 뒤따라 방의 중심으로 향할 때 호기심 어린 시선들이 날아왔지만 대부분은 예의바르게 식기를 내려다봤다. 여기에는 특별한 식사예절이 없는 듯했다. 사람들은 접시를 돌려가며 좋아하는 음식을 덜어먹거나, 방의 맨 가장자리에서 두 명의 소년이 양을 통째로 굽고 있는 거대한 벽난로 쪽으로 목식기를 갖고 갔다.

컬룸은 이미 식탁 상석에 정좌하고 발육이 정지된 다리를 흠집 난 식탁 아래에 숨기고 있었다. 그는 나에게 우아하게 고개를 끄덕이며 자신의 왼쪽에 앉힌 다음, 내 옆자리의 복스럽고 예쁘장한 붉은 머리 여자를 아내 레티샤라고 소개했다.

"그리고 이쪽은 내 아들 해미쉬요."

그는 잘생긴 일곱, 여덟 살짜리 소년의 어깨를 짚으며 말했다. 소년은 접시에서 눈을 들어 나에게 짧게 목례하고 다시 고개를 숙였다.

나는 해미쉬란 소년을 관심 있게 살폈다. 그는 다른 맥켄지 가문의 남자들처럼 넓적한 광대뼈와 쑥 박힌 눈매를 하고 있었다. 사실 머리와 눈동자 색깔만 달랐지, 소년의 옆자리를 차지한 삼촌 듀갈의 축소판이라고 해도 과언이 아니었다. 듀갈과 나란히 앉은 두 명의 십대 소녀는 그의 딸 마가렛과 엘리노어로, 나에게 인사할 때 서로 옆구리를 찔러대며 히히덕거렸다.

듀갈은 짧지만 우호적인 미소를 지어 보이고 두 딸 중 하나의 손에서 숟가락을 빼앗아 나에게 건넸다. 그는 딸들을 혼냈다.

"이 버르장머리없는 것들! 손님이 우선이야!"

나는 황급히 큼지막한 뿔수저를 받았다. 어떤 음식이 나올지 꽤나 고민스러웠지만 접시에 담긴 것이 너무나도 친숙하고 가정적인 훈제 청어임을 알아차리고 마음을 놓았다.

포크와 비슷한 물건이 보이지 않았으므로 수저로 청어를 먹어야 할 판이었다. 뒤늦게야 그 세 가닥 수저가 널리 보편화된 게 앞으로 몇 년 후의 일임을 떠올렸다.

다른 식탁에서의 행태로 판단컨대, 수저가 도움이 안 될 때는 개인 단검을 써서 고기를 자르거나 뼈를 발라냈다. 단검이 없는 난 수저를 들고 조심스럽게 청어를 뜨려다가 꼬마 해미쉬의 비난 어린 암청색 눈망울과 마주쳤다.

"부인이 식사 기도를 하셔야죠."

소년은 작은 얼굴을 일그러뜨리고 신랄하게 비판했다. 노골적으로 말하진 않았지만 나를 양심머리 없는 이교도로 여기는 기색이었다.

나는 과감하게 입을 뗐다.

"네가 나를 대신해서 기도문을 암송해주겠니?"

옥수수꽃 색조의 눈이 놀라서 동그래졌다. 소년은 잠시 생각한 다음 고개를 끄덕이고 익숙하게 두 손을 모았다. 그리고 좌중의 모든 이들이 경건한 태도를 하는지 확인한 다음 작은 얼굴을 숙였다. 소년은 낭랑하고 만족에 겨운 목소리로 기도문을 외웠다.

이 세상에는 먹을 수 없도록 소명받은 자가 있고
일용할 양식을 얻을 수 있는 자가 있사옵니다.
우리는 먹도록 소명받았고
먹을 수 있으니 주님에게 감사드리옵나이다, 아멘.

진지하게 맞잡은 손위로 컬룸과 시선이 마주치자, 난 똑똑한 아드님을 둬서 기쁘겠다는 뜻을 미소로 전달했다. 그는 흐뭇한 웃음을 억누르고 아들에게 고개를 끄덕였다.

"잘했다, 아들아. 저기 빵접시를 건네주겠니?"

식사 대화는 간간이 음식을 더 주문하는 것으로 제한된 가운데 모든 사람들이 심각하게 식사에 임했다. 내 식욕은 바닥을 맴돌았는데, 그 이유는 내가 처한 충격적인 상황과 청어에 대한 낮은 기호도가 반반이었다. 하지만 양고기는 제법 먹을 만했고, 갓 구워낸 빵은 파삭파삭했으며, 버터는 소금기 없이 신선했다.

"맥타비쉬 씨의 상태가 호전되었기를 바랄게요."

나는 좌중이 숨을 돌리는 틈을 타서 대화거리를 제공했다.

"아까 들어올 때 보니까 그가 없던데요."

"맥타비쉬라니요?"

컬룸의 아내 레티샤의 섬세한 눈썹이 동그란 푸른 눈 위에서 구부러졌다. 듀갈의 자세에 힘이 들어갔다.

"제이미 말입니다."

그는 짧게 말하고 양손의 양고기 뼈로 관심을 되돌렸다.

"제이미? 제이미에게 무슨 일이 있어요?"

레티샤의 통통한 얼굴이 걱정으로 일그러졌다.

"경미한 부상을 입었소. 여보, 염려하지 말아요."

컬룸이 아내를 달래고 동생에게 시선을 던졌다. 내 상상이겠지만 그의 어두운 눈에 의심의 빛이 번득였다.

"그런데 제이미는 어디에 있느냐, 듀갈?"

동생은 여전히 접시를 내려다보며 어깨를 으쓱했다.

"마구간에서 보내 늙은 알렉을 돕도록 시켰습니다. 모든 상황을 고려해볼 때 그곳이 최적지 같더군요."

그는 고개를 들어 대담하게 형과 눈을 맞췄다.

"형님에게 다른 생각이라도 있으십니까?"

컬룸은 회의적으로 보였다.

"마구간? 으흐흠…… 넌 제이미를 그 정도로 믿니?"

듀갈은 손등으로 입을 닦고 빵을 집었다.

"제 의견에 동의하지 않으신다면 형님께서 말씀하셔야지요."

컬룸의 입이 꾹 다물어졌지만 잠시 후 딱 한 마디를 던지고 식사를 계속했다.

"그는 말을 잘 돌볼지."

과연 마구간이 총상을 입은 환자에게 적절한 장소인지 의심스러웠지만 나는 공개적인 의사 표현을 삼가고, 내일 아침에 그 청년을 찾아가서 적당한 대접을 받고 있는지 직접 확인하기로 마음먹었다.

내가 여독을 핑계 삼아 푸딩을 거절하고 일어서자 아무도 붙잡지 않았다. 사실 너무 피곤한 나머지 컬룸의 말조차 귀에 들어오지 않았다.

"보샹 부인, 편히 쉬시오. 내일 아침 사람을 보내 '홀'로 모시겠소."

어느 하녀가 복도에서 갈팡질팡하는 나를 보고 친절하게 침실까지 불을 밝혔다. 햇불로 협탁의 초 한 자루를 켜자, 그 기세 좋게 타오르는 빛이 거대한 돌벽에 그림자를 드리워 석조 무덤에 생매장된 듯한 기분을 안겨줬다. 하녀가 물러간 다음 창문을 열고 쌀쌀한 밤공기를 들이켰다. 지금까지의 사건을 분석하려고 애썼지만 내 마음은 오로지 수면 이외의 다른 상념을 허락지 않았다. 깃털 이불을 덮고 촛불을 껐다. 그리고 느리게 떠오르는 달을 바라보다가 어느덧 잠이 들었다.

다음날 아침 나를 다시 깨운 사람은 여장부 피쯔기본스 부인이었다. 그녀는 속눈썹과 겉눈썹을 검게 칠하는 흑연빛, 흰붓꽃과 쌀을 갈아 만든 파우더 단지, 코욜(아라비아 여인들이 눈가에 바르는 화장먹)인 듯한 찐득거리는 검댕, 도자기 표면의 백조 조각이 금박으로 입혀진 프랑스제 루즈병 등 양갓집 스코트족 숙녀의 화장도구 일체를 가지고 왔다.

또한 줄무늬가 들어간 초록색 겉치마와 실크 보디스, 노란색 레이스 스타킹을 내놓으며 전날 입었던 소박한 의상과 바꿔 입으라고 했다. '홀'이 무슨 일과 관계되었는지 몰라도 상당히 비중 있는 행사인 모양이었다.

나는 심통이 나서 어제와 똑같이 입겠노라고 고집을 피우려다가, 뚱보 루퍼트의 음흉하고 얕잡아보는 시선을 떠올리고 생각을 바꿨다. 게다가 컬룸이 마음에 들었다. 비록 그 맥켄지 일족의 수장이 나를 무한정 이 성에 잡아둘 의도처럼 보였지만. 좋아, 어디 두고 보자구. 나는 재주껏 루즈를 바르며 생각했다. 듀갈의 말에 의하면 내 환자가 마구간에 있다고 했지? 마구간이라면 필시 말이 있을 테니 도망갈 기회를 노리기에 적당하다. '홀'이 끝나자마자 제이미 맥타비쉬를 보러 가야지.

홀의 정체는 실망스러웠다. 어젯밤 저녁을 먹었던 식당이었던 것이다. 이제 그곳의 외관이 일대 변화를 거쳐, 식탁과 의자가 벽에 밀어붙여졌고 주식탁 자리에는 흑목(黑木)으로 육중하게 조각되고 맥켄지 일족의 암녹색과 검정 바탕에 빨강과 흰줄이 가늘게 교차된 타탄 의자가 놓여 있었다. 성목(聖木) 가지들이 벽을 장식하고 신선한 냄새를 흩뿌렸다.

젊은 백파이프 연주자가 그 의자 뒤에 서서 시근덕거리며 삑삑 소리를 내고 있었다. 주변에 모인 자들은 컬룸의 심복들이 분명했다. 얼굴이 깡마른 사내가 격자무늬 바지와 주름 셔츠 차림으로 벽에 기대섰고, 번듯한 능라 코트를 걸친 노인은 서기인 듯 작은 탁자에 앉아 잉크병과 깃털과 종이를 정리했다. 두 명의 우람한 킬트족은 그 태도로 보아하니 근위병이었는데, 그 중 한 사람은 내가 봤던 사람 중에서 가장 거대했다.

나는 경외심을 갖고 그 거인을 바라봤다. 성긴 검은 머리카락이 돌출한 눈썹 위까지 흘러내렸고, 걷어올린 셔츠 소매 아래의 엄청난 팔뚝도 비슷한 체모로 뒤덮여 있었다. 대부분의 남자들과 달리 그 거인은 무장하지 않았다. 화려한 체크 반스타킹 상단에 소형 단도를 맨 게 전부였다. 그 스타킹 윗부분과 킬트 아래로 살짝 드러난 다리도 털투성이였다. 넓적한 가죽 벨트가 족히 40인치에 달하는 허리를 감쌌지만 칼이나 단도는 달려 있지 않았다. 엄청난 체격에도 불구하고 소박하고 순진한 인상이었고, 그 거인에 비하면 꼭두각시처럼 보이는 마른 얼굴의 사내와 농담을 하고 있었다.

갑자기 백파이프 연주자가 예비 트림과 귀청이 떨어질 듯한 비명을 터뜨리고 이어서 많이 들어본 곡을 연주하기 시작했다.

홀에 모인 30~40명의 사람들은 어젯밤 저녁식사 때와 달리 가장 좋은 옷으로 단장했다. 모든 고개가 홀 아래쪽 입구로 돌려진 가운데 음악의 흐름이 잠시 멈췄고 컬룸이 동생 듀갈을 대동하고 나타났다.

맥켄지 가문의 두 사람은 정장 차림이었다. 둘 다 암녹색 킬트와 잘 재단된 코트 위에 컬룸은 연초록 플래드를, 듀갈은 팥죽 색 플래드를 가슴 대각선으로 두르고 한쪽 어깨에 보석이 박힌 커다란 브로치로 고정했다.

오늘 컬룸의 검은 머리는 정갈하게 기름을 발라 어깨에 길게 늘어진 반면, 듀갈은 옷 색깔과 맞춘 팥죽 색 벨벳으로 묶었다.

컬룸은 긴 통로를 천천히 걸으며 양쪽의 참석자에게 고개를 끄덕거리고 미소를 지어 보였다. 홀 건너편에는 그의 의자 근처에 또 다른 아치형 통로가 있었다. 즉, 컬룸이 지금처럼 홀의 가장 끄트머리 문이 아니라 저쪽 통로로 들어올 수 있다는 뜻이었다. 그러므로 뒤틀리고 짧은 다리를 불편하게 놀려서 의자까지 긴 행진을 하는 건 의도적인 연출이었다. 또한 자신과 극명한 대조를 이루는 훤칠하고 사지 멀쩡한 동생이 고개를 빳빳이 든 채 컬룸을 따르고 의자 뒤에 선 것도 의도적이었다.

컬룸은 자리에 앉아서 잠깐 뜸을 들인 다음 한 손을 올렸다. 백파이프 소리가 구슬픈 흐느낌으로 잦아들고 '홀'이 시작되었다.

얼마 지나지 않아 의문의 '홀'이, 레오크 성의 영주가 소작인과 납세자의 분쟁을 해결하고 정의를 실현하는 정기집회임이 밝혀졌다. 거기에는 절차가 따랐다. 늙은 서기가 호명하면 분쟁의 당사자들이 앞으로 나가는 것이었다.

일부는 영어로 진행되었지만 절차의 대부분이 게일어였다. 언어의 장벽으로 말미암아 그 사건 내용을 파악하기 힘든 데다, 모호한 눈동자와 자기 주장을 강조하기 위한 발구름이 시도 때도 없이 가미되었기 때문에 사건의 심각성을 가늠할 수 없었다.

눈치로 때려 맞춘 바에 의하면, 어떤 남자가 이웃에게 살인, 방화, 불륜의 죄목으로 고소당했다. 이에 대해 컬룸이 게일어로 짧게 판결하자 원고와 피고가 옆구리를 잡으며 웃었다. 마침내 원고가 너무 웃어서 눈가에 맺힌 눈물을 닦으며 적에게 악수를 청했고, 서기는 찍찍거리는 생쥐 소리를 내며 바삐 종이에 깃털 펜을 날렸다.

나는 다섯 번째 청원자였다. 내 존재의 중요성을 대중에게 알리기 위한 포석을 깔고 정한 순서인 듯했다. 내 편의를 위해서 이번에는 영어가 사용되었다. 서기가 호명했다.

"보샹 부인은 앞으로 나오시오."

나는 불필요하게 피쯔기본스 부인의 듬직한 손에 떠밀려 비틀거리며 컬룸 앞에 나갔고, 다른 여성 청원자들을 흉내내어 아주 꼴사나운 예를 올렸다. 사실 내 신발은 좌우 구별이 없는 직사각형의 가죽 슬리퍼였기 때문에 우아한 행동은 불가능했다. 컬룸이 내 절을 받고 의자에서 일어나는 예의를 보이자 좌중 사이에서 흥미 어린 감탄이 터져 나왔다. 컬룸은 손을 내밀었고 나는 엎어져서 코가 깨지기 전에 그 제의를 받아들였다.

속으로 신발을 욕하며 자세를 바로 한 내 시선이 듀갈의 가슴에 가로막혔다. 그는 내 포획자로서 나를 레오크 성에 받아들여

달라고―보는 관점에 따라서는 포로로 감금해달라고―정식으로 청원하는 역할을 외견상 떠맡았다. 나는 흥미를 가지고 두 형제의 각본에 따른 연극을 지켜봤다.

듀갈이 컬룸에게 정중하게 절하는 것부터 시작되었다.

"영주님, 원조와 안전한 장소를 필요로 하는 한 숙녀에게 당신의 관용과 자비를 청합니다. 여기 클레어 보상 부인은 옥스퍼드 출신의 잉글랜드 숙녀로서 노상강도를 만나 하인을 잃고 당신의 영지에 속하는 숲으로 도망쳤다가 제 일행에게 구조되었습니다. 간곡하게 요청하건대, 이 숙녀에게……."

그는 잠시 말을 멈추고 냉소적으로 입술을 꼬았다.

"그녀의 잉글랜드인 친척들이 거처와 안전한 여행 준비를 갖출 때까지 이 성의 보호를 허락해주십시오."

나는 '잉글랜드인'에 대한 강조를 놓치지 않았고 다른 사람들도 마찬가지였다. 즉, 나를 봐주지만 경계를 늦추지 말라는 뜻이었다. 그가 프랑스 친척들이라고 말했다면 나는 상당히 우호적이거나 무해한 이방인으로 간주되었을 것이다. 아무래도 이 성에서 탈출하기가 생각보다 훨씬 어렵게 되었다.

컬룸은 나에게 우아하게 목례하고, 대충 요약하면 이 초라한 집에서 아낌없는 환대를 베풀겠노라는 맥락을 화려한 수사를 동원해서 전했다. 이번에 나는 좀더 성공적으로 예를 올린 다음 사람들의 호기심과 다소 우호적인 시선과 함께 제자리로 돌아갔다.

이 시점까지의 청원 내용은 사건 당사자의 관심만 모았다. 나머지 사람들은 소리를 낮춰 한담하며 자기 차례를 기다렸다. 내 경우는 좌중에 흥미 어린 쑥덕거림을 불러일으키고 넘어갔다. 하지만 이제 홀 안에서 흥분에 찬 소요가 일어났다. 억세게 생긴 남자가 젊은 아가씨를 끌고 공개석으로 나선 것이다. 그녀는 대략 열 여섯 정도의 예쁘고 앵돌아진 여자였는데, 긴 노랑머리를 청색 리본으로 묶고 있었다. 남자가 팔을 휘두르고 가끔 비난에 찬 손가락질을 아가씨에게 해가며 게일어로 고발하는 동안 그녀는 오돌오돌 떨며 서 있었다.

　사람들 사이에서 나직한 속삭임이 휩쓸고 지나갔다. 피쯔기본스 부인은 튼튼한 걸상에서 몸을 앞으로 내밀었다.

　나는 그녀의 귀에 대고 물었다.

"저 아가씨가 무슨 짓을 했죠?"

　피쯔기본스 부인은 시선을 돌리거나 입을 움직이지 않고 대답했다.

"제 아비에게 방종한 행실로 비난당했어요. 부모의 지시를 어기고 부적절한 청년과 교제했대요. 그 대가로 맥켄지 일족의 수장에게 벌을 내려주십사 청하고 있어요."

"벌? 어떻게요?"

"쉿!"

　모든 관심이 킬룸에게 모아졌다. 그는 생각에 잠긴 얼굴로 부녀를 응시하다가 양쪽의 청중들을 번갈아 본 다음 입을 뗐다. 찌푸린 얼굴로 그가 의자 팔걸이를 톡톡 치자, 사람들 사이에서 전율이 일었다.

"영주님께서 결정하셨어요."

　피쯔기본스 부인이 불필요하게 속삭였다. 그의 결정은 명백했다. 처음으로 거인 근위병이 대수롭지 않은 태도로 허리띠를 풀며 앞으로 나섰다. 다른 근위병 두 사람이 겁에 질린 아가씨의 팔을 잡고 컬룸과 제 아비에게 돌려세웠다. 그녀는 울기 시작했지만 호소력을 발하지는 못했다. 사람들은 공개처형이나 자동차 사고에 걸맞을 듯한 강렬한 흥분으로 구경했다. 그때 군중 뒤편에서 수군거림과 서로 잘 보려고 밀고당기는 소란을 뚫고 힘찬 게일어가 들려왔다.

고개가 일제히 그 화자에게 돌아갔다. 피쯔기본스 부인은 자리에서 일어나 발뒤꿈치를 들었다. 나로서는 그 말의 내용을 알 수 없었지만 깊고 부드러우며 마지막 자음 발음이 명쾌한 목소리의 임자를 알아차렸다.

사람들이 길을 터주었고 제이미 맥타비쉬가 공개석으로 나왔다. 그는 맥켄지 수장에게 정중하게 고개를 숙여 보인 후 게일어로 뭐라고 말했다. 청년의 말은 상당한 논의를 불러일으켰다. 컬룸과 듀갈, 작달막한 서기와 아가씨의 아버지가 각자 분분한 의견을 제시했다.

"어떻게 된 거예요?"

나는 피쯔(피쯔기본스 부인의 애칭) 부인에게 속삭였다. 내 환자는 마지막 봤을 때보다 훨씬 좋아 보였지만 여전히 안색이 파리했다. 어디선가 청결한 셔츠를 얻어 입었는지, 그 오른쪽 빈 소맷자락을 킬트 허리춤에 넣어 단정하게 고정한 터였다. 피쯔 부인은 대단히 흥미진진하게 논의과정을 지켜봤다.

"저 청년이 아가씨를 대신해서 벌을 받겠다고 자원했어요."

부인은 우리 앞사람의 어깨를 넘겨다보며 한마디 툭 던졌다.

"예? 하지만 그는 아직 몸이 성치 않아요! 대리처벌이 허락되어선 안 돼요!"

"어떻게 될지 몰라요. 지금 논의 중이에요. 아가씨와 같은 일족의 제의는 받아들여지지만 저 청년은 맥켄지가 아니니까요."

"맥켄지 일족이 아니었어요?"

나는 어젯밤 일행이 모두 레오크 성의 거주자라고 순진하게 단정 내린 터였다. 피쯔 부인이 초조한 어조로 대답했다.

"당연히 아니죠. 청년의 타탄이 안 보여요?"

물론 보였다, 피쯔 부인의 지적을 받고서야. 제이미도 녹색과 갈색의 사냥용 타탄을 걸쳤지만 그 색조가 여기 모인 사람들과 달랐다. 고동색에 가까운 훨씬 진한 갈색 바탕에 얇은 청색의 체크 줄이 쳐진 타탄이었다.

듀갈이 대리처벌 논의에 결정적인 역할을 하는 듯했다. 토론자들이 각각 제자리로 돌아가고 사람들은 입을 다문 채 다음 행동을 기다렸다. 두 명의 근위병이 아가씨를 놓았고 제이미가 대신 그녀의 자리에 섰다. 나는 경악한 눈으로, 제이미가 근위병들에게 팔을 잡힌 채 넓은 허리띠를 채찍 삼은 거인에게 게일어로 말하는 광경을 지켜봤다. 곧 이어 근위병들이 뒤로 물러섰다. 이상하게도 제이미의 얼굴에 뻔뻔스런 미소가 어렸다. 더욱 기묘한 것은 거인도 화답하는 미소를 지어 보였다는 것이다.

"그가 뭐라고 했죠?"

나는 통역자에게 졸랐다.

"채찍 대신 주먹을 선택했어요. 여자와 달리 남자는 처벌 방법을 선택할 수 있어요."

"주먹?"

더 이상의 질문할 틈이 없었다. 집행인이 대형 망치 같은 주먹으로 제이미의 복부를 때린 것이다. 청년은 허리를 꺾고 캑캑거렸다. 거인은 희생양이 일어나기를 기다렸다가 일련의 파괴적인 잽을 갈비뼈와 두 팔에 사정없이 꽂았다. 제이미는 자신을 방어하려는 노력을 전혀 하지 않은 채 균형을 잃고 이리저리 비틀거리면서도 제자리를 지켰다.

다음 과녁은 얼굴이었다. 제이미의 고개가 뒤로 넘어가자 나는 그만 얼굴을 찡그리며 눈을 감았다. 집행인은 처벌 사이에 간격을 두어 희생양이 기절하거나, 어느 특정한 부위만 집중적으로 맞지 않도록 신중하게 배려했다. 한마디로 말해서 심각한 상해와 신체불구를 방지한 과학적인 구타요, 최고의 아픔을 유발하도록 기획된 노련한 폭행이었다. 제이미는 한쪽 눈이 퉁퉁 부어오르고 호흡이 거친 것 이외의 손상을 입지 않았다.

나는 혹시라도 다친 어깨에 주먹이 꽂힐까 봐 마음을 졸였다. 붕대는 흐트러지지 않았지만 저런 대접을 오래 견디지 못할 게 뻔했다. 언제쯤 가야 끝날까? 홀을 감싼 침묵이 살과 살이 마주치는 소리와 나직한 신음으로 깨졌다.

"앵거스는 피를 봐야 멈출 거예요."

피쯔 부인이 내가 묻지도 않은 질문을 간파하고 속삭였다.

"보통은 콧날이 부러지고 코피가 나죠."

"너무 야만스러워요."

나는 거세게 속삭였다. 주위 사람 몇몇이 비판적으로 나를 돌아봤다.

이제 집행인은 규정된 시간만큼 처벌했다고 판단했는지, 힘차게 주먹을 들어올려 결정타를 먹였다. 제이미는 비틀거리다가 무릎을 꿇었다. 두 명의 근위병이 서둘러 그를 일으켜 세우자 찢어진 입술에서 흘러내리는 피가 선명하게 보였다. 사람들이 안도의 숨을 내쉬었고 집행인은 의무 완수를 만족해하며 뒤로 물러섰다.

근위병 하나가 제이미 팔을 잡고 부축하자 청년은 고개를 흔들어 거절했다. 문제의 아가씨는 오간 데 없이 사라진 뒤였다. 제이미는 고개를 들고 거대한 집행인을 똑바로 응시했다. 놀랍게도 부어 터진 안면 근육이 힘들게 미소를 지었다. 피에 젖은 입술이 달싹거렸다.

"고맙습니다."

그는 가까스로 말하고 거인에게 정중히 목례를 한 다음 자리를 떠났다. 사람들의 관심이 맥켄지 일족의 수장과 다음 사건으로 돌아갔다.

나는 제이미가 맞은편 문으로 나가는 모습을 지켜봤다. 이제 청원보다 그에게 더 지대한 흥미가 솟았으므로 피쯔 부인에게 행선지를 밝힌 후 사람들을 뚫고 청년을 따라갔다.

그는 안뜰 한구석의 우물가에 서서 셔츠 자락으로 입술을 닦고 있었다. 나는 주머니에서 손수건을 꺼냈다.

"자, 이걸 써요."

"귀머유."

제이미는 고맙다는 말인 듯한 소음을 내며 손수건을 받았다. 이제 창백하고 물기 어린 태양이 중천에 떠오른 속에서 나는 청년을 세심하게 살폈다. 찢어진 입술과 부어오른 눈이 주요한 부상이었는데, 조만간 목과 턱이 멍으로 얼룩질 전망이었다.

"입 안도 터졌어요?"

"어, 예."

그가 허리를 구부렸다. 나는 그의 입술을 젖혀 입 안을 조사했다. 볼 안쪽에 깊은 상처가 하나, 핑크색 혀뿌리에 찢긴 자국이 두어 개…… 피와 섞인 타액이 고이다 못해 턱으로 질질 흘러내렸다. 그는 손등으로 피가 섞인 침을 닦으며 힘들게 말했다.

"무, 무…… 물."

"알았어요."

불행 중 다행으로 우물가에 두레박과 뽈잔이 있었다. 제이미는 여러 차례에 걸쳐 입 안을 헹궈내고 얼굴을 씻었다.

"제이미, 왜 그랬어요?"

"뭘요?"

그는 허리를 펴고 소맷자락으로 얼굴을 훔쳤다. 그리고 얼굴을 찡그리며 터진 입술을 조심스럽게 놀렸다.

"그 아가씨를 대신해서 처벌을 자청한 이유가 뭐죠? 그녀와 아는 사이예요?"

개인적인 질문을 하기가 껄끄러웠지만 돈키호테식의 무모한 의협심 아래에 숨은 이유를 알고 싶었다.

"그녀가 누군지는 알아요. 말은 못 해봤지만요."

"그런데 왜?"

그는 어깨를 으쓱하다 말고 아파서 인상을 구겼다.

"아가씨가 홀에서 맞는 일은 수치잖아요. 차라리 내가 대신 맞는 편이 쉽죠."

"쉬워요?"

나는 기가 막힌 나머지 그의 부어 터진 얼굴을 멍청히 바라봤다. 그는 성한 손으로 멍든 갈비뼈를 시험 삼아 만져보고 일그러진 미소를 지었다.

"예, 그녀는 굉장히 어려요. 아는 사람들 앞에서 당한 수치를 오랫동안 극복하지 못할 겁니다. 반면에 나는 아프긴 하지만 진짜 손상을 입은 건 아니에요. 하루나 이틀이면 거뜬해져요."

"하지만 왜 하필 당신이 나섰죠?"

그는 내 질문이 이상하다는 표정을 지었다.

"왜 내가 나서면 안 되죠?"

왜 안 되느냐구? 나는 그 이유를 조목조목 열거하고 싶었다. 왜냐하면 그 아가씨는 모르는 여자, 그녀에게 마음을 품은 것도 아니니까, 당신은 이미 부상당한 환자니까, 동기 여하를 불문하고 대중 앞에 나서서 구타당하려면 특별한 배짱이 필요하니까. 결국 나는 메마른 어조로 입을 뗐다.

"머스켓 총알이 삼두박근을 관통한 걸 좋은 이유로 꼽을 수 있죠."

그는 신통하다는 얼굴을 하고 문제의 부위를 어루만졌다.

"여기가 삼두박근이에요? 나는 몰랐어요."

"어이구, 여기 있었구려! 이미 치료사와 만났으니, 난 필요 없겠네."

피쯔 부인이 그녀에게 좀 좁아 보이는 입구에서 안뜰로 나왔다. 부인은 여러 개의 단지가 올려진 쟁반과 대형 접시 그리고 깨끗한 리넨 수건을 들고 있었다.

"이 사람의 상처는 심하지 않지만 얼굴을 닦아주는 것 이외에 다른 치료를 할 수 있을까요?"

"다른 방법이야 항상 있지요."

피쯔 부인이 태평스럽게 말했다.

"자아, 어디 그 눈을 좀 봅시다."

제이미는 순순히 우물가에 앉아 부인에게 얼굴을 돌려 보였다. 통통한 손가락이 보라색 멍을 쿡쿡 누르자, 허연 자국이 생겼다가 금방 사라졌다.

"살갗 속에서 아직 출혈이 멈추지 않았어. 이럴 때는 거머리가 특효지."

그녀는 단지 뚜껑을 열고 3센티미터 크기의 작고 시꺼먼 민달 팽이같이 생긴 것을 꺼냈다. 그것의 표면이 끈끈한 액체로 덮여 있었다. 피쯔 부인은 청년의 눈썹 뼈와 눈 아래에 각각 한 마리씩 얹고 나에게 설명했다.

"일단 멍이 자리를 잡으면 거머리는 효과가 없어요. 하지만 이렇게 살이 부어오를 때는 살갗 아래에서 출혈이 있다는 뜻이니까 거머리가 죽은피를 빨아들이지요."

"아프지 않아요?"

나는 제이미에게 소감을 물었다. 청년은 고개를 저었고 그 통에 거머리들이 끔찍하게도 제자리 뛰기를 몇 차례 했다.

"아프긴요, 약간 따끔할 뿐이에요."

피쯔 부인이 여러 개의 단지와 병을 가지고 부산을 떨며 강의했다.

"많은 사람들이 거머리를 잘못 사용해요. 거머리의 효능은 가끔 대단히 높지만 사용법을 확실하게 알아야 하죠. 오래된 멍에 사용하면 거머리가 건강한 피를 빨아들이기 때문에 아무 소용없어요. 또 한 번에 거머리를 너무 많이 쓰지 않도록 주의해야 하구요. 중병을 앓는 사람이나 피를 많이 흘린 사람에게 쓰면 큰일나요."

나는 손수 거머리를 쓸 상황이 없기를 바라며 공손하게 피쯔 부인의 말을 경청하고 모든 지식을 흡수했다.

"젊은이, 입 안의 상처가 아물고 고통이 가라앉을 때까지 이 물로 양치질을 해요. 버드나무 껍질로 만든 차라우."

피쯔 부인은 나에게 부연 설명을 했다.

"여기에다 흰붓꽃 구근을 갈아서 넣었어요."

나는 고개를 주억거렸다. 버드나무 껍질에 살리신산(酸) 성분이 함유된 고로 아스피린의 탁월한 대용품이라고 오래 전 식물학 강연에서 들었다. 나는 피쯔 부인에게 의문을 제기했다.

"버드나무 껍질이 출혈을 촉진하는 경우도 있잖아요?"

"가끔 있죠. 그래서 보름달이 뜰 때 잘 자란 맥아풀을 꺾어다가 식초에 담근 후 버드나무 껍질과 함께 끓여서 쓰는 거예요."

제이미는 고분고분하게 수렴성 혼합물로 입을 헹궜다. 자극적인 식초 탓으로 그의 눈에 눈물이 고였다.

이제 거머리가 처음 크기의 네 배 정도로 통통해졌다. 시꺼멓고 쪼글쪼글하던 껍질이 활짝 펴지고 반들거려서 둥그스름한 자갈처럼 보였다. 거머리 한 마리가 갑자기 뚝 떨어져서 내 발 근처를 기어다녔다. 피쯔 부인이 육중한 체격에도 불구하고 잽싸게 허리를 굽혀 거머리를 다시 단지에 주워담았다.

"거머리를 억지로 떼어내면 안 돼요. 가끔 손을 물거든."

나는 부지불식간에 진저리를 쳤다. 부인이 말을 이었다.

"하지만 죽은피를 충분히 빨아들인 거머리는 쉽게 떨어져요. 그러니까 저절로 떨어질 때까지 놔두는 게 상책이지."

정말로 나머지 거머리는 붙었던 자리에 핏방울을 남기고 순순히 떨어졌다. 나는 수건 끝을 식초물에 적셔 그 작은 상처를 소독했다. 놀랍게도 거머리 치료가 효험이 있었다. 붓기가 현저하게 빠지고, 눈이 부분적으로 떠진 것이다. 피쯔 부인은 비판적으로 상처를 살펴보고 더 이상 거머리를 쓰지 않기로 결정했다.

"젊은이, 내일이면 앞이 보일 거요. 하지만 착각하지 말아요. 최소한 보이면 다행이란 뜻이니까. 이제 눈에 날고기를 얹고, 육즙과 맥주를 먹어서 힘을 비축해요. 조금 있다가 부엌으로 와요. 내가 챙겨줄게."

피쯔 부인은 쟁반에 물건을 다 챙기고 잠시 미적거렸다.

"청년은 아주 친절한 행동을 했수. 알다시피, 레오게르는 내 손녀야. 내가 대신해서 감사하리다. 쯧쯧, 레오게르가 예의를 아는 년 같으면 직접 인사했어야 옳지."

피쯔 부인은 제이미의 뺨을 다독거리고 떠났다.

나는 그를 주의 깊게 살폈다. 구닥다리 치료가 놀라운 효과를 발휘했다. 눈가는 약간 부었지만 희미하게 변색된 게 전부였고, 입술의 찢어진 부위는 다른 조직보다 거뭇하고 깨끗하게 아물어 있었다.

"기분이 어때요?"

"좋아요."

나는 순간적으로 시선을 내리깔아야 했다. 그가 조심스러운 입놀림으로 활짝 웃었기 때문이다.

"겨우 멍든 것뿐인 걸요. 아무튼 내가 당신에게 다시 신세를 졌어요. 사흘 동안 연거푸 세 번씩이나 치료를 받았으니까요. 나를 칠칠치 못한 놈으로 여기겠죠?"

나는 제이미의 턱에 난 보라색 멍을 만졌다.

"칠칠치 못하다기보다, 좀 무모한 거죠."

그때 내 눈가에 뭔가 펄럭거리는 동작이 잡혔다. 노란색과 청색의 섬광 같은 것이었다. 레오게르라는 소녀가 안뜰 통로 뒤에 반쯤 숨어서 나를 보고 있었다.

"당신과 조용히 이야기하고 싶어하는 사람이 왔어요. 난 이만 가볼게요. 어깨 붕대는 내일 풀기로 해요. 내가 당신을 찾아가겠어요."

"예, 다시 고마워요."

제이미는 이별의 뜻으로 내 손을 가볍게 쥐었다. 나는 지나는 길에 그 소녀를 호기심 어린 눈으로 살폈다. 그녀를 가까이 보니 하늘색 눈과 장미꽃 같은 피부가 더욱 예뻤다. 제이미를 바라보는 소녀의 얼굴에서 화색이 돌았다. 나는 그의 기사다운 행동이 순전히 이타적인 이유에서 우러나왔을지 궁리하며 안뜰을 떠났다.

성밖에서 지지귀는 새소리와 성안의 부산스런 인기척으로 시작된 다음날 아침, 옷을 입고 바람이 숭숭 통하는 복도를 가로질러 홀로 향했다. 대식당이라는 본연의 임무를 되찾은 그곳에서 포리지(오트밀에 우유나 물을 넣어 만든 죽)가 거대한 가마솥째 옮겨져 배급되었고 갓 구워낸 빵이 당밀과 함께 나누어졌다. 아직 혼란스럽고 얼떨떨했지만 뜨거운 아침을 먹고 나니 제법 기운이 돌았다.

밀가루 반죽이 팔꿈치까지 묻은 피쯔 부인을 찾아낸 나는 제이미의 붕대를 감고 총상의 경과를 볼 겸해서 밖으로 나가겠노라고 알렸다. 부인은 하얀 밀가루를 풀풀 날리며 꼬마 심복에게 손짓을 했다.

"꼬마 알렉, 후딱 가서 제이미를 찾아오너라. 그 신참 조마사(調馬師) 말이야. 어깨 상처를 치료해야 한다고 전해. 우리는 약초 정원에서 기다리마."

그리고 손가락을 한 번 튕기자, 소년이 내 환자를 찾으려고 득달같이 달려갔다. 이번에는 하녀에게 밀가루 반죽을 맡긴 후 피쯔 부인은 손을 씻고 나에게 돌아섰다.

"약초 정원을 둘러보지 않으려우? 아가씨는 식물에 대해 뭘 좀 아는 것 같으니까, 마음만 내킨다면 여가시간에 그곳을 가꾸도록 해요."

정원은 약재와 향신료의 보고로서, 양지바른 뒤뜰 전체를 차지하고 쌀쌀한 봄바람으로부터 보호된 데다 전용 우물까지 갖춰져 있었다. 로즈메리 덤불은 정원 서쪽을, 카모밀라는 남쪽, 아마란스는 북쪽 가장자리를 각각 구획 지었고 성벽이 나머지 동쪽을 빙 둘러싸고 부수적인 바람막이 역할까지 했다.

늦봄은 파종기였다. 피쯔 부인의 바구니에는 마늘 구근과 여름철 경작물의 씨앗이 한아름 담겨 있었다. 부인은 나에게 그 바구니를 파종용 막대기 하나와 함께 건넸다. 아무래도 이 성에서 내 한가로운 시기가 막을 내린 듯했다. 맥켄지 일족의 수장 컬럼이 내 유용성을 발견할 때까지 피쯔 부인은 놀고먹는 객에게 할 일을 만들어줄 모양이었다.

"아가씨, 이쪽부터 시작해요. 여기에서 남쪽으로 내려가면서 백리향과 디기탈리스 사이에 씨를 뿌려요."

피쯔 부인이 각각의 이삭으로 두 가지 약초를 가려내는 법과 파종하는 법을 시범으로 보여줬다. 상당히 간단했다. 흙을 파서 구근을 찔러 넣고 그 위에 3센티미터 정도의 흙을 덮은 다음 야무지게 밟아주면 끝이었다. 부인은 풍성한 치맛자락을 털며 자리에서 일어났다.

"한 구멍에 구근을 하나만 심어요. 여기 하나, 저기 하나, 정원 전체에요. 마늘은 다른 식물에 해충이 끼지 않도록 막아준답니다. 양파와 톱풀도 마찬가지구요. 참, 시든 금잔화는 따서 한 곳에 잘 모아두세요. 여러 방면으로 유용하게 쓰이니까요."

금잔화는 광활한 정원 전체에 만발한 채 황금색 꽃망울을 터뜨리고 있었다. 그 즈음 꼬마 알렉이 헐레벌떡 뛰어와서 내 환자가 일터를 뜨길 거부했다고 보고했다. 소년은 가쁜 숨을 몰아쉬며 말했다.

"상처가 충분히 나아서 더 이상의 치료가 필요 없대요. 하지만 염려해줘서 고맙대요."

피쯔 부인은 어깨를 으쓱했다.

"본인이 싫다면 어쩔 수 없지. 정 마음이 놓이지 않으면 아가씨가 정오쯤 말 조련장으로 가봐요. 허나 내 경험에 의하면, 젊은이들은 치료를 마다해도 식사는 거르지 않아요. 어쨌든 여기 꼬마 알렉이 한낮에 다시 와서 아가씨를 말 조련장으로 안내할 거예요."

피쯔 부인은 갤리선처럼 날렵하게 걸음을 옮겼다. 꼬마 알렉이 그녀와 보조를 맞추려고 뛰다시피 했다.

나는 오전 내내 열심히 일했다. 땅을 파서 마늘을 심고, 시든 금잔화 꽃잎을 거두고, 잡초를 뽑아냈으며, 달팽이와 유사한 해충과의 전쟁이라는 정원사의 숙명을 성실하게 이행했다. 그러나 이 시대에서는 화학 해충 박멸제의 도움 없이 맨손으로 그 전쟁에 임해야 했다. 일에 전념한 나머지 꼬마 알렉이 예의바른 헛기침으로 내 주의를 끌 때까지 인기척을 알아차리지 못했다. 허튼 말을 낭비하는 타입이 아닌지, 소년은 내가 일어서서 치맛자락을 털 때까지 기다렸다가 쏜살같이 정원 대문을 통과했다.

말 조련장은 마구간에서 상당히 떨어진 초지에 자리잡고 있었다. 망아지 세 마리가 인근 들판을 경쾌하게 달렸고 울타리 안에는 참하게 생긴 암말이 등에 가벼운 담요를 덮은 채 서 있었다.

제이미가 살금살금 다가가자 암말은 경계하는 빛으로 그의 일거수 일투족을 주시했다. 청년이 부드럽게 속삭이며 성한 팔을 말 등에 얹었다. 언제든 뒤로 물러설 태세였다. 암말은 눈을 희번덕거리고 힝힝거렸지만 움직이지 않았다. 그는 여전히 말을 달래며 담요 위로 몸을 날려서 아주 서서히 말 등에 체중을 실었다. 암말이 약간 뒷걸음질치며 몸을 흔들었지만 제이미는 고

174

집스레 말을 타고 사탕처럼 달콤하게 속삭였다.

바로 그때 암말이 고개를 돌려 나와 소년을 봤다. 어떤 위험을 감지했는지 말이 히힝거리며 뒷걸음질치다가 갑자기 우리 쪽으로 돌아서는 통에 제이미가 조련장 울타리로 떨어졌다. 암말이 묶인 밧줄을 잡아당기며 경중거리고 뒷발질하기 시작했다. 제이미는 광폭한 말발굽을 피해 울타리 아래로 몸을 굴렸다. 그는 게일어로 욕설을 퍼부으며 가까스로 일어서서 자신의 일을 방해한 원인을 찾았다.

그 장본인을 보자마자 청년의 살기 등등한 표정이 일시에 펴지고 공손한 환영의 빛으로 바뀌었다. 나는 우리의 시기 적절치 못한 등장에 대한 유감을 그의 얼굴에서 읽고 점심 바구니를 내밀었다. 피쯔 부인이 젊은이들에 대한 경험을 살려서 싸준 그 바구니가 제이미의 사기를 대단히 진작시켰다.

"자자, 진정하라구. 요 성질 못된 왈패야."

제이미는 여전히 날뛰는 암말을 달랬다. 이어서 꼬마 알렉의 등을 친근하게 찰싹 쳐서 보낸 후, 신사도를 발휘하여 땅에 떨어진 암말의 담요를 탁탁 떨어내고 내 앞에 깔았다.

나는 눈치 빠르게 암말과 관계된 일체의 언급을 삼가는 대신 에일 맥주를 가득 따르고 빵과 치즈 덩어리를 건넸다.

제이미가 전심전력으로 식사에 몰입하는 모습은 지난 이틀 동안 저녁 시간에 그를 보지 못했다는 기억을 떠올리게 했다. 나는 어디 있었느냐고 물었다.

"곯아떨어졌어요. 어제 '홀'에서 곧장 일하러 간 다음 건초더미에 잠시 앉아 저녁때를 기다렸어요. 하하하, 오늘 아침 눈을 떠보니까 거기에 앉은 자세 그대로더라구요. 말 한 마리가 내 귀를 잘근잘근 씹어댔구요."

수면이 그에게 좋은 영향을 끼쳤다. 구타로 생긴 멍이 시꺼멓게 변색되었지만 그 둘레의 살갗은 건강한 색이었고 식욕도 더할 나위 없이 좋았다. 제이미는 남은 음식을 다 먹어치우고 셔츠에 떨어진 부스러기까지 꼼꼼히 떼어먹었다.

나는 웃으면서 농을 걸었다.

"식욕이 보통 왕성한 게 아니군요. 먹을 게 없으면 풀이라도 뜯어먹겠어요."

"맞아요."

그가 정색을 하고 대답했다.

"풀 맛은 나쁘지 않지만 허기를 달래기에는 부족하죠."

나는 깜짝 놀랐다. 에이, 설마 농담이겠지.

"언제 먹어봤어요?"

"작년 겨울에요. 나는 거칠게 살았어요. 아시겠지만 숲에서요. 국경 부근에서…… 패거리들과 노략질을 했어요. 일주일 동안 운이 따르지 않았고 먹을 게 다 떨어졌죠. 닥치는 대로 긁어먹다가 어느 소작인의 오두막으로 찾아갔어요. 하지만 그들도 워낙 가난한지라 나눠줄 게 없었어요. 보통은 손님을 빈손으로 돌려보내지 않는 게 풍습이지만 아무리 하일랜드의 인심이 후하다 해도 스무 명의 객은 조금 과했죠."

제이미가 씩 웃었다.

"그 말을 들어보셨…… 아, 들어봤을 리 없구나. 하일랜드 소작지에서 말하는 호의는 이런 거예요."

"어서 말해보세요."

제이미는 눈을 찌르는 머리칼을 넘기고 입을 뗐다.

얼씨구 절씨구, 식탁을 돌며 능력껏 실컷 먹어라.

왕창 먹고 네인을 채워.

얼씨구 절씨구, 아멘.

"네인을 채우다니요?"

나는 어리둥절했다. 제이미가 허리띠에 달린 가죽 주머니를 두들겨 보였다.

"우선 배부터 채우라는 뜻이에요. 가방이 아니라요."

그는 긴 풀잎을 하나 뜯고 양 손바닥 사이에서 천천히 비벼서 속대만 남겼다.

"작년 겨울이 춥지 않아서 망정이지, 그렇지 않았으면 살아남지 못했을 겁니다. 보통은 토끼가 몇 마리 잡히고 어쩌다 한 번씩 사슴이 걸려요. 하지만 그 당시에는 사냥감 씨가 말라버렸지요."

그는 단단하고 새하얀 이빨로 풀 속대를 씹었다. 나도 풀을 뜯고 끝을 맛봤다. 처음만 약간 썼지 나머지 속대는 부드러워서 먹을 만했다. 영양분은 거의 없었지만. 제이미는 반쯤 씹은 속대를 내버리고 다른 풀을 뜯으며 말을 이었다.

"여러 날에 걸쳐서 가벼운 눈발이 날렸어요. 그래서 나무 아래를 제외하고 사방이 온통 진흙탕이 되었죠. 나는 '푼가스'를 찾아다녔어요. 왜 있잖아요, 나무줄기 밑 부분에 달리는 커다란 오렌지색의 균사 덩어리요. 그러다가 내 발자국으로 풀쐐기가 드러났어요. 대개는 사슴이 그런 곳을 찾아내죠. 발굽으로 눈을 걷어내고 풀을 뜯어먹어요. 하지만 그곳은 아직 사슴들의 눈에 뜨이지 않았더라구요. 나는 생각했어요. 사슴이 그런 식으로 겨울을 난다면 인간도 가능하겠지, 부츠를 삶아 먹을 만큼 배가 고프지만 신발이 없으면 걸어다닐 수 없으니까 사슴들처럼 풀을 뜯어먹자구요."

"음식 없이 며칠이나 버텼죠?"

나는 신기하고 한없이 불쌍했다.

"사흘 밤낮으로 쫄쫄 굶었고, 귀리 한줌과 우유 조금으로 일주일을 보냈어요."

제이미는 손에 쥔 풀을 바라보며 회고했다.

"겨울 풀은 이것과 달리 질기고 써요. 그러나 당시에는 그것도 상관없었어요."

그가 피식 웃었다.

"사슴도 배앓이를 한다 해도 상관하지 않았을 겁니다. 나는 심한 복통으로 끙끙 앓았어요. 나중에야 어느 노인이 풀은 삶아 먹어야 한다고 말씀하시더군요. 하지만 그때에는 누가 알았나요. 뭐, 알았다 해도 그냥 먹었을 거예요. 기다릴 수 없을 정도로 배가 고팠으니까요."

제이미가 툭툭 털고 일어나서 손을 내밀었다.

"일하러 가봐야겠어요. 잘 먹었습니다."

그는 바구니를 건네고 마구간으로 향했다. 밝은 햇살 속에서 붉은 머리칼이 조악한 황금처럼 반짝거렸다.

나는 차가운 진흙 속에서 살고 풀을 먹는 생활에 대해 생각하며 천천히 성으로 돌아왔다. 안뜰에 도착할 때까지 그의 어깨에 대해 까맣게 잊고 있었다.

7. 데이비드 비톤의 약장(藥欌)

놀랍게도 컬룸의 무장한 킬트족 부하가 성문 옆에서 기다리고 있었다. 맥켄지 일족의 수장이 나를 그의 방으로 모시라고 분부를 내린 것이다.

영주의 개인 성역은 여닫이 창문들이 활짝 열려 있었고, 바람이 화분의 무성한 가지를 스치고 나뭇잎 살랑거리는 소리를 일으켜서 야외에 있는 듯한 착각을 불러일으켰다.

영주 본인은 책상에서 뭔가를 쓰고 있다가 즉시 중단하고 나를 맞이했다. 내 안부를 몇 마디 물어본 후 새장 앞으로 갔고, 우리는 그곳의 작은 거주자들이 신선한 바람에 흥겨워 노래 부르고 나뭇잎 사이로 고개를 내민 광경을 감탄했다.

"듀갈과 피쯔 부인이 부인의 치료 기술을 높이 평가했소."

컬룸은 새장의 창살 사이로 손가락을 넣으며 대화조로 화두를 열었다. 이런 행동에 익숙한지, 회색의 작은 멧새 한 마리가 뽀르르 날아와 반쯤 날개를 접고 균형을 잡은 채 작은 부리로 손가락을 쪼았다. 그는 못박인 다른 손의 검지로 새의 머리를 살살 쓰다듬었다. 나는 손톱 둘레의 굳은살을 보며 의아했다. 영주가 손에 못이 박이도록 할 일이 뭐가 있을까?

아무튼 나는 어깨를 으쓱하며 말했다.

"찰과상을 동여매는 건 특별한 기술이라고 할 수 없죠."

그가 빙그레 웃었다.

"하지만 칠흑같이 어두운 밤에 노상에서 그러는 것은 특별한 기술이 아니겠소? 또한 피쯔 부인의 말에 따르면, 당신이 오늘 아침에 시종의 부러진 손가락을 고쳐주고 부엌 하녀의 덴 팔을 치료했다던데."

"그 또한 어려운 기술이 아니지요."

나는 영주의 꿍꿍이속이 궁금했다. 컬룸이 미미하게 몸짓하자, 시종이 얼른 책상 서랍에서 작은 단지를 대령했다. 컬룸은 단지 뚜껑을 열고 거기에서 모이를 꺼내 새장 속으로 뿌리기 시작했다. 작은 새들이 잔디 위를 통통 튀는 크리켓 공처럼 나뭇가지에서 일제히 몰려들었고 멧새 떼가 날아서 바닥에 내려앉았다.

"비톤 일족과 아무런 친분이 없소, 부인?"

나는 첫날 피쯔 부인이 던졌던 질문을 떠올렸다. '아가씨가 치료사예요? 비톤 일족?'

"예, 없어요. 비톤 일족이 의술과 무슨 관계라도?"

컬룸은 놀란 눈으로 나를 돌아봤다.

"그들의 명성을 들어보지 못했소? 치료사 비톤 일족이라고 하면 하일랜드 전역에서 모르는 사람이 없다오. 그 일족의 상당수가 방랑 치료사지. 실은 여기에도 한 명이 머물렀었소"

"과거에요? 그가 어떻게 됐죠?"

"죽었소."

컬럼은 사무적으로 담담하게 대답했다.

"열병에 걸려서 일주일 정도 고생하다가 세상을 떴소. 그 후로는 피쯔 부인이 치료사 역할을 해왔소."

"매우 유능하신 분이에요."

나는 그녀가 제이미의 타박상을 효과적으로 치료했던 것을 떠올리며 말했다. 그 회상은 애초에 치료할 이유를 제공했던 사람으로 거슬러 올라갔고, 나는 컬럼에게 유감을 느꼈다. 경계심 섞인 유감을. 이 남자는 모든 영지민의 법률가이자 배심원이요, 판사였다. 한마디로 요약해서 만사를 자기 식대로 처리하도록 길들여졌다.

컬럼은 여전히 새들을 바라보며 고개를 끄덕거렸다.

"사실이오. 피쯔 부인은 성 전체를 운영하고 나를 포함해서 모든 이들을 돌보는 일로 눈코 뜰 새 없이 바쁘다오."

맥켄지 일족의 수장이 화사한 미소와 함께 말을 맺었다. 내가 마주 보며 웃어 보이자 그는 절호의 기회를 놓치지 않았다.

"그래서 말인데, 부인은 당장 할 일이 없으니까 데이비드 비톤이 남긴 물건들을 한번 둘러보는 게 어떻겠소? 부인이라면 그런 약제의 사용법을 알 게 아니겠소?"

"글쎄…… 좋아요."

사실 나는 침실과 부엌과 정원을 오락가락 하는 데 진력이 나

182

기 시작했다. 게다가 죽은 비톤이 어떤 설비를 갖추고 있을지 궁금했다.

"나으리, 앵거스나 제가 숙녀분을 그곳으로 안내하겠습니다."

시종이 예의바르게 제안했다. 컬룸은 시종을 정중하게 물리쳤다.

"됐네, 존. 내가 보샹 부인을 직접 모시겠네."

영주가 계단을 내려가는 과정은 느리고 고통스러웠다. 그가 도움을 바라지 않았기 때문에 나는 가만히 있었다.

죽은 비톤의 치료실은 성에서 가장 외진 곳, 즉 부엌 뒤쪽의 보이지 않는 곳에 자리잡고 있었다. 거기에서 가장 가까운 장소는 묘지로, 전임 치료사는 그곳에서 영원한 휴식을 취하고 있었다. 성 외벽에 의지한 좁고 침침한 방에는 좁은 창이 있었다. 천장이 훌쩍 솟은 통에 칼날 같은 햇살 한줄기가 유일하게 바닥에서 천장까지의 어둠을 잘랐다.

컬룸의 어깨 너머로 벽감처럼 어둠침침한 방을 들여다보니, 키 큰 장식장 하나가 분간되었는데 거기에는 수십 개의 작은 서랍들이 달렸고 화려한 장식체로 각각 그 내용물이 명시되어 있었다. 단지와 상자 그리고 다양한 크기와 모양의 유리병이 여러 개의 선반에 질서정연하게 늘어섰고, 그 아래에 놓인 카운터의 얼룩과 지저분한 약 절구통은 죽은 비톤이 약을 조제해서 써왔음을 말해줬다.

컬룸이 앞장서서 방 안으로 들어갔다. 그의 침입으로 교란된 먼지들이 한줄기 햇살 속에서 소용돌이를 치며 석실 바닥에서 일어났다. 컬룸은 잠깐 멈춰 서서 눈이 어둠에 익숙해지기를 기다렸다가 주위를 두리번거리며 천천히 걸었다. 처음으로 여기에 발을 들여놓은 사람의 전형적인 몸짓이었다.

나는 그가 절뚝거리며 좁은 방 안을 훑어보는 모습을 바라보면서 말했다.

"이미 아시겠지만 영주님께서는 마사지를 받으셔야 해요. 아픔이 한결 줄어들 거예요."

회색 눈동자에서 번득이는 빛을 포착하고 공연히 말했구나, 하고 후회했다. 하지만 그 악의적인 빛이 순식간에 명멸하고 평상시의 예의바른 표정으로 돌아오자 다시 입을 뗐다.

"억지로라도 마사지를 받을 필요가 있어요. 특히 척추 아랫부분은."

"알고 있소. 앵거스 모르가 밤마다 해주고 있소."

컬룸이 잠시 말을 멈추고 선반에서 유리병 하나를 집었다.

"부인은 치료에 대해서 좀 아는 것 같구려."

"조금요."

나는 조심스럽게 말했다. 그가 나를 시험한다고 저 유리병의 내용물을 물을까 봐 가슴이 졸아들었다. 유리병의 이름표에는 '강장제 알(卵)'이라고 적혀 있었다. 도대체 저게 뭘까? 다행스럽게도 컬룸은 유리병을 제자리에 놓고 한 손가락으로 가까운 궤짝의 먼지를 쓸었다.

"이곳은 오랫동안 버려져 있었소. 피쯔 부인에게 하녀들을 몇 명 보내서 청소를 하라고 일러야겠소. 부인 생각은 어떻소?"

나는 선반장의 문을 열었다가 먼지 구름을 일으켰다.

"그러는 편이 좋겠어요."

나는 먼지 때문에 기침을 해대며 말했다. 선반장 아래에 청색 가죽으로 장정된 두꺼운 책 한 권이 있었다. 그걸 들어올리자 밑에서 작은 책이 나왔는데 싸구려 검정 천으로 조잡하게 장정되고 모서리가 너덜너덜한 것이었다.

그것은 비톤의 진료일지로써 환자 이름과 병명 그리고 치료 과정이 빠짐없이 기록되어 있었다. 흠, 조직적인 의사였군. 나는 죽은 비톤을 인정하고 진찰 기록을 하나 읽었다. '1741년 2월 2일. 환자명 : 사라 그레이엄 맥켄지. 병명 : 베틀 모서리에 엄지를 찢김. 처치 : 끓인 박하 물로 상처를 씻고 다음과 같은 찜질약을 붙여줌. 톱풀, 맥아즙, 곱게 간 쥐며느리와 생쥐의 귀를 각각 동량으로 넣고 진흙으로 이김.' 웬 쥐며느리? 생쥐 귀는 또 뭐야? 오호라, 저 선반에 있는 약초 이름이로구나.

"사라 맥켄지의 엄지가 완치되었나요?"

진찰일지를 컬룸에게 넘기며 물었다.

"사라? 그렇지 않소."

"왜 안 되었을까…… 제가 나중에 그녀를 보러 가도 될까요?"

컬룸은 고개를 저었다. 그의 도톰하고 단정한 입가에 야릇한 미소가 어렸다. 내가 다시 물었다.

"왜요? 그녀가 성을 떠났어요?"

"어찌 보면 그렇소."

컬룸이 대답했다. 이제 흥겨움이 사라졌다.

"그녀는 죽었다오."

나는 컬룸이 먼지투성이 석조 바닥을 힘들게 걸으며 문으로 향하는 모습을 망연히 바라봤다.

"부인이 죽은 데이비드 비톤보다 유능한 치료사이기를 바라오."

그는 문가에서 몸을 돌리고 냉소적으로 말했다. 햇살이 스포트라이트처럼 그에게 집중적으로 쏟아졌다.

"전임자보다 형편없을 수는 없겠지."

컬룸은 마지막 말을 던지고 어둠 속으로 사라졌다.

나는 좁은 방 안을 분주하게 오가며 빠짐없이 뒤졌다. 한결같이 쓰레기처럼 보였지만 쓸 만한 것이 몇 가지 있으리란 기대에서였다. 약장 서랍을 하나 열어보니 장뇌(樟腦) 향이 물씬 풍겼다. 좋아, 이건 꽤 쓸 만하군. 서랍을 닫고 더러워진 손을 치마에 문질렀다. 아무래도 피쯔 부인의 명랑한 하녀들이 청소를 끝낸 다음에 조사를 계속해야겠다.

생각이 정리되자 잠시 한숨이 나왔다. 드디어 잠시나마 혼자가 되었구나. 지금으로선 고독이야말로 가장 염원해마지 않는 것이었다.

환상열석에 들어선 순간부터 일어났던 모든 일을 돌이켜 생각하려고 지금까지 애써왔다. 그러나 이곳에서 여러 사건들이 너무 빠르게 진행되었기 때문에 눈을 뜨고 있는 동안에는 좀처럼 홀로 있을 시간을 갖지 못했다. 그러다가 드디어 혼자가 된 것이다. 먼지투성이 궤짝에 앉아 등을 벽에 기댔다. 등에서 느껴지는 이 단단함에 묘한 위안을 느끼며 손바닥을 석조 벽에 대고 환상열석에 대해, 그리고 거기에서 일어났던 모든 일을 자세히 떠올려보았다.

비명을 지르는 선돌들이 마지막 기억이었다. 정말 그게 마지막 기억일까? 비명은 계속 이어지지 않았던가. 그 소음이 선돌 자체에서 나온 게 아니라면…… 내가 들어섰던 어느 공간에서 파생되었을 가능성이 높다. 그렇다면 환상열석이 일종의 문? 그 정체를 뭐라 표현해야 할지…… 시공의 균열이 가장 적당하리라. 왜냐하면 나는 분명히 1945년 그곳에 있었고, 지금은 1743년 이곳에 있으니까. 환상열석이 유일한 고리다.

게다가 그 소리! 그건 압도적이었지만, 약간 시간을 두고 돌이켜보니 전쟁 소음과 매우 흡사했다. 내가 배치받았던 야전병원은 세 차례에 걸쳐 폭격을 받았다. 허술한 임시대피소가 믿음직스럽지 못하다는 것을 알면서도 의사와 간호사와 잡역부들은 첫 경계경보가 떨어지기 무섭게 안으로 들어가서 서로를 부둥켜안고 용기를 북돋웠다. 박격포가 머리 위에서 터지고 폭탄이 문밖으로 투하되면 눈처럼 녹아 내리던 용기들. 당시 느꼈던 공포가 환상열석에서 경험했던 것과 가장 유사했다.

이제야 환상열석을 통해 시공을 뛰어넘었던 여행에 대한 아주 사소한 기억들이 하나 둘 떠올랐다. 마치 격류에 휘말린 사람처럼 육체적으로 발버둥쳤던 감각이 기억났다. 맞다, 나는 뭔지 몰라도 그 감각과 악착같이 싸웠다. 게다가 만화경처럼 획획 지나가던 영상들도 있었다. 명료한 사진이나 영화의 한 장면같이 시각적이라기보다, 미완의 상념에 가까웠다. 그 일부는 너무 끔찍했기 때문에 시공을 '이행'하면서 떨쳐버리려고 안간힘을 썼다. 또 무엇과 싸웠더라? 그래, 어떤 표면을 향해 올라가려고 싸웠다. 이 시대가 그 현기증 나는 소용돌이에서 일종의 천국을 제공했기 때문에 내가 사실상 이곳을 선택한 걸까?

나는 고개를 저었다. 아무리 생각해봐도 어떤 대답도 얻을 수 없었다. 환상열석으로 돌아가지 않는 한 그 무엇도 선명하지 않으리라.

"부인?"

문간에서 들리는 부드러운 스코트 목소리가 내 주의를 일깨웠다. 열여섯, 일곱의 소녀 두 명이 수줍어하며 방 안을 기웃거렸다. 남루한 드레스와 나막신과 수제 모직물 스카프를 머리에 두른 차림이었다. 나에게 말을 건 소녀는 빗자루와 여러 장의 걸레를, 다른 소녀는 김이 모락모락 피어오르는 들통을 각각 들고 있었다. 피쯔 부인이 이 치료실을 청소하라고 보낸 하녀들이었다. 한 소녀가 주저하며 입을 뗐다.

"저희가 방해했나요?"

"아냐, 그렇지 않아. 난 나가려던 참이었어."

"부인께서는 점심을 거르셨어요."

다른 소녀가 지적했다.

"하지만 피쯔 부인이 식사를 따로 챙겨놓았으니 언제든 부엌으로 오시래요."

나는 복도 끄트머리의 창문을 힐끗 봤다. 정말 태양이 중천에서 빗겨 있었고 허기가 느껴졌다. 나는 소녀들에게 미소를 지었다.

"그렇게 할게. 고마워."

다시 점심 바구니를 가지고 초지로 나갔다. 제이미가 저녁때까지 아무것도 먹지 못할까 봐 걱정스러웠기 때문이다. 잔디에 앉아 그의 식사 모습을 지켜보며 왜 국경 지역에서 가축을 훔치고 노략질하며 살았는지 물었다. 이제 성을 왕래하는 인근 마을 사람과 성의 거주민을 충분히 봤기 때문에 제이미가 그들 대부분보다 훨씬 태생이 높고 많은 교육을 받았다는 사실이 일목요연하게 드러났다. 이 청년이 고향 농장에 대해 짧게 묘사한 바로도 그는 상당히 윤택한 배경을 지녔다. 그런데 왜 고향을 등지고 살까?

"나는 무법자예요."

제이미는 내가 몰랐다는 사실에 되려 놀랐다.

"잉글랜드인들이 내 목에 10파운드의 현상금을 걸었어요. 노상강도의 목숨 값에 비하면 시시하죠. 하지만 소매치기보다는 높아요."

"사법 집행을 방해했다는 이유로?"

도저히 믿어지지 않았다. 이 시대에서 10파운드는 톡톡한 소농장의 연수입 절반에 해당되었다. 잉글랜드 정부가 탈주범 한 명에게 그렇게 높은 가치를 부여할 성싶지 않은데…….

"아니, 살인죄예요."

입에 든 빵과 피클에 사레가 들려 캑캑거렸다. 제이미가 등을 쳐준 덕분에 음식물을 겨우 삼켰다. 나는 눈물이 그렁그렁 맺힌 눈을 하고 다시 물었다.

"누, 누구를…… 죽였죠?"

"그 부분이 조금 묘해요. 나는 피해자를 죽이지 않았거든요. 지금까지 잉글랜드군과 대치하면서 몇 명 없앴지만 그건 불법이 아니죠."

그는 입을 다물고 어깨를 꿈틀거렸다. 투명한 담벼락에 대고 등을 긁는 듯한 몸짓이었다. 성에서 첫날 내가 치료하면서 등의 흉터를 봤을 때도 그는 같은 몸짓을 한 적이 있었다.

"포트윌리엄에서의 일이었어요. 나는 2차 태형을 당하고 이틀 동안 꼼짝도 못 했어요. 다음에는 고열에 시달렸구요. 다시 설 수 있게 되자 어떤…… 친구들의 도움으로 탈출했어요. 죽으면 죽었지 그곳에서 나가야겠다는 각오였어요. 어쨌든 우리 일행이 탈출할 때 일대 소동이 벌어졌고 어느 잉글랜드 하사가 총에 맞아 죽었어요. 우연의 일치로 나에게 1차 태형을 가한 녀석이었어요. 하지만 나는 무고해요. 그에게 개인적인 반감이 없을 뿐더러, 당시에는 말 등에 매달려 있는 게 고작이었으니까요."

그의 길쭉한 입술이 굳게 다물려서 얄팍해졌다.

"랜들 대장의 짓이 틀림없어요. 나에게 살인 혐의를 씌우려고 부하를 죽인 거예요."

제이미는 어깨에서 힘을 빼고 으쓱했다.

"그리고 랜들이 의도했던 대로 상황이 돌아갔죠. 내가 혼자서 이 성을 멀리 떠나지 못하는 이유가 그 때문이에요. 여기는 하일랜드의 오지여서, 잉글랜드군 순찰대가 국경 지역처럼 빈번하게 출몰하는 일이 거의 없어요. 또한 '워치(돈을 받고 가축을 지켜주거나 정보를 염탐, 거래하는 자)'도 얼씬하지 못하구요. 컬룸은 수하의 부하들이 있기 때문에 워치와 상종하지 않아요."

그가 씩 웃으며 머리를 쓰다듬었다. 붉은 머리칼이 고슴도치 바늘처럼 하늘로 솟았다.

"보다시피, 나는 두루뭉실하게 생겼잖아요. 내가 현상 수배범이라는 사실을 알면 잉글랜드인에게 밀고하고 몇 푼 챙길 내통자들이 수두룩해요. 이 성 사람들을 빼고요."

"영주가 알아요?"

"내가 무법자라는 거요? 그럼요. 하일랜드의 이쪽 동네가 다 아는 걸요. 당시 포트윌리엄에서 일어났던 일이 상당한 물의를 일으켰고, 여기는 소문이 빨리 퍼져요. 그저 제이미 맥타비쉬가 어떻게 생긴 놈인지 모를 뿐이죠. 이름만으로 나를 알아볼 사람이 누가 있겠어요."

그의 머리카락이 아직 올올히 서 있었다. 나는 불현듯 그 머리를 쓰다듬고 싶은 충동을 느끼며 엉뚱한 질문을 던졌다.

"왜 머리를 짧게 쳤죠? 아, 미안해요. 내가 상관할 바 아닌데…… 단지 다른 남자들은 대개 머리가 길어서."

제이미는 약간 쑥스러운 표정으로 뾰족뾰족한 머리를 눕혔다.

"나도 예전에는 머리가 길었어요. 지금 짧은 이유는 수도사들이 삭발시켰기 때문이에요. 다시 기른 지 두어 달밖에 안 돼요."

그는 고개를 숙이고 뒤통수를 보여줬다.

"여기, 머리를 가로지른 흉터가 보이죠?"

그 흉터는 손으로 느낄 수 있었고, 숱 많은 머리칼을 옆으로 가르자 아주 잘 보였다. 약간 도드라진 핑크색의 새 살이 약 16센티미터 길이의 이랑을 이뤘다. 대량 출혈을 동반하고 생명을 위협했을 법한 치명상이었다. 누가 봉합했는지 몰라도 상처가 깔끔하게 꿰매졌고 깨끗하게 아물었다.

"두통이 나요?"

거의 직업적인 질문이었다. 제이미는 머리칼로 흉터를 가리며 고개를 주억거렸다.

"가끔요. 전처럼 심하지는 않아요. 처음 한 달은 앞이 안 보였고 머리가 항상 깨질 듯이 아팠어요. 두통이 사라지기 시작하면서 시력이 되돌아왔어요."

그는 시력을 검사하는 사람처럼 눈을 깜박거렸다.

"가끔 앞이 흐릿해요. 아주 피곤할 때만요. 사물의 가장자리가 뿌옇게 보이죠."

"살아 있는 게 기적이에요. 두개골이 보통 단단한 게 아닌가 봐요."

"맞아요. 누나 표현에 따르면 통뼈래요."

우리는 함께 웃음을 터뜨렸다.

"어쩌다가 다쳤어요?"

그는 얼굴을 찌푸리며 애매한 표정을 지었다.

"나도 궁금해요. 전혀 기억이 없어요. 몇몇 남자들과 로크 라간에서 캐리아릭패스 근처로 향하던 중이었지요. 덤불이 우거진 언덕을 오르던 게 마지막 기억이에요. 덤불 가시에 손가락을 찔렸고 거기에 떨어진 핏방울이 딸기 같다고 생각했죠. 그리고 프랑스의 '성 안네 드 보프레' 수도원에서 깨어났어요. 머리가 북이 울리는 것처럼 지끈거렸고, 찬물을 먹여주는 사람조차 보이지 않았어요."

제이미는 여전히 아프다는 듯 뒤통수를 문질렀다.

"가끔 몇 가지 기억이 떠오르긴 해요. 머리에 난 혹이랄지, 앞뒤로 비틀거렸던 감각, 입술에 닿는 달콤한 맛, 사람들이 말을 거는 영상 같은 거요. 하지만 그게 실제 일인지는 모르겠어요. 수도사들이 아편을 줬기 때문에 하루 종일 비몽사몽 헤맸거든요."

그는 손가락으로 안구를 지긋이 눌렀다.

"반복해서 꾸는 꿈이 하나 있어요. 나무 뿌리들이 내 머릿속에서 자라, 커다란 옹이가 점점 부풀어오르면서 내 눈을 밀어내고 목구멍을 메워 질식하는 꿈이에요. 매번 꿈을 꿀 때마다 그 뿌리들이 더 비틀리고 칭칭 얽히면서 커지죠. 결국은 그게 너무 커져서 내 머리가 터져버려요. 나는 두개골이 파열되는 소리를 들으면서 잠에서 깨어나구요. 마치 물 속에서 듣는 총성 같죠."

"흠!"

갑자기 그림자 하나가 우리를 덮쳤고, 질긴 부츠발이 제이미의 옆구리를 쿡쿡 찔렀다.

"게으른 놈 같으니!"

새로 등장한 남자가 노기 없는 어조로 말했다.

"말들은 배가 고파서 난린데 제 배때기만 채우는구먼. 언제 망아지에게 물과 건초를 줄 거냐, 이놈아?"

"내 허기를 달래자마자요."

제이미가 대답했다.

"아저씨도 좀 드세요. 음식이 많이 있어요."

그는 관절염으로 구부러진 손을 향해 치즈 덩어리를 내밀었다. 영구적으로 반쯤 주먹을 쥔 손가락이 천천히 치즈를 잡았고, 그 손의 주인은 잔디에 털썩 앉았다.

예상 외의 격식을 갖춘 태도로 제이미는 불청객을 소개했다.

레오크 성의 주임 조마사, 알렉 맥마혼 맥켄지.

알렉 맥마혼은 가죽 바지와 초라한 셔츠를 걸친 땅딸보에 불과했지만 가장 반항적인 종마마저 찍 소리 못 하게 휘어잡을 권위가 풍겼다. '마르스(역주 : 그리스 신화에 등장하는 군신(軍神))처럼 위협하지 않으면 명령하는 눈이로다' 하는 시구가 단박에 떠올랐다. 사실 그는 한 눈을 검은 안대로 가린 외눈박이였다. 그 손실을 상쇄하듯 갈색 눈썹이 미간부터 무성하게 시작되었고 곤충의 더듬이처럼 긴 회색 털이 간간이 험악하게 뻗어 있었다.

무뚝뚝하게 목례를 한 다음 늙은 알렉(제이미는 아까 내 길잡이 노릇을 했던 꼬마 알렉과 분간하기 위해 알렉 맥마혼을 그렇게 불렀다)은 나를 철저히 무시하고 음식과 초지를 뛰노는 세 마리의 망아지들에게만 관심을 쏟았다. 나는 명마의 혈통이나, 수십 년 전까지 거슬러 올라가는 마구간 전체의 교배 기록 등 이해할 수 없는 장황한 토론에는 흥미 없었다. 말에 대해서라면 코와 꼬리와 귀를 구별하는 게 고작인 나에게 그런 전문가적인 미묘한 개별성이 먹혀들 리 없었다.

나는 반쯤 누워 훈훈한 봄 햇살을 즐겼다. 대기에는 미묘한 평화가 흘렀다. 세상이 인간사의 격동과 파고에 아랑곳하지 않고 조용히 순리대로 흐르는 느낌이었다. 그래서인지 대화에서 소외되었는데도 서운함이 들지 않았다. 늙은 알렉은 나를 풍경의 일부 정도로 여겼고, 제이미는 가끔 내 눈치를 봤지만 자신의 전공에 대한 스코트족의 감정적인 애착을 시사하듯 대화가 게일어의 매끈한 운율로 쉼 없이 이어지자 서서히 내 존재를 잊어버렸다. 그 언어를 모르는 내 귀에는 벌들이 히스 주위를 윙윙거리듯 규칙적이고 마음을 달래주는 소리로 들렸다. 만족과 나른함에 젖어 나는 컬룸의 의심, 내 자신의 난처한 처지, 그 밖의 산란한 상념을 옆으로 제쳐뒀다. 꾸벅꾸벅 조는 와중에 '하루의 괴로움은 그날에 족하니라'는 말씀을 기억 창고에서 끄집어내고 잠들었다.

지나가는 구름이 던지는 냉기 때문인지, 아니면 남자들의 달라진 어조 때문인지 잠시 후 잠에서 깼다. 이제 대화가 영어로 돌아왔고 어조는 말에 대한 한가로운 잡담이 아니라 더 심각한 것으로 바뀌었다.

"대모임이 일주일 앞으로 다가왔네."

늙은 알렉이 말했다.

"그때 어떻게 할지 결정을 내렸나?"

제이미의 긴 한숨소리가 들렸다.

"아니오. 어떤 때는 마음이 이쪽으로 기울었다가 다음 순간에는 저쪽으로 돌아서요. 여기에서 아저씨와 함께 말을 돌보며 사는 생활은 좋아요."

청년의 목소리에는 미소가 담뿍 배어 있었지만 뒷말이 이어지는 동안 사라졌다.

"그리고 컬룸이 나에게 약속하길…… 아, 됐어요. 아저씨는 모르셔도 돼요. 하지만 칼에 입을 맞추고 맥켄지로 개명해서 내 전부를 부인하라구요? 아뇨, 마음을 정할 수 없어요."

"자네 아비만큼 고집스럽구먼."

알렉이 퉁명스런 인정이 담긴 어투로 한마디 던졌다.

"어떨 때 보면 생긴 것도 아비의 판박이야. 자네는 어머니를 닮아 훤칠하고 수려하지만서두."

"우리 아버지를 아세요?"

"약간. 귀가 닳도록 들었지. 난 자네 부모가 결혼하기 전에 레오크 성에 왔어. 그리고 듀갈과 컬룸이 '블랙 브라이언'에 대해하는 말을 들으면 누구나 자네 아비를 대마왕으로 여길 걸세. 자네 어머니는 그의 꼬임에 빠져 지옥으로 추락한 성모 마리아이고."

제이미가 크게 웃었다.

"그런데 내가 아버지를 닮았단 말씀이시죠?"

"더러운 성질머리하고 똥고집이 하나부터 열까지 똑같지. 자네가 컬룸의 부하가 되길 탐탁지 않아 하는 이유는 잘 아네. 허나다른 면을 고려해야 해. 만일 스튜어트 왕가를 지지하는 전쟁이일어나면 듀갈은 앞장설 게야. 자네도 그 전쟁에서 오른편에 서면 땅을 되찾을 뿐 아니라 그 이상까지 얻게 된다구. 컬룸이 부럽지 않을 정도로."

제이미는 내가 명명한 '스코트족 소음', 즉 어떤 뜻으로도 해석이 가능한, 후두 깊은 곳에서 우러나오는 모호한 소리를 냈다. 지금 그 소음은 눈부신 미래에 대한 의심으로 들렸다. 그가 입을 뗐다.

"그렇겠죠. 하지만 듀갈이 참전하지 않으면 어떻게 하죠? 그리고 승리의 여신이 스튜어트 왕가의 반대쪽으로 기울면요?"

늙은 알렉도 후두음을 냈다.

"그러면 여기에서 살지. 내 뒤를 이어서 말 책임자가 되라구. 난 오래 버티지 못할 테고 자네보다 더 쓸 만한 일꾼도 없잖아."

제이미의 깊은 후두음은 칭찬을 접수하겠다는 식이었다. 노인은 못 들은 척하고 뒷말을 이었다.

"맥켄지는 자네의 일족이기도 해. 게다가 고려해야 할 것이 또 있어."

이제 노인의 목소리에는 장난기가 다분했다.

"예를 들자면 레오게르 처녀는 어떤가?"

제이미는 다시 후두음으로 대답했다. 이번에는 부끄러움과 부인의 뜻이었다.

"이보게, 젊은 사람치고 마음에 없는 여자를 위해 처벌을 자청하는 골빈 녀석이 누가 있겠나. 게다가 자네도 알다시피 그 처녀의 아비가 일족 밖의 남자에게 딸을 줄 리 없어."

"그녀는 너무 어려요. 나는 그 아가씨가 불쌍했어요. 정말이에요. 다른 이유는 진짜 없어요."

제이미가 방어적으로 변명하자 알렉이 불신으로 가득 찬 스코트족 소음을 냈다.

"예끼, 그런 말 같지 않은 말은 헛간 문에나 대고 하게. 세상 천지에 누가 믿을려구. 하기야 레오게르가 아니더라도 부와 창창한 미래를 보장하는 결혼 전망이 밝아. 머리만 잘 굴리면 차대의 수장 자리까지 가능하지. 마음대로 처녀를 골라잡을 수 있다구. 뭐, 아가씨들 쪽에서 먼저 자네를 낚아채지 않는다면 말이야!"

알렉은 좀처럼 웃지 않는 사람 특유의 걸걸한 코웃음을 쳤다.

"꿀단지에 꼬이는 파리들이야 저리 가라지! 지금 자네는 땡전 한푼 없고 이름도 없는 신세지만 그래도 아가씨들이 줄줄 따르잖나. 내가 다 봤어!"

더 강한 코웃음이 터졌다.

"심지어 이 새서내크 계집도 자네에게서 못 떨어지는 눈치야. 그리고 이 여자는 딸린 자식새끼 없는 깨끗한 과부지!"

개인사에 대한 정 떨어지는 후속 언급을 막기 위해 나는 공식적으로 잠에서 깨기로 결정하고, 기지개와 하품을 하며 일어나 앉았다. 물론 두 명의 수다쟁이와 시선을 피하려고 눈을 비비는 척하는 것도 잊지 않았다.

"아함, 내가 잠들었던 모양이군요."

나는 그들을 향해 예쁘게 눈을 깜박거리며 말했다. 제이미는 귓가가 벌겋게 달아올라선 부산스럽게 바구니를 챙겼다. 늙은 알렉은 처음으로 내 존재를 알아차렸다는 듯 새삼스런 눈으로 나를 봤다.

"말에게 흥미 있수?"

도저히 부인할 수 있는 상황이 아니었다. 그래서 나는 조련장에 있는 암망아지까지 손짓해가며 열렬한 관심을 표방했다. 마침 그 망아지는 생각날 때마다 한 번씩 꼬리로 파리를 쫓으며 꾸벅꾸벅 졸고 있었다. 늙은 알렉이 판정을 내렸다.

"언제든 와서 구경해도 좋수. 허나 말의 신경을 건드리지 않도록 멀찌감치에서 구경해요. 알다시피 말들은 할 일이 있으니까."

그만 물러가라는 암시였지만 나는 이곳을 찾아온 소기의 목적을 상기하며 굳건히 자리를 지켰다. 우선 늙은 알렉에게 단단히 약속부터 했다.

"예, 다음에는 조심하겠어요. 하지만 성으로 돌아가기 전에 제이미의 어깨를 확인하고 붕대를 풀고 싶어요."

늙은 알렉이 고개를 천천히 흔들었다. 그러나 놀랍게도 내 관
심을 거절하고 조련장으로 향한 사람은 제이미였다. 그는 어깨
너머로 말했다.

"잠시 기다려주세요. 지금은 할 일이 많이 남았거든요. 나중에
요. 음…… 저녁을 먹은 다음이 어떨까요?"

바쁘다는 말과 달리 제이미는 서둘러 일하려는 기색이 없었
다. 이상하군. 하지만 원치 않는 사람에게 억지로 강요할 수 없
는 법. 나는 어깨를 으쓱하고 작은 언덕을 올라 성으로 향했다.

언덕의 내리막길에 접어들 때 제이미의 뒤통수 상처에 대해
곰곰이 생각했다. 흉터가 일자형이 아닌 점으로 미루어 잉글랜
드군의 장검에 당한 게 아니었다. 반월도(半月刀)에 의한 구부러
진 흉터였다. 예를 들면 로카베르 도끼 같은 무기. 하지만 그 도
끼는 스코트일족들만 소지했던 것으로 알려져 있었다. 아니, 그
들만 소지한 것을 내가 직접 봤다.

걸음을 옮기노라니 문득 어떤 생각이 뇌리를 스쳤다. 미지의
적들에게 둘러싸이고 도피 중인 젊은이치고 제이미는 어느 이방
인을 대단히 믿는다는 생각.

점심 바구니를 부엌에 돌려주고 비톤의 치료실로 향했다. 피
쯔 부인의 근면 성실한 제자들의 내방으로 그곳에는 티끌 하나
남지 않았다. 심지어 선반장의 유리병 수십 개까지 흐릿한 햇빛
을 반사하며 반짝거렸다.

이미 약용식물과 약제품 재고가 눈에 보이는 선반장부터 조사

물망에 오른 터였다. 나는 치료실에서 발견한 청색의 가죽 장정본을 어젯밤 잠자리에서 훑어봤다. 이른바 '의사를 위한 안내 및 편람'이란 제목으로, 다양한 증상과 질병의 처방전을 비롯하여 지금 내 앞에 진열된 약재에 대한 설명서였다.

그 책은 여러 장으로 나눠져 있었다. '수레국화속(屬) 약초, 구토제와 연약(煉藥, 시럽이나 꿀에 개어 핥아먹는 약)'이나 '정제와 흡입제' 또는 '고약'이나 '탕약과 만병통치약' 그리고 '하제(下劑)'라는 장에는 부수 항목이 길게 딸려 있었다.

몇 가지 처방전을 읽어보자, 죽은 데이비드 비톤이 환자들에게 성공을 거두지 못한 이유가 자명해졌다. '두통 처방'에는 다음과 같은 치료가 권고되었다. '말똥을 주워 잘 말린 다음 가루를 내어 뜨거운 에일 맥주와 섞어서 복용하라.' '아이들의 발작은 다섯 마리의 거머리를 귀 뒤에 붙여서 다스려라.' 그리고 몇 쪽을 넘기자 이런 처방이 나왔다. '애기똥풀과 심황 뿌리, 쥐며느리 2백 마리의 즙을 달여 만든 탕약은 황달에 즉효다.' 수많은 환자들이 이런 치료를 받고도 살았을 뿐 아니라 원래의 가벼운 병에서 회복되었다는 게 신기했다.

선반장에 커다란 갈색 유리병이 하나 있었다. 수상쩍어 보이는 원형의 내용물은 비톤의 처방전을 고려할 때 필시 그것이리라. 병을 돌리고 의기양양하게 이름표를 읽었다. '말똥!' 나는 뚜껑조차 열지 않고 미련 없이 유리병을 옆으로 치웠다.

다음 조사 대상은 '푸르레스 오비스'였다. 아까와 유사한 내용물에 라틴어 이름을 붙여놓은 것으로서 양똥으로 판명되었다. '생쥐의 귀'도 약초명이 아니라 진짜 동물의 신체기관이었다. 나는 진저리를 치며 핑크색의 말린 귀가 담긴 병을 제쳐뒀다.

'슬레이터' 부분에 이르러서는 그 내용물의 중요성을 암시하듯 관련 약병이 즐비했던 관계로, 다소 기대 어린 마음으로 어느 병의 코르크 마개를 열었다. 소형의 회색 알약이 반쯤 채워진 병이었다. 각각의 알약은 5밀리미터 크기였고, 비톤의 조제 기술이 감탄스러울 만큼 완벽한 원형체였다. 병을 눈 높이로 들어올리고 햇빛에 비춰보았다. 맙소사, 그 '알약'에는 선명한 결절이 나 있고 초소형의 다리들까지 달린 게 아닌가. 황급히 유리병을 내려놓고 앞치마에 손을 닦으며 다음의 정보를 머릿속에 입력했다. 알고 봤더니 '슬레이터'는 진짜 '쥐며룩'이더라.

말린 뱀 단지는 흔쾌히 처치되었다. '구더기 기름'은 이름 그대로처럼 보였다. '비눔 밀레페다툼'―거창한 라틴어를 썼지만 노랭이를 조각 내어 포도주에 담가둔 것이었다. '이집트 미라 가루'는 그 출처가 파라오의 무덤이 아니라 골방인 듯한 먼지덩어리였다. '비둘기의 피'? 홍, 개미알과 말린 두꺼비 한 마리를 정성스럽게 이끼로 포장해놓은 동물 표본이었다. 마지막으로 '인골 가루'. 누구의 뼈일까? 선반장과 약장을 정리하는 데 한나절이 걸렸다. 일을 마치자, 치료실 문 밖에는 버려진 약병과 상자와 단지가 산을 이뤘고 유용한 품목만이 단출하게 선반장에 남았다.

나는 앞치마에 손을 닦았다. 이제야 재고 조사가 거의 끝났군. 참, 저쪽 벽의 나무궤짝을 아직 안 봤지. 나는 힘차게 뚜껑을 열었고 즉시 악취에 뒷걸음질을 쳤다.

거기에는 비톤의 수술도구들이 보관되어 있었다. 여러 개의 불길해 보이는 가위와 칼과 끌, 그 밖에 섬세한 인체보다 건자재를 다루는 데 어울리는 연장들이었다. 악취의 주요 원인은 비톤이 수술 후 제대로 닦지 않아서였다. 거무죽죽한 도구들에 학을 떼고 궤짝 뚜껑을 도로 닫았다.

나는 궤짝을 문 쪽으로 질질 끌고 갔다. 피쯔 부인에게 이 연장들을 일단 삶은 다음 성의 목수들에게 나눠주라고 해야지.

그때 인기척이 들렸고, 덕분에 치료실로 들어온 사람과의 충돌을 아슬아슬하게 면했다. 한 청년이 다른 남자의 부축을 받은 채 외다리로 껑충거리고 있었다. 다친 발을 감은 지저분한 천은 핏방울로 얼룩져 있었다. 나는 주변을 둘러보다가 궤짝을 가리켰다.

"여기에 앉으세요."

레오크 성의 새로운 치료사가 개업한 순간이었다.

8. 한밤의 여흥

나는 녹초가 되어 침대에 누웠다. 상당히 역설적이지만 죽은
비톤의 유품 정리는 즐거웠고, 빈약한 환경에서 몇몇 환자를 치
료하는 일은 다시 발을 땅에 디딘 듯한 느낌과 함께 자신감을
가져다줬다. 살과 뼈를 촉진하고, 맥을 잡고, 혀와 눈꺼풀을 조
사하는 등의 친숙한 과정이 환상열석에서의 그날 밤 이후 내 곁
에서 떠나지 않던 무익한 공포를 많이 달래준 것이다. 지금 상
황이 얼마나 괴이하고 내 처지가 아무리 곤궁하다 해도 다른 사
람과 더불어 함께 존재한다는 깨달음은 큰 위안이었다. 심장고
동과 호흡과 따뜻한 체온을 느낄 수 있는 타인들. 그 가운데 일
부는 악취와 궁기가 흐르고 불결했지만 나에게 새롭진 않았다.
이곳의 조건은 어느 면에서 야전병원과 비슷했고 환자들의 병세
는 훨씬 경미했다. 다시 환자의 고통을 없애주고, 뼈를 맞추고,

육체적인 손상을 복구할 수 있다는 만족감이란……. 타인의 건강에 대한 책임이 운명의 변덕으로 내가 이 꼴이 되었다는 피해의식을 격감시켰고, 그 점에서 일을 떠맡긴 컬룸에게 감사했다.

컬룸 맥켄지. 참으로 특이한 남자였다. 교양 있고 관대하며 사려 깊으면서 강철같은 의지의 소유자. 타고난 전사인 아우 듀갈보다 훨씬 강인했다. 두 형제를 나란히 놓고 보면 어느 쪽이 더 강한지 자명했다. 컬룸이 비틀린 두 다리를 하고도 우두머리였다.

툴루즈로트렉(1864~1901, 프랑스의 화가) 증후군. 전에 보지는 못했지만 그 증상을 익히 들어서 알고 있다. 가장 유명한 희생자의 이름을 따서 붙여진, 뼈와 결체 조직의 퇴행성 질환이다. 희생자들은 정상으로 보이지만 십대 초반에 이르면 직립의 중압을 견디지 못하고 다리뼈가 저절로 부러지고 조각나기 시작한다. 그 이외에도 병의 특성상 혈액 순환이 원활하지 못하기 때문에 피부노화와 조기주름을 동반한다. 더불어 발가락과 손가락에 군살이 잡히는 증상이 나타난다. 다리가 비틀리고 구부러지면서 척추마저 심한 압박을 받고 환자에게 엄청난 고통을 안겨주며 휘는 경우가 다반사이다.

나는 하릴없이 머리카락을 만지작거리며 이 증후군에 대한 의학서의 내용을 암기했다. 백혈구 감소, 면역체 약화, 조기 관절염 발생. 혈액순환의 부실과 결체 조직의 퇴행 때문에 환자들은 예외 없이 불임이다. 성적불능 증상까지 종종 보인다.

생각이 해미쉬에게 미쳤다. 컬룸은 그 소년을 아들이라고 자랑스럽게 소개했다. 흠, 그렇다면 성적 불능은 해당 사항이 없군. 어쩌면 해당될 수도 있구. 그런 경우 킬룸의 아내 레티샤에게는 맥켄지 일족의 많은 남자들이 서로 비슷하게 생겼다는 게 천만다행이다.

갑자기 문을 두드리는 소리가 이런 홍미진진한 상념을 방해했다. 잔심부름을 도맡아 하는 어린 소년 가운데 한 명이 킬룸에게 중요한 임무를 하달받은 것이다. 홀에서 공연이 있사오니, 내 존재로 자리를 빛내주십사 하는 초대였다.

추측의 주인공인 킬룸을 다시 볼 수 있는 기회였다. 나는 좋아라 하며 거울을 슬쩍 보고 삐친 머리를 가다듬으려는 헛된 노력을 시도한 다음, 소년의 뒤를 따라 춥고 어두운 복도를 가로질렀다.

홀은 밤에 또 다른 얼굴을 보여줬다. 사방 벽의 모든 횃대에서 소나무가 테레빈유의 퍼런 불꽃을 가끔 한 번씩 터뜨리며 기세 좋게 타올랐고, 거대한 벽난로는 광란의 저녁식사 후 활동량을 줄여 수십 개의 꼬챙이와 가마솥을 달궜던 화덕이 다 꺼지고 오직 하나만 남아 있었다.

식탁과 의자들은 뒤쪽으로 약간 물러나서 화덕 부근에 새로운 공간을 만들었다. 거기가 여흥의 중심인지, 영주의 대형 의자가 한쪽에 놓여 있었다. 킬룸 자신은 이미 따뜻한 천으로 다리를 감싼 채 앉아 있었고 소형 탁자에는 술병과 술잔이 준비되어 있었다.

내가 아치 통로에서 머뭇거리자, 킬룸이 다정한 몸짓으로 옆자리의 걸상을 권했다. 그는 흐뭇하게 입을 뗐다.

"와줘서 반갑소, 보상 부인. 그윌라인은 우리 모두를 사로잡았지만 새로운 청중이 생긴 것을 기뻐할 거요."

내 생각 탓인지 맥켄지 일족의 수장은 몹시 피곤해 보였다. 넓은 어깨가 약간 처졌고 얼굴의 성숙한 주름이 깊이 파였다. 나는 의례적인 인사를 중얼거리며 홀을 둘러봤다. 사람들이 어슬렁거리며 한담을 나누거나 자리를 잡았는데 점점 그 숫자가 불어났다.

"지금 뭐라고 하셨죠?"

내가 소음으로 컬룸의 말을 놓치고 그에게 고개를 돌렸다. 맥켄지 일족의 수장은 종 모양의 연두색 크리스털 술병을 들고 있었다. 그 안에 담긴 액체는 색유리를 통해 심해의 초록으로 보였지만 일단 따라보니 아름다움이 절정에 오른 장밋빛이었다. 포도주의 향미가 시각적인 약속을 고스란히 충족시켰기 때문에 나는 천상의 기쁨에 사로잡혀 눈을 지긋이 감고 그 감로주의 마지막 방울까지 입천장 뒤쪽이 간질간질할 때까지 물고 있다가 마지못해하며 넘겼다.

"맛이 괜찮소?"

깊은 목소리에는 즐거운 기운이 담겨 있었다. 나는 눈을 떠서 컬룸의 미소를 대했다. 대답을 하려고 입을 벌린 순간, 그 달콤하고 부드러운 맛이 사기였음을 깨달았다. 포도주가 성대에 경미한 마비를 가져올 만큼 독했던 것이다.

나는 간신히 대답했다.

"타, 탁월한 맛이에요."

"라인 강 유역에서 생산되는 포도주라오. 많이 드셔보셨소?"

나는 고개를 저었다. 컬룸이 술병을 기울여 내 잔을 장미색 액체로 가득 채웠다. 그는 자신의 술잔을 눈 높이로 들어올리고 화로의 불빛을 반사하는 주홍빛 물결을 감상했다. 그리고 잔을 기울여 풍부한 과일향 즐겼다.

"그렇다면 부인은 술맛을 제대로 아시는구려. 아, 프랑스 가계이니 당연하겠지. 혈통의 반만 프랑스인이지만. 프랑스 어디 출신이오?"

나는 잠시 망설였지만 가능한 진실을 고수하라는 원칙을 되새겼다.

"아주 먼 친척들이 프랑스 북쪽인 콩파뉴 근방에 있어요."

대답해놓고 가볍게 놀랐다. 왜냐하면 내 친척들이 정말 콩파뉴 부근에 있기 때문이다. 확실하게 진실을 고수했군.

"오호, 부인은 그곳에 가본 적이 있소?"

나는 눈을 감고 포도주의 향미를 만끽하기 위해 숨을 깊이 들이마시며 눈을 뜨지 않은 채 대답했다.

"아니오, 그리고 프랑스 친척들도 만나보지 못했어요. 제가 이미 말씀드렸잖아요."

나는 눈을 뜨고 컬룸의 강렬한 시선을 되쏘았다. 그는 태연하게 고개를 끄덕거렸다.

"맞소, 부인은 그렇게 말했소."

그의 눈은 아름답고 부드러운 회색이었고 속눈썹은 숱이 많고 까맸다. 컬룸 맥켄지…… 진짜 매력적인 남자다, 최소한 허리까지는. 내 시선이 영주의 어깨를 넘어서 벽난로 가에 옹기종기 모여 있는 사람들에게 향했다.

그의 아내 레티샤가 다른 숙녀들과 어울려 듀갈 맥켄지와 생기발랄한 대화를 나누고 있었다. 듀갈 맥켄지 역시 최고로 매력적인 남자였다. 그리고 사지육신이 온전했다.

다시 컬룸에게 관심을 돌렸다. 마침 그는 멍하니 벽걸이 하나를 보고 있었다. 나는 그의 순간적인 방심을 기회 삼아 당돌하게 입을 뗐다.

"또 이런 말씀도 드렸지요. 가능한 빨리 프랑스로 가고 싶다구요."

"그랬지요."

컬룸은 상냥하게 말하고 질문하듯 술병을 들어올렸다. 나는 아주 조금만 원한다는 식으로 술잔을 낮게 내밀었지만 그는 다시 술잔이 넘칠 만큼 가득 따랐다. 컬룸이 술을 따르는 일에 주목하며 말했다.

"내가 전에 말했듯이 적절한 여행 준비가 될 때까지 부인은 이곳에 잠시 머물러야 하오. 서둘 필요가 뭐 있겠소. 지금은 봄이고, 가을 폭풍으로 영불 해협의 횡단이 드물어질 때까지 아직 여러 달이나 남았잖소."

그는 눈썹과 술병을 동시에 들어올리고 짓궂은 시선을 던졌다.

"허나 부인께서 프랑스 친척들의 이름을 알려준다면 내가 미리 연락을 취해드리리다. 그러면 친척들이 부인의 방문을 잔뜩 고대할 게 아니겠소?"

어디 해볼 테면 해보라는 식의 도전이었다. 나는 훗날 알려주겠노라고 얼버무린 후 여흥이 시작되기 전에 볼일을 보러 가야겠다고 둘러댔다. 한마디로 대경실색해서 꽁무니를 뺀 것이다.

컬룸과 게임을 벌이는 것은 자유지만 감히 상대가 되지 않았다.

내 핑계는 완전 허구가 아니었다. 그놈의 볼일을 보기 위해 어두컴컴한 복도를 헤맨 끝에야 겨우 찾던 장소를 발견했다. 여전히 술잔을 든 채 왔던 길을 거슬러가서 밝고 키 낮은 아치 입구를 찾았지만 거기는 공교롭게도 컬룸과 가장 멀리 떨어진 홀 아래쪽이었다. 난처한 상황에서 차라리 잘됐다 생각하며 서로 즐겁게 어울리는 사람들 틈에서 소외감을 느끼며 벽면의 어느 긴 의자로 향했다.

이제 호리호리한 사내가 홀 상단의 중앙으로 등장했다. 작은 하프를 보아하니 그가 방랑시인 그월라인이 분명했다. 컬룸의 손짓에 따라 하인이 얼른 걸상을 대령하자, 시인은 자리에 앉아서 하프를 귀에 대고 가볍게 튕기며 조율하기 시작했다. 컬룸이 포도주를 따르고 다시 손짓하자 술잔은 하인을 통해 시인의 손으로 들어갔다.

"피리를 요구하고, 술을 요구하고, 만세 삼창을 요구한다 이거지?"

내가 불경스럽게 비아냥거리자 레오게르라는 소녀가 이상하다는 표정을 던졌다. 그녀는 사냥꾼과 여섯 마리의 사팔뜨기 개들이 겨우 산토끼 한 마리를 미친 듯이 추적하고 있는 태피스트리 아래에 앉아 있었다. 내가 소녀의 옆자리에 앉으며 쾌활한 어조로 말을 걸었다.

"저 남자, 과대망상 아니에요?"

"아, 예!"

레오게르는 물러나 앉으며 조심스럽게 대답했다. 소녀를 우호적인 대화에 끌어들이려고 노력했지만 그녀는 처음부터 얼굴을 붉히며 단음절로만 대답했다. 나는 결국 포기하고 무대 쪽으로 관심을 돌렸다.

하프가 만족스럽게 조율되자 그월라인이 겉옷 주머니에서 서로 다른 크기의 목피리 세 개를 꺼내 작은 협탁에 올려놓고 손을 풀었다.

돌연 나는 레오게르의 흥미 대상이 시인과 악기가 아님을 알아차렸다. 소녀는 약간 허리를 곧추세우고 내 어깨 너머의 아래쪽 통로를 빤히 넘겨다보는 동시에 태피스트리의 그림자 속으로 숨었다. 그녀의 시선을 따라가 보니, 훤칠한 붉은 머리의 제이미 맥타비쉬가 막 들어서고 있었다.

"어머, 우리의 용감한 영웅이시네! 저 사람을 좋아해요?"

옆자리의 소녀에게 물었다. 레오게르는 열렬하게 고개를 저었지만 두 뺨의 선명한 홍조가 충분한 대답이었다. 나는 이 풋풋한 연정에 너그러운 마음을 느끼고 자리에서 일어나 그에게 손을 흔들었다.

내 몸짓을 알아차린 제이미는 활짝 웃으며 사람들 사이를 갈랐다. 안뜰에서 제이미와 레오게르 사이에 무엇이 오갔는지 모르지만 소녀에게 인사하는 제이미의 태도는 따뜻하면서도 거리감이 있었다. 한편 나에게 향한 목례는 훨씬 다정했다. 우리가 불가항력적인 상황으로 말미암아 친밀한 관계를 요구받은 만큼 제이미가 나를 낯선 타인으로 대하긴 어려우리라.

무대에서 시험하는 듯한 음률이 여흥의 시작을 알렸고 우리는 서둘러 의자에 앉았다. 제이미가 나와 레오게르 사이에 자리를 잡았다.

그윌라인은 빈약한 체구와 우중충한 머리색이 볼품없었지만 일단 노래를 시작하자 용모 따윈 눈에 들어오지 않았다. 시인의 육신은 그저 청중이 귀를 즐겁게 하는 동안 눈을 둘 곳에 불과했다. 그는 단순한 노래부터 시작했는데, 각 소절마다 종소리처럼 강한 리듬으로 낭랑하게 울리는 게일어였다. 하프 선율이 다음 가사까지 전 단어의 메아리처럼 띠리링 하고 여운을 살렸다. 노래는 진심 어린 박수갈채를 받았고 시인은 다음 곡으로 넘어갔다.

이번에는 웨일스어였고 양치질을 음률적으로 변형한 소리처럼 들렸지만 내 주변 사람들은 흥얼거리며 따라 불렀다. 전에 들어봤던 게 틀림없었다.

막간을 틈타 나는 제이미에게 소곤거렸다.

"그윌라인이 이 성에 오래 있었어요? 참, 당신은 모르겠군요. 여기 처음 왔으니까."

"전에 와봤습니다. 열여섯 살 때 일 년 정도 이 성에서 살았거든요. 당시에도 그윌라인이 있었어요. 컬룸은 그의 음악을 대단히 좋아해서 그윌라인을 잡아두려고 후한 보수를 지불합니다. 아니, 그렇게 해야 해요. 저 웨일스인은 어느 성에서든 환영받을 테니까요."

"저는 당신이 예전에 이곳에 오셨을 때를 기억한답니다."

레오게르가 여전히 얼굴을 붉게 물들인 채 대화에 끼어들었다. 제이미는 소녀에게 고개를 돌리고 작은 미소를 지어 보였다.

"그렇소? 당신은 일곱, 여덟에 불과했을 텐데? 난 보잘것없는 소년이었고."

제이미가 예의바르게 나를 돌아보며 물었다.

"웨일스 지역을 가보셨어요?"

하지만 레오게르는 내가 대답할 기회를 가로챘다.

"저기…… 하지만 저는 기억하고 있어요. 당신은 저기…… 그러니까 그때부터 저를 기억하는 게 아니세요?"

그녀의 양손이 신경질적으로 치맛자락을 주물럭거렸다. 제이미는 방 건너편 사람들의 게일어 이야기를 들으며 딴청을 떨다가 애매하게 대답했다.

"응? 아니오."

그는 미소를 지으며 갑자기 소녀에게 관심을 돌렸다.

"당시의 내가 누군가의 기억에 남았을 리 없소. 단지 망상에 사로잡혀 아무 생각 없이 잘난 척했던 열여섯의 못난이였으니까."

제이미의 말은 스스로에게 던지는 연민이었지만 그의 의도에서 벗어난 결과를 초래했다. 나는 열여섯의 레오게르에게 자신감을 회복할 짬이 필요하다고 판단하고 황급히 대화에 끼어들었다.

"난 웨일스어를 전혀 몰라요. 저 노래의 가사를 알아요?"

"예."

그리고 제이미는 통역가를 자청했다. 노래는 오래된 발라드로, 한 청년이 어느 아가씨를 사랑했지만 워낙 가난하기 때문에 그녀에게 어울리지 않는다고 자신을 비하하고 돈을 벌러 바다로 나간다는 내용이었다. 청년이 난파, 바다뱀의 공격, 인어의 유혹

등 갖가지 모험 끝에 마침내 보물을 찾아내 고향에 돌아와 보니 아가씨는 청년보다 훨씬 가난하지만 훨씬 분별 있는 그의 가장 친한 친구와 이미 결혼했더란다.

내가 장난기 어린 어조로 물었다.

"제이미, 당신이라면 어떻게 할래요? 그 청년처럼 돈이 없어서 결혼을 주저하겠어요, 아니면 우선 아가씨부터 차지하겠어요?"

그 질문은 레오게르의 흥미를 끌었다. 그녀는 방금 시작된 시인의 피리 연주를 열심히 듣는 척하면서 고개를 갸우뚱 기울이고 제이미의 대답을 기다렸다.

그는 질문을 농담으로 받아들였다.

"글쎄요. 나는 땡전 한푼 없고 앞으로도 돈을 벌 기회가 희박하니까, 그래도 결혼해주겠다는 아가씨를 만나면 행운이죠. 바다뱀을 상대할 배짱이 없거든요."

제이미는 뒷말을 계속 이으려고 했지만 레오게르가 새침하게 한 손을 그의 팔에 얹었다. 그리고 제이미가 흥분해서 달려들기라도 한 듯 얼굴을 붉히고 손을 얼른 뗐다.

"쉿! 이제 이야기가 시작돼요. 듣고 싶지 않으세요?"

"아, 당연히 듣고 싶소."

제이미는 몸을 앞으로 내밀다가, 문득 자신이 내 시야를 막고 있음을 깨닫고 레오게르를 의자 저쪽으로 비키도록 하면서 나에게 그와 소녀의 가운데 자리를 권했다. 나는 레오게르의 실망을 예측하고 극구 사양했지만 제이미가 고집을 꺾지 않았다.

"이쪽이 더 잘 보이고 잘 들립니다. 게다가 게일어로 암송되면 내가 줄거리를 작게 속삭일 수도 있구요."

시인의 공연은 매번 따뜻한 박수갈채를 받았지만 노래하는 중간마다 하프의 높고 달콤한 선율에 맞춰 허밍할 때는 청중들이 서로 소곤거리거나 딴전을 부렸다. 그러나 이제는 기대 어린 침묵이 내려앉았다. 그윌라인의 이야기는 노래처럼 명료해서 말 한 마디 한 마디가 외풍 심한 홀 전체에 빠짐없이 전달되었다.

"때는 2백 년 전이고……."

시인이 영어로 운을 뗐을 때, 돌연 어디서 들은 듯한 느낌이 들었다. 네스 호수에서 우리의 안내인이 스코틀랜드의 전설을 말했던 식과 똑같았던 것이다. 하지만 이번에는 유령이나 영웅들 이야기가 아니라 요정들에 대한 것이었다. 시인이 옛날이야기를 시작했다.

"요정들이 던드레간 근처에 살았었다네. 원래 거기에는 용들이 있었으나 위대한 거인족 피온에게 처치당하고 묻혔기에 그곳의 언덕을 던드레간(Dundreggan 용의 언덕)이라고 불렀으니…… 아아, 피온과 페인이 지상을 떠나고 오랜 세월이 흐른 뒤 요정들은 그 언덕에 자리잡고 인간의 어머니를 잡아다가 요정 아이들의 젖어머로 삼았다네. 인간에게는 요정이 갖지 못한 뭔가가 있고 그것이 어머니의 젖을 통해 갓난 요정들에게 전해지리라고 믿었기 때문이었지. 던드레간의 이완 맥도널드가 첫아들을 얻은 밤에 가축을 돌보려고 어둠 속으로 나왔네. 한줄기 밤바람이 스쳐 지나갔고 그는 바람의 호흡에서 아내의 신음 소리를 들었다네. 오호라, 이것이 웬일이란 말이냐. 아내가 아이를 낳은 후에 짓던 한숨과 똑같은 소리가 아닌가. 이완 맥도널드는 돌아서서 성부와 성자와 성신의 이름으로 칼로 바람을 갈랐네. 그러자 아내가 그의 땅 옆에 안전하게 떨어졌다네."

그 이야기는 결론부에서 '어머나' 하는 공동적인 감탄을 이끌어내고, 재빨리 요정의 영리함과 독창성이랄지 요정과 인간 세상의 교류에 대한 다음 이야기로 넘어갔다. 게일어와 영어가 운율상의 묘미에 따라 선택적으로 사용되었기 때문에 그 내용은 차치하고 모든 이야기가 청중의 귀를 현혹했다. 제이미는 약속대로 게일어를 번역해줬는데, 전에 많이 들어봤던 내용인지 영어로 옮기는 속도가 빠르고 매끄러웠다.

내가 특별히 집중했던 이야기는 늦은 밤 어느 요정들의 언덕에서 괴이한 일을 당한 남자에 대한 것이었다. 그가 언덕을 오를 때 한 여인의 '구슬프고 애처로운' 노랫소리가 언덕의 돌무더기에서 들려왔다. 남자는 더욱 귀를 기울였다.

나는 발나인 영주의 아내.
요정들에게 또 납치되었어요.

남자는 황급히 발나인 성으로 향했지만 영주가 이미 죽고 그 아내와 어린 아들이 사라졌음을 알았다. 그래서 신부를 모시고 요정들의 언덕으로 돌아갔다. 신부는 언덕의 돌무더기마다 성수를 뿌리고 축복을 내렸다. 그러자 달이 구름 뒤에서 나와 한 여인을 비췄다.

발나인 영주의 아내였던 것이다. 그녀는 자식을 품에 안은 채 풀밭에 쓰러져 있었다. 마치 먼 여행을 한 사람처럼 녹초가 되어 있었지만 자신이 어디에 있었는지, 어떻게 그곳으로 갔는지 설명하지 못했다.

이제 그윌라인은 화롯가의 다른 의자에 앉아 포도주를 마시며 세 치의 혀로 청중들의 마음을 홀렸다.

나는 그 이야기들을 거의 흘려들었다. 포도주와 음악과 요정 전설의 영향을 받아 무수한 가능성과 일정한 원형이 내 머릿속에서 서서히 형성되는 중이었다. 시인의 낭랑한 목소리가 내 귓전을 스쳤다.

"때는 2백 년 전이고……."

순간, 웨이크필드 목사의 목소리가 기억 속에서 아련하게 들려왔다.

'하일랜드 이야기는 항상 2백 년 전부터 시작됩니다. 옛날옛적이라는 표현이지요.'

난 오한이 든 것처럼 팔뚝의 솜털이 올올히 서는 기분을 느끼고 양팔을 비볐다. 2백 년. 1945년에서 1743년은 거의 2백 년의 차이가 있다. 그리고 돌무덤을 통해 여행했던 여자. 항상 여자만 그랬을까? 어떤 착상이 나를 강타했다. 그 여자는 돌아왔다. 성수와 주술이건 칼을 썼던 간에 '그녀들은 돌아왔다.' 그렇다면 어쩌면, 정말 어쩌면 나도 가능할지 모른다. 나는 반드시 크래이나둔으로 돌아가야 한다. 속이 울렁거릴 만큼 벅찬 흥분이 솟았고 당장이라도 환호성을 치고 싶었다. 나는 마음을 가라앉히려고 포도주 잔에 손을 뻗었다.

"조심하세요!"

내 손가락이 무심하게 아까 걸상 옆에 놔뒀던 크리스털 술잔의 가장자리를 더듬었다. 제이미는 긴 팔을 내 무릎 너머로 뻗어 아슬아슬하게 재난으로부터 술잔을 구했다. 그는 일부러 술잔을 두 손가락 사이에 단단히 끼고 앞뒤로 흔들며 냄새를 맡았다. 그리고 눈썹을 치켜 올리며 잔을 건넸다.

내가 보충 설명을 했다.

"라인 포도주예요."

"알고 있습니다. 컬룸의 것이지요?"

"어머, 맞아요. 마셔볼래요? 맛이 기가 막혀요."

나는 포도주를 찰랑이면서 술잔을 내밀었다. 잠시 망설이다가 제이미가 잔을 받아서 소량을 시음했다.

그는 다시 잔을 돌려주며 말했다.

"정말 맛있군요. 두 배로 독하기도 하구요. 컬룸이 밤에 이 포도주를 마시는 이유는 다리의 고통 때문입니다. 몇 잔이나 드셨어요?"

제이미가 눈을 가늘게 뜨며 물었다. 나는 위엄을 세웠다.

"두 잔, 아니 석 잔요. 지금 나에게 취했다고 암시하는 거예요?"

"아닙니다."

하지만 그의 눈꼬리는 내려오지 않았다.

"취한 인상을 못 받았어요. 뭐, 컬룸과 대작하는 사람들은 석 잔째부터 식탁 아래로 술을 몰래 버리지만요."

그는 내 손에서 술잔을 뺏고 엄숙하게 덧붙였다.

"하지만 더 이상은 삼가는 게 좋겠어요. 그렇지 않으면 계단을 올라가지 못할 겁니다."

제이미는 잔을 기울여 남은 술을 다 마셔버리고 레오게르를 돌아보지도 않은 채 그녀에게 빈 잔을 내밀었다. 그는 평상시의 어조로 입을 뗐다.

"이걸 제자리에 갖다놔요. 밤이 깊었으니, 나는 보샹 부인을 침실까지 모시겠소."

그리고 내 팔꿈치를 잡고 아치 통로 쪽으로 끌고 갔다. 뒤에 남은 소녀는 도끼눈으로 우리를 노려봤다. 험악한 시선만으로 사람을 죽일 수 없다는 게 다행스러울 뿐이었다.

제이미는 침실까지 오더니, 놀랍게도 나를 따라 방으로 들어왔다.

하지만 문이 닫히고 그가 셔츠를 벗었을 때 그 놀라움은 사라졌다. 지난 이틀 동안 풀어주려고 마음먹었던 붕대를 까맣게 잊고 있었던 것이다. 제이미는 어깨에 감긴 레이온과 리넨 붕대를 긁었다.

"이걸 떼어버리면 하늘을 날아갈 것 같아요. 얼마나 가려운지 며칠째 혼났어요."

"그렇다면 당신이 직접 풀지 않은 게 놀랍군요."

나는 붕대의 매듭에 손을 댔다. 그가 뻔뻔스럽게 씩 웃었다.

"당신이 첫날 호되게 엄포를 놓기 때문에 감히 손도 못 댔죠. 요절을 내겠다면서요."

"지금도 가만히 앉아 있지 않으면 요절날 줄 알아요."

나는 농담으로 받아넘기고 제이미의 성한 어깨를 힘껏 밀어 침대 의자에 앉혔다. 우선 붕대를 풀고 어깨 관절을 살폈다. 멍이 자리를 잡고 약간 부어 올랐지만 다행스럽게도 근육이 뒤틀린 흔적은 없었다.

"붕대를 풀고 싶었다면서 왜 어제 오후에 내 제의를 거절했죠?"

어제부터 줄곧 말 조련장에서 그의 행동이 궁금하던 터였다. 껄끄러운 리넨의 붕대 가장자리 피부가 긁어서 벌겋게 일어난 것을 보니까 호기심이 더 솟았다. 조심스럽게 붕대를 풀었다. 그 안쪽의 피부도 마찬가지였다. 제이미는 나를 곁눈질하고 쑥스러운 듯 눈을 내리깔았다.

"으음…… 알렉 앞에서 셔츠를 벗고 싶지 않아서요."

"수줍음을 많이 타요?"

제이미는 관절을 시험하려고 팔을 들어올리다가 약간 상을 찌푸렸지만 내 말에 밝은 미소를 지었다.

"제가 수줍어하는 성격이면 당신 침실에서 웃통을 벗고 있을 수 없죠. 아니에요. 내 등의 상흔 때문이에요."

내가 눈썹을 치켜 올리자 그가 시선을 피하며 설명했다.

"알렉은 나에 대해 알고 있어요. 즉, 제가 태형을 당했다는 말만 들었지 직접 본 건 아니라는 뜻이에요. 뭔가를 들어서 아는 것과 두 눈으로 보는 것 사이에는 큰 차이가 있잖아요. 어쩌면 내 말이 이해되지 않을 겁니다. 하지만 한 남자가 어느 시점에서 곤혹을 치렀다는 지식은 상대에 대해 알고 있는 일부에 불과하고, 그를 바라보는 시각에 큰 영향을 끼치지 않아요. 알렉은 내가 붉은 머리라는 것을 아는 것처럼 태형에 대해서도 알고 있어요. 그게 나를 대하는 그의 태도를 바꿔놓지 못하죠."

제이미는 고개를 들고 내가 이해했는지 살폈다.

"하지만 직접 눈으로 보면…… 사생활을 침해하는 것과 같아요. 내 생각에…… 알렉이 태형의 상흔을 본다면 나를 볼 때마다 내 등을 떠올릴 겁니다. 그리고 나도 그의 생각을 읽고 과거를 회상하게 될 테구요. 그러면……."

제이미는 어깨를 으쓱하며 말을 끊었다.

"서툰 설명이죠? 내가 어느 면에선 소심한 모양이에요. 자기 등은 볼 수 없잖아요. 어쩌면 내 생각만큼 심하지 않겠죠."

나는 행인들이 목발을 짚은 신체 장애자를 외면하는 모습을 숱하게 목격했다. 그의 설명은 결코 서툴지 않았다.

"내가 당신 등을 보는 건 마음에 걸리지 않아요?"

"예."

제이미는 가볍게 놀란 목소리를 내고 잠시 생각을 거듭했다.

"아마 당신이 요령을 터득했기 때문인가 봐요. 내가 등에 대해서 자괴감을 느끼지 않도록 하면서 유감의 뜻을 전하는 요령이요."

내가 그의 등 뒤로 돌아가서 상흔을 살피는 동안 제이미는 움직이지 않았다. 어느 정도가 심한 건지 그의 기준은 모르겠지만 흉터는 상당히 심했다. 흐릿한 촛불이고 이미 한 차례 본 적이 있음에도 불구하고 오금이 저렸다. 전에는 한쪽 어깨만 봤는데, 이제 보니까 흉터가 어깨에서 허리까지 등 전체를 덮고 있었다. 대다수는 가느다란 흰줄로 엷어졌지만 가장 심한 흉터들이 진한 은색의 쐐기 모양으로 매끄러운 근육을 움푹 파놓았다. 나는 깊은 유감을 느끼며 이 등이 보기 좋았을 때를 상상했다. 그의 피부는 깨끗하고 탄력 있었고, 뼈와 근육의 윤곽이 여전히 강인하고 우아한데다, 어깨는 넓고 반듯했으며, 등뼈가 둥그런 날갯죽지 사이를 일직선으로 또렷하게 갈랐다.

제이미 말에도 일리가 있었다. 지금 이 거친 손상을 보고 있노라니 이렇게 되기까지의 과정이 생생하게 연상되었다. 그의 우람한 두 손목이 머리 위에서 밧줄로 고정되고 구릿빛 머리가 고통으로 일그러지는 모습을 상상하지 않으려고 애썼지만 이 흉터가 즉각적인 영상을 일으켰다. 채찍질을 당하면서 비명을 질렀을까? 나는 황급히 그런 상념을 빗겨놓았다. 전시에 이보다 더 심한 독일의 잔혹행위를 들어보지 않았던가. 그러나 제이미가 옳았다. 듣는 것과 보는 것은 똑같지 않았다.

부지불식간에 나는 손가락으로 흉터를 지워버릴 듯이 등을 쓰다듬었다. 제이미는 깊은 한숨을 내쉬었다. 그러나 내가 눈으로 볼 수 없는 손상의 정도를 알려주듯 심한 상처를 하나씩 따라 그리는 동안 가만히 있었다. 나는 양손을 그의 어깨에 가볍게 얹고 할 말을 찾았다.

제이미는 내 손등을 가볍게 누르며 내가 말로 표현하지 못하는 마음을 조용히 받아들였다. 그가 입을 떼서 우리를 사로잡은 주문을 깼다.

"더 심한 일을 당한 사람들도 있습니다. 그런데 어깨가 잘 아문 모양이에요. 별로 아프지 않아요."

"잘됐군요."

나는 목구멍에 매달린 듯한 덩어리를 꿀꺽 삼켰다.

"상처는 잘 아물고 있어요. 청결하게 간수하고 이삼 일 어깨를 쓰지 마세요."

나는 그의 성한 어깨를 두들기고 이만 가보라는 신호를 보냈다. 제이미는 혼자서 셔츠를 입고 밑자락을 킬트 안으로 집어넣었다.

어색한 침묵이 흐르는 가운데 그는 적당한 인사말을 찾으며 문가에서 머뭇거렸다. 결국 마구간으로 갓 태어난 망아지를 구경하러 오라고 초대했다. 나는 그러겠노라고 대답했다. 우리는 동시에 잘 자라고 인사하고는 함께 웃음을 터뜨렸다. 그리고 서로 목례를 나눈 후 헤어졌다. 나는 즉시 침대로 돌아와서 포도주 기운에 잠들었고, 다음날 아침이면 기억도 못 할 산란한 꿈에 시달렸다.

다음날 오전 내내 새로운 환자들을 치료하고, 식품 저장실에서 약제품 선반장을 보충할 만한 유용한 약초를 찾았다. 일종의 의식처럼 신선한 데이비드 비튼의 치료일지를 기록한 다음 바람을 쐬고 운동도 할 겸해서 좁은 치료실을 나섰다.

마침 주위에는 아무도 없었다. 이 기회에 성을 탐험하기로 하고, 빈방을 기웃거리거나 구불구불한 계단을 오르며 가상의 지도를 그렸다. 내 마음속에 완성된 지도는 좋게 말해서 가장 변칙적인 설계도였다. 수십 년간에 걸쳐 찔끔찔끔 증축이 더해진 나머지 애초에 설계도가 있었는지조차 의심스러웠다. 예를 들어 홀의 계단 옆에 있는 벽감은 하나의 독립된 침실을 만들기에 너무 작아서 궁여지책으로 벽을 움푹 파놓은 것에 지나지 않았다.

그 벽감은 줄무늬 리넨 커튼으로 반쯤 가려 있었다. 커튼 틈새로 흰색의 뭔가가 언뜻 보이지 않았더라면 그냥 지나쳤을 것이다. 나는 좁은 입구에 멈춰 서서 안을 들여다봤다. 그 흰색은 제이미의 셔츠 소맷자락으로, 어느 아가씨의 등 뒤로 돌려져서 바짝 껴안은 터였다. 그녀는 그의 무릎에 앉아서 열렬한 키스를 받고 있었다. 아가씨의 노랑머리가 창구멍으로 쏟아지는 빛 속에서 화창한 아침나절의 시냇물을 가르는 송어 비늘처럼 눈부신 광을 냈다.

나는 주저했다. 어떻게 하지? 처녀총각의 밀회를 염탐하고 싶지 않았지만 내 발소리가 그들의 관심을 끌까 봐 걱정되었다. 내가 망설이는 동안 제이미가 포옹을 풀고 얼굴을 들었다. 우리의 시선이 마주쳤고 그의 찡그린 표정이 경계에서 인식으로 미묘하게 바뀌었다. 한쪽 눈썹을 치켜 올리며 미미하게 어깨를 으쓱거린 후 제이미는 아가씨를 더 힘주어 껴안고 하던 일을 계속했다. 나는 발꿈치를 들고 살금살금 떠났다. 내가 상관할 바 아니었다. 그러나 단언컨대 컬룸과 저 아가씨의 아버지가 이 '교제'를 높이 평가할 리 없었다. 두 연인이 밀회 장소를 좀더 신중하게 선택하지 않으면 다음 구타는 제이미 자신의 죗값으로 가해지리라.

그날 밤 저녁식사 때, 제이미와 알렉을 발견하고 식탁 맞은편에 앉았다. 제이미는 나를 유쾌하게 반겼지만 경계하는 시선이었다. 늙은 알렉의 인사는 평소처럼 '으흠'으로 끝났다. 조련장에서 들었던 그의 지론에 따르면 여자들은 말에 대한 감식안이 없기 때문에 더불어 대화할 상대가 못 된단다.

"말 조련은 잘 돼가요?"

나는 식탁 맞은편의 일사불란한 음식 씹는 소리를 깼다. 제이미가 조심스럽게 답했다.

"그럭저럭요."

나는 삶은 순무 접시 너머로 그를 빤히 응시했다.

"어머, 당신 입술이 약간 부풀어오른 것 같아요. 말에게 차였나요?"

"예."

제이미는 실눈을 뜨며 대답했다.

"내가 한눈을 파는 사이에 말이 고개를 돌렸어요."

그의 어조는 차분했지만 식탁 아래로 내 발등을 눌렀다. 아주 가벼운 몸짓이었지만 그 속에 담긴 협박은 명백했다. 나는 시치미를 떼고 말했다.

"참 안됐군요. 암망아지는 때때로 위험해질 수 있죠."

왕발이 내 발등을 꽉 눌렀을 때 알렉이 참견했다.

"암망아지라니? 자네가 무슨 암망아지를 돌본다는 거야?"

나는 다른 발을 지렛대로 써서 밟힌 발을 빼려 했다. 하지만 실패하자 그의 발목을 걷어찼다. 제이미가 갑자기 움찔했다. 알렉이 다그쳤다.

"웬 경망인가?"

"혀를 깨물었어요."

제이미는 손으로 입을 가리며 나를 노려봤다.

"쯧쯧, 칠칠치 못한 젊은 놈. 하기야 암말 한 마리조차 확실하게 간수 못 하는 팔푼이에게 뭘 기대하겠어."

알렉은 조수의 칠칠함, 게으름, 어리석음을 비롯한 일반적인 결점을 낱낱이 들어 장황하게 구박했다. 제이미는 내가 평생 봐왔던 중에서 칠칠한 것과 가장 거리가 먼 사람인데도 고개를 푹 숙이고 묵묵히 밥만 먹었다. 하지만 얼굴은 시뻘겋게 달아올라 있었다. 나는 식사하는 내내 눈을 얌전하게 내리깔았다.

두 그릇째 스튜를 마다하고 제이미가 식탁을 떠나자, 알렉의 장광설도 멎었다. 늙은 알렉과 나는 말없이 식사를 마쳤다. 노인네는 마지막 빵 조각으로 접시를 싹싹 발라먹고 의자에 기대앉아서 냉소적인 외눈을 빛내며 나를 살폈다.

마침내 그가 대화조로 말했다.

"저 젊은이를 생지옥으로 몰아넣지 말아요. 그녀의 아비나 컬룸이 아는 날에는 제이미가 멍든 눈보다 더한 것을 얻게 될 수 있다구."

"예를 들자면 아내 같은?"

나는 당돌하게 늙은 알렉과 눈을 맞췄다.

"가능하지. 그리고 그녀는 제이미에게 어울리는 배필이 아니야."

"아니라구요?"

나는 말 조련장에서 알렉의 말을 엿들은 터라 약간 놀랐다.

"그렇소. 저 젊은이에게는 여자가 필요해. 소녀말구. 레오게르는 쉰 살이 되어도 철부지 소녀일 게야."

침울한 늙은 입술이 미소 같은 것으로 비틀렸다.

"이 몸이 평생을 마구간에서 썩은 것처럼 보여도 진짜 여자를 마누라로 둬봤기 때문에 척 보면 삼천리라구."

늙은 알렉이 푸른 눈을 반짝거리며 자리에서 일어났다.

"당신은 타고난 여자지."

나는 충동적으로 손을 뻗어 그를 만류했다.

"당신이 그걸 어떻게 아세……."

늙은 알렉은 코웃음으로 내 말을 잘랐다.

"난 외눈박이지만 앞 못 보는 봉사는 아니야."

그는 계속 코웃음을 치며 가버렸다. 나는 늙은 알렉의 마지막 말이 무슨 의미인지 곰곰이 생각하며 침실로 올라갔다.

9. 대모임

내 생활은 아직 정규 일정까진 아니지만 어느 정도의 형태를 잡아갔다. 성의 거주인들과 나란히 새벽에 일어나서 대식당에서 아침을 먹은 다음, 피쯔 부인의 부름이 없으면 광활한 약초 정원으로 나갔다. 거기에는 정기적으로 일하는 여자들이 여럿이었고, 이에 맞춰 다양한 체격의 청년들이 왕래하며 잡동사니와 연장과 퇴비를 날랐다. 나는 일반적으로 오전 내내 정원을 가꿨고, 가끔 부엌으로 가서 경작물을 식용이나 보관용으로 준비하는 일을 거들거나, 응급환자가 생기면 죽은 비톤의 으스스한 방에 새로 명명한 '농땡이실'로 향했다.

어쩌다 한 번씩 늙은 알렉의 초대를 되살려 마구간이나 말 조련장에서 털갈이 중인 볼품없는 말들과 화려하고 파릇파릇한 풍경의 극적인 대조를 즐기기도 했다.

밤이면 녹초가 되어 저녁을 먹자마자 침실로 올라가는 경우가 비일비재했다. 그렇지 않고 눈을 뜰 수 있을 때는 홀의 모임에 합류하여 옛날이야기나 노래, 혹은 하프나 피리 연주 등 밤의 여흥을 만끽했다.

나는 웨일스인 방랑시인 그윌라인의 목소리를 대부분 무슨 말인지조차 모르면서 여러 시간에 걸쳐 황홀하게 들었다.

성 거주민들과 내가 서로의 존재에 점점 익숙해지자 일부 여자들이 수줍은 우정을 제의하기 시작하고 나를 대화에 끼워줬다. 그녀들은 나에 대한 호기심이 지대했다. 하지만 나는 이미 컬름에게 했던 이야기를 다양하게 변형시켜서 여인네들의 시험적인 질문에 대답했고 그녀들은 이해 가는 내용을 모두 받아들였다. 게다가 내가 약제와 치료에 대해 제법 안다는 소문이 퍼지자 더 큰 관심을 품고 자식과 남편과 가축의 가벼운 질환에 대한 질문을 던지기 시작했는데, 대개의 질문이 남편과 가축을 동격으로 간주한 것이었다.

평범한 질문과 소문을 제외하면 늙은 알렉이 말 조련장에서 언급했던 '대모임'에 대한 화제가 많이 나왔다. 나는 그게 상당히 중요한 행사라고 결론 내렸고, 내 짐작을 뒷받침하듯 그 준비가 더욱 분주해져갔다.

식료품의 지속적인 행렬이 부엌으로 이어졌고 스무 마리 이상의 가축이 파리를 쫓기 위해 연기를 피워놓은 도살장에 매달렸다. 맥주통이 마차로 운반되어 지하 술 창고에 쌓였고, 제빵용 고급 밀가루 포대가 마을 방앗간에서 도착했으며, 체리와 살구가 매일 성벽 밖의 과수원에서 수거되었다.

어느 날 나는 성의 젊은 여자들에게 과일 채취 소풍을 가자는 초대를 받고 냉큼 수락했다. 숨막힐 듯한 돌벽의 그림자에서 벗어나고 싶었기 때문이다.

과수원은 아름다웠다. 스코틀랜드 특유의 쌀랑한 아침안개 속에서 과일 나무의 이슬 맺힌 나뭇잎을 제치고 버찌와 탐스럽고 매끄러운 살구를 살짝 눌러보고 따면서 크나큰 기쁨을 맛봤다. 우리는 최상품만 따서 바구니에 담았고, 일하면서 먹다 남은 것을 타트와 파이의 재료로 가져왔다. 넓은 식품 저장실 선반이 페이스트리와 코디얼(감미료와 향료를 배합한 알코올성 음료), 햄과 산해진미로 빈틈없이 들어찼다.

"대모임에 몇 명이나 모여요?"

친해진 아가씨들 가운데 한 명인 맥달린에게 물었다. 그녀는 주근깨 박힌 들창코에 주름을 잡으며 생각했다.

"정확한 숫자는 몰라요. 레오크 성에서 열렸던 마지막 대모임은 벌써 20년 전으로 약 2백 명 정도가 참석했대요. 그때 야곱 영주님이 돌아가시고 컬룸 영주님께서 뒤를 이으셨어요. 모르긴 몰라도 올해는 더 많이 모일 거예요."

내방객들이 벌써 성에 도착하기 시작했다. 내가 들은 바에 의하면 대모임의 공식적인 행사는 서약식과 일족회의와 게임으로, 며칠 후에나 열릴 예정이었다. 컬룸의 납세민과 소작인 가운데 번듯한 사람은 성곽 내지에 머무른 반면, 가난한 병사와 날품팔이는 호수와 연결된 시냇물 아래쪽의 휴경지에 캠프를 쳤다. 떠돌이 땜장이와 집시와 잡상인이 다리 부근에 임시 장을 세웠다. 성과 인근 마을의 주민들은 하루 일을 마치고 밤이면 장에 가서 연장과 장식품을 사고, 마술을 구경하고, 최신 소문을 귀동냥했다.

나는 연일 내왕객들을 주시하고 자주 마구간과 말 조련장을 찾았다. 이제 성에 묶는 손님의 말까지 더해져서 말 숫자가 현저히 늘었다. 대모임의 혼란과 소동은 탈출할 기회를 제공할 것이다.

게일리스 던컨을 처음 만난 것도 과수원에서였다. 나는 오리나무 한 그루의 뿌리 근처에서 '아스카리아' 버섯을 발견하고 더 찾아 나섰다. 이 선홍색의 갓 달린 버섯은 겨우 너덧 개씩 군집을 이루는데, 과수원의 이쪽 수풀 사이에 다수의 군생체가 넓게 퍼져 있었다. 과일 따는 여자들의 말소리가 점점 희미해지는 가운데 이 버섯의 연약한 줄기를 따려고 무릎과 손으로 기어다니며 어느덧 과수원 외곽에 이르렀다.

"그건 독버섯이에요."

뒤에서 목소리가 들렸다. 나는 아스카리아 군생체에서 허리를 펴다가 마침 땅으로 늘어진 소나무 가지에 머리를 부딪혔다.

시야가 명료해지자, 옥구슬 구르는 듯한 웃음소리의 주인공이 보였다. 나보다 한두 살 연상의, 날씬하고 머리와 피부가 정갈한 여자였다. 내 평생 저렇게 아름다운 초록색 눈은 처음이었다. 그녀는 보조개를 짓고 생글생글 웃으며 내가 서 있는 오목한 분지로 내려왔다.

"당신을 보고 웃어서 미안해요. 도저히 참을 수 없었어요."

"내 우스웠던 꼴이 상상이 가요."

아픈 정수리를 문지르며 퉁명스럽게 말했다.

"그리고 당신의 경고는 고맙지만, 이게 독버섯인 건 알고 있어요."

"아하? 그것으로 누구를 없앨 계획이죠? 남편? 성공하면 나에게 말해줘요. 내 남편에게도 써보게요."

그녀의 미소는 전염성이었다. 나는 어느새 마주 웃으며 이 희귀한 버섯의 갓이 유독성인 것은 사실이지만 말려서 가루로 쓰면 탁월한 지혈제가 된다고 설명했다. 실은 피쯔 부인의 말을 그대로 옮겼다. 데이비드 비톤의 '의사를 위한 안내 및 편람'보다 피쯔 부인을 더 신뢰했던 것이다.

낯선 여자가 방실거리며 말했다.

"멋져요! 그럼 이게……."

그녀는 몸을 숙이고 하트 모양의 잎이 달린 청색 꽃송이들을 한줌 뽑았다.

"출혈을 유발한다는 것도 알아요?"

"금시초문이에요. 누가 왜 피를 쏟고 싶겠어요?"

그녀는 무한히 인내하는 사람의 표정을 지었다.

"원치 않는 아이를 지우기 위해서죠. 이 식물을 임신 초기에 쓰면 유산이 돼요. 하지만 뒤늦게 사용하면 임신부와 아이가 함께 죽을 수 있어요."

"당신은 그 방면으로 아는 게 많군요."

나는 얼간이가 된 상황이 약 올라서 톡 쏘아붙였다.

"많이 알긴요. 기본이죠. 마을 처녀들이 그런 문제 때문에 끊임없이 나를 찾아온답니다. 유부녀들도 마찬가지구요. 그래서 사람들이 나에게 마녀래요. 하지만 내 남편이 이 지역 치안관이기 때문에 공공연하게 쑥덕거리진 못해요. 이제 당신과 함께 온 청년에 대해서 말인데요, 어떤 처녀가 그를 마음에 두고 몇 가지 사랑의 방책을 사갔어요. 그가 당신 거예요?"

"내 것? 누구요? 제이미?"

나는 깜짝 놀랐다. 그녀는 흥겨운 표정으로 통나무 위에 걸터앉아 나른하게 머리칼을 가지고 장난쳤다.

"예. 그런 눈과 머리칼의 청년이라면 목에 현상금이 걸렸거나 빈털터리라도 달려들 처녀들이 널려 있어요. 그 부모들의 생각은 다르겠지만요. 하지만 나는……."

그녀는 시선을 멀리 던지며 말을 이었다.

"나는 현실적이에요. 편안한 집, 넉넉한 돈, 좋은 지위 때문에 결혼했답니다. 머리털에 대해 말할 것 같으면 그이는 한 올도 없어요. 눈은 무슨 색인지 애시당초 몰랐구요. 하지만 성가시지 않은 남자예요."

그녀는 나에게 바구니를 내밀었다. 구근 네 개가 들어 있었다.

"당아욱 뿌리예요. 내 남편은 항상 소화불량에 시달려요. 황소처럼 방귀를 뀌어대지요."

나는 걷잡을 수 없기 전에 이런 대화를 막아야겠다고 결심했다. 손을 내밀어 그녀가 통나무에서 일어서도록 부축했다.

"내 소개를 안 했군요. 나는 클레어예요. 클레어 보샹."

나를 잡은 손은 날렵하고 길쭉했다. 저 손톱의 얼룩은 그녀의 바구니에 들어 있는 당아욱 뿌리를 비롯하여 여러 식물과 열매의 즙이리라.

그녀가 입을 열었다.

"이미 알고 있어요. 당신이 성에 도착한 순간부터 마을이 당신 이야기로 떠들썩한 걸요. 내 이름은 게일리스예요. 게일리스 던 컨."

그녀는 내 바구니를 들여다봤다.

"당신이 찾고 있는 게 '발간부아크라크' 버섯이라면 최고의 장소를 알려줄까요?"

나는 제의를 받아들였다. 우리는 과수원 부근의 구릉을 돌아다니며 썩은 나무 아래를 들여다보거나 반짝거리는 연못가를 기어다녔다. 거기에는 작은 버섯들이 무성했다. 게일리스는 지방 식물과 그 약효에 대해 아는 것이 풍부했지만 몇 가지 용법은 의문의 여지가 있었다. 예를 들자면 서양평지풀이 경쟁자의 콧등에 사마귀를 나게 하고, 석잠풀이 두꺼비를 비둘기로 바꿔놓는단다. 게일리스는 내 지식을 시험할 생각인지, 아니면 사람들의 의혹처럼 자신이 마녀임을 입증할 생각인지 짓궂은 시선으로 해괴한 소리를 늘어놨다.

가끔 장난기를 발동하는 경우만 제외하면 재치와 발랄함을 갖춘 즐거운 말 상대였다. 인생을 바라보는 시각이 냉소적이라고나 할까. 어쨌든 게일리스는 마을과 시골과 성 사람들에 대해 모르는 게 없었기 때문에 우리의 버섯 답사는 시간 가는 줄 몰랐다. 어느 시점에서 컬룸의 일곱, 여덟 살 된 붉은 머리의 외동아들에 대한 말이 나왔다.

"해미쉬가 제 아비의 씨가 아니라고 사람들이 쑥덕거리죠."

나는 그 문제에 대해 유사한 결론을 내렸으므로 별로 놀라지 않았다. 오히려 혈통이 의심스런 아이를 딱 하나만 낳았다는 점에서 컬룸의 아내 레티샤가 행운이었는지, 아니면 적시에 게일리스 같은 사람을 찾아갔을 만큼 똑똑했는지 궁금했다. 나는 현명치 못하게 생각한 바를 게일리스에게 털어놓았다. 그녀는 긴 머리카락을 뒤로 넘기며 생글거렸다.

"나는 아니에요. 정숙한 레티샤는 그런 문제에 관한 한 내 도움이 필요 없어요. 흥, 이 인근에 마녀가 있다면 마을보다 성안에서 찾는 편이 더 빠를 걸요."

나는 안전한 화제로 바꾸고 싶은 마음에서 가장 먼저 떠오른 질문을 던졌다.

"꼬마 해미쉬가 컬룸의 아들이 아니라면, 누구의 씨일까요?"

"당연히 그 청년의 아들이죠. 제이미요."

게일리스는 조소와 함께 짓궂은 초록색 눈으로 대답했다.

혼자 과수원으로 돌아오는 길에 맥달린을 만났다. 그녀의 머리는 헝클어지고 눈은 걱정으로 동그래져 있었다. 맥달린은 안도의 숨을 쉬며 말했다.

"아이고, 여기 계셨군요. 성으로 돌아가다가 부인이 없다는 것을 알아차렸어요."

"친절하기도 해라. 나 때문에 되돌아오다니. 하지만 공연한 걸음을 한 거예요. 난 성으로 가는 길을 알고 있어요."

"숲 속을 혼자 다닐 때는 각별히 조심해야 해요. 대모임 때문에 온갖 어중이떠중이들이 몰려들고 있어요. 컬룸 영주님께서 명령하시기를……."

맥달린은 흠칫 말을 멈추고 손으로 입을 가렸다.

"나를 감시하라고 명령했어요?"

내가 다정하게 묻자 그녀는 내 기분이 상했을까 봐 마지못해 하며 고개를 끄덕거렸다. 나는 어깨를 으쓱하고 억지미소를 지었다.

"당연해요. 무엇보다 영주는 내가 누구이고, 어떻게 왔는지에 대해 나를 포함한 누구의 말도 믿지 않으니까. 아, 궁금해서 묻는 건데 그는 나를 뭐라고 여기죠?"

맥달린은 고개를 흔들면서 딱 한 마디만 했다.

"부인은 잉글랜드인이에요."

다음날은 과수원에 가지 않았다. 그런 명령을 받아서가 아니라, 성에서 집단 급성 식중독이 발병해 치료사의 역할이 요구되었기 때문이다. 나는 환자들을 치료하는 한편 감염 경로를 거슬러 추적했다.

결국 도살장의 관리가 허술해서 소고기가 부패한 것으로 판명되었다. 그래서 이튿날은 종일 도살장에서 기억을 총동원하여 훈제업자의 우두머리에게 적절한 육류 보관법을 가르쳤다. 그러던 중 뒤에서 문이 열리고 자욱한 훈제 연기가 역류하여 나에게 쏠렸다.

나는 눈물 맺힌 눈으로 돌아섰다. 짙은 떡갈나무 연기 구름 속에 서 있는 사람은 듀갈 맥켄지였다. 그는 놀리듯 입을 뗐다.

"치료하는 일로 성이 안 차서 이제 푸줏간까지 감독하는 거요? 조만간 당신이 엄지 하나로 이 성을 좌지우지하고 피쯔 부인은 다른 곳에서 일자리를 알아보게 생겼군."

"홍, 당신의 지저분한 성에는 손가락 하나 대고 싶지 않아요."

나는 눈물을 닦고 손수건으로 석탄 검댕을 쫓으며 톡 쏘아붙였다.

"내가 바라는 것은 여기에서 벗어나는 거라구요. 그것도 가능한 빨리요."

듀갈은 조롱기 가득한 미소를 지으며 고개를 정중하게 숙였다.

"그렇다면 내가 그 소원을 풀어드리겠소. 최소한 일시적으로라도."

나는 손수건을 떨구고 그를 빤히 바라봤다.

"그게 무슨 뜻이죠?"

듀갈은 방향이 바뀐 연기 때문에 기침을 하며 손을 흔들었다. 참다못한 그는 나를 밖으로 데리고 나가 마구간 쪽으로 이끌었다.

"부인이 어제 형님에게 석잠풀과 약초 몇 가지가 필요하다고 말했다던데?"

"예, 식중독에 걸린 사람들에게 줄 약을 만들려구요. 그게 왜요?"

내가 의심을 풀지 않고 다그치자, 듀갈은 짐짓 사람 좋게 어깨를 으쓱했다.

"마침 말 세 필의 말굽을 갈아줄 겸 마을의 대장간에 들를 일이 생겼소. 치안관의 아내가 일종의 약제사 노릇을 하고 있으니까 부인이 원하는 약초를 갖고 있을 게요. 그러니 부인만 좋다면 그 세 필의 말 가운데 한 마리를 타고 나와 함께 마을로 내려가도 좋소."

"치안관의 아내? 던컨 부인 말이에요?"

기분이 단박에 고양되었다. 짧은 시간이나마 이 성에서 벗어날 수 있다는 희망은 너무나도 유혹적이었다. 얼른 얼굴의 검댕을 지우고 손수건을 허리띠 속으로 쑤셔 넣었다.

"어서 가요."

비록 날은 잔뜩 찌푸렸지만 나는 크라네스뮈르 마을까지의 짧은 승마를 마음껏 즐겼다. 듀갈도 보기 드물게 기분이 좋았기 때문에 가는 길 내내 명랑하게 웃고 농담했다.

우선 대장간부터 들러서 말 세 필을 맡긴 다음 그의 안장 뒷자리에 타고 하이스트리트를 따라서 던컨 저택으로 향했다. 그곳은 반석조의 사층짜리 당당한 저택으로, 아래 이층에는 다이아몬드 모양의 틀에 흐릿한 보라와 초록 색조의 판유리가 끼워져 있었다.

게일리스는 던컨은 오늘처럼 우중충한 날에 말벗이 생겼다며 우리를 반겼다.

"정말 근사해요! 약초 저장실을 둘러볼 핑곗거리를 찾고 있었답니다. 앤!"

작달만하고 얼굴은 겨울 사과처럼 탱탱한 중년 여자가 굴뚝으로 가려진 문 뒤에서 나타났다.

"보샹 부인을 약초 저장실로 모시고 가요. 그리고 샘물 한 주전자를 가져와요. 광장의 우물물이 아니라 샘물이에요."

그녀는 듀갈에게 돌아섰다.

"당신 형님께 약속드렸던 강장제를 구해놨어요. 저와 함께 부엌으로 가실까요?"

하녀의 호박 같은 엉덩이를 쳐다보며 좁은 목조 계단을 오르자, 넓고 통풍이 잘 되는 다락방이 나왔다. 저택의 나머지 부분과 달리 이 방은 여닫이 창문이 줄줄이 달려 있어서, 지금은 비록 습기를 방지하기 위해 닫혀 있다 해도 아래층의 잘 꾸며진 어두운 응접실보다 훨씬 밝았다.

게일리스는 약제상이라는 사업을 제대로 알고 있었다. 건열용 작은 벽난로 위에 설치된 걸이와 철망에서 약초들이 건조되고 사방 벽의 선반장은 공기순환을 위해 작은 구멍들이 뚫린 가운데 바질과 로즈메리와 라벤더의 신선하고 달콤한 향기가 감돌았다. 한쪽 벽을 따라 놀랄 만큼 현대적인 긴 목조대 위에는 약 절구와 공이, 조제 그릇과 다양한 크기의 수저들이 언제라도 사용할 수 있게끔 정리되어 있었다.

잠시 후 게일리스가 나타났다. 얼굴은 계단을 오르느라 상기되었지만 약초 손질과 소문으로 긴긴 오후를 보낼 기대 때문인지 미소가 가득했다.

비가 가볍게 내리기 시작해서 빗방울이 여닫이창에 맺혔지만 실내는 작은 벽난로 탓으로 아늑했다. 나는 게일리스와의 친교가 즐거웠다. 그녀의 신랄한 화술과 회의적인 관점이 성의 상냥하고 수줍어하는 맥켄지 일족 여성들과 신선한 대조를 이뤘기 때문이었다. 게일리스가 이렇게 작은 마을의 여자치고 상당한 교육을 받았음은 의문의 여지가 없었다. 게다가 지난 10여 년 동안 마을과 성에서 일어났던 모든 스캔들을 꿰뚫었기 때문에 흥미진진한 이야기 보따리를 끝없이 풀어놓았다. 이상하게도 게일리스는 나에 대한 질문을 거의 하지 않았다. 단도직입적인 방법은 그녀의 스타일이 아닌 모양이다.

그러는 동안 거리에서 웅성거리는 소음이 들려왔지만 나는 그것을 일요 미사에서 돌아오는 마을 사람들의 인기척으로 돌렸다. 성당은 저쪽 하이스트리트 끄트머리에 자리잡고 광장을 중심으로 작은 골목과 거리가 부채꼴로 퍼져 있었다.

던컨의 저택은 광장에 있었다. 마을 치안관이라는 지위와 편의를 도모한 위치였다. 공적인 이해나 법적 필요에 의해 아서 던컨의 서재로 한정되기에 벅찬 사법적인 문제가 처리되는 장소가 광장이니까. 또한 듀갈의 설명에 의하면, 광장 한복판의 주춧돌 위에 세워진 소박한 나무 형틀에 죄인을 처벌하기 편하기도 하다. 한편 그 형틀의 지지대는—엄격한 경제적인 이해 관계에 따라—태형 기둥, 깃대, 메이폴(5월제의 기둥으로 꽃과 리본 등으로 장식), 우마의 밧줄을 매어두는 등 다양한 필요를 충족시킨단다.

어쨌든 거리의 소음이 점점 커졌다. 그저 성당에서 집으로 돌아오는 사람들의 무질서같지 않았다. 게일리스는 짜증을 내며 단지를 내려놓고 소요의 원인을 살피려고 창문을 열었다.

창 밖에는 말쑥한 드레스와 짧은 겉옷과 보닛처럼 미사용 외출복을 차려 입은 군중들이 땅딸막한 베인 신부의 뒤를 따르고 있었다. 마을과 성을 모두 담당하는 사제는 열두 살 정도 소년의 뒷덜미를 질질 끌고 가고 있었다. 허름한 격자무늬 바지와 냄새나는 셔츠로 보건대 무두장이의 자식이 분명했다. 그 소년은 신부보다 약간 컸기 때문에 엉거주춤하게 끌려가는 자세가 약간 우스꽝스러웠다. 구경꾼들이 그들 두 사람과 약간 거리를 두고 따라오며 천벌을 내려야 한다는 둥 쑤군거렸다.

우리가 위층 창문에서 지켜보는 가운데 베인 신부와 소년이 저택으로 들어섰다. 군중들은 밖에 남아 서로 밀치고 떠밀며 웅성거렸고, 일부 대담한 자들은 창턱에 매달려 안을 들여다봤다.

게일리스가 꽝 소리를 내며 창문을 닫는 통에 아래층의 기대에 찬 소음이 잠시 끊어졌다. 그녀는 약초 선반장으로 돌아오면서 간결하게 말했다.

"절도범이에요. 무두장이의 자식들이라면 대개 그 죄예요."

"저 소년이 어떻게 될까요?"

나는 호기심에서 물었다. 게일리스는 말린 로즈메리를 손으로 부셔서 절구통에 넣으며 어깨를 으쓱했다.

"아서의 소화불량이 오늘 아침에 어땠는지에 따라 결정돼요. 남편이 기분 좋게 아침을 먹었다면 태형으로 끝나겠죠. 하지만 변비에 걸렸거나 가스가 찼다면 저 아이의 한쪽 귀나 손이 잘리구요."

그녀의 말에 경악을 금치 못했지만 이 문제에 대한 직접적인 개입을 주저했다. 나는 이방인인 데다 혐오스런 잉글랜드 여자였다. 성에서는 어느 정도 존경을 받았지만 마을 사람들은 내가 죄악 덩어리나 되는 양 남몰래 성호를 그었다. 그러므로 내 개입은 소년을 더한 곤경으로 빠뜨리기 십상이었다.

"당신이 어떻게든 할 수 없어요? 남편에게 자비를 베풀라고 부탁하면 안 돼요?"

게일리스는 깜짝 놀란 표정으로 얼굴을 들었다. 깜짝 놀란 표정이었다. 남편의 일에 간섭한다는 생각을 단 한 번도 해본 적이 없나 보다. 그녀는 나에게 반감을 품었다기보다 궁금해하는 어조로 물었다.

"왜 소년의 일에 신경 쓰죠?"

"그야 당연하잖아요! 저 소년은 철부지 아이예요. 무슨 짓을 했건 평생을 불구로 살아야 한다는 건 너무 가혹해요."

게일리스는 가느다란 눈썹을 치켜 올렸다. 납득이 가지 않는 눈치였다. 하지만 어깨를 으쓱하며 나에게 절구통과 공이를 건넸다.

"친구의 소원이라면 뭐든 해야겠죠."

게일리스는 눈동자를 때구르 굴렸다. 그리고 약초 선반을 뒤져 초록색 내용물이 담긴 병을 꺼냈다. 거기에는 멋들어진 흘림체로 '페퍼민트 추출물'이라는 이름표가 달려 있었다.

"내가 내려가서 아서를 구워삶겠어요. 하지만 효과가 있다고는 장담 못 해요. 이미 늦었을지도 모르구요. 그리고 저 신부의 심사가 단단히 뒤틀렸다면 가장 가혹한 처벌을 원할 거예요. 노력은 해볼 테니까, 당신은 계속 절구질을 해요. 로즈메리가 산처럼 쌓여 있으니까요."

나는 자동적으로 약초를 빻았지만 마음은 딴 곳에 가 있었다. 닫힌 창문이 빗소리와 아래층 군중의 소음을 동시에 차단하며 나직하고 악의에 찬 웅성거림으로 섞어놓았다. 정규교육을 받은 아이들처럼 나도 찰스 디킨스(1812~1870, 영국 소설가)의 작품을 읽었다. 그 대작가를 비롯한 동시대의 다른 작품으로 알 수 있듯이 당시의 범법자들은 나이와 환경에 상관없이 모두 무자비한 심판을 받았다. 하지만 그로부터 1, 2백 년이라는 안전한 거리를 두고 아이들이 교수형이나 신체절단 판결을 받는 이야기를 읽는 것과, 바로 그런 일이 벌어지고 있는 현장에서 몇 미터 떨어진 곳에 앉아 약초를 절구질하는 것과는 하늘과 땅 차이였다.

저 소년에게 불리한 판결이 내려진다면 내가 직접적으로 개입할 수 있을까? 나는 절구통을 들고 창가로 가서 밖을 내다봤다. 이제 맥켄지 일족의 대모임차 방문해서 하이스트리트를 구경 나온 타지의 장사치와 부인네까지 몰려들어 군중의 숫자가 점점 불어났다.

가랑비 속에서 끈기 있게 판결을 기다리는 인파를 보고 있자니, 불현듯 어떤 진실이 뼛속까지 절절하게 이해되었다. 많은 이처럼 나는 전시 독일의 만행을 들었다. 강제이주와 대량학살, 이민족 수용소와 방화에 대한 이야기였다. 그리고 대단히 많은 이가 그랬고, 앞으로도 그럴 것처럼 나는 이렇게 자문했었다. '어떻게 사람들이 수수방관만 할 수 있었을까? 무슨 일이 벌어지는지 분명히 알고 있었고, 수송트럭과 철조망과 연기를 봤으면서 어떻게 모르는 척 외면했을까?'

이제는 그 이유를 확실하게 안다.

지금 이 경우는 사느냐 죽느냐의 사안이 아니었다. 그리고 컬룸의 보호 덕분에 내가 여타의 육체적인 공격을 당할 가능성도 희박했다. 하지만 내가…… 외롭고 무력한 내가 존재의 지루함을 감소시켜 줄 처벌과 피의 흥분을 갈망하는 저 건실하고 덕망 있는 시민들과 대항할 생각만 해도 손에서 진땀이 났다.

인간은 필요에 의해 집단을 이루고 산다. 초기 동굴 거주인의 시대부터 인간은—외부의 극심한 기온 변화에서 체온을 지킬 털도 없고, 약하고, 오로지 잔꾀에 의지해야 했던—무리를 이루어 생존해왔다. 수적인 우세 속에서만이 살아남을 수 있고 더 많은 짐승을 잡을 수 있다는 것을 알기 때문이다. 그 지식은 공적인 규율을 초월하여 유전자에 각인되었다.

무리에서 이탈하고 홀로 집단에 반기를 드는 일은 헤아릴 수 없이 오랜 세월 동안 죽음을 의미했다. 군중과 대항하는 행위는 보통의 용기 이상, 인간적인 본능에 반하는 용기가 요구되었다. 나는 내가 그런 용기를 지니지 못했을까 봐 두려웠다. 그리고 두려워한다는 것 자체가 부끄러웠다.

영원처럼 긴 시간이 흘렀을 즈음 문이 열리고 게일리스가 들어섰다. 평상시처럼 차분하고 침착했고 양손에 목탄 몇 개를 들고 있었다. 그녀는 하던 대화를 마저 잇듯 태연하게 말했다.

"이것을 끓여서 여과제로 사용해야 해요. 모슬린으로 목탄을 싸서 쓰는 방법이 최고죠."

내가 초조하게 다그쳤다.

"게일리스, 뜸들이지 말아요. 그 소년은 어떻게 됐어요?"

"아하, 그거요?"

그녀는 거만하게 한쪽 어깨를 치켜올렸지만 장난기 어린 미소가 입가에 걸렸다. 결국 연극을 포기하고 웃음을 터뜨렸다.

"당신이 그걸 봤어야 해요. 난 끝내줬다구요. 아내다운 염려와 여성적인 다정함에다 부부로서의 연민까지 살짝 가미했죠. '여보, 아서…… 우리의 결혼이 축복받아온 만큼 제 참견을 용서해

243

주세요.'"

게일리스는 약초 선반 쪽으로 고개를 갸우뚱 기울여 보이며 진지한 표정을 지었다.

"'사랑하는 여보, 우리 아들이 이런 짓을 저지를 수밖에 없었다면 당신 기분이 어떻겠어요? 얼마나 굶주리고 배가 고팠으면 저 어린것이 도둑질을 했겠어요. 아서, 제발 자비와 정의를 베풀어주세요, 예?'"

그녀는 걸상에 주저앉아 허벅지를 치며 깔깔거렸다.

"호호호, 내가 무대에 서지 않은 게 안타까워요!"

이제 거리의 소음이 바뀌었다. 나는 게일리스의 자화자찬을 무시하고 창가로 다가갔다.

군중이 반으로 쩍 갈라지고, 무두장이의 아들이 신부와 치안관을 대동한 채 천천히 걸어갔다. 아서 던컨은 박애정신으로 부풀어오른 가운데 상류시민들에게 목례하며 아는 척했다. 한편 베인 신부는 유감으로 갈색 얼굴이 일그러진 것이 삶은 토마토처럼 보였다.

일행이 광장 중앙에 도착하자, 마을의 수문지기 존 맥라에가 앞으로 나와서 그들을 맞이했다. 그는 직업을 반영하듯 소박하고 우아한 검정색 바지와 코트를 걸치고 회색 벨벳 모자를 썼는데, 지금은 비 때문에 모자를 코트 안에 집어넣은 터였다. 그는 현재 수행하는 역할과 달리 간수가 아니었다. 본연의 임무는 순찰자이자 세금 징수원이고, 상황이 요구되면 사형 집행관 노릇까지 했다. '수문지기'라는 직함은 지금 허리띠에서 짤랑거리는 나무 '열쇠'에서 비롯된 것으로, 목요일 장터에서 매매되는 곡식

한 자루당 일 할을 받을 권리가 있었다. 이를테면 그게 월급인 셈이었다.

이런 정보는 수문지기 본인에게 주워들은 것이었다. 존 맥라에가 엄지의 종기 때문에 성을 찾아온 게 바로 이틀 전 일이었다. 나는 살균 바늘로 종기를 절개한 후 만병에 두루 쓰이는 고약을 붙여줬다. 내 눈에는 저 수문지기의 수줍어하고 나붓나붓한 말씨와 상냥한 미소가 일품으로 보였다. 하지만 지금은 미소의 흔적을 찾을 수 없었다. 맥라에의 얼굴은 상당히 엄격했다. 음, 사리에 맞는 태도야. 누가 미소짓는 사형 집행관을 보고 싶어하랴.

사악한 죄인은 광장 중앙의 주춧돌 위에 세워졌다. 소년이 하얗게 질려 바들바들 떨며 제자리를 지키는 동안 크라네스뮈르 행정구의 치안관 아서 던컨이 육중한 체구를 짐짓 위엄 있게 놀려 주춧돌 위로 올라섰고 판결을 내릴 준비를 했다.

"내가 남편의 서재에 들어갔을 때 소년은 이미 죄를 고백했어요."

게일리스가 소곤거렸다. 그녀는 내 어깨 너머로 흥미진진하게 구경했다.

"그래서 무죄방면은 어려웠지만 가장 가벼운 형량을 내리도록 힘썼어요. 겨우 한 시간만 칼을 채우고 한쪽 귀를 못박는 수준으로요."

"한쪽 귀를 못박다니! 어디에 박죠?"

"당연히 형틀이죠."

게일리스는 의아하다는 표정으로 나를 보다가 곧 이어 고개를 돌리고 자신의 자비로운 개입으로 인한 가벼운 형량이 집행되는 광경을 지켜봤다.

군중이 형틀 주변을 에워쌌기 때문에 죄인의 작은 몸이 거의 보이지 않았다. 그러나 사람들은 뒤로 약간 물러서서 수문지기가 처벌을 집행할 공간을 내줬다. 이제 칼이 씌워진 소년은 얼굴이 하얗게 질린 데다 두 눈을 꾹 감고 진저리를 쳤다. 보기가 애처롭고 딱했다. 한 쪽 귀에 못이 박히자, 그 아이의 높은 비명 소리가 닫힌 창문을 통해 들려왔다. 나는 부르르 떨었다.

우리는 광장의 구경꾼들처럼 하던 일로 돌아왔지만 나는 간간이 창 밖으로 쏠리는 시선을 어쩔 수가 없었다. 몇몇 한량이 지나는 길에 희생자에게 야유를 보내거나 진흙 덩어리를 던졌고, 좀더 건실한 시민들은 쳇바퀴 같은 일상 임무에서 짬을 내어 몇 마디 잘 선택된 훈계와 충고로 비행 소년의 도덕적인 개과천선에 앞장섰다.

늦은 봄의 일몰까지 한 시간 가량이 남았을 즈음 우리는 아래층에서 차를 마셨다. 그때 현관문을 두드리는 소리가 손님의 내방을 알렸다. 가랑비로 인해 날이 어둑어둑했기 때문에 태양의 위치를 가늠하기 어려웠다. 하지만 호두나무 재질과 놋쇠 진자 그리고 아기 천사상으로 만들어진 괘종시계가 6시 30분을 알릴 때, 부엌 하녀가 응접실 문을 열고 단조롭게 말했다.

"여기예요."

제이미 맥타비쉬가 문설주에 머리를 찧지 않으려고 자동적으로 고개를 숙이며 방으로 들어섰다. 화려한 머리칼이 빗방울로 인해 고대의 청동 주화처럼 색이 더 진해졌다. 그는 낡고 허름한 코트를 걸친 채 옆구리에 두툼한 초록색 벨벳 망토를 들고 있었다. 내가 그와 게일리스를 상견례시키자 제이미는 가벼운 목례를 했다.

"두 분께서는 오늘 오후에 심심치 않으셨겠군요."

"소년이 아직 거기에 있어요?"

나는 창 밖을 내다보며 물었다. 응접실의 빗방울 어린 색유리를 통하여 소년은 어두운 형체에 불과했다.

"쯧쯧, 저 아이가 푹 젖었겠어요."

"맞아요."

제이미는 망토를 펴서 나에게 내밀었다.

"그리고 부인도 젖을 거라고 컬럼이 걱정했습니다. 내가 마을에 일이 있다니까, 부인에게 이 옷을 보내면서 함께 돌아오랍니다."

"사려 깊기도 해라."

나는 의례적으로 말했다. 마음이 온통 무두장이의 자식에게 쏠려 있기 때문이었다. 그리고 게일리스에게 물었다.

"얼마 동안 저기에 있어야 하죠?"

그녀는 멍한 표정이었고 나는 초조하게 덧붙였다.

"칼을 쓴 소년 말이에요."

"아아, 저 아이요. 한 시간이에요. 지금쯤 수문지기가 칼을 풀어줬어야 하는데……."

"그는 임무를 수행했습니다."

제이미가 그녀를 안심시켰다.

"내가 녹지를 지나면서 수문지기를 봤어요. 단지 소년이 고정된 못에서 귀를 찢을 용기를 내지 못했을 뿐이에요."

내 입이 딱 벌어졌다.

"그러니까 못이 제거되지 않았다는 뜻이에요? 소년 스스로 귀를 찢고 거기에서 벗어나야 한다구요?"

제이미가 쾌활하게 즉석에서 대답했다.

"예. 저 아이는 약간 신경이 곤두섰지만 조만간 마음을 정할 거예요. 비가 내리는 데다 날까지 어두워지고 있으니까요. 자, 우리도 지금 당장 떠나지 않으면 저녁식사에 늦을 겁니다."

그는 게일리스에게 목례하고 돌아섰다. 그녀가 얼른 나에게 말을 붙였다.

"잠깐만요. 당신에게 크고 힘센 호위병이 붙었으니까, 내가 피쓰기본스 부인에게 약속했던 말린 양배추와 다른 약초들을 운반해주겠어요? 맥타비쉬 씨는 그런 일을 해주실 만큼 친절하겠죠?"

제이미의 동의하에 게일리스는 하인을 불러 큼직한 강철 열쇠를 건네고 약초 저장실에서 궤짝을 내려오라고 시켰다. 하인이 명령을 이행 하는 동안 그녀는 응접실 한쪽의 작은 책상에서 시간을 지체했다. 놋쇠 손잡이가 달린 나무상자가 내려올 즈음 편지가 완성되었다. 게일리스는 서둘러 편지를 접고 촛농으로 봉한 다음 내 손에 쥐어줬다.

"자요, 약초에 대한 영수증이에요. 나 대신 듀갈에게 전해줄래요? 그가 지불 문제를 처리하거든요. 다른 사람에게 주면 안 돼요. 그러면 여러 주일 동안 돈을 못 받아요."

"알았어요."

게일리스는 나를 따뜻하게 포옹하고, 감기 조심하라는 당부와 함께 문에서 배웅했다.

내가 저택의 처마 밑에서 기다리는 동안 제이미는 상자를 안장에 붙들어 맸다. 이제 비가 거세졌고 처마에서 빗방울이 쉴새 없이 떨어졌다.

나는 무거운 상자를 가뿐하게 들어올리는 제이미의 넓은 등과 근육질 팔뚝을 눈여겨봤다. 그리고 광장 중앙의 형틀 쪽으로 시선을 돌렸다. 무두장이의 자식은 다시 모인 사람들의 응원에도 불구하고 여전히 옴짝달싹하지 못했다. 저 아이가 달빛 같은 머리칼의 예쁘장한 처녀가 아닌 게 천만다행이었지만, 제이미가 컬럼의 홀에서 실천한 정의를 고려할 때 십대 소년의 곤궁을 야박하게 외면하지 않으리란 생각이 떠올랐다.

"저기, 맥타비쉬 씨?"

나는 머뭇거리며 입을 열었다. 반응이 없었다. 준수한 얼굴은 표정 변화 없이 그대로였다. 넓은 입술은 긴장이 풀린 채 다물어졌고 푸른 눈동자는 상자를 고정하는 밧줄에만 고정되어 있었다.

"제이미?"

약간 큰소리로 다시 부르자, 그가 즉시 고개를 들었다. 으흠, 맥타비쉬가 본명이 아니로구나. 진짜 이름이 뭘까?

"예?"

"당신은…… 힘이 세지요?"

제이미는 내 꿍꿍이속을 궁금해하며 반쯤 미소를 짓고 고개를 주억거렸다.

"대부분의 일을 처리할 정도는 되죠."

나는 용기를 얻고 행여라도 광장의 구경꾼이 엿들을까 봐 제이미에게 가까이 다가갔다.

"손가락 힘도 세겠죠?"

그는 한 손을 내려다보며 활짝 웃었다.

"왜요? 혹시 쪼개고 싶은 호두나무 장작이라도 있습니까?"

그는 흥겨운 낯빛으로 나를 내려다봤다. 나는 광장 구경꾼들에게 슬쩍 눈을 주고, 다시 의문에 찬 푸른 눈동자를 올려다봤다.

"오히려 모닥불에서 장작을 구하는 일에 가깝죠. 어때요, 할 수 있겠어요?"

제이미는 미소를 머금고 나를 지긋이 응시하다가 어깨를 으쓱했다.

"예, 불에 데지 않고 장작개비가 잡힐 만큼 길다면요. 그런데 사람들의 시선을 다른 곳으로 분산시킬 수 있습니까? 나 같은 이방인이 동네 일에 간섭한다고 눈꼴 시어할 거예요."

내 부탁으로 말미암아 그가 위험에 빠질 가능성을 고려하지 않았으므로 잠시 망설였다. 하지만 제이미는 어떤 위험에도 불구하고 시도할 배짱이 있어 보였다.

"우리가 가까이 다가간 다음에 내가 기절하는 척하면 어떨까요?"

"당신이 피에 익숙하지 않은 척한단 말이죠?"

그는 갈색 눈썹 한쪽을 냉소적으로 치켜올리고 싱긋 웃었다.

"아마 먹혀들 겁니다. 뭐, 광장 주춧돌에서 굴러 떨어지면 더

250

좋겠구요."

소년을 가까이에서 본다는 생각만으로도 속이 느글거렸지만 두려워했던 만큼 끔찍한 광경은 아니었다. 한쪽 귀가 형틀 가장 자리에 15센티미터 가량의 대못으로 고정되었는데 출혈은 거의 없었다. 소년의 얼굴이 창백한 이유는 두려움과 불편함 때문이지 고통 탓이 아니었다. 최근 스코틀랜드의 과중한 사법 체계에 비춰볼 때 게일리스의 말처럼 이 정도는 대단히 관대한 판결이라는 생각이 들었지만 그 야만성에 대한 내 의견은 변함이 없었다.

제이미는 수월하게 인파를 헤치고 앞으로 나갔다. 그는 고개를 저으며 나무라듯 소년에게 말했다.

"쯧쯧, 다시는 나쁜 짓을 하면 안 된다. 악의 유혹에 빠지면 어떻게 된다는 걸 이제 알았겠지?"

제이미는 큼지막한 손을 형틀에 대고 더 자세히 들여다보는 척했다. 그의 어조는 실망한 사람의 것이었다.

"네 일진이 완전히 사납진 않았구나. 머리를 약간 비틀면 끝나잖아. 내가 도와주런?"

제이미는 소년의 머리카락을 휘어잡고 못에서 떼어내려는 듯이 손을 내밀었다. 소년이 공포에 질려 비명을 질렀다.

이 즈음에서 나는 뒷걸음질쳤고, 내 의도대로 부츠발에 밟힌 여자가 '아얏!' 하고 소리소리 질렀다. 나는 헐떡거리며 숨을 몰아쉬었다.

"미안해요. 아, 세상이 왜 이렇게 빙빙 돌까…… 도와주세요!"

형틀에서 돌아서서 기술적으로 비틀거리며 인근 사람의 소맷자락을 움켜잡았다. 광장의 주춧돌은 약 18센티미터 높이였다. 나는 쿠션 대용으로 점찍어뒀던 펑퍼짐한 소녀를 붙잡고 함께 주춧돌에서 떨어졌다.

우리는 엉킨 치맛자락과 비명으로 한 몸이 되어 젖은 풀 위를 데굴데굴 굴렀다. 마침내 그녀의 블라우스를 놓으며 나는 완전히 대자로 누워서 빗방울을 얼굴에 맞았다.

난 사실 충격으로 넋이 나간 채―그 소녀가 계획과 달리 내 몸 위로 떨어진 것이다―주변에 몰려든 웅성거림을 들으며 숨을 쉬려고 애썼다. 각종 추측과 제안과 충격 섞인 참견이 하늘에서 떨어지는 빗방울보다 세차게 나에게 쏟아졌다.

친근한 두 팔이 나를 일으켜 앉혔다. 눈을 떠보니 걱정에 찬 푸른 눈동자 한쌍이 나를 바라보고 있었다. 그 눈의 미미한 깜박임이 임무 완수를 알렸고, 무두장이의 아들은 수건으로 귀를 감싼 채 전속력으로 도망치고 있었다. 사람들은 새로운 사건에 정신이 팔려서 소년이 없어진 사실조차 알아차리지 못했다.

마을 사람들은 소년의 피를 열망했던 것과 달리 나에게 진심 어린 친절을 베풀었다. 나는 부축을 받아 던컨의 저택으로 모셔졌고, 거기에서 브랜디와 차 그리고 따뜻한 담요와 동정을 한 몸에 받았다.

마침내 제이미가 그만 가야 한다고 퉁명스럽게 선언하고 내 지지자들의 충고를 무시한 채 나를 의자에서 번쩍 안아 올림으로써 간신히 빠져 나왔다.

안장 앞자리에 오르며 나는 다시 한 번 제이미의 도움에 감사했다.

"괜찮습니다. 별거 아니에요."

"하지만 당신은 큰 부담을 감수했잖아요. 나는 부탁할 때 당신의 위험을 깨닫지 못했어요."

"아……."

그는 애매하게 말을 흐렸다. 그리고 잠시 후 웃음기를 섞어서 농을 걸었다.

"내가 밤톨만한 새서내크 여자보다 배포가 작은 줄 알아요?"

제이미는 말을 전속력으로 몰며 길가에 내려앉은 황혼의 그림자를 갈랐다. 우리는 내내 입을 다물었고, 성에 도착하자 제이미는 나에게 부드럽게 비아냥거리고 가버렸다.

"좋은 밤 되십시오, 새서내크 부인."

하지만 나는 사과나무 아래에서 무성한 소문을 속닥거리는 것보다 더 큰 우정이 뿌리를 내린 듯한 기분이었다.

10. 서약

다음 이틀은 수많은 방문객들과 대모임 준비로 인하여 한바탕 소란의 연속이었다. 내 치료실의 인기는 현저하게 추락했다. 식중독 환자들이 회복된 데다 모두들 너무 바빠서 아플 여유마저 없었기 때문이다.

숲에서 나뭇가지를 모으는 소년들의 손가락 찰과상이나, 분주한 부엌 하녀들의 경미한 화상이 고작이었다. 그 이외에는 사고가 일어나지 않았다.

나도 잔뜩 흥분해 있었다. 오늘밤이 결전의 그날이었다. 피쯔 부인의 말에 의하면 맥켄지 일족의 모든 전사들이 홀에서 컬룸에게 충성의 맹세를 할 예정이었다. 매우 중요한 행사인 만큼 마구간을 지키는 사람이 아무도 없으리라.

부엌과 과수원에서 일을 거들면서 비상식량을 넉넉하게 챙겨

됐다. 보온병이 없는 관계로 치료실의 두꺼운 유리병으로 대체했고, 컬룸의 호의 덕분에 질긴 부츠와 따뜻한 망토까지 생긴 터였다. 게다가 마구간을 들락거리며 괜찮은 말까지 눈독을 들여놓았다. 돈은 없었지만 환자들이 리본 조각과 싸구려 보석 같은 자질구레한 장신구를 줬기 때문에 경우에 따라서 필요한 물건과 교환할 수 있었다.

대모임의 첫날 해가 지고 한 시간쯤 흐르자, 나는 귀를 쫑긋 세우고 조심스럽게 마구간으로 접근했다. 모든 사람이 홀에 모여서 행사 준비를 하는 낌새였다. 마구간 문은 닫혀 있었지만 약간 힘을 주자 가죽 경첩이 매끄럽게 움직이며 소리 없이 문이 열렸다.

실내 공기는 훈훈했고 말들의 희미한 움직임으로 생동감이 넘쳤다. 또한 램 삼촌의 말버릇처럼 장의사의 모자 속처럼 어두웠다. 통풍용 창문이 군데군데 뚫려 있었지만 너무 작았기 때문에 희미한 별빛이 침입하지는 못했다.

나는 신중하게 앞을 더듬으며 길잡이로 삼을 마구간 칸막이를 찾았다.

손이 허공을 맴돈 반면 정강이에는 바닥의 뭔가 단단한 물체가 닿았다. 나는 경망스럽게 비명을 질렀고 그 소리가 오래된 석조 건물 서까래까지 왕왕 울렸다.

장애물이 욕설을 중얼거리며 떼굴떼굴 굴러 내 팔을 움켜잡았다.

나는 어느덧 장신의 남자 위에 길게 누웠고 그의 숨결이 내 귀를 간질였다. 나는 헐떡거리며 몸을 뒤로 뺐다.

"당신 누구야? 여기서 뭘 하는 거지?"

내 목소리에 얼굴 없는 공격자가 긴장을 풀었다.

"나도 똑같은 질문을 할 참이었어요, 새서내크."

제이미 맥타비쉬의 깊고 부드러운 목소리에 마음을 약간 놓았고 지푸라기의 부스럭거림과 함께 그가 일어나 앉았다.

"뭐, 그 대답은 짐작이 가지만요. 이 어두운 밤에 낯선 말을 타고 맥켄지 일족의 추적을 받으며 얼마나 멀리 갈 것 같습니까?"

"아무도 나를 추적하지 않을 거예요. 다들 홀에 모여 있고, 다섯 명에 한 명이라도 승마는 고사하고 내일 아침 숙취를 감당할 수 있다면 놀랄 일이죠."

제이미는 껄껄 웃으며 일어서서 나를 부축했다. 그는 치마 뒤의 지푸라기를 털어준답시고 내 생각에는 필요 이상으로 세게 펑펑 쳤다.

"제법 논리적으로 들리는군요, 새서내크."

그의 어조는 내가 이유를 댈 수 있다는 게 놀랍다는 식이었다.

"컬룸이 성과 숲 곳곳에 경비병을 배치하지 않았다면 당신 계획이 통할 겁니다. 그는 좀처럼 성을 무방비 상태로 방치하지 않아요. 돌덩어리가 나무처럼 잘 타지 않는 게 다행이에요."

나는 제이미가 글렌코 학살(1692년 2월 13일 발생된 사건. 글렌코의 카톨릭 공동체가 잉글랜드군의 공격으로 몰살당함)을 언급하고 있음을 알아들었다. 당시 잉글랜드군 대장 존 캠벨이 맥도널드 일족의 38인을 죽이고 집까지 불태웠던 것이다.

나는 재빨리 머리를 굴렸다. 그게 약 50년 전의 일이니까, 컬룸 입장에서는 방어적인 경계를 취할 사유가 충분하다.

"어쨌든 오늘처럼 탈출하기 더러운 날도 다시없어요."

제이미 맥타비쉬가 말을 이었다. 내가 탈출을 꾀했다는 사실을 완전히 도외시하고, 탈출이 실패했으리란 이유에 집착하는 그의 태도가 괴이해 보였다.

"경비병을 제외하더라도 '틴컬'과 각종 게임 때문에 승마 꽤나 한다는 치들이 근방에 쫙 깔렸어요."

"틴컬이라니요?"

"사냥 말입니다. 보통은 수사슴을 잡지만 이번에는 멧돼지가 되겠죠. 마구간지기 한 명이 동쪽 숲에서 큰 멧돼지를 봤노라고 늙은 알렉에게 보고했으니까요."

그는 내 등에 큼지막한 손을 대고 마구간 문 쪽으로 밀었다.

"가세요. 내가 성까지 모셔다드리죠."

나는 옆으로 비켜서며 지극히 퉁명스럽게 쏘아붙였다.

"됐어요. 길은 알고 있어요."

제이미가 내 팔꿈치를 상당히 세게 잡았다.

"당신이 모른다고는 안 했어요. 하지만 혼자 몸으로 컬룸의 경비병과 마주치지 않는 게 좋아요."

"왜요? 난 아무것도 잘못하지 않았어요. 성밖을 걸으면 안 된다는 법이라도 있나요?"

"아니오. 경비병들이 진심에서 당신에게 해를 입히진 않겠지요. 그러나 보초를 설 때 술병을 벗삼는 일이 적지않아요. 술은 유쾌한 친구지만 적절한 행실에 대한 충고자는 못 되죠. 특히 작고 달콤한 여자가 밤에 혼자 다가올 때는요."

"나는 어둠 속에서 혼자 당신에게 다가갔지만 지금 멀쩡하잖아

요. 그리고 특별히 작지도, 썩 달콤하지도 않구요. 최소한 지금
은."

"나는 잠자고 있었어요. 술 취한 게 아니라요. 또 성질머리에
관한 문제는 일단 제쳐두고라도 당신은 컬룸의 경비원 대부분보
다 상당히 작아요."

나는 비생산적인 맥락의 말싸움을 벗어나서 다른 쪽으로 공격
했다.

"그런데 당신은 왜 마구간에서 자고 있었죠? 여기말고는 침대
가 없어요?"

우리는 이제 부엌 뒤뜰의 반경에 접어들었기 때문에 희미한
빛 속에서 그의 얼굴이 보였다. 제이미는 길목의 석조 아치마다
살피느라고 여념이 없었지만 내 말에 날카로운 시선을 돌렸다.

"아니오."

그는 여전히 내 팔꿈치를 잡고 걸어가면서 잠시 후 뒷말을 이
었다.

"왠지 눈에 띄지 않는 편이 좋을 것 같아서요."

"컬룸 맥켄지에게 충성을 맹세할 뜻이 없으니까? 그리고 거기
에 따른 어떤 소동도 불러일으키고 싶지 않아서?"

제이미는 신통하다는 듯 나를 힐끔 바라봤다.

"비슷해요."

성의 옆문 하나가 환영하듯 열려 있었고 그 옆벽의 횃불이 노
란빛으로 복도를 비췄다. 우리가 횃불 근처에 이르렀을 즈음, 어
떤 손 하나가 갑자기 뒤에서 튀어나와 내 입을 가로막고 덥석
끌어안았다.

나는 몸부림치고 깨물었지만 내 포획자는 두꺼운 장갑을 낀데다 제이미의 단정처럼 나보다 훨씬 컸다.

들리는 소리로 판단컨대 제이미도 사소한 곤경에 처한 듯했다.

입이 틀어막힌 욕설과 투덜거림이 잠시 웅얼거리더니, 풍부한 게일어 감탄사와 함께 뚝 그쳤다. 어둠 속의 격투가 중단되고 낯선 웃음소리가 들렸다.

"어이, 컬룸의 조카잖아. 서약식에 늦게 도착했구먼, 그렇지? 헌데 누구와 함께 온 거야?"

"아가씨야."

나를 붙잡고 있는 남자가 대답했다.

"그리고 이 무게를 보아하니 꽤나 풍만하겠어."

내 입을 틀어막은 손이 이제 다른 부위를 주물럭거렸다.

나는 분개해서 손을 어깨 너머로 돌려 포획자의 코를 힘껏 잡아당겼다.

남자는 앞으로 홀에서 하게 될 정중한 맹세보다 훨씬 격이 떨어지는 말을 내뱉으며 나를 땅에 내려놓았다.

나는 걸걸한 위스키 냄새로부터 뒷걸음질치며 제이미의 존재에 감사했다. 휴, 내가 분별 있게 그의 제의를 받아들였기 천만다행이야.

하지만 제이미의 생각은 정반대인지, 달라붙은 두 명의 남자들에게 벗어나려고 헛된 시도를 하고 있었다.

그들의 행동에는 악의적인 구석이 없었지만 매우 단호했다. 그들은 포로를 질질 끌고 일사불란하게 문 쪽으로 향하기 시작했다.

"이거 놓으세요. 우선 옷부터 갈아입어야 해요."

제이미가 반항했다.

"이런 차림으로는 맹세를 할 수 없어요."

그의 우아한 탈출 시도는 루퍼트의 갑작스런 등장으로 일그러졌다. 그 능글맞은 뚱보가 주름 셔츠와 금사 레이스가 달린 코트를 휘황찬란하게 차려 입고 포도주의 코르크 마개처럼 좁은 문에서 퐁 튀어나온 것이다.

루퍼트는 번들거리는 눈으로 제이미를 위아래로 훑어보며 말했다.

"젊은이, 그런 걱정일랑 붙들어 매라구. 우리가 적당한 옷을 구해줌세…… 안에서."

그가 문을 향해 고갯짓하자 제이미가 억지로 끌려갔다. 투실투실한 손이 내 팔꿈치를 잡았고 나 역시 속수무책으로 따라갔다.

루퍼트의 사기는 하늘을 찌를 듯했고 성안의 다른 남자들도 마찬가지였다. 거기에는 어림잡아 육, 칠십 명의 남자들이 있었는데 모두 가장 좋은 옷을 갖춰 입고 단도와 검, 장식 주머니로 멋을 부린 채 홀 입구 근처의 안뜰을 배회했다.

루퍼트가 벽 문을 가리키자 남자들이 제이미를 작은 방으로 데려갔다. 그곳은 창고였는데, 각양각색의 물건들이 탁자와 선반에 흩어져 있었다.

루퍼트는 비판적으로 제이미를 훑어봤고 특히 머리칼과 셔츠에 붙은 지푸라기를 빤히 주시했다.

그의 시선이 내 머리의 지푸라기를 힐끔거리며 능글맞은 미소를 활짝 지었다. 그는 제이미의 옆구리를 찔렀다.

"늦은 이유가 있었구먼. 자네 탓은 하지 않음세."

루퍼트가 갑자기 안뜰에 대고 사람을 불렀다.

"윌리! 여기 옷이 필요해. 영주님의 조카에게 적당한 것을 찾아봐. 빨리 서둘러!"

제이미는 입술을 일자로 꾹 다물고 주변을 포위한 남자들을 둘러봤다. 여섯 명의 사내들이 서약식에 대한 전망과 강렬한 맥켄지 일족의 자존심으로 고양된 터였다.

그런 사기 진작은 술의 힘으로 부추겨져 있었다.

제이미의 눈이 나와 마주쳤다. 여전히 침통한 표정이었다. 사면초가로군요, 하고 그의 표정이 소리 없이 말했다.

물론 제이미는 맹세할 생각이 없음을 밝히고 마구간의 따뜻한 침대로 돌아갈 수 있었다. 심각한 구타를 당하거나 목이 잘리고 싶다면 말이다.

그는 나에게 어깨를 으쓱거린 후 우아하게 포기하고 윌리에게 돌아섰다. 그 남자는 눈처럼 새하얀 셔츠를 한아름 들고 빗까지 준비한 터였다. 옷 뭉치의 맨 위에 놓인, 납작한 청색 벨벳의 보닛(테 없는 모자)에는 금속 배지와 호랑가시나무의 가지가 달려 있었다.

제이미가 고군분투하며 깨끗한 셔츠로 갈아입는 동안 나는 보닛을 들고 요리조리 살폈다.

배지는 놀랄 정도로 정교하게 세공된 원형의 명판이었다. 중앙의 다섯 개 화산에서 진짜 같은 불꽃이 뿜어져 나왔고, 맨 아

래에 좌우명이 새겨져 있었다. '루세오 논 우로.'

"나는 빛을 발하되 불타지 않는다."

내가 소리내어 라틴어를 영어로 옮겼다.

"맞아요. 맥켄지 일족의 좌우명이지요."

윌리가 고개를 주억거리며 말했다. 그는 보닛을 빼앗아 제이미에게 건네고 나머지 옷을 물색하러 갔다.

나는 윌리가 없는 틈을 타서 제이미에게 바짝 다가갔다.

"저기, 미안해요. 이럴 뜻이 아니었어요."

제이미는 탐탁잖게 보닛의 배지를 보고 있다가 나에게 시선을 돌렸다. 긴장된 입매가 약간 풀어졌다.

"자책하지 마세요, 새서내크. 언젠가 한 번은 거쳐야 할 일이에요."

그는 보닛에서 배지를 떼어내고 씁쓸하게 웃으며 그 무게를 가늠했다. 제이미가 느닷없이 물었다.

"내 좌우명을 아세요? 우리 일족의 좌우명을?"

나는 깜짝 놀라며 반문했다.

"아뇨. 뭔데요?"

제이미는 배지를 공중으로 던져서 받은 다음 장식 주머니 안에 살짝 넣었다. 그는 아치형 통로를 망연히 주시했는데, 거기에서 맥켄지 일족의 남자들이 어슬렁거리고 있었다.

"쥬 쉬 프레스트."

프랑스어였다. 마침 루퍼트와 처음 보는 맥켄지 남자가 얼굴이 벌겋게 달아오르고 단호한 결의에 차서 다가오고 있었다.

루퍼트가 맥켄지 일족의 타탄을 펼쳐 보였다. 사전 예고도 없이 다른 남자가 제이미의 킬트 버클로 손을 뻗었다.

제이미가 재빨리 충고했다.

"어서 가는 게 좋겠어요. 여기는 여자가 있을 곳이 못 돼요."

"그렇군요."

나는 그의 엉덩이에 새로운 킬트가 둘러지고 전의 것이 그 아래로 솜씨 좋게 잡아당겨지는 광경에 쓴웃음을 지었다.

루퍼트와 그 짝패는 제이미의 양팔을 단단히 잡고 통로 쪽으로 데려갔다.

나도 지체하지 않고 뒷계단을 통해 홀 위층의 관람석으로 향했다. 가는 길에 일족 남자들과 눈이 마주치지 않도록 주의하는 것도 잊지 않았다.

일단 모퉁이를 돌자, 다른 사람에게 들킬세라 벽에 착 달라붙었다. 잠깐 기다려서 복도가 일시적으로 한산해졌을 즈음 재빨리 관람석 안으로 들어가 조용히 문을 닫았다. 계단통이 윗문에서 흘러 들어오는 빛으로 밝았기 때문에 낡은 포석을 딛는 데 별 어려움이 없었다. 소음과 빛을 향하여 오르면서 제이미 맥타비쉬의 좌우명을 생각했다.

"쥬 쉬 프레스트."

준비 완료. 나는 정말 그가 준비되었기를 바랐다.

관람석은 소나무 횃불로 밝혀졌다.

내가 관람석 뒤쪽의 발판으로 나오자 여러 얼굴들이 돌아보며 눈을 깜박거렸다. 성의 모든 여자들이 거기에 모인 가운데 레오게르와 맥달린, 부엌에서 만났던 일부 여자들과 눈인사를 나눴다. 당연히 피쓰기본스 부인의 육중한 체격도 빠지지 않았다. 그녀는 관람석 난간 근처를 차지하는 영광을 누린 터였다.

피쓰 부인은 반가운 손짓으로 나를 불렀고 다른 여자들이 서로 자리를 좁혀 길을 터줬다.

앞줄로 가보니, 홀 전체가 발 아래에 펼쳐져 한눈에 들어왔다.

사방 벽이 은매화와 주목과 호랑가시나무 가지로 장식되어 있었고 상록수 향기가 벽난로 연기, 거친 사내 냄새와 뒤섞여 관람석까지 피어올랐다.

수십 명의 남자들이 우왕좌왕하며 끼리끼리 모여 한담을 나눴다. 모두 일족의 타탄으로 통일했지만 일부는 평범한 셔츠와 격자무늬 바지 위에 플래드만 걸치거나 타탄 보닛만 착용했다. 그 무늬는 중구난방이었으나 색깔은 한 가지였다―암녹색과 흰색.

홀 안의 혼란이 점차 조직적으로 바뀌면서 성의 거주자들이 앞으로 나오고 신참자들은 뒤쪽으로 물러났다.

오늘밤은 모든 면에서 특별했다. 전에 '홀'의 시작과 끝을 알렸던 젊은 백파이프 연주자가 이번에는 다른 두 명과 한 조를 이뤘는데 그 중 한 명이 상아로 세공된 악기를 든 점으로 미루어 상임 연주자였다. 그가 다른 두 명에게 고개를 끄덕였고 곧이어 홀 안이 강렬한 백파이프 가락으로 가득 찼다. 전쟁시 사용되는 대형의 노던 백파이프보다는 훨씬 작았지만 음향은 그것보다 풍부하고 강했다.

합창대가 백파이프 소리에 맞춰서 피를 요동치게 만드는 구성진 음을 냈다.

내 주변의 여자들 사이에서 나직한 소요가 일어났다. 나는 '매기 로더'의 한 구절을 떠올렸다.

아, 나는 소리꾼 랍.
아가씨들이 모두 열광을 하지.
내가 악기를 연주할 때마다.

뭐, 발광까지는 아니었지만 내 주위의 여자들은 홀딱 매료된 채 관람석 난간에 매달려 미복 차림의 멋쟁이들을 손가락질하며 감탄사를 발했다. 한 아가씨가 제이미를 찍고 소리 죽인 탄성과 함께 여자친구들의 주의를 환기시켰다. 제이미에 대한 속삭임과 감탄이 상당하게 일었다.

그 일부는 제이미의 준수한 외모에 대한 칭찬이었지만 왜 서약식에 나타났는지에 대한 추측이 더 많았다.

나는 레오게르를 주목했다. 젊은 아가씨는 제이미를 바라보면서 촛불처럼 광채를 내뿜었다. 순간적으로 말 조련장에서 늙은 알렉이 했던 말이 떠올랐다. '그 처녀의 아비가 일족 밖의 남자에게 딸을 줄 리 없어.' 그리고 제이미가 컬룸의 조카란 말이지? 즉, 거물 신랑감이란 뜻이다. 현상금 걸린 무법자란 사실 따윈 문제도 아니었다.

백파이프의 선율이 절정에 이르렀다가 뚝 끊어졌다. 쥐죽은듯한 침묵이 감도는 가운데 컬룸 맥켄지가 아치 통로에서 등장해 홀 상단의 작은 연단까지 의도적으로 행진했다. 그는 자신의 불구를 감추지도, 과시하지도 않았다.

컬룸의 담청색 겉옷은 여러 겹의 금사 레이스와 은 단추로 장식되고 진홍색 실크의 소매 끝단이 거의 팔꿈치까지 이르러서 화려하기 그지없었다. 보닛은 청색이었지만 호랑가시나무의 가지 대신 깃털이 은색 배지와 나란히 달려 있었다.

그가 연단에 오르자 홀 전체가 숨을 숙인 채 지켜봤다.

컬룸 맥켄지, 어느 누구보다 탁월한 무대 연출자였다. 그는 돌아서서 두 팔을 들어올리고 쩌렁쩌렁한 외침으로 일족의 남자들을 반겼다.

"투라크 아르드!"

"투라크 아르드!"

일족의 남자들이 한 목소리로 울부짖었다. 내 옆에 있던 여자들이 가늘게 몸을 떨었다. 그리고 게일어로 짧은 연설이 이어졌다. 연설은 우레와 같은 박수갈채를 받았고 서약식이 본격적으로 시작되었다.

듀갈 맥켄지가 제일 먼저 컬룸의 앞으로 나갔다. 낮은 연단 덕분에 컬룸은 아우와 얼굴을 나란히 할 수 있었다. 듀갈도 잘 차려 입었지만 금사 레이스가 없는 소박한 밤색 벨벳 겉옷이었으므로 컬룸의 위풍당당함에서 시선이 분산되지는 않았다.

듀갈은 멋을 부린 몸짓으로 단검을 뽑은 채 한쪽 무릎을 꿇고 검 끝을 하늘 높이 들어올렸다. 그의 목소리는 컬룸의 것보다 박력에서 뒤졌지만 말 한 마디 한 마디가 홀 전체에 들릴 만큼 우렁찼다.

"우리의 주님 예수 그리스도와 이 성스런 무기에 대고 맹세컨대, 당신에게 신의를 다하고 맥켄지 일족의 이름에 충성을 바치겠나이다. 이 손이 당신을 배신하고 반란을 일으킨다면 이 성스런 무기가 제 심장을 뚫을 것입니다."

듀갈은 단검을 내려 그 손잡이와 금속의 연결 부분에 키스하고 칼집에 도로 넣었다. 여전히 무릎을 꿇은 채 양손을 내밀자, 컬룸이 그 손을 잡고 입술로 가져가서 맹세를 봉했다. 그리고 듀갈을 일으켰다.

이어서 컬룸은 타탄으로 뒤덮인 옆 탁자에서 은 술잔을 집었다. 양손으로 묵직한 술잔의 손잡이 두 개를 잡고 술을 들이켠 후 듀갈에게 건넸다. 듀갈도 한 모금 쭉 마시고 술잔을 되돌린 후, 마지막으로 맥켄지 일족의 수장에게 절하고 다음 사람에게 자리를 양보했다.

맹세에서 의례적인 대작까지 동일한 과정이 연거푸 반복되었다.

나는 차례를 기다리는 남자들의 숫자를 헤아리며 컬룸의 능력에 새삼 감탄했다. 맹세를 하는 사람들과 일일이 술을 나눠 마신다면 이 밤이 끝날 즈음 컬룸 혼자서 소비한 양이 얼마나 될까? 내가 하릴없는 상념에 빠져 있을 때 제이미 차례가 다가왔다.

듀갈은 맹세를 마친 후 컬룸의 연단 뒤에 서 있었다. 그는 형보다 빨리 제이미를 보고 놀란 표정을 지었다. 듀갈이 형에게 가까이 다가가서 소곤거렸다.

컬룸은 마주 선 남자에게 시선을 고정했지만 태도가 약간 경직되었다. 놀란 눈치였다. 내가 보기에는 기쁨 어린 놀라움이 아니었다.

홀 안의 분위기가 시작부터 고양되어 있었음에도 불구하고 서약식이 거행되는 동안 점점 수위가 높아졌다. 이런 시점에서 제이미가 맹세를 거부한다면 격분한 일족들에게 난자당할 게 뻔했다. 나는 남몰래 축축한 손바닥을 치맛자락에 닦았다. 그를 이렇게 위험한 상황으로 몰아넣은 것에 대한 죄책감이 무겁게 내리눌렀다.

제이미는 침착해 보였다. 홀 안이 후덥지근한 데도 땀 한 방울 흘리지 않았고 초연하게 순서를 기다리고 있었다. 이빨까지 무장하고 맥켄지 일족에 대한 여타의 모욕을 간과하지 않을 백여 명 가량의 남자들을 의식하지 않았다. 그야말로 '쥬 쉬 프레스트'였다. 아니면 늙은 알렉의 충고를 받아들이기로 결심한 걸까?

그의 순서가 되자 내 손톱이 손바닥을 파고들었다.

제이미는 우아하게 한쪽 무릎을 숙이고 컬룸에게 깊이 절했다. 하지만 칼을 뽑아 들고 맹세해야 할 때 그는 일어나서 컬룸을 정면으로 바라봤다. 완전히 허리를 곧추세우자, 홀의 남자들 대부분보다 머리 하나가 더 컸다. 나는 레오게르를 살폈다. 제이미가 자리에서 일어서자 소녀의 얼굴이 백짓장처럼 하얗게 질렸다.

홀 안의 모든 눈이 그에게 쏠렸지만 제이미는 컬룸과 단둘이만 있다는 듯 입을 열었다. 그의 목소리는 컬룸의 것처럼 깊었고 모든 말이 선명하게 울려 퍼졌다.

"컬룸 맥켄지, 저는 혈족이자 동맹으로서 이 자리에 섰습니다. 당신에게 아무 서약도 하지 않겠습니다. 제 맹세는 타고난 이름에 바쳐졌기 때문입니다."

군중 사이에서 나지막한 노성이 진동했지만 제이미는 무시하고 말을 이었다.

"하지만 제가 지닌 모든 것을 대가없이 드리겠습니다. 제 협조와 선의는 당신이 필요로 할 때마다 당신의 것입니다. 또한 혈족이자 지주로서 제 복종을 바칩니다. 제가 맥켄지 일족의 땅에 두 발을 딛고 있는 한 당신의 말씀에 따르겠습니다."

제이미는 말을 마치고 두 손을 편하게 쉰 채 똑바로 서 있었다. 이제 공은 컬룸에게 넘어간 셈이었다. 그의 말 한마디면, 저 젊은이의 피가 포석을 물들이리라.

컬룸은 잠시 미동도 않다가 싱긋 웃으며 두 손을 내밀었다. 제이미는 순간적으로 움찔했지만 컬룸의 손바닥 위에 손을 가볍게 겹쳤다. 컬룸이 우렁차게 말했다.

"자네의 우정과 선의를 받게 되어서 영광이다. 자네의 복종을 수락하고 자네를 맥켄지 일족의 동맹으로서 굳게 믿노라."

홀에 감돌던 긴장이 이완되었다. 컬룸이 술잔을 기울이고 제이미에게 넘기자 관람석에서 안도의 숨이 터져 나왔다. 제이미는 미소를 지으며 술잔을 받았다. 하지만 관례적으로 한 모금 들이켜는 대신 술잔을 조심스럽게 기울이며 꿀꺽꿀꺽 다 마셨다. 제이미는 마지막 한 방울까지 마시고 참았던 숨을 몰아쉬면서 술잔을 컬룸에게 돌려줬다. 그리고 약간 걸걸한 목소리로 말했다.

"오히려 제가 영광입니다. 위스키 맛을 제대로 아는 일족과 동지가 되어서요."

그 말에 환호성이 일었다. 제이미는 통로 쪽으로 향했고 사람들이 여기저기에서 축하의 악수를 청하며 젊은이의 등을 다독거렸다. 컬룸 맥켄지만이 탁월한 연극적인 취향을 갖춘 유일한 혈족이 아니라는 게 증명되었다.

관람석의 열기는 숨이 막힐 정도였다. 벽난로의 연기가 내 두통을 일으킬 즈음 서약식이 끝나고 컬룸이 간단하게 연설했다. 저 큰 술잔을 꽉꽉 채워서 최소한 여섯 잔이나 혼자 비웠음에도 불구하고 그의 우렁찬 목소리는 흐트러짐 없이 쩌렁쩌렁 울렸다.

연단 아래에서 어마어마한 환호성이 터져 나왔다. 백파이프가 흥겨운 가락을 뽑아내자 진지한 분위기가 일순간에 자유분방한 함성과 함께 풀어졌다. 맥주통과 위스키통이 들어오고, 김이 모락모락 나는 귀리 비스킷, 해기스(양의 각종 내장을 다지고 양념과 오트밀을 섞은 속을 채워 만든 요리), 고기 등이 차례로 선보였다. 피쯔 부인은 이 부분을 진두지휘했던 담당자로서 관람석 난간에 몸을 내민 채 정식 맹세를 하기에 너무 어린 시종들의 일거수 일투족을 빠짐없이 살폈다.

"꿩이 왜 보이지 않지?"

피쯔 부인이 요리를 둘러보며 나직하게 중얼거렸다.

"그리고 속을 채운 뱀장어 요리는 어디 간 거야? 빌어먹을 문고 그랜트, 뱀장어를 태워먹었으면 그 녀석의 껍질을 벗겨버릴 테다!"

마음을 정한 피쯔 부인은 여자들 사이를 뚫고 관람석 뒤쪽으로 향했다. 나는 옳다구나 싶어서 육중한 그녀 뒤에 착 달라붙어 쉽게 빠져나갔다. 다른 여자들도 자리를 피할 기회에 감사하며 나와 함께 대탈출에 합류했다.

피쯔 부인이 관람석 맨 뒤에서 불현듯 돌아섰다. 그녀는 뒤를 줄줄 따르는 여자들을 노려보며 매섭게 일침을 놓았다.

"냉큼 방으로 물러가. 복도를 기웃거리거나 모퉁이에서 훔쳐봐서도 안 돼. 여기 남자들은 이미 술을 한 잔씩 걸쳤고, 한 시간 내로 고주망태가 될 거야. 오늘밤은 여자들이 설칠 자리가 아니라구."

피쯔 부인은 문을 열고 복도를 조심스럽게 살폈다. 주위에 인기척이 없는 것으로 판단되자 그녀는 여자들을 한 번에 한 명씩 위층 침실로 올려보냈다.

"도움이 필요하지 않으세요? 부엌에서 말이에요."

내 차례가 되자 피쯔 부인에게 물었다.

"괜찮아요, 아가씨. 어서 가보세요. 아가씨라고 남들보다 안전한 건 아니에요."

그녀는 미소를 지으며 친절하게 내 등까지 떠밀어서 어두운 복도로 던졌다. 일찍이 밖에서 경비병과 불유쾌한 해후를 했던 만큼 나는 피쯔 부인의 충고에 따르기로 마음먹었다. 홀 안의 남자들은 자제력을 벗어 던진 채 흥청거리며 술을 마셨다. 정말 여자들에게 어울리는 장소가 아니었다.

침실로 가는 길을 찾기란 또 다른 문제였다. 여기는 익숙지 않은 부분이었다. 위층의 외곽 계단이 침실과 연결된 복도로 이어진다는 것은 알았지만 당최 그 계단을 찾을 수 없었다.

모퉁이를 돌았을 때 일족 남자들과 정통으로 마주쳤다. 처음 보는 얼굴들로, 맥켄지 영지의 변경에서 왔고 성의 점잖은 예의에 익숙지 않았다. 그들의 투덜거림으로 추론한 바에 따르면 화장실을 찾다가 포기하고 이 복도까지 들어선 모양이었다.

아차 싶어 계단이고 뭐고 당장 돌아서서 왔던 길을 되돌아가려고 했지만 여러 개의 손이 내 시도를 중단시켰다. 나는 어느덧 복도의 벽에 밀어붙여진 채 음흉한 생각으로 가득 찬 털북숭이 하일랜드 남자들에게 둘러싸였다.

단도직입적으로 한 남자가 내 허리를 덥석 안고 드레스 안으로 손을 집어넣었다. 그는 덥수룩한 수염을 내 귀에 비비며 말했다.

"맥켄지 일족의 이 용감한 청년에게 달콤한 키스 한번 해줄 테야? 투라크 아르드!"

"지옥으로 꺼져!"

거칠게 말하고 남자를 있는 힘껏 밀었다. 술기운에 취한 사내는 비틀거리며 동료와 부딪혔다. 나는 옆으로 파고들어 도망갔고, 달리는 길에 헐렁한 신발까지 벗어 던졌다.

다른 형상이 내 앞에서 불쑥 튀어나왔다. 에라, 모르겠다. 정면의 장애물을 돌아서 주파하자. 마구 달렸지만 사내가 재빠르게 길목을 가로막았다. 별 수 없이 나는 멈춰야 했고 급격한 속도 때문에 그와의 충돌을 피하려고 양손을 사내의 가슴에 대야 했다. 듀갈 맥켄지였다.

"도대체 무슨 일······?"

듀갈은 호통을 치다 말고 내 추적자들을 봤다. 그는 나를 자신의 뒤에 감추고 사내들에게 게일어로 소리를 질렀다. 그들도 지지 않고 같은 언어로 반박했지만 늑대의 으르렁거림 같은 소리를 몇 차례 주고받은 다음에 포기하고 더 재미있는 여흥거리를 찾아갔다.

"고마워요."

나는 조금 어안이 벙벙했다.

"정말 고마워요. 저는…… 이만 가볼게요. 여기에 오지 말았어야 했어요."

듀갈은 나를 내려다보다가 돌연 내 팔을 잡고 돌려세웠다. 그의 흐트러진 옷매무새와 머리가 홀에서의 떠들썩한 주연에 한몫했음을 알렸다.

"정말 그렇소. 당신은 와선 안 됐어. 하지만 규칙을 위반했으니까 그에 대한 벌을 받아야지."

듀갈은 반쯤 내리깐 눈을 빛내며 중얼거렸다. 그리고 아무 경고도 없이 나를 힘차게 껴안고 키스했다. 내 입술에 멍이 들 만큼 강한 키스였다. 그의 혀가 내 혀에 얽히고 위스키의 자극적인 맛을 남겼다. 그의 손이 내 엉덩이를 끌어당겨 킬트 속의 굵고 단단한 기운을 느끼게 했다.

듀갈은 시작처럼 갑자기 나를 놓더니, 약간 가쁜 숨을 몰아쉬며 고갯짓으로 복도를 가리켰다.

"어서 가시오. 더 큰 대가를 지불하기 전에."

그래서 나는 갔다, 맨발인 채로.

전날 밤의 흥청거림을 고려할 때 성 거주민들 대부분이 느지막하게 일어나서 숙취를 달래려고 해장술을 해야 옳았다. 그러나 맥켄지 일족은 내 어림짐작보다 훨씬 강인해서 동트기 오래 전부터 성 전체가 부스럭거리기 시작했다. 요란한 고함이 복도를 따라 오르내렸고, 사냥에 나서는 남자들의 천둥 같은 부츠 소리와 무기의 쩔렁거리는 소음이 쉬지 않고 울려 퍼졌다.

날은 쌀쌀하고 짙은 안개가 깔려 있었지만, 내가 홀로 내려가는 길에 안뜰에서 만난 루퍼트의 장담에 의하면 이런 날씨가 멧돼지를 사냥하기에 최적이란다. 루퍼트는 열광적으로 창끝을 숫돌에 갈며 말했다.

"그 맹수의 가죽이 어찌나 두꺼운지 추위 따윈 아랑곳하지 않아요. 그리고 안개에 가려 있기를 좋아하지. 사람들의 접근을 볼수 없거든."

그렇다면 사냥꾼들도 멧돼지의 접근을 알아차리지 못할 거란 지적을 하려다가 가까스로 참았다.

태양이 핏빛과 황금색으로 짙은 안개를 가르기 시작할 즈음 사냥대가 안뜰에 집결했다. 모두 이슬에 젖고 기대감으로 눈을 반짝거렸다. 여자들은 동참하는 대신 길 떠나는 영웅들에게 빵과 술 단지를 제공하는 정도에서 그치는 것이 매우 반가웠다. 창과 도끼, 활과 단검으로 무장한 대규모의 사냥대가 동쪽 숲으로 떠나는 모습을 지켜보자니, 왠지 멧돼지가 불쌍하게 느껴졌다.

이런 감상은 한 시간 후 내가 숲 외곽 지역으로 급하게 소환당해 한 남자의 상처를 치료했을 때 극적으로 전환되었다. 내짐작에 의하면 그 남자는 안개 속에서 둔감한 맹수에게 발부리가 차였는지, 무릎에서 발목까지 들쭉날쭉하게 찢어져 있었다.

나는 차마 입을 다물지 못했다.

"하느님 맙소사! 동물이 이런 짓을 했단 말이에요? 스테인레스 강철 이빨이라도 가졌대요?"

"예?"

희생자는 충격으로 하얗게 질리고 동요한 나머지 내 말에 대답하지 못했지만 그를 숲 속에서 부축해온 동료들이 의아한 표정을 지었다.

"신경 쓰지 말아요."

나는 부상당한 종아리를 압박붕대로 탄탄하게 감았다.

"이 사람을 성으로 데려가세요. 그리고 피쯔 부인에게 뜨거운 육즙과 담요를 달라고 하구요. 상처를 꿰매야 하지만 여기에는 도구가 없어요."

몰이꾼들의 주기적인 고함이 여전히 산허리의 짙은 안개 속에서 메아리치고 있었다. 그러던 중 갑자기 찢어지는 비명이 안개와 나무 위로 높이 치솟았고 놀란 꿩들이 요란한 날갯짓과 함께 은신처에서 일제히 날아올랐다.

"세상에나, 이번에는 또 뭐지?"

나는 붕대를 한아름 든 채 환자를 동료들에게 맡겨두고 전속력으로 숲을 향해 달렸다. 나뭇가지 아래는 안개가 더 짙었기 때문에 한치 앞이 보이지 않았지만 흥분에 찬 목소리와 덤불을 제치는 소음이 나를 올바른 방향으로 이끌었다.

뭔가 내 뒤에서 옆을 획 스치며 지나갔다. 전방의 비명 소리에 귀를 기울였던 나는 그 기척을 듣지 못했고, 그것이 질주해올 때까지 보지도 못했다. 시꺼멓고 커다란 덩어리가 엄청난 속력으로 움직이며, 몸집과 어울리지 않는 작은 발굽들이 낙엽 위를 소리 없이 지나갔다.

이 돌연한 출현에 너무 놀란 나머지 처음에는 무서워할 틈조차 없었다. 그저 버스럭거리는 검은 물체가 사라진 안개 속을 멍하니 바라봤다. 이어서 내 얼굴 주변에 축축하게 달라붙은 머리를 넘기려고 손을 든 순간, 거기에 묻은 붉은 얼룩을 발견했다. 아래를 내려다보니 내 치맛자락에도 똑같은 얼룩이 배어 있었다. 상처 입은 맹수…… 그 비명이 멧돼지의 것이었을까?

아니다. 나는 치명적인 부상의 단말마를 알고 있었다. 하지만 저 멧돼지는 놀랄 만한 힘으로 내 곁을 스쳐 달렸잖은가. 나는 깊은숨을 들이켜고 다친 사람을 찾아서 안개의 벽으로 나아갔다.

그는 작은 비탈 아래에서 킬트족에게 둘러싸여 있었다. 사람들이 각각 플래드를 부상자에게 덮어 체온을 지켰지만 그의 다리를 가린 천은 핏물로 얼룩져 있었다. 움푹 파인 구덩이는 부상자가 긴 비탈을 굴러 떨어졌음을 말해줬고, 흩어진 나뭇잎과 짓이겨진 땅이 거기에서 멧돼지를 만났음을 보여줬다. 나는 그의 옆에 꿇어앉아 플래드를 걷었다.

하지만 놀란 주변 남자들이 고함을 치는 바람에 치료를 시작조차 못 했다. 나는 고개를 돌렸다. 그리고 나무 뒤에서 다시 한번 소리 없이 등장한 악몽의 형상을 봐야 했다.

이번에는 멧돼지의 옆구리에 깊이 박혀 있는 단검까지 봤다. 아마 지금 내 앞에 누워 있는 남자의 솜씨였으리라. 주변의 남자들은 거의 나만큼이나 놀란 상태에서 허둥지둥 무기로 손을 뻗었다. 그때 다른 이보다 더 빠르게 키가 훤칠한 남자가 얼어붙은 동료의 손에서 창을 낚아채고 앞으로 나섰다.

듀갈 맥켄지였다. 그는 마치 삽질이라도 할 것처럼 양손으로 창을 낮게 들고 태연자약하게 걸었다. 온 정신을 야수에게 집중하고 나지막한 게일어로 중얼거리며 멧돼지를 유인했다.

첫 공격은 폭발처럼 돌발적이었다. 맹수가 듀갈을 향하여 총알처럼 뛰어나온 것이다. 다행히 살짝 스치긴 했지만 갈색의 사냥 타탄이 흔들릴 정도로 아슬아슬했다. 멧돼지는 방향을 바꿨고 살기 등등한 분노를 발산하며 다시 달려왔다. 듀갈은 투우사처럼 옆으로 살짝 피하며 창으로 맹수를 가볍게 찔렀다. 돌아서서 재전진의 연속. 듀갈과 멧돼지, 모두가 있는 힘껏 발을 놀렸다.

이 모든 일이 겨우 일이 분 사이에 벌어졌지만 그보다 훨씬 길게 느껴졌다. 결국 듀갈이 돌진하는 어금니를 피하는 동시에 창끝을 들어올리고 일직선으로 멧돼지의 둥그스름한 어깨를 찔렀다. 창 박히는 소리와 동물의 찢어지는 듯한 울음이 어찌나 처절한지, 내 팔을 따라 솜털이 올올이 섰다. 멧돼지는 그 작고 흉측한 눈동자를 이리저리 굴리며 네메시스(그리스 신화에 등장하는 복수의 여신)를 찾았고 비틀거리는 체중을 감당하려는 듯 발굽을 진흙 속에 깊이 묻었다. 원한에 사무친 울음이 계속 이어져 절정에 이르렀을 즈음, 육중한 몸이 한쪽으로 기울어지며 이미 박힌 단검을 더 깊이 살 속에 꽂히도록 했다. 앙증맞은 발굽이 땅을 파며 큼직한 흙덩어리를 날렸다.

울음이 뚝 그쳤다. 잠시 침묵이 흐르고, 이어서 진짜 돼지의 '꿀꿀' 소리가 딱 한 번 났다. 그리고 거대한 몸뚱이가 가만히 정지되었다.

듀갈은 기다렸다가 확인 사살을 하지 않은 채 곧바로 뒤틀린 동물을 넘어 부상자에게 다가왔다. 그는 무릎을 꿇고 한 팔을 희생자의 어깨 아래에 넣어 편한 자세로 받쳐줬다. 핏방울이 높은 광대뼈에서 솟았고 관자놀이 근처의 머리칼이 피와 엉겨붙은 터였다. 듀갈의 걸걸한 목소리가 이번에는 놀랄 만큼 다정했다.

"이제 됐네, 조디. 다 끝났어. 내가 녀석을 처치했어."

"듀갈? 자네인가?"

부상자가 듀갈에게 고개를 돌리고 눈을 뜨려고 사력을 다했다. 나는 재빨리 남자의 맥박과 생명 징후를 확인하면서 두 사람의 대화에 놀라움을 금치 못했다. 강인한 듀갈, 거칠 것이 없는 듀갈이 다른 남자를 부둥켜안고 흐트러진 머리칼을 쓰다듬으며 나직하게 위로를 반복하다니……

나는 뒤로 물러앉으며 옆의 압박붕대로 손을 뻗었다. 이 남자는 사타구니에서 허벅지를 따라 최소한 24센티미터 가량의 깊은 상처가 났고 피가 강물처럼 흐르고 있었다. 그렇지만 대퇴부 동맥이 무사한 것으로 보아 지혈될 수 있었다.

문제는 배의 출혈로, 피부와 근육 그리고 장간막과 내장까지 길게 찢어져 있었다. 그 부위에는 대혈관이 지나지 않지만 주요 장기가 밀집해 있었다. 나는 초연한 눈으로 갈라진 상처를 통해 인체의 내장을 들여다봤다. 이런 복부 손상은 현대적인 수술실에서 항생제를 투여하고 봉합수술을 한다 해도 치명적이다. 파열된 장기의 내용물이 복강으로 흘러 들어가서 모든 인체를 오염시키고 감염을 일으킬 소지가 높다. 그런데 약이라고는 마늘 구근과 톱풀 꽃봉오리밖에 없는 이곳에선…….

듀갈과 시선이 마주쳤다. 그의 입술이 부상자의 머리 위에서 소리 없이 달싹거렸다.

"살 수 있겠소?"

나는 말없이 고개를 저었다.

그는 조디를 부둥켜안은 채 가만히 있다가 남자의 허벅지에 묶어놓은 응급 지혈대를 풀었다. 듀갈은 나에게 반대를 해보라는 듯 도전적인 표정이었지만 나는 작게 고개를 끄덕거렸다. 임시방편으로 지혈하고 남자를 성으로 옮기는 일은 가능하지만, 성으로 간다 해도 복부의 손상이 가속화되고 감염이 확산되어 죽을 때까지 환자의 고통을 연장시키는 게 고작이었다. 차라리 듀갈이 주려고 하는 죽음이 훨씬 깨끗했다. 심장의 피가 모두 흘러나가서 자신을 죽인 맹수의 피와 섞이도록 편평하게 누운 채 하늘을 우러러보며 맞는 죽음.

나는 조디의 머리 아래에 마른 잎사귀를 모아서 받치고 그의 체중 절반을 내 품에 안았다. 그리고 훈련받고, 항상 실천했던 것처럼 침착한 어조로 말했다.

"조만간 훨씬 좋아질 거예요. 아픔이 가라앉을 거예요."

"그래. 이제…… 좋아졌소. 더 이상 다리의 감각을 느낄 수 없군. 내 팔도…… 듀갈, 자네 거기에 있나? 옆에 있지?"

감각을 잃은 두 손이 미친 듯이 허공을 헤집었다. 듀갈이 그 손을 꼭 잡고 남자의 귀에 뭐라고 중얼거렸다.

조디의 등이 간헐적으로 휘고, 발뒤꿈치가 진흙 속에 깊이 박혔다. 그의 마음은 이미 죽음을 받아들였지만 육체가 폭력적으로 저항했다. 가끔 깊은숨을 헐떡거리며 출혈로 인하여 폐가 갈구하는 산소를 탐욕스럽게 들이마셨다.

숲은 너무나도 조용했다. 안개 속에서 새소리조차 들리지 않았고, 나무 그림자 아래에서 인내심 있게 기다리고 있는 사내들은 나무가 되어버린 듯 침묵했다. 듀갈과 나는 몸부림치는 육체 위에서 고개를 맞대고 한 남자가 죽도록 돕는 데 필요한 일과 비통함을 나눠 가졌다.

성으로 향한 행진 역시 깊은 침묵에 휩싸였다. 나는 소나무 가지를 엮어 만든 들것에 실린 시신 옆에서 걸었고 그 뒤로 죽은 자의 원수가 비슷한 형태로 운반되었다. 듀갈은 홀로 앞장섰다.

우리가 성문을 넘었을 때, 작달막한 베인 신부가 뒤늦게야 죽은 교구민을 돕기 위해 허둥지둥 달려왔다.

듀갈은 기다리고 있다가, 내가 치료실로 향한 계단 쪽으로 돌아섰을 때 앞으로 성큼 나섰다. 조디의 시신은 플래드로 덮이고 들것에 실려 예배당으로 운반되고 우리만이 인적 없는 복도에 남았다. 듀갈은 내 손목을 움켜잡고 강렬한 얼굴로 나를 굽어봤다.

"당신은 전에 사람의 죽음을 본 적이 있어. 폭력에 의한 죽음을."

질문이 아니었다. 단정적인 비난에 가까웠다.

"지겹도록 많이 봤죠."

나도 단정적으로 대답했다. 그리고 듀갈의 손을 뿌리치고 살아 있는 환자에게 갔다.

조디의 죽음은 그 처참함에도 불구하고 축제 분위기에 순간적인 오점만 남겼다. 당일 오후 화려한 장례 미사가 성 예배당에서 거행되었으므로 게임은 다음날 아침부터 시작되었다.

환자들을 치료하느라고 거의 구경하지 못했지만 진짜배기 하일랜드 게임에 대해서 확실하게 말할 수 있는 소감은 그게 놀이가 아니라 실전이란 것이다. 나는 장검 사이에서 춤을 추다가 깊이 베인 사람의 발에 붕대를 감고, 부주의하게 멀리 던져진 망치에 재수 없이 날벼락을 당한 희생자의 다리를 맞췄으며, 사탕 따먹기에 열중했던 많은 아이들에게 비버 기름과 금잔화 시럽을 나눠줬다. 늦은 오후가 되자 녹초가 되는 건 당연지사였다.

나는 치료실 탁자에 올라가서 작은 창문 밖으로 고개를 내밀고 신선한 공기를 들이켰다. 게임이 진행되는 들판의 고함과 웃음과 음악 소리가 잦아든 터였다. 좋았어, 최소한 내일까지는 더 이상 새로운 환자가 없겠구나. 루퍼트가 다음에는 뭘 한다고 했더라? 궁술 시합? 나는 비축된 붕대를 확인하고 지친 몸짓으로 치료실 문을 닫았다.

성을 나서 언덕빼기를 내려가 마구간으로 향했다. 거기라면 인간이 아니고, 말을 못 하며, 피 흘리지 않는 착한 벗들과 함께 있을 수 있겠지. 또한 제이미에게 서약식에 끌어들인 점을 다시 한 번 사과해야지. 사실 그는 행사를 잘 넘겼지만 원래 참석하려던 마음이 없었던 만큼 순전히 임기응변으로 대처했다. 루퍼트가 퍼뜨리고 있는 우리의 호색적인 연애 유희에 대한 소문은 생각하지 않기로 했다.

그리고 내 곤궁에 대해서도 접어두기로 했지만 조만간 다시 생각해야 할 것이다. 대모임 첫날 보기 좋게 탈출에 실패한 나는 마지막 날에 기대를 걸고 있었다.

대부분의 말이 방문객들을 따라 떠날 테지만, 성에도 상당한 숫자의 말이 있었다. 그리고 행운이 따른다면 말 한 마리의 실종은 도둑질의 범주에서 누락되리라. 장터와 게임장 주변을 어슬렁거리는 한량들 가운데 수상쩍은 인상이 한둘이 아니니까. 또한 대모임 파장의 혼란을 틈탄다면 내가 사라졌다는 사실이 뒤늦게 발견될 수도 있으리라.

말 조련장 울타리를 따라 걸으며 탈출 경로에 대해 궁리했다. 가장 큰 문제는, 내 목적지를 기준으로 현재의 위치가 어디인지 애매하다는 점이었다. 그리고 게임의 희생자들을 치료한 덕분에 레오크와 변경 사이의 모든 맥켄지 일족에게 내 신분이 노출되었으므로 방향을 물어볼 수도 없었다.

조련장에는 말이 한 필도 없었다. 나는 마구간 문을 열었고, 제이미와 듀갈이 건초더미에 나란히 앉아 있는 광경에 심장이 우뚝 멈췄다. 그들도 거의 나만큼이나 놀랐지만 기사답게 일어나서 나에게 자리를 권했다.

나는 문 쪽으로 꽁무니를 뺐다.

"괜찮아요. 두 분의 대화를 방해할 마음은 없어요."

"그렇지 않소. 지금 제이미에게 하고 있던 이야기는 당신도 관련되어 있소."

내가 재빨리 제이미에게 시선을 던지자, 그가 미미하게 고개를 흔들었다. 살았다, 듀갈에게 내 탈출 시도를 귀띔하지 않았구나.

나는 듀갈을 약간 경계하며 자리에 앉았다. 그날 밤 복도에서의 작은 사건이 아직도 생생했기 때문이다. 이후 듀갈은 그 일에 대해 모르는 척했다.

"나는 이틀 뒤에 떠날 예정이오. 두 사람도 여행 차비를 해요."

"우리를 어디로 데려간다는 거죠?"

내가 깜짝 놀라서 물었다. 심장이 매우 빠르게 뛰기 시작했다.

"맥켄지 영지의 방방곡곡으로. 형님은 여행을 하지 않기 때문에 대모임에 불참한 소작인과 임차인을 방문하는 일이 나에게 떨어졌소. 그리고 여기저기에 볼일도 있고……."

듀갈은 손을 흔들어 자세한 설명을 생략했다.

"하지만 왜 하필이면 나를? 왜 우리를 데려가죠?"

듀갈은 잠시 숙고한 다음에 대답했다.

"제이미는 말을 다루는 솜씨가 뛰어나기 때문이오. 그리고 당신은…… 형님께서는 당신을 포트윌리엄으로 데려가야 한다고 생각하셨소. 거기 사령관이 어쩌면 당신을 도와서 프랑스의 친척들을 찾아줄지도 모르니까."

혹은 내 진짜 정체를 밝히기로 결심한 당신을 도울 수도 있겠지, 나는 속으로 생각했다. 그 이외에도 이 남자가 밝히지 않은 계획이 얼마나 될까? 듀갈은 빈틈없는 표정으로 내 반응을 주시했다.

"알았어요. 좋은 생각 같군요."

겉으로는 평온을 가장했지만 속으로는 좋아서 미칠 지경이었다. 이게 웬 행운이람! 이제는 성에서 탈출할 필요가 없다. 듀갈이 몸소 나를 데려다줄 테니까. 포트윌리엄에서는 어렵지 않게 길을 찾을 수 있으리라. 크래이나둔으로, 환상열석으로, 그리고 행운이 따른다면 집으로 가는 길을.

제3장
노상에서

11. 어느 변호사와의 대화

우리는 이틀 뒤 새벽녘에 레오크 성의 대문을 나섰다. 작별의 외침과 야생 거위들의 울음을 뒤로 한 채 말들이 두세 마리씩 무리를 지어 조심스럽게 석조 다리를 건넜다. 나는 간간이 뒤를 돌아봤다. 결국 성의 웅장한 형체는 물결치는 안개의 장막 너머로 사라졌다. 다시는 저 음울한 성벽이나 그곳의 거주민들을 보지 못하리란 생각이 묘한 안타까움을 불러일으켰다.

말굽 소리가 안개 속에서 둔탁하게 죽었다. 축축한 대기는 모든 소리를 이상하게 변형시켜서, 행렬의 맨 끝에서 일어난 외침이 종종 앞쪽까지 쉽게 전달되는가 하면 바로 옆의 말소리가 단속적인 중얼거림으로 끊어졌다. 마치 흐릿하게 인간의 형체를 취한 유령들 사이를 달리는 기분이었다. 끊어진 소리들이 공중에서 맴돌며 멀리까지 전달된 다음에야 손에 잡힐 듯 가까이에서 들렸다.

내 자리는 행렬의 중간이었는데, 이름 모를 남자와 네드 고완이 각각 양옆을 지켰다. 네드 고완은 컬룸의 홀에서 봤던 그 작달막한 서기였고 노상에서의 대화 가운데 그의 진목면이 드러났다.

그는 변호사였다. 에든버러에서 출생하고 성장하고 교육받은 철두철미한 도시인이었다. 깔끔하고 꼼꼼한 성격의 늙은이로, 고급 포플린 겉옷과 질 좋은 모직 스타킹, 깃에 섬세한 레이스를 단 리넨 셔츠와 잘 재단된 바지가 그의 직분을 적절하게 반영했다. 게다가 반달형의 금테 안경과 정갈하게 매듭지어진 청색의 머리 리본이 한 폭의 초상화를 완성했다. 그야말로 법조인의 완벽한 정수였기 때문에 그를 볼 때마다 나도 모르게 미소를 실실 흘렸다.

네드 고완의 구렁말 안장에는 두 개의 거대한 낡은 주머니가 달려 있었는데 그의 설명에 의하면 한쪽에 자신의 사업 도구—잉크병, 깃털펜, 종이 등—가 들어 있단다.

"다른 주머니에는요?"

내가 힐끔거리며 물었다. 주머니 하나는 안의 내용물로 볼록했지만 다른 쪽은 거의 비어서 납작했다. 변호사는 축 늘어진 쪽을 두들기며 대답했다.

"소작료가 담길 거라오."

"주머니가 큰 것을 보니 영주의 기대가 보통이 아니로군요."

"별로 대단한 액수가 아니라오. 대부분이 백전과 금전과 동전이기 때문에 거액 화폐보다 공간을 많이 차지하지."

네드 고완은 얄팍하고 메마른 입술을 슬쩍 비틀었다.

"그래도 묵직한 동전과 백전이 영주의 수입인 짐 덩어리보다 훨씬 운반하기 쉽다오."

그는 어깨 너머로 튼실한 노새가 끄는 마차 두 대를 쏘아봤다. "곡식 자루와 순무 다발은 최소한 배설물이 없다는 장점이라도 있소. 가금류는 적절하게 묶여서 우리에 넣어진다면 반대하지 않구. 염소도 마찬가지요. 뭐, 그놈들은 닥치는 대로 먹어치우는 버릇 때문에 약간의 불편을 초래하는 것으로 밝혀졌지만. 작년 에 염소 한 마리가 내 손수건을 꿀꺽했다오. 하기야 그걸 저고 리 주머니에 제대로 넣지 않았던 게 내 잘못이지."

얄팍한 입술이 단호한 선을 그리며 다물어졌다.

"그러나 올해는 명쾌한 지침을 마련했소. 살아 있는 돼지는 절 대 사양하기로."

네드 고완의 안장주머니와 두 대의 마차를 보호할 필요성이 우리 소작료 수거 행렬의 스무 명 남짓한 남자들의 존재 이유를 설명했다. 전부 무장한 기마병이었다. 그와 함께 여러 마리의 짐 말이 일행의 식량을 싣고 있었다. 피쯔 부인의 작별인사와 경고 중에는 숙박시설이 원시적이거나 존재하지 않으므로 노상 캠프 가 다반사라는 내용이 포함된 터였다.

나는 네드 고완처럼 법군의 자격을 지닌 사람이 어쩌다가 익 숙하고 쾌적한 도시생활을 등지고 멀리 스코틀랜드의 하일랜드 오지까지 흘러 들어왔는지 궁금했다. 그는 내 질문에 이렇게 대 답했다.

"소싯적에는 에든버러에서 개업했었다오. 창문에 레이스 커튼

이 달리고 사무실 문에는 내 이름의 명판이 반짝였지. 하지만 유언장이나 작성하고 부동산 양도 증서를 꾸미거나 거리에서 똑같은 얼굴을 보는 나날이 점점 지겨워졌소. 그래서 집어치웠다오."

당시 네드 고완은 말 한 마리와 생필품을 사서, 어디로 가겠다거나 거기에서 뭘 하겠다는 생각도 없이 무작정 길을 나섰다.

"고백하건대……."

그는 흑백 무늬의 손수건으로 콧마루를 꼼꼼하게 닦으며 뒷말을 이었다.

"나는 모험심이 다분하다오. 허나 내 지위랄지 집안 배경이 노상강도나 해적생활과 어울리질 않았소. 당시로써 내가 상상할 수 있는 가장 모험적인 직업이 그거였는데 말이오. 그래서 대안으로 하일랜드에 기대를 걸었지. 아무 일족의 수장이나 구슬려서 어떤 식으로든 내 봉사를 받도록 해야겠다고 생각했다오."

그리고 여행 중에 네드 고완은 정말 그런 수장을 만났다.

"야곱 맥켄지, 진짜 더럽고 새빨간 악당이었지."

고완은 회고적이고 다정한 미소를 지으며 전방의 안개 속에서 어렴풋하게 빛나는 제이미 맥타비쉬의 붉은 머리 쪽을 고갯짓했다.

"저 외손자 녀석이 제 할아비를 쏙 빼닮았다오. 어쨌든 야곱과 내 첫 만남은 총부리를 겨눈 채 이뤄졌소. 그가 나를 강탈한 거요. 나는 매우 우아하게 말과 짐을 건넸소. 실은 그 이외에 선택의 여지가 없었지. 그러나 내가 그와 동행하겠노라고, 필요하다면 걸어서라도 따라가겠다고 나서자 야곱이 대경실색을 하더라니까."

"그분이 컬룸과 듀갈의 부친이시죠?"

"그래요. 물론 당시는 수장이 아니었소. 2년 후…… 내 사소한 조력을 받아서 일족의 통수권을 휘어잡았지."

고완은 겸손하게 말했다. 그리고 향수를 듬뿍 담아 덧붙였다.

"당시의 세상은…… 덜 문명적이었다오."

"어머, 정말요? 그리고 컬룸이 당신을…… 으음, 물려받았군요? 말하자면요?"

"말하자면 그렇지. 야곱이 죽었을 때 사소한 혼란이 빚어졌다오. 컬룸은 레오크의 후계자였지만……"

변호사는 앞뒤를 둘러보며 엿듣는 사람이 없는지 확인했다. 마침 내 옆의 무장한 남자가 앞으로 달려나가 동료와 합세했고, 뒤쪽의 마차 몰이꾼과도 넉넉한 거리가 있었다.

"컬룸은 열여덟의 헌헌장부였소."

고완이 이야기를 계속했다.

"그리고 뛰어난 지도자감이었지. 레티샤를 아내로 맞이하여 카메론 일족과 동맹을 체결했구ㅡ내가 결혼 계약서를 작성했소."

그는 불필요한 사족을 달았다.

"하지만 결혼 직후 컬룸은 야간 기습 중 낙마를 했다오. 허벅지 뼈가 부러졌는데 형편없이 맞춰졌지."

나는 고개를 끄덕거렸다. 물론 그랬을 테지. 고완은 한숨을 쉬며 말을 이었다.

"게다가 침상에서 너무 빨리 일어나서 계단을 구르는 바람에 나머지 다리마저 부러뜨렸소. 덕분에 일 년 가까이 침대에 누워 있었지만 영구적인 불구가 되었다는 게 점차 분명해졌소. 그러던 중 야곱이 죽어버린 거요, 불행하게도."

변호사는 말을 멈추고 생각을 정리했다. 다시 앞쪽을 힐끔거리며 누군가를 찾았지만 허탕치고 안장에 편히 앉아서 입을 뗐다.

"엎친 데 덮친 격으로 그의 누나가 결혼 문제로 한바탕 소동을 일으켰소. 듀갈은…… 이런 말을 해서 뭣하오만, 듀갈은 그 문제를 잘 처리하지 못했소. 달리 했더라면 그가 수장으로 추대되었겠지만 누나의 결혼과 관련해서 그의 우두머리 자질에 의혹이 제기된 거요."

고완은 고개를 설레설레 흔들었다.

"아아, 당시의 반향이란 이루 형용할 수 없다오. 엄청났지. 여기저기에서 사촌들과 삼촌들과 일가 피붙이들이 자기가 수장이 되어야 한다고 아우성을 쳤소. 결국 대모임을 열어서 그 문제를 매듭지었소."

"결국 킬룸이 선택되었군요?"

다시 한 번 킬룸 맥켄지의 강력한 인품에 감탄을 금치 못했다. 그리고 내 옆자리의 시들고 작은 남자를 힐끔거리며 킬룸의 아군 선택에도 행운이 따랐다고 결론 내렸다.

"맞소. 하지만 두 형제가 단단히 뭉쳤기 때문에 가능했지. 킬룸의 용기와 의지는 의심의 여지가 없었지만 육체가 문제였소. 그가 두 번 다시 일족을 이끌고 전쟁을 수행하지 못하리라는 게 자명했으니까. 허나 거기에 듀갈이 있었소. 무모하고 성급하지만 사지육신이 멀쩡한 초일류의 전사가 말이오. 그리고 듀갈이 형을 지지하고 나섰소. 컬룸의 명령에 복종하고 전쟁터에서 형의 다리와 팔이 되겠노라고 맹세했지. 그래서 컬룸이 수장의 지위에 오르되, 전시에는 듀갈이 통솔권을 장악하는 게 어떠냐는 제안이 나왔소. 그런 전례가 아주 없지는 않았거든."

변호사의 겸손한 표현 중 '제안이 나왔소'란 대목에서 그게 누구의 제안인지 묻지 않아도 뻔했다. 나는 다른 질문을 했다.

"당신은 누구의 편이죠? 컬룸인가요, 아니면 듀갈인가요?"

"내 관심은 맥켄지 일족 전체에 있소."

고완이 용의주도하게 대답했다.

"하지만 형식적으로는 컬룸에게 맹세했지."

흥, 내 궁금증은 애초부터 그 형식에 있었다구. 서약식을 봤지만 다수의 남자들 사이에서 이 변호사의 작달막한 체구가 특별히 떠오르지 않았다. 제아무리 타고난 변호사라고 해도 그런 행사에서 냉정한 이성을 지킬 수 없으리라. 게다가 구렁말을 탄 이 늙은 남자는 뼛속까지 메마르고 골수까지 법에 젖었을지 몰라도 본인의 입으로 낭만적인 영혼의 소유자라고 자평하지 않았던가.

"컬룸이 당신의 엄청난 도움에 깊이 감사하겠군요."

내가 외교적으로 말했다.

"아하, 난 사소하게나마 가끔씩 도왔을 뿐이라오. 다른 사람들에게 그러하듯이 말이오. 부인도 충고가 필요하면 언제든 나를 찾아요. 내 사리분별은 믿을 만하다고 단언하리다."

변호사가 안장 위에서 예스럽게 절했다.

"컬룸 맥켄지에 대한 충성의 연장선상에서요?"

나는 눈썹을 치켜 올리며 말했다. 작은 갈색 눈이 내 눈과 정면으로 마주쳤다. 나는 그 빛 바랜 눈 속에서 영민함과 재치를 알아차렸다.

네드 고완은 부끄러워하는 빛 없이 뻔뻔스럽게 말했다.

"아하, 저런!"

"하지만 고완 씨, 저는 당신의 사리분별이 필요치 않다고 단언하는 바예요. 최소한 지금은요."

나는 단호하게 덧붙였다.

"저는 잉글랜드 여자, 그 이상도 이하도 아니에요. 저에게 존재하지도 않는 비밀을 캐내려는 짓은 컬룸과 당신의 시간 낭비라구요."

혹은 존재하되 말할 수 없는 비밀이지, 하고 속으로 부언 설명했다. 고완의 사리분별은 무한할지 모르겠지만 그의 믿음은 그렇지 못할걸. 불현듯 어떤 의혹이 내 머리를 스쳤다.

"혹시 컬룸이 내 입을 열도록 설득하라고 당신을 보냈나요?"

"하하, 그렇지 않소."

고완이 짧은 웃음을 터뜨렸다.

"절대로 아니오. 나는 본질적인 업무 수행차 파견된 거요. 듀갈을 대신해서 소작료를 기록하고 영수증을 발행하거나, 벽촌 일족들의 사소한 법적 문제를 해결하는 등의 일 말이오. 그리고 이 나이에도 불구하고 모험에 대한 충동을 완전히 제어하지 못했다고나 할까. 요즘 세상은 예전보다 훨씬 안정되었다오. 허나 노상에서 강도를 만나거나 변경에서 기습 공격을 받을 가능성은 항상 있지."

늙은 변호사는 홀쭉한 안장주머니를 톡톡 두들겼다.

"이게 텅 빈 것은 아니라오. 한번 보겠소?"

그가 주머니의 뚜껑을 살짝 젖히자, 손잡이에 소용돌이 무늬가 상감된 권총 한쌍이 쉽게 꺼낼 수 있도록 이중 고리에 고정된 채 흉흉한 빛을 발했다.

고완은 내 복장과 용모를 무엇 하나 놓치지 않고 뜯어보며 가벼운 책망이 담긴 어조로 말했다.

"부인도 무장할 필요가 있소. 뭐, 듀갈의 생각은 다르겠지만. 내가 이야기를 해보리다."

우리의 나머지 시간은 재미있는 대화로 채워졌다. 남자가 남자다웠고, 유해한 문명의 잡초가 하일랜드의 멋들어지고 야성적인 산야에 덜 퍼졌던 옛날에 대한 회상이 이야기의 태반이었다.

날이 저물자 우리는 길가 개간지에 캠프를 쳤다. 나는 안장 뒤에 돌돌 묶어놨던 담요를 가지고 성에서 해방된 첫날밤의 잠자리를 준비했다. 하지만 모닥불을 떠나 숲 속으로 볼일을 보러 갈 때 일행의 시선이 내 등 뒤에 꽂혔다. 젠장, 야외에서조차 자유에는 명백한 제한이 있었다.

우리는 둘쨋날 정오경에 첫 번째 목적지에 도착했다. 길에서 벗어나 작은 계곡 발치에 옹기종기 모여 있는 서너 채의 오두막이었다. 어느 한 집에서 듀갈을 위해 걸상이 대령되었고, 두꺼운 판자가—용의주도하게 마차에 실려왔다—두 개의 다른 걸상 사이에 얹혀 고완의 임시 책상이 되었다.

변호사는 저고리 안주머니에서 풀 먹인 리넨을 꺼내 그루터기에 깔끔하게 펼쳐놓음으로써 평상시 장작 받침으로 사용하던 그 본연의 용도를 서기용 의자로 바꿔놓았다. 고완은 거기에 앉은 후 마치 여기가 에든버러의 레이스 커튼 달린 사무실인 양, 잉크병과 장부와 영수증 철을 하나씩 펼쳐놓았다.

영주의 대리인과 연례사업을 처리하기 위해 한 명씩 근처 소작지에서 나타났다. 유유자적한 행정 처리로, 레오크 성의 '홀'에 비해 격식 면에서 파격적이었다. 소작인들은 하나같이 들판이나 마구간에서 일하다 말고 달려온 차림으로 듀갈 옆에 놓인 빈 의자에 앉아 지난해의 경작을 설명하거나 불평했고 한담을 나누기도 했다.

일부는 한두 명의 우람한 아들과 함께 곡식과 양털 자루를 짊어지고 왔다. 매번 대화 결론부에서 끈기 있는 네드 고완이 일년치 소작료에 대한 영수증을 끊고 깔끔하게 장부 정리를 한 다음 손가락을 퉁기면 운반인 가운데 한 명이 소작료를 번쩍 들어 마차에 실었다. 작은 동전 더미가 짤랑거리며 변호사의 안장주머니 속으로 사라지는 경우는 매우 드물었다. 그동안 무장한 남자들은 나무 그늘에서 쉬거나 수풀이 무성한 제방 쪽으로 사라졌다―사냥하러 간 것이다.

이런 장면의 다양한 변형이 다음 며칠 동안 반복되었다. 종종 나는 어느 오두막에 초대되어 사과주나 우유를 얻어 마셨고 마을 여자들과 한 방에 둘러앉아 이야기를 나눴다. 간간이 오두막촌이 좀더 대단위여서 술집이나 여인숙까지 갖춘 곳에서는 여러 날 동안 듀갈의 본부가 차려졌다.

어쩌다 한 번씩 소작료는 말과 양, 혹은 그 밖의 살아 있는 동물로 치러졌다. 그런 것들은 일반적으로 운반에 용이한 형태로 이웃 사람들에게 매매되거나, 제이미가 어떤 말이 성의 마구간에 어울린다고 판정하면 우리 일행에 더해졌다.

나는 제이미의 존재가 왜 필요한지 의아했다. 제이미가 말에 대해 잘 아는 것은 확실하지만 그건 듀갈을 포함한 일행의 다른 남자들도 마찬가지였다. 게다가 말은 대단히 드문 지불수단이고 건초를 먹이는 데 특별한 방법이 필요한 것도 아니기 때문에 전문가까지 대동할 필요가 없었다. 하지만 우리가 길을 나선 지 일주일째 도무지 발음할 수 없는 마을에 도착했을 때, 듀갈이 제이미를 데려온 진짜 이유가 드러났다.

그 마을은 비록 작았지만, 서너 개의 식탁과 여러 개의 걸상까지 갖춘 술집 한 군데가 있을 만큼 번창했다. 거기에서 청문회를 열고 소작료를 거뒀다. 푹 절인 소고기와 순무로 점심을 마친 후 듀갈이 술집 안뜰에서 한턱 냈다. 용무를 보고 남아 있던 소작인들, 이방인을 구경하고 새로운 소식을 들을 겸 들른 마을 사람들에게 맥주를 돌린 것이다.

나는 한구석에서 얌전하게 맥주를 홀짝거리며 안장에서의 집행유예를 즐겼다. 듀갈이 하는 말에는 거의 신경쓰지 않았다. 그는 영어와 게일어를 오락가락하며 잡다한 소문과 저속한 농담, 또는 두서없는 이야기를 농부들과 주거니받거니 했다.

이런 추세라면 포트윌리엄까지 얼마나 걸릴까? 나는 하릴없이 헤아렸다. 일단 거기에 도착하면 어떻게 잉글랜드 주둔군과 마찰을 일으키지 않는 동시에 레오크 성의 스코트족과도 좋게 헤어질 수 있을까? 이런 상념에 빠진 통에 듀갈이 한참을 혼자 떠들며 일종의 연설을 하고 있다는 사실을 전혀 알아차리지 못했다. 그의 청중들은 간간이 질문하거나 감탄하며 귀를 기울였다. 나는 천천히 주변 분위기를 의식하기 시작했고 듀갈이 노련하게 청중들을 '어떤 일'에 대해 흥분하도록 유도하고 있음을 깨달았다.

나는 주변을 둘러봤다. 뚱보 루퍼트와 작달막한 변호사 네드 고완이 벽에 기대앉아 맥주조차 잊은 채 듀갈의 뒷모습을 응시하며 열심히 듣고 있었다. 제이미는 팔꿈치를 탁자에 괴고 앉아 술을 들이켰다. 듀갈이 하는 말에 상관하지 않는 눈치였다.

그때 아무 예고도 없이 듀갈이 제이미의 멱살을 잡아 일으켰다. 낡고 초라한 셔츠 솔기가 찢어졌다. 완전히 놀란 제이미는 얼어붙은 터였다. 눈이 가느다래지고 턱이 굳어졌지만, 듀갈이 찢어진 셔츠를 젖히고 그의 등을 구경꾼들에게 보여줬을 때에도 움직이지 않았다.

흉터로 얼룩진 등을 보고 사람들이 놀라 헐떡거렸다. 나는 입을 열었지만 어디선가 전혀 부드럽지 못한 억양의 '새서내크'라는 말을 주워듣고 조용히 입을 다물었다.

제이미는 돌처럼 굳은 얼굴을 하고 가까이 몰려드는 사람들을 피해 뒷걸음질쳤다. 그는 조심스럽게 남은 셔츠 조각을 벗어서 돌돌 뭉쳤다.

그는 사람들의 질문에 무뚝뚝한 어조로 대답했다. 두세 명의 처녀들이 저녁식사에 곁들일 맥주를 사러 왔다가 한쪽 벽에 모여 서서 제이미를 힐끔거리며 자기들끼리 속닥거렸다.

제이미는 듀갈이 즉석에서 석상으로 변하지 않은 게 신통할 정도로 험악한 시선을 던진 다음, 셔츠 뭉치를 텅 빈 벽난로 안으로 던져버리고 관객의 동정에 찬 중얼거림을 꼬리에 단 채 방을 나가버렸다.

공짜 구경거리를 상실하자 사람들의 관심이 듀갈에게 다시 집중되었다. 나는 대부분의 말을 알아듣지 못했지만 분위기상 잉글랜드에 대단히 적대적인 내용임을 간파했다. 제이미를 쫓아가고 싶은 마음과 내 존재를 노출시키고 싶지 않은 마음이 치열하게 격돌했다. 하지만 그가 과연 말벗을 원할지 의심스러웠으므로 나는 구석 자리에 몸을 웅크리고 술잔 표면에 비친 흐릿하고 파리한 내 얼굴을 응시했다.

찰랑거리는 금속음이 내 고개를 들게 했다. 구경꾼 가운데 가죽 바지를 걸친 억센 농부가 듀갈 앞의 탁자에 동전 몇 개를 던지고 짧은 연설을 했다. 그는 다른 이들에게 도전하듯 엄지를 허리띠에 찔러 넣고 뒤로 물러섰다. 잠시 모호한 침묵이 흐른 뒤, 두 명의 대담한 자들이 선례를 따랐다. 그러자 나머지 사람들도 지갑과 가죽 주머니에서 동전과 백전을 꺼냈다. 듀갈은 진심 어린 감사를 하고 술집 주인에게 맥주를 다시 돌리라고 손짓했다. 변호사 네드 고완이 재빨리 그 기부금을 컬룸의 소작료와 다른 가방에 긁어 넣었다. 그때서야 나는 듀갈의 작은 공연이 어떤 목적을 갖고 있는지 깨달았다.

반란은 대부분의 다른 사업처럼 자금이 필요하다. 군대모집과 운용에는 그 지도층의 유지와 동일하게 황금이 소요된다. '보니 찰스 왕자'에 대한 내 짧은 지식에 따르면 이 젊은 왕위 요구자의 후원자 일부는 프랑스인이었지만 실패한 반란의 배후 자금 일부는 그가 통치하려 했던 민중의 빈약하고 초라한 주머니에서 나왔다. 즉, 컬럼이나 듀갈 혹은 두 사람 모두가 자코바이트란 뜻이다. 잉글랜드의 적법한 국왕 조지 2세에 대항하는 젊은 왕위 요구자의 추종자.

마침내 소작인과 마을 사람들이 저녁식사에 맞추어 제 갈 길을 갔고, 듀갈은 일어나서 기지개를 켰다. 그럭저럭 만족한 표정이었다. 크림은 아닐지언정 최소한 우유라도 얻어먹은 고양이 같았다. 그는 작은 주머니의 무게를 가늠하고 네드 고완에게 도로 건넸다.

"괜찮군. 이렇게 작은 마을에서 큰돈을 기대할 수 없지. 하지만 티끌 모아 태산이랬으니, 다 합치면 민망한 액수는 면하겠지."

"그 '민망'이라는 표현은 삼가주시죠."

나는 은신처에서 꼿꼿하게 일어났다. 듀갈이 처음으로 내 존재를 의식한 듯 돌아섰다.

그는 입술을 꼬아 올리며 말했다.

"왜지? 자신들의 군주를 도우려고 잔돈 부스러기를 기부한 충성스런 신민에게 반감이라도?"

"전혀. 군주가 누구이건 상관없어요. 내가 반감을 품은 것은 당신의 모금 방법이에요."

"군주가 누구이건 상관없다? 게일어를 모르는 줄 알았는데."

"맞아요. 하지만 오감을 타고났고 정확하게 작동하는 두 귀가 있죠. '조지 국왕 만세'의 게일어가 '브라흐 스튜어트(스튜어트 왕조 만세)'는 아닐 거라고 믿어요."

듀갈은 고개를 뒤로 젖히고 껄껄 웃었다.

"그건 그렇지. 내가 당신의 불법적인 왕과 군주를 지칭하는 게 일어를 말해줄 수는 있지만 숙녀에게 워낙 어울리는 말이 아니라서. 새서내크이건 아니건 말이오."

듀갈이 벽난로에서 공처럼 뭉쳐진 셔츠 쪼가리를 꺼내 재를 털었다. 그리고 나에게 찢어진 셔츠를 던졌다.

"내 방법이 마음에 들지 않는다니까 그 옷을 고치고 싶겠군. 술집 아낙에게 바늘을 빌려서 수선해요."

"당신이 직접 해요!"

나는 셔츠를 그에게 던지고 돌아섰다. 듀갈이 뒤에서 흥겨운 어조로 말했다.

"분수를 지켜야지. 당신이 협조를 거절한다면 제이미에게 스스로 고쳐 입도록 하겠소."

"좋아요."

내가 마지못해 손을 내밀었을 때, 커다란 손이 내 어깨 너머에서 셔츠를 낚아챘다. 제이미는 우리를 번갈아 본 다음 셔츠를 옆구리에 끼고 들어왔을 때처럼 조용히 나갔다.

우리는 어느 소작인의 오두막에서 밤을 묵었다. 아니, 나만 그랬다. 남자들은 건초더미나 풀밭에 흩어져서 잤다. 성별의 차이와 반포로라는 신세 덕분에 나는 집안의 화덕 근처에 있는 침상을 할당받았다.

그 지푸라기 침상은 여섯 식구가 눕기에 충분했지만 나는 야외의 남자들이 부러웠다. 벽난로의 불이 쌀쌀한 밤공기를 막기 위해 완전히 꺼지지 않은 터라 오두막의 공기는 훈기와 냄새 그리고 식구들이 엎치락뒤치락하며 한숨을 쉬고, 코를 골고, 이빨을 가는 소리로 혼탁했다.

잠시 후 나는 질식할 듯한 환경에서 잠자기를 포기했다. 대신 담요 한 장을 들고 밖으로 나갔다. 바깥바람은 답답한 오두막과 극명한 대조를 이룰 정도로 신선했다. 나는 돌벽에 기대서서 달콤하고 차가운 공기를 가슴 가득히 들이마셨다.

경비병 한 명이 오솔길 가의 나무 아래에 조용히 앉아 있었지만 이쪽을 힐끔 쳐다본 게 전부였다. 내가 속옷 차림으로 멀리 가지 못하리라고 판단했는지, 그는 손에 쥔 작은 물체를 깎는 일로 돌아갔다. 달은 휘영청 밝았고 나무 그림자 속에서 칼날이 번쩍거렸다.

나는 풀밭에서 선잠이 든 형체들을 조심히 피해 집 뒤편의 언덕을 조금 올라갔다. 두 개의 넓적한 바위 사이에 자리잡은 은밀하고 평평한 장소가 그럴 듯하게 보였다.

그 풀 무더기 위에 담요를 깔고 길게 누워서 보름달이 느리게 하늘을 가로지르는 행로를 바라봤다. 컬룸의 불청객으로 첫날밤, 레오크 성의 창문을 통해 이렇게 달을 봤었다. 그로부터 한 달. 내가 환상열석을 통해 재난으로 가득한 여행을 시작한 지 한 달이었다. 최소한 이제는 선돌이 왜 그곳에 세워졌는지 알 만했다.

그 선돌 자체는 특별한 의미가 있는 게 아니라, 단지 표적이었다. 벼랑 근처에 낙석주의 표지판이 있듯이 선돌들은 거기가 위험한 장소라는 경고를 담은 것이다. 무슨…… 어떤 위험한 장소라고 해야 할까? 시간층이 얇은 곳? 다른 먼 곳과 통하는 문? 그 열석을 만든 사람들도 거기에 어떤 경고를 담아야 할지 몰랐을 것이다. 그들에게는 가공할 신비와 강력한 마법이 깃들인 장소였을 테니까. 사람들이 느닷없이 사라지는 곳, 혹은 이방인이 공중에서 나타나는 곳.

한번 상상해보자. 내가 크래이나둔에 갑자기 나타났을 때 그 언덕에 누군가 있었다면 무슨 일이 벌어졌을까? 아마 어느 시대에 나타나느냐에 따라서 달라지리라. 이 시대에서 어느 소작인이 나를 봤다면 틀림없이 마녀나 요정으로 여길 것이다. 그 언덕의 평판을 고려했을 때 요정 쪽일 가능성이 높았다.

나는 담요 밖으로 발을 내밀고 달빛 속에서 긴 발가락을 꼼지락거렸다. 흥, 그렇다면 가장 요정답지 않은 요정이 되겠군. 168센티미터는 이 시대의 여자치고 거구에 속하니까. 대부분의 남자들과 어깨를 나란히 하는 체격 조건상 요정으로 통하지 않을 테니까 마녀가 아니면 악령으로 판가름나리라. 짧은 지식이나마 그런 존재를 처리하는 동시대의 방법을 되새겨볼 때 내 출현을 아무에게도 들키지 않았던 것을 다행스럽게 여겨야겠지.

만일 정반대의 경우라면 어떻게 될까? 여기 사람이 사라져서 내 시대에 나타난다면? 그게 바로 내가 하려는 바였다. 가능하기만 하다면.

현대의 스코트족, 예를 들어 우체국을 운영하는 뷰캐넌 부인은 무타흐 같은 사람이 갑자기 땅 밑에서 솟아나면 어떻게 나올까? 경찰서에 신고하거나, 친구와 이웃 몇 명에게만 살짝 귀뜸하리라. 있잖아, 내가 며칠 전에 이상한 일을 겪었는데……

그 시간 여행자는? 본인이 주의 깊고 행운이 따른다면 과도한 관심을 불러일으키지 않고 무난하게 새로운 시대에 적응할 것이다. 무엇보다 내가 이 시대에서 평범한 개인으로 통하는 데 성공했잖은가. 뭐, 옷매무새와 언어 때문에 상당한 의심을 받고 있지만.

하지만 그 사람이 너무 남다르거나, 자신의 경험을 요란하게 주장한다면? 가령 원시적인 시대에 떨어진다면 그 두드러진 이방인은 질문조차 받지 않고 현장에서 살해당할 가능성이 지대하다. 좀더 문명화된 시대지만 본인이 입을 다물지 않는다면 미치광이로 낙인찍혀서 정신병원에 수감될 테고.

이런 일들이 천지가 개벽했을 때부터 있었을지도 모른다. 심지어 목격자 앞에서 발생했다 해도 증거가 없었다. 대체 무슨 일이 일어난 건지 할 말이 없잖은가. 왜냐하면 그 내막을 아는 유일한 사람은 실종되었으니까. 그리고 실종사건에 관한 한 목격자들은 말하길 꺼리는 법이니까.

깊은 생각에 빠져 있던 터라, 나직한 두런거림이나 인기척을 전혀 알아차리지 못했다. 그래서 겨우 몇 미터 밖에서 들려오는 사람 소리에 나는 깜짝 놀랐다.

"귀신에게 잡혀가요, 듀갈 맥켄지. 혈연이건 아니건 나는 아무 의무도 없어요."

그 목소리는 낮았지만 분노로 팽팽했다.

"의무가 없다?"

이번에는 희미한 비아냥거림이 담긴 목소리였다.

"난 우연찮게도 네 녀석의 맹세를 기억하고 있다. '제가 맥켄지 일족의 땅에 두 발을 딛고 있는 한 당신의 말씀에 따르겠습니다.'"

발 구르는 소리가 부드럽게 쿵 하고 났다.

"그리고 여기는 바로 맥켄지의 땅이야."

"난 컬럼에게 맹세했어요. 당신이 아니란 말입니다."

제이미 맥타비쉬로구나.

"우리가 한 몸이라는 것을 잘 알 텐데."

이번에는 '쫙' 소리가 퍼졌다. 아무래도 따귀를 때린 모양이었다.

"너는 일족의 수장에게 복종하기로 맹세했다. 그리고 레오크성 밖에선 내가 컬럼의 머리이고, 두 팔이고, 손이며 다리야."

"그리고 이처럼 왼손이 무슨 짓을 하는지 오른손이 까맣게 모르는 경우는 사상 처음이겠죠. 왼손이 스튜어트 왕조를 위해 모금하는 것을 알면 오른손이 뭐라고 할까요?"

신속한 말대꾸였다. 짧은 침묵이 흐르고 듀갈이 대답했다.

"맥켄지와 맥보레인과 맥비니치는 모두 자유인이야. 어느 누구도 그들의 의지에 반한 행동을 강요할 수 없고, 그들을 저지할 수도 없어. 게다가 누가 알겠느냐. 컬럼이 종국에는 세 일족을 모두 합친 것보다 더 많은 후원금을 찰스 에드워드 왕자에게 바칠 수도 있어."

"가능하죠. 또한 내일은 비가 땅으로 쏟아지는 대신 하늘로 솟구칠 수도 있구요. 그렇다고 해서 내가 밑 빠진 양동이를 들고 산꼭대기에서 역류하는 비를 기다리겠다는 뜻은 아니에요."

"너는 나보다 스튜어트 왕조로부터 얻을 것이 더 많아. 한편 잉글랜드인으로부터는 교수형이 전부야. 네가 그 하찮은 목을 소중히 여기지 않는다면……."

"내 목은 내가 알아서 합니다. 그리고 내 등도 마찬가지예요."

"나와 여행하는 동안은 안 돼. 네가 해로크를 만나고 싶다면 내 명령대로 해야 해. 그리고 현명하게 처신하거라, 이 어수룩한 녀석아. 네가 아무리 바느질 솜씨가 좋다 해도 단벌 셔츠 신세잖니."

누군가 바위에서 일어나는 듯한 기척과 함께 풀밭을 가로지르는 나직한 발소리가 차례로 이어졌다. 한 사람의 인기척이었다. 나는 가능한 조용히 자리에서 일어나서 둥근 바위 너머를 조심스럽게 살폈다.

제이미가 아직 거기에 있었다. 이쪽으로 등을 돌린 채, 턱을 괴고 앉아 있었다. 그의 고독을 방해하지 않으려고 살금살금 뒷걸음질칠 때 그가 갑자기 말했다.

"거기 있는 줄 알고 있어요. 나오고 싶으면 나오세요."

그의 어조로 판단컨대 내 존재에 아랑곳하지 않는 눈치였다. 나는 바위 뒤에서 나가려다가, 속옷 차림이라는 것을 자각했다. 저 사람은 나 때문에 얼굴 붉히는 일이 없어도 걱정거리가 쌓인 만큼 정숙하게 담요를 두르고 나갔다.

나는 근처에 앉아서 그가 말을 걸어주기를 기다렸다. 하지만 제이미는 딱 한 번 고개를 끄덕이고 자신의 생각에 완전히 몰입했다. 험악하게 찌푸린 얼굴을 보면 그게 썩 즐거운 생각은 아닌 듯했다. 한쪽 발은 쉴새없이 앉아 있는 바위를 탁탁 쳤고 손은 주먹을 쥐었다가 나직하게 '으드득' 소리를 내며 관절을 풀었다.

문득 맨슨 대령이 연상되었다. 내가 근무했던 야전병원의 보급장교였던 맨슨 대령은 물자부족과 운송품 실종과 관료주의의 경직성에 시달렸다. 평상시에는 온화하고 즐거운 대화 상대였지만 일단 좌절감이 절정에 오르면 잠시 개인 집무실로 물러가서 문 뒤쪽의 벽을 사정없이 쳤다. 그러면 밖의 대기실에 있던 방문객들은 놀라고 매혹된 눈으로 얇은 벽이 떨리는 모습을 봤다. 잠시 후 맨슨 대령은 멍든 손을 주무르며 다시 침착한 모습으로 나와서 현안 문제를 처리하곤 했다. 그가 다른 부대로 전출되었을 즈음 집무실 벽에는 주먹 크기의 파인 자리가 수십 개 찍혀 있었다.

지금 제이미가 손가락을 푸는 모습은 해결할 수 없는 보급품 문제에 당면한 대령과 흡사했다. 내가 입을 뗐다.

"뭔가 치는 게 좋겠어요."

"예?"

그는 놀라서 고개를 들었다. 내가 옆에 있다는 사실을 잊어버린 눈치였다.

"뭔가를 힘껏 치라구요. 그러면 기분이 훨씬 좋아질 거예요."

그의 입술이 무슨 말을 하려는 듯 달싹거렸지만 제이미는 바위에서 일어나서 과감한 걸음으로 체리목을 향해 다가갔다. 그리고 폭발적인 주먹을 날렸다. 시험적인 타격으로 격분한 감정이 약간 풀어졌는지, 그는 떨고 있는 나무를 몇 차례 더 때렸다. 핑크색 꽃잎이 우박처럼 그의 머리 위로 떨어졌다.

살이 벗겨진 손가락 관절을 빨면서 제이미가 돌아왔다. 그는 쓴웃음을 지으며 말했다.

"고맙습니다. 이제야 잠들 수 있겠어요."

"어디 다치진 않았어요?"

나는 검사하려고 일어섰지만 제이미가 고개를 저으며 양손을 부드럽게 문질렀다.

"아니, 괜찮아요."

우리는 어색한 침묵에 싸인 채 잠시 머뭇거렸다. 나는 엿들었던 이야기나 저녁때의 일에 대해 언급하고 싶지 않았다. 마침내 내가 침묵을 갈랐다.

"당신이 왼손잡이인 줄 몰랐어요."

"예? 아, 예, 항상 그랬어요. 학교 선생님들이 왼손을 등에 묶고 오른손으로 글씨를 쓰도록 시켰죠."

"그래서요? 오른손으로 글씨를 쓸 수 있어요?"

제이미는 다시 상처 입은 손을 입가로 가져가며 고개를 주억거렸다.

"예. 그러면 머리가 아프긴 하지만요."

"왼손으로도 싸워요? 검을 휘두르냐구요."

나는 그의 정신을 분산시키고 싶어서 계속 물었다. 제이미는 지금 당장은 단검 이외에 다른 무기가 없었지만 낮에는 일행의 다른 남자들처럼 검과 권총을 소지했다.

"예, 양손 모두 검을 잡을 수 있어요. 하지만 왼손잡이 검객은 불리해요. 길이가 짧은 검으로 싸울 때 왼손을 쓰면 심장이 적에게 노출되니까요."

제이미는 분노가 분출해서 가만히 있을 수 없다는 듯 밤이슬 맺힌 풀밭을 서성거리며 상상의 검을 가지고 시범을 보였다.

"그렇지만 충분히 익숙해지면 별 문제가 안 되죠. 적의 어깨를 노리고 검을 휘두르면서 몰아세우면 되거든요. 여기에서 관건은 적의 머리가 아니라 어깨예요. 칼날은 쉽게 과녁을 놓치니까요. 하지만 이 부분을 깨끗하게 찌르면……."

그는 목과 어깨가 접하는 부위를 손을 세워서 탁 쳤다.

"적은 죽은목숨이에요. 깨끗하게 찌르지 못했다 해도 최소한 그날 싸움은 끝난 셈이죠. 상대가 다시 싸우지 못할 테니까."

제이미는 왼손으로 허리띠에 고정된 단검을 순식간에 뺐다.

"검과 단도를 동시에 써서 싸울 때는 이래요. 단검을 쥔 손을 보호해줄 방패가 없다면 오른손으로 검을 휘두르며 접근해서 단검을 아래쪽에서 위로 올려 찌르죠. 하지만 방패가 있다면 오른손 왼손 어느 쪽이든 상관없이 단검을 쥐고 몸을 비틀어서…… 적의 칼날을 피하고 단검을 휘둘러요. 이 방법은 검을 놓쳤거나, 한 팔을 부상당했을 때 사용하죠."

그는 웅크린 자세에서 칼끝을 위로 치켜 올려 내 가슴에서 3센티미터 떨어진 곳에서 멈췄다. 귀신처럼 민첩한 솜씨였다. 난 무의식적으로 뒷걸음질쳤고, 그는 바로 서면서 사과의 미소와 함께 단검을 칼집에 넣었다.

"미안해요. 시범을 보이는 데 열중해서 그만…… 당신을 놀라게 할 뜻은 아니었어요."

"와, 솜씨가 대단하군요. 누구에게 배웠어요? 다른 왼손잡이 검객의 시범이 필요했을 것 같은데."

"맞아요. 왼손잡이 검객이 있죠. 제가 본 중에서 최고의 전사가요."

제이미는 마음에 없는 미소를 짧게 지었다.

"듀갈 맥켄지예요."

체리 꽃잎이 제이미의 머리에서 다 떨어졌지만 아직 몇 개가 어깨에 붙어 있었다. 나는 손을 내밀어서 그것을 털었다. 셔츠 솔기가 예술적인 경지는 못 되지만 깔끔하게 수선되어 있었다. 심지어 찢어진 부분까지 감침질로 이어져 있었다. 내 입에서 저지할 사이도 없이 말이 튀어나왔다.

"그가 또 할까요?"

제이미는 잠시 뜸을 들였지만 내 말을 못 알아들은 시늉은 하지 않았다.

"예, 그럼으로써 원하는 것을 얻게 될 테니까요."

"가만히 있을 거예요? 듀갈에게 이용당할 거예요?"

제이미는 나를 지나 언덕 아래의 술집을 넘겨다봤다. 지금은 나무들 틈새에서 반짝거리는 하나의 불빛에 지나지 않는 그곳을. 제이미의 얼굴은 벽처럼 무표정했다.

"지금은요."

우리는 맥켄지 영지 일주를 계속했다. 듀갈이 사거리나 오두막에서 용무를 처리하기 위해 자주 멈췄고, 그때마다 여러 명의 소작인들이 곡식 자루와 쌈짓돈을 가지고 모여들었기 때문에 하루에 고작해야 몇 마일밖에 움직이지 못했다. 물건과 동전은 전부 네드 고완의 날랜 펜에 의해 장부에 기록되었고 거기에 따른 영수증이 그의 사무용 안장주머니에서 분배되었다.

여인숙이나 술집이 있을 만큼 번화한 마을에 도착하면 듀갈은 다시 술을 돌리고, 한담을 나누고, 연설한 후, 분위기가 무르익

었다 싶으면 제이미의 등을 구경시켰다. 그때마다 몇 푼의 동전
이 젊은 왕위 요구자의 프랑스 망명 정부로 건네질 가방에 더해
졌다.

애초부터 분노와 비참함에 시달렸던 제이미는 날이 갈수록 망
가졌다. 사람들의 질문과 동정을 피해 가능한 빨리 셔츠를 입고
도망쳐서는 다음날 길을 떠날 때까지 누구와도 접촉하지 않았
다.

하지만 며칠 후 '툰나이그'라는 작은 마을에서 전환점이 이루
어졌다. 듀갈이 제이미의 맨어깨에 한 손을 올리고 군중을 선동
하고 있을 때, 구경꾼 가운데 젊고 지저분한 시골뜨기가 제이미
에게 모욕적인 말을 던졌다. 나로서는 무슨 내용인지 알 도리가
없었지만 그 효과는 즉각적이었다. 제이미가 듀갈의 손아귀에서
빠져나가 청년을 한 주먹에 때려눕힌 것이다.

나는 아주 천천히 게일어 몇 마디를 익히는 중이었으므로 아
직 그 언어를 이해하는 수준에 미치지 못했다. 하지만 설령 뜻
을 모른다 해도 화자의 태도에서 지금 무슨 말을 하는지 눈치채
는 경우가 더러 있었다.

지금 제이미의 표정을 봐서, 학교 운동장과 술집이나 전세계
의 뒷골목에서 통용되는 말을 한 게 틀림없었다―'어디, 일어나
서 다시 한 번 말해봐.'

그리고 '자네가 옳아'라든가, '저놈을 때려눕혀!' 같은 사람들
의 부추김도 눈치로 때려 맞췄다.

애초에 시비를 걸었던 청년의 친구 두 명이 가세했고 제이미
는 금방 맷물이 흐르는 옷더미에 깔려서 보이지 않았다. 술집

탁자들이 시골뜨기 삼인조의 체중에 못 이겨 우지끈 박살이 났다. 악의 없는 구경꾼들은 벽으로 물러서서 모처럼의 장관을 구경했다. 나는 주먹질을 불안하게 힐끔거리며 네드 변호사와 무타흐에게 게걸음으로 다가갔다. 유일무이한 붉은 머리칼이 뒤엉킨 팔다리 속에서 가끔 보였다.

"저 사람을 도와주지 않을 거예요?"

나는 비틀린 입을 놀려서 무타흐에게 소곤거렸다. 그가 놀란 표정을 지었다.

"왜 도와줘야 하지?"

"도움이 필요하면 본인이 직접 부르겠지."

네드 고완이 내 옆에서 차분하게 구경하며 말했다.

"당신 말씀이 옳겠죠."

나는 제이미가 도움이 필요하면 직접 요청할 수 있을지 아리송했다. 지금 우람한 시골뜨기 한 명에게 목 졸리고 있었기 때문이다. 내 개인적인 의견으로는 듀갈이 주요한 전시품의 손상을 막을 줄 알았는데 의외로 태연자약했다. 사실 구경꾼 가운데 어떤 누구도 마룻바닥에서 뒹구는 투사들의 신체 상해를 신경 쓰지 않았다. 오히려 판돈이 오가는 등 전체적으로 여흥을 즐기는 분위기였다.

유일하게 루퍼트가 어슬렁거리며, 행동을 취할까 말까 망설이는 두 명의 패거리 앞을 가로막았다. 패거리들이 싸움판으로 한 걸음 나서자, 루퍼트는 단검에 손을 얹은 채 실수한 척 그들과 부딪혔다. 그들은 가만히 있는 편이 신상에 좋다고 판단하고 뒤로 물러섰다.

드디어 대결이 판가름나는 양상으로 접어들었다. 제이미의 목을 졸랐던 우람한 청년이 가공할 팔꿈치에 코를 얻어맞고 코피를 흘리며 나가떨어졌다.

몇 분에 걸친 난투 끝에 두 번째 시골뜨기가 사타구니를 움켜잡고 신음하며 어느 탁자 아래로 떼굴떼굴 구르자 승리자가 더욱 확실해졌다. 제이미와 그의 원래 적수가 여전히 마룻바닥에서 열렬하게 주먹질을 하고 있었지만 제이미에게 돈을 건 사람들이 벌써 상금을 거둬들이고 있었다. 지저분한 머리의 시골뜨기는 팔뚝으로 숨통이 졸리고 복부를 한 대 얻어맞자 사리분별도 용기의 일부라고 결정했다.

나는 '이제 그만! 내가 졌어'라는 표현을 내 늘어가는 게일어ㅡ영어 사전 목록에 덧붙였다.

제이미는 구경꾼들의 환호성을 받으며 천천히 일어났다. 박수갈채에 고개를 끄덕이며 걸상에 앉고 술집 주인장에게 맥주를 받았다. 그리고 술을 단숨에 비운 후 팔꿈치를 무릎에 대고 가쁜 숨을 헐떡거렸다.

그는 서둘러서 셔츠를 걸치지 않았다. 쌀쌀한 공기에도 웃통을 벗고 셔츠를 나중에 수선할 생각으로 꼼꼼하게 챙겼다. 그리고 느긋한 표정으로 존경에 찬 밤인사를 뒤로하고 술집을 나갔다. 긁히고 찢기고 멍든 타박상의 훈장을 전신에 단 채.

"정강이 쓸림 하나, 팔꿈치 찢김 하나, 입술 터짐 하나, 콧대의 부기 하나, 일그러진 손 관절 여섯 개, 접질린 엄지 하나, 흔들거리는 이빨 두 대, 거기에다 헤아릴 수조차 없는 타박상 다수."

나는 한숨을 쉬며 조사를 마쳤다.

"기분이 어때요?"

우리는 여인숙 뒤편의 작은 광에서 응급처지를 하는 중이었다. 그는 싱긋 웃으며 대답했다.

"좋아요."

제이미는 일어서려다가 상을 찡그리며 중간에서 멈췄다.

"아, 젠장, 갈비뼈가 좀 아파요."

"물론 아프겠죠. 당신은 멍투성이에요—또다시. 왜 그런 짓을 했죠? 대체 당신 몸이 뭘로 된 것 같아요? 강철?"

나는 짜증을 내며 다그쳤다. 그가 유감스러운 미소를 지으며 부은 콧날을 만지작거렸다.

"정말 그랬으면 좋겠어요."

나는 다시 한숨을 쉬고 그의 옆구리를 살폈다.

"갈비뼈가 부러지진 않았어요. 멍만 들었죠. 하지만 만약의 경우를 대비해서 고정시켜야겠어요. 똑바로 서서 셔츠를 올리세요. 그리고 양팔을 옆구리에서 들구요."

나는 여인숙 주인의 아내에게 얻어온 낡은 숄을 찢기 시작했다. 접착성 회반죽과 그 밖에 문명생활의 이기에 대해 나직하게 구시렁거리며 붕대를 감고 제이미의 플래드 브로치로 고정했다.

"숨을 쉴 수 없어요."

"숨쉬면 아플 거예요. 움직이지 말라니까요. 어디에서 그렇게 싸우는 법을 배웠죠? 또 듀갈인가요?"

"아니에요. 아버지에게 배웠어요."

"정말? 당신 아버님이 지방 권투 챔피언이라도 되세요?"

"아뇨, 평범한 농부예요. 말도 사육하시구요. 그런데 권투가 뭐죠?"

제이미는 헉 하고 숨을 들이켰다. 내가 찢어진 살에 식초를 듬뿍 발랐던 것이다.

"내가 아홉 살인가 열 살이 되었을 때 아버지는 싸우는 법을 배워야 한다고 말씀하셨어요. 내가 외가 쪽 사람들처럼 클 거라면서요."

그는 이제 호흡을 훨씬 편안하게 하면서 손을 내밀었고 나는 그 손가락 관절에 금잔화 연고를 문질렀다. 제이미가 뒷말을 이었다.

"아버지는 이렇게 말씀하셨어요. '네 체격이 크면 사내들의 절반은 두려워할 테고, 나머지 반은 한번 붙어보자고 덤빌 거야. 딱 한 명만 골라서 때려눕히거라. 그러면 다른 사람들이 너를 가만히 놔둘 거다. 허나 신속하고 깨끗하게 처리하는 법을 배워야지, 그렇지 않으면 평생 쌈박질이나 하면서 살게 될 거야.' 그리고 아버진 나를 헛간으로 데려가서 반격하는 법을 배울 때까지 늘씬하게 때리셨죠. 앗, 따가워요."

"긁힌 상처는 잘 아물지 않아요."

나는 그의 목에 부지런히 약을 바르며 말했다.

"특히 손톱의 주인이 정기적으로 씻지 않을 때는 더하죠. 그 머릿기름이 철철 흐르던 시골뜨기가 일 년에 한 번이나 목욕을 할까 몰라. 어쨌든 오늘밤 당신의 처리가 '신속하고 깨끗했다'고는 논평하기 어렵지만 상당히 인상적이었어요. 아버님께서 자랑스러워하실 거예요."

나는 냉소를 섞어서 말했는데, 그의 얼굴이 일순 어두워지는 것을 보고 깜짝 놀랐다. 제이미는 단조로운 목소리를 냈다.

"아버지는 돌아가셨어요."

"미안해요."

나는 약칠을 끝내고 부드럽게 말했다.

"하지만 난 진심이에요. 당신 부친께서 자랑스러워할 거예요."

제이미가 반쯤 웃어 보였고, 그 순간 앳된 분위기가 감돌았다. 이 젊은이가 몇 살이나 먹었을까? 내가 막 물어보려는 찰나 뒤에서 문이 열렸다. 무타흐였다. 그는 붕대가 감긴 제이미의 갈비뼈를 힐끔거리더니 작은 가죽 지갑을 획 던졌다. '짤그랑' 소리가 나지막하게 울려 퍼졌다.

"이게 뭐죠?"

무타흐는 생기다 만 눈썹을 치켜 올렸다.

"자네 몫의 상금이지, 뭐긴 뭐겠어?"

제이미는 고개를 가로저으며 지갑을 도로 던지려고 했다.

"난 돈을 걸지 않은 걸요."

무타흐가 손을 들어 만류했다.

"자네는 일했잖아. 현재 인기가 최고라고. 최소한 자네에게 판 돈을 걸었던 치들에게는."

"하지만 듀갈에게는 아니겠죠."

내가 끼어들었다. 무타흐는 여자도 목소리를 지녔다는 사실에 항상 놀란 표정을 짓는 남자들 가운데 한 명이었지만 이번에는 정중하게 고개를 끄덕거렸다.

"사실이지. 그래도 자네에게 곤란을 안겨주지 않을 걸세."

그가 제이미에게 말했다.

"그럴까요?"

두 남자는 내가 이해 못 할 의미심장한 시선을 주고받았다. 제이미는 잇새로 나직하게 숨을 내쉬고 혼자 고개를 주억거렸다.

"언제입니까?"

"일주일 후. 아마 열흘 후가 되겠지. '래그 크루이메'라는 곳 근처야. 그곳을 아나?"

제이미는 요즘 들어서 처음 대하는 만족스런 표정이었다.

"알아요."

나는 두 사람을 번갈아 봤지만 둘 다 폐쇄적이고 비밀스런 표정이었다. 음, 무타흐가 뭔가를 알아냈구나. 그 의문의 '해로크'와 관계 있을까? 어쨌든 제이미의 전시품 생활은 끝난 눈치였다.

"대신 듀갈이 탭댄스를 추면 되겠지, 뭐."

"응?"

그들의 비밀스런 표정이 놀람으로 바뀌었다.

"신경 쓰지 말아요. 잘 자요."

나는 의료품 상자를 들고 잠자리를 찾아 나섰다.

12. 주둔군 사령관

드디어 포트윌리엄에 가까워졌다. 나는 일단 그곳에 도착해서 어떤 행동을 취할지 심각하게 궁리하기 시작했다.

그건 전적으로 주둔군 사령관이 어떻게 나오느냐에 달려 있었다. 그가 나를 곤궁에 처한 숙녀로 믿어준다면 임시 호위병을 붙여서 해안의 프랑스행 여객선까지 배웅할 것이다. 하지만 나를 의심한다면 맥켄지 일족과 손잡고 내 정체를 파헤칠 테고. 그래도 나는 스코트족이 아니니까, 누구의 스파이로도 여기지 못하리라. 컬룸과 듀갈이 나를 잉글랜드 스파이라고 믿는 데 반해서.

도대체 내가 무슨 짓을 염탐한단 말인가? 아, 물론 비애국적인 행동이겠지. 예를 들어 찰스 에드워드 스튜어트 왕자의 추종자를 위해서 모금하는 행위는 단연코 거기에 속한다.

그러면 왜 듀갈은 나에게 현장을 보여줬지? 모금하기 직전에 얼마든지 나를 밖으로 내보낼 수 있었는데 말이다. 물론 그 과정이 전부 게일어로 진행되긴 했지만.

아무래도 언어가 관건이었던 모양이다. 듀갈이 야릇한 표정으로 '당신은 게일어를 모르는 줄 알았는데' 하고 말하지 않았던가. 즉, 내가 게일어를 정말 모르는지 알아보려고 시험한 것이다. 잉글랜드가 하일랜드 주민의 절반 이상과 소통하지 못하는 스파이를 파견할 리 없을 테니까.

어찌 보면 그것도 아니었다. 제이미와 듀갈의 대화를 엿들은 바에 의하면 듀갈은 확실한 자코바이트이지만 컬럼은 아니니까 —아직은.

이런 가정들로 골머리가 지끈거리기 시작했기 때문에 눈앞에 제법 커다란 마을이 드러나자 반가움을 금치 못했다. 저곳에 여인숙과 풍성한 저녁이 있겠지.

사실 그 여인숙은 내가 익숙해진 기준에 비춰볼 때 상급이었다. 설령 어린이용—또한 벼룩 서식용—이라 해도 침실이 있었던 것이다. 이보다 작은 여인숙에서는 코를 골아대는 남자들과 플래드를 덮은 형체들에게 둘러싸여야 했다.

습관적으로 나는 잠자리 상황에 아랑곳하지 않고 안장 위에서의 시달림과 밤마다 듀갈의 선동유세로 인해 녹초가 되어 곯아떨어졌다. 하지만 여인숙에서의 첫날밤은 족히 한 시간 동안 말똥하게 누워서 남성들의 호흡기관이 빚어낼 수 있는 다양한 소음에 넋을 잃었다. 간호학교의 기숙사 전체를 합쳐도 못 따라갈 정도였다.

떠들썩한 대합창을 듣고 있자니, 병동의 남자들은 좀처럼 코를 골지 않았다는 생각이 문득 떠올랐다. 헐떡거리고 간간이 신음도 했지만 이 건강한 요란법석과 비교가 되지 않았다. 아프거나 부상당한 남자들은 저런 종류의 소음을 낼 만큼 충분히 긴장을 풀고 깊이 잠들지 못하는 모양이었다.

이런 관측이 일리가 있다면 내 여행 동료들은 거의 무쇠처럼 튼튼했다. 사지를 아무렇게나 내던지고 쿨쿨 자는 모습만 봐도 자명했다. 나는 그 불협화음에 왠지 훈훈함을 느끼며 여행 망토를 어깨까지 끌어올리고 잠 속으로 빠졌다.

그런데 오늘밤은 이 좁고 냄새나는 다락방의 화려한 고독 속에서 불면증에 시달렸다. 레오크 성에 도착한 이래 이렇게 완벽한 혼자가 되어보긴 처음인데 '좋다'는 생각이 들지 않았다.

내가 잠이 들락 말락 할 즈음 복도의 마루가 희미하게 삐거덕거렸다. 마치 침입자가 망설이는 것처럼 마루의 삐걱거림이 천천히 중단되었다가 다시 들리기를 반복했다. 나는 벌떡 일어나서 침대 가의 초와 부싯돌을 찾았다. 하지만 어둠 속을 더듬다가 부싯돌이 그만 바닥에 떨어져버렸다. 그 순간 난 얼어붙었고 밖의 인기척도 마찬가지였다.

문에서 나지막하게 긁는 소리가 이어졌다. 누군가 빗장을 잡은 모양이었다. 문은 잠겨 있지 않았다. 비록 자물쇠는 달려 있었지만 가장 중요한 꺾쇠가 없기 때문에 한참 찾다가 포기한 터였다. 이제 나는 촛대에서 초를 빼놓고 그 투박한 도기를 움켜잡은 다음 가능한 조용하게 침대에서 나갔다.

문의 경첩이 희미하게 꺽꺽거렸다. 침실의 유일한 창문은 공기와 빛을 차단한 채 굳게 닫혀 있었지만 문이 열리는 어렴풋한 윤곽을 알아차릴 수 있었다. 그 윤곽이 커졌다가 놀랍게도 문이 도로 닫히면서 사라졌다. 모든 것이 다시 한 번 잠잠해졌다.

엄청 길게 느껴지는 그 짧은 시간 동안 벽에 붙어 서서, 숨을 참고 쿵쾅거리는 심장고동 이외의 다른 소리를 들으려고 애썼다. 마침내 침실 벽 쪽의 옹골진 마룻바닥을 딛고 앞을 더듬으며 조심스럽게 문으로 향했다.

일단 문에 도착하자, 혹시라도 갑자기 문이 열릴까 봐 문틀을 붙잡고 귀를 얇은 문에 대보았다. 아주 여린 소리가 들리는 것 같았지만 확신할 수 없었다. 저게 부산한 아래층의 메아리일까, 아니면 이 문짝 너머에서 누군가 숨을 억제한 소리일까?

지속적인 흥분으로 인해 속이 울렁거렸다. 에라 모르겠다. 나는 촛대를 움켜잡고 문을 활짝 열어젖히며 복도로 돌진했다.

내 '돌진'은 사실 두 걸음이었다. 뭔가 부드러운 것을 밟고 손을 휘저으며 넘어지면서 아주 단단한 물체에 머리를 받아버린 것이다.

너무 아파서 당장이라도 내가 습격당할 수 있다는 가능성 따윈 완전히 제쳐두고 양손으로 머리를 감싼 채 일어나 앉았다.

내가 밟은 사람은 숨막힌 소리로 격한 욕설을 퍼부었다. 눈물이 빠질 만큼 아픈 와중에서도 나는 그가—체격과 땀 냄새를 근거로 내 방문객이 남성이라고 단정 내렸다—일어서서 복도 창문을 여는 몸짓을 어렴풋하게 알아차렸다.

신선한 공기가 밀물처럼 들이닥쳤고 나는 얼굴을 찡그리며 눈을 감았다. 다시 눈을 떴을 때 밤하늘의 별빛으로 침입자가 보였다.

나는 비난조로 입을 뗐다.

"여기서 뭘 하는 거예요?"

나와 동시에 제이미가 똑같은 비난조로 물었다.

"몸무게가 얼마나 나가는 겁니까, 새서내크?"

여전히 혼란스러웠던 나는 곧이곧대로 대답했다.

"아홉 스톤(체중을 표시하는 단위로 약 57킬로그램). 그런데 왜요?"

"당신이 내 콩팥을 터뜨릴 뻔했다구요. 넋이 나갈 만큼 놀라게 한 건 말할 나위도 없구요."

제이미가 손을 내밀어서 나를 일으켰다.

"괜찮으세요?"

"아뇨, 이마가 깨졌어요. 내가 뭐에 부딪혔지?"

나는 머리를 문지르며 어리둥절한 시선으로 복도를 둘러봤다.

"내 머리요."

제이미는 침통한 목소리로 대답했다.

"흥, 깨소금 맛이로군요. 대체 침실 밖에서 얼쩡거리면서 뭘 하는 거예요?"

그가 바짝 성마른 표정으로 나를 노려봤다.

"나는 얼쩡거리지 않았습니다. 잠자는 중이었다구요―아니, 노력 중이었어요."

"잠? 여기에서?"

나는 춥고 불결한 맨바닥을 과장된 몸짓으로 둘러봤다.

"당신은 잠자리 취향이 별스럽군요. 처음에는 마구간, 지금은

322

여기라니요."

"술집에 잉글랜드 용기병들이 들렀다는 정보에 관심 있습니까?"

제이미가 냉담한 목소리로 알렸다.

"놈들은 약간 맛이 가서 마을 여자 두 명과 재미를 보고 있어요. 여자 둘에 사내 다섯이니까 어느 놈이…… 파트너를 찾아서 위층으로 올 것 같더라구요. 나는 당신이 그런 관심을 열렬히 반기지 않을 거라고 생각했습니다."

그는 플래드를 어깨 너머로 휙 돌리고 계단 쪽으로 돌아섰다.

"내가 잘못 봤다면 사과 드리지요. 당신의 휴식을 방해할 의도는 없습니다. 좋은 밤 되십시오."

"잠깐만요."

제이미는 발걸음을 멈췄지만 돌아서지 않았기 때문에 내가 부득이하게 그의 앞으로 돌아갔다. 그는 정중하지만 소원한 태도로 나를 굽어봤다.

"제이미, 고마워요. 친절하군요. 당신 콩팥을 밟아서 미안해요."

그가 싱긋 웃었고, 험악한 얼굴이 평소의 사근사근한 표정으로 돌아왔다.

"전혀 다치지 않은 걸요. 두통이 사라지고 갈비뼈의 통증이 가시면 멀쩡해질 거예요."

그는 돌아서서 내 침실의 문을 열었다. 방 문은 건축업자가 비스듬하게 여인숙을 지었던 탓에 내 다급한 출입의 여파로 도로 닫힌 터였다. 이곳에선 정확하고 바른 각도가 존재하지 않았다.

"새서내크, 침대로 돌아가세요. 내가 여기에 있을게요."

나는 마룻바닥을 쳐다봤다. 그 본질적인 딱딱함과 냉기 이외에도 떡갈나무 바닥은 가래와 침 그리고 생각조차 하기 싫은 오물로 얼룩져 있었다. 침실 상인방에 새겨진 건축연도 1732년은 필시 마지막으로 청소한 때이기도 하리라.

"당신은 여기에서 잘 수 없어요. 안으로 들어와요. 최소한 침실 바닥이 여기보단 낫겠죠."

제이미는 문틀에 손을 얹은 채 얼어붙었다. 그의 목소리에는 충격의 여파가 적나라하게 묻어 있었다.

"당신과 같은 방에서 자라구요? 그럴 수 없어요! 당신의 평판이 실추될 겁니다!"

그는 진심이었다. 나는 웃음이 터져 나왔지만 교묘하게 기침으로 얼버무렸다. 노상 여행의 급박함, 여인숙의 혼잡한 상태, 위생시설의 조잡함이랄지 완전한 결여 속에서 제이미를 포함한 남자들과 육체적으로 친숙해진 터라 그의 반응이 호들갑스런 새침함으로 보였다.

"우리는 전에 같은 방에서 잤잖아요. 당신을 포함한 스무 명의 남자들과 함께요."

제이미는 침까지 튀기며 항변했다.

"그건 달라요! 공용실이고……. 혹시 당신이 부적절한 제안을 했고 내가 그걸 거절했다고 생각하는 건 아니겠죠? 진심으로 단언하건대 나는……."

"아뇨, 아니에요. 전혀 그렇게 생각지 않아요."

나는 기분 상하지 않았노라고 얼른 그를 안심시켰다. 아무튼

324

제이미가 목에 칼이 들어와도 설득될 기색이 아니었기 때문에 최소한 침대의 담요라도 가져가라고 고집을 피웠다. 그 침구 대신 평소처럼 두툼한 여행용 망토를 덮고 잘 생각이었노라고 누누이 다짐한 다음에야 그는 마지못해하며 동의했다.

나는 악취 나는 성역으로 돌아가기 전에 복도의 임시 잠자리 앞에서 미적거리며 그에게 다시 사의를 표시했지만 제이미는 품위 있게 손을 내저었다.

"전적으로 이타적인 친절이 아니에요. 내가 사람들의 눈을 피할 필요도 있었거든요."

아, 그가 잉글랜드군을 멀리해야 할 이유를 깜박했다. 하지만 그건 잠자리를 내 침실 밖의 마룻바닥이 아니라 훈훈하고 탁 트인 마구간으로 택함으로써 훨씬 쉽고 편하게 해결될 문제였다.

나는 이의를 제기했다.

"누가 올라왔다가 당신을 발견하면 어떻게 해요?"

제이미는 긴 팔을 쭉 뻗어서 창문을 닫았다. 다시 복도가 어둠 속으로 잠수하고 제이미는 형체 없는 덩어리로 돌변했다.

"아무도 내 얼굴을 못 볼 겁니다. 그리고 현재 상황에서 용기병 놈들은 내가 이름을 대줘도 신경 쓰지 않을 걸요. 뭐, 이름을 가르쳐줄 생각은 없지만요."

"그래도 당신이 어둠 속에서 뭘 하는지 궁금해하지 않을까요?"

제이미의 얼굴은 보이지 않았지만 그의 대답에 웃음기가 담뿍 배어 있었다.

"전혀. 내가 순서를 기다리는 줄 알겠죠."

나는 웃으면서 방으로 들어왔다. 그리고 침대에 구부정하게 누워서, 나와 같은 방에서 잔다는 생각에 펄쩍 뛰었던 주제에 저리 대담한 농담을 할 수 있는 누군가를 신기해하며 잠 속으로 빠져들었다.

아침에 눈을 떴을 때 제이미는 가고 없었다. 식사하러 내려가는 길에 계단 발치에서 듀갈을 만났다.

"식사를 서둘러요. 당신을 브룩턴으로 데려갈 참이오."

그는 더 이상의 설명을 삼갔지만 약간 심란한 눈치였다. 나는 얼른 밥을 먹었고, 우리는 숨 돌릴 틈도 없이 안개 낀 이른 아침 속으로 말을 몰았다. 새들이 관목 틈에서 바삐 지저귀었고 대기는 따뜻한 여름의 도래를 약속했다. 나는 듀갈의 눈치를 보며 물었다.

"누구를 만나러 가는 길이죠? 말씀해주시는 편이 서로에게 좋아요. 내가 아무것도 모르고 있다가 깜짝 놀라서 당신을 대경지색하게 만들면 어떡해요."

듀갈은 잠깐 생각한 뒤, 내 주장에 일리가 있다고 판단했다.

"포트윌리엄의 주둔군 사령관이오."

그의 말에 미미한 충격을 느꼈다. 아직 준비가 되지 않았기 때문이다. 사흘 후에나 포트윌리엄에 도착할 줄 알았는데…….

"하지만 그곳은 여기에서 멀잖아요!"

"흐흠."

주둔군 사령관은 정력적인 인물이었다. 얌전히 요새에 머무르는 대신 일단의 용기병을 이끌고 교외 지역을 시찰 중이란다. 어젯밤 우리 여인숙에 왔던 병사들이 시찰군 일원이었는데, 사령관이 브록턴의 여인숙에 본부를 꾸몄다고 듀갈에게 말한 모양이었다.

당면 문제가 현실로 다가왔으므로 나는 침묵한 채 머리를 굴렸다. 원래는 포트윌리엄에서 듀갈 일행을 따돌릴 계획이었다. 거기에서 크래이나둔 언덕까지 하루거리니까, 캠핑 준비와 음식과 기타 물자가 부족하다 해도 어떻게든 혼자서 환상열석까지 찾아갈 수 있으리라고 막연히 생각했다. 그 후에 일어날 일에 대해서는…… 아무튼 일단 크래이나둔에 가보지 않고선 말할 길이 없었다.

하지만 이런 전개는 내 계획에 예상치 않은 차질을 가져왔다. 만일 여기에서 듀갈과 헤어진다면 언덕까지 하루가 아니라 사흘이 걸릴 것이다.

험한 바위산과 황무지를 혼자 횡단해야 하는데 내 지구력도 의문스러웠거니와 방향감각에도 딱히 믿음이 가지 않았다. 지난 몇 주일간의 험한 여행은 하일랜드의 울퉁불퉁한 바위 지형과 세찬 지류에 무한한 존경심을 일깨웠다. 가끔 한 번씩 등장하는 맹수들도 한몫 했고. 인적 없는 계곡에서 멧돼지를 만나는 건 사양이다.

우리가 브록턴에 도착한 때는 늦은 아침이었다. 안개가 말끔하게 걷히고 태양이 빛나는 화창한 날이었다. 나는 서서히 낙관적인 기분에 사로잡혔다. 주둔군 사령관에게 그 언덕까지 호위병을 붙여달라고 설득하는 게 의외로 간단할 수도 있어.

사령관이 브록턴을 임시 본부로 정한 이유는 자명했다. 거기는 술집이 두 군데나 있을 정도로 컸고, 그 중 한 곳은 전용 마구간까지 딸린 당당한 삼층 건물이었다. 마부는 경직된 시체처럼 느릿느릿하게 움직였는데, 우리가 여인숙 안으로 들어갈 때까지 말을 몰고 마구간에 도착하지 못했다. 이와 달리 주인장은 잽싸게 다과를 제의했다.

나는 돌처럼 딱딱한 귀리 케이크 접시를 앞에 두고 아래층에 남은 반면 듀갈은 위층의 사령관 집무실로 올라갔다. 그가 사라지는 모습은 야릇한 기분을 안겨줬다. 술집에 있던 서너 명의 잉글랜드 용기병들이 나를 수상쩍게 힐끔거리며 자기들끼리 나직하게 속닥거렸다. 맥켄지의 스코트족 사이에서 한 달을 보낸 다음이라 잉글랜드 군인들의 존재가 말할 수 없이 신경 쓰였다. 어이없는 일이었다. 무엇보다 저들은 내 동족이 아닌가. 시대를 불문하고.

그래도 나는 의기투합하는 변호사 고완과 친밀하고 즐거운 말벗 제이미가 그리웠다. 오늘 아침에 누구와도 이별 인사를 나누지 못했던 무례를 진심으로 안타까워할 즈음 뒤편 계단에서 듀갈이 손짓으로 나를 불렀다.

듀갈은 평소보다 험상궂은 표정으로 말없이 옆으로 물러서며 나에게 방으로 들어가라고 몸짓했다. 주둔군 사령관이 활짝 열린 창문을 등진 채 날씬하고 곧은 실루엣으로 드러났다. 그는 나를 보자마자 짧게 웃었다.

"이럴 줄 알았지. 맥켄지의 묘사에 들어맞는 사람은 당신밖에 없어."

방문이 닫히자 나는 잉글랜드 용기병 제8연대의 조나단 랜들 대장과 단둘이 되었다.

이번에 그는 붉은색 상의와 황갈색 하의 군복을 깔끔하게 차려 입고, 곱슬곱슬한 은색 가발까지 쓰고 있었다. 하지만 얼굴은 전과 다름이 없었다—남편 프랭크의 얼굴. 숨이 막혔다. 조나단 랜들 대장은 제법 붙임성 있는 미소를 지으며 나에게 자리를 권했다.

방은 간소해서 책상 하나와 의자 그리고 긴 협탁과 몇 개의 걸상이 전부였다. 랜들 대장이 문가에서 차려 자세를 취한 젊은 병사에게 몸짓하자, 맥주 한 잔이 서투르게 따라져서 내 앞에 놓였다.

대장은 그 병사를 물리치고 손수 자신의 맥주를 따른 다음 협탁 맞은편 걸상에 우아하게 앉았다.

"좋아. 이제 당신이 누구고, 어떻게 여기에 왔는지 말씀해 보실까?"

별다른 선택의 여지가 없었으므로 컬룸에게 했던 이야기를 반복했다. 물론 랜들 대장과 관련된 부분은 본인이 알고 있으니까 대충 얼버무렸다. 듀갈이 얼마만큼 말했는지 모르는 상황에서 위험한 함정은 가급적 피하고 싶었다.

랜들 대장은 예의바르지만 회의적으로 내 암송을 들었다. 그는 컬룸처럼 굳이 의심을 감추려 하지 않았다. 랜들 대장이 의자에 편히 기대앉으며 입을 열었다.

"옥스퍼드라고 했지? 내가 아는 한 거기엔 보샹이란 사람이 없어."

"당신이 그걸 어떻게 알죠? 서섹스 출신이면서."

그의 눈이 놀라 동그래졌다. 나는 아차 싶어서 혀를 깨물었다.

"이제 내가 그걸 어떻게 알았냐고 물어야겠군."

"당신 목소리…… 그래요, 당신의 억양이 서섹스 쪽이에요."

품위 있는 검정색 눈썹이 가발의 물결에 닿을 만큼 올라갔다. 랜들 대장은 건조한 어조로 말했다.

"말투에서 출생지가 표난다는 당신 발언에 나의 가정교사들이나 부모님이 노발대발하시겠는걸. 그걸 교정하려고 상당한 노력과 비용을 들이셨으니까. 하지만 당신은 사투리 전문가인 듯하니…… 부하의 출신도 알아맞히겠지."

랜들은 상병에게 고개를 돌렸다.

"호킨스 상병, 뭐든 읊어보겠나? 아무것이나 좋아. 아, 그렇게 당황하지 말고 유행가의 가사라도 말해보게."

상병은 투실투실한 얼굴과 넓찍한 어깨의 둔한 청년으로, 영감을 얻으려는 것처럼 눈동자를 굴리다가 겨우 용기를 내서 입을 열었다.

통통한 매그, 그녀가 내 옷을 빨았지.
그리고 전부 가지고 내뺐어.
난 쓰디쓴 곤궁에서 기다렸지.
그리고 그녀에게 대가를 톡톡히 치르게 했어.

"아, 됐어. 상병, 수고했네."

랜들은 물리치는 몸짓을 했고 상병은 땀을 비 오듯 흘리며 벽에 기대섰다. 랜들 대장이 고개를 돌렸다.

"그래서?"

"으음, 체셔."

"비슷했소. 랭커셔야."

랜들 대장은 눈을 가늘게 뜨고 자리에서 일어나 뒷짐을 지고 창가를 오락가락하며 밖을 내다봤다. 듀갈이 부하를 데려왔는지 확인하는 걸까? 랜들이 갑자기 돌아섰다.

"파레 부 프랑세?(프랑스어를 하오?)"

"트레 비엥(잘해요). 그런데 왜요?"

랜들은 고개를 모로 꼬고 나를 말끄러미 응시했다. 그는 혼잣말처럼 말했다.

"당신이 프랑스인이면 내 성을 갈겠어. 아, 가능성은 있지. 하지만 지금까지 런던 사투리에서 콘웰 방언까지 할 줄 아는 프랑스인은 못 봤어."

그의 깔끔하게 손질된 손가락이 책상을 두들겼다.

"처녀 때 성이 뭐요, 보샹 부인?"

나는 최대한 매력적인 미소를 지었다.

"이보세요, 대장님. 스무 고개는 혼자 하세요. 난 여행이나 계속하고 싶답니다. 이미 오랜 시간을 지체했고……."

"애교를 떨어봤자 헛수고요, 마담."

그는 실눈을 뜨고 말을 잘랐다. 남편이 기분이 좋지 않을 때의 모습과 똑같았다. 나는 손을 허벅지에 얹고 마음을 독하게 먹었다. 그리고 용감하게 반박했다.

"헛수고라니요? 나는 이 문제에 관해 당신이나 주둔군, 혹은 맥켄지 일족에게 불평을 제기할 뜻이 없어요. 그저 여행을 평화롭게 마저 하고 싶을 뿐이에요. 당신이 거기에 반대할 이유가 없잖아요?"

랜들 대장은 분노로 입술을 굳게 다물고 나를 노려봤다.

"내가 반대할 이유가 없다구? 흥, 내 입장에서 생각해보면 반대하는 이유가 분명해질 거요. 한 달 전 내가 부하들을 이끌고 국경 부근의 어느 영지에서 소떼를 훔쳐간 스코트족 악당들을 추적할 때……."

"어머머, 그들이 하고 있었던 게 그 짓이었군요! 아, 말을 끊어서 미안해요. 궁금했었어요."

랜들 대장은 한참을 씩씩거리고 뒷말을 잇기 위해 목구멍까지 치민 격한 말을 삼켰다.

"그 적법한 추적 도중 나는 반쯤 벗은 잉글랜드 여자를 만났소. 설령 적당한 동반자와 함께라도 잉글랜드 여자가 있어서는 안 될 곳에서. 그리고 내 질문을 회피하고 나를 공격했을 뿐 아니라……."

"당신이 먼저 나를 공격했잖아요!"

"한 패거리에게 비겁한 후위 공격을 시켜 나를 무의식 상태로 빠뜨리고 인근 주민들의 협조를 받아가며 도망갔소. 나는 부하들과 그곳을 이 잡듯이 뒤졌지만 당신의 주장을 뒷받침하는 살해당한 하인, 강탈당한 가방, 찢긴 드레스 따윈 하나도 못 찾았소!"

"아하?"

"더 나아가서 지난 넉 달 동안 노상강도는 그 지역에서 코빼기도 비치지 않았소. 그런데 지금 당신이 맥켄지 일족의 전쟁 수장을 대동하고 떡하니 나타나? 저 수장은 자기 형님의 확신에 따라서 당신이 스파이, 그것도 나를 위해서 일하는 스파이라고 누명을 씌웠소!"

"난 스파이가 아니에요. 그렇죠? 당신은 그걸 알아요, 최소한."

"그래, 알지."

랜들 대장은 과장된 인내를 내보이며 말했다.

"내가 모르는 것은 당신의 진짜 정체야! 하지만 밝혀내고야 말겠어. 마담, 나는 주둔군 사령관이오. 반역자와 스파이와 의심스런 인물로부터 이 지역을 안전하게 보호하기 위해 확실한 조치를 취할 권한이 있소. 그리고 그 조치를 취할 만반의 준비도 되었소."

"그 조치가 뭐가 될까요?"

비록 약 올리는 어조였지만 나는 정말 알고 싶었다. 랜들 대장이 자리에서 일어났다. 그리고 한참 굽어본 다음 탁자를 돌아와서 나를 일으켜 세웠다.

그는 여전히 나를 바라보며 입을 뗐다.

"호킨스 상병, 자네의 협조가 필요하네."

벽에 붙어 있던 청년이 매우 불편한 표정으로 다가왔다. 랜들이 다시 말했다. 지루해하는 목소리였다.

"상병, 이 숙녀의 뒤에 서. 그리고 양쪽 팔꿈치를 세게 잡게."

랜들 대장은 한 팔을 뒤로 뺐다가 내 배를 쳤다.

나는 아무 소리도 내지 못했다. 왜냐하면 숨을 쉴 수 없었기 때문이다. 허리를 꺾고 바닥에 주저앉아서 공기를 폐로 전달하려고 사력을 다했다. 역겨운 욕지기와 함께 서서히 몰려들기 시작하는 아픔. 지금까지 평온 무사했던 인생살이에서 누군가에게 의도적으로 맞아본 적은 처음이었다.

랜들 대장은 내 앞에 쪼그리고 앉았다. 그의 가발이 약간 비뚤어지고 눈빛이 이상할 정도로 반짝거리는 것만 제외하고 평상시의 자제된 우아함이 한치도 변하지 않았다.

"임신하진 않았겠지? 설령 그렇다 해도 오래 가지 못할 거요."

나는 산소가 고통스럽게 처음 길을 찾아 목으로 넘어올 때의 그 씨근덕거리는 소리를 내기 시작했다. 두 손과 무릎으로 엉금엉금 기어서 협탁 가장자리를 간신히 잡았다. 상병이 신경질적으로 대장의 눈치를 본 다음 손을 내밀어서 나를 일으켰다.

어둠의 물결이 방 전체에서 어른거렸다. 나는 걸상에 앉아서 눈을 감았다.

"나를 봐요."

그 목소리는 차를 권하는 것처럼 가볍고 점잖았다. 눈을 뜨고 희미한 안개를 통해 랜들 대장을 올려다봤다. 그의 손이 절묘하게 재단된 군복 엉덩이께에 얹혀 있었다.

"이제 할 말이 있소, 마담?"

"당신 가발이 비뚤어졌어요."

나는 다시 눈을 감았다.

13. 결혼 발표

아래층 술집 식탁에 앉은 나는 우유잔을 들여다보며 메스꺼움
과 싸웠다.

듀갈은 내가 투실투실한 젊은 상병의 부축을 받으며 아래층으
로 내려오자 내 얼굴을 쓱 쳐다보고 단호한 걸음걸이로 랜들의
방으로 올라갔다.

여인숙의 바닥과 문은 튼튼하게 지어졌지만 위층의 소리 높인
언쟁이 새어 나왔다. 우유잔을 들었지만 손이 너무 떨려서 도저
히 마실 수가 없었다. 구타의 육체적인 여파는 서서히 가라앉았
지만 그 충격은 아니었다. 물론 저 남자가 내 남편이 아니라는
것은 안다. 그러나 외형상 유사성이 너무 강하고 내 습관이 워
낙 뿌리깊은지라 랜들 대장을 믿는 쪽으로 반쯤 기울었고, 동정
까진 아니더라도 예의를 예상하고 프랭크를 대하듯이 입을 놀렸

다. 대장의 악랄한 공격은 내 감정을 한꺼번에 뒤집었고, 그게 지금 나를 역겹게 했다.

역겹고 두려웠다. 그가 내 옆에 쭈그리고 앉았을 때의 눈빛이란…… 뭔가 그 깊은 곳에서 회오리치다가 눈 깜짝할 사이에 사라졌다. 아, 살아생전에 다시 보고 싶지 않은 눈빛이었다.

위층에서 문 열리는 소리가 내 상념을 흐트러뜨렸다. 둔탁한 발소리에 이어 듀갈과 랜들 대장이 차례대로 나타났다. 두 남자의 거리는 아주 가까워서 랜들 대장이 스코트족을 추적하는 것처럼 보였다. 듀갈은 어깨 너머로 랜들 대장을 힐끔 보고 얼른 내 식탁으로 다가와서 동전을 내려놓았다. 그리고 한마디 말없이 나를 일으켜 세웠다.

그가 어찌나 급하게 나를 몰고 나갔는지 잉글랜드군 장교의 얼굴에 떠오른 사색적인 탐욕을 언뜻 인지할 틈밖에 없었다.

말에 오르자마자 출발했기 때문에 미처 추스르지 못한 풍성한 치맛자락이 낙하산처럼 붕 떠올랐다. 듀갈은 침묵했지만 말들이 그의 촉박함을 알아차린 듯 전속력으로 발을 놀렸고 금방 주도로에 이르렀다.

픽트족의 십자가 표적이 있는 사거리 근처에서 듀갈이 갑자기 고삐를 당겼다. 그는 말에서 내린 다음 두 필의 말을 어린 묘목에 느슨하게 묶은 다음 따라오라는 몸짓과 함께 덤불 속으로 사라졌다.

듀갈의 뒤로 제자리를 찾은 가지들을 피해 고개를 숙여가며 그의 킬트 자락을 따라 언덕빼기를 올랐다. 갈수록 떡갈나무와 왜소한 소나무가 무성해졌으며 왼쪽 덤불에서 박새의 지저귐이

들리고 수다쟁이 어치는 포르르 날아오르며 서로를 불렀다. 풀은 초여름의 연두색으로 바위와 떡갈나무 아래의 공터를 싱그럽게 가렸다.

듀갈이 언덕 정상 바로 아래에서 방향을 틀어 옆쪽의 무성한 양골담초 속으로 사라졌다. 힘들여 따라가 보니, 그는 작은 샘물가의 편평한 바위에 앉아 있었다. 뒤쪽에는 풍상에 시달린 돌무더기가 비스듬하게 서 있었고 그 표면에 희미한 인간의 얼굴이 부조되어 있었다. 여기는 어느 성인의 샘물이 틀림없었다. 무수한 성인에게 바쳐진 이런 성지들이 하일랜드 전역에 분포했고 종종 상당히 은밀한 곳에서도 발견되는데, 이곳의 샘물 위로 늘어진 마가목 가지에는 천 쪼가리들이 묶여 있었다. 방문객들이 건강이나 안전한 여행을 기원하는 탄원이리라.

듀갈이 나에게 고개를 끄덕여 보였다. 그는 몸을 숙이고 샘물을 두어 모금 떠먹었다. 물 색깔이 묘하게 탁하고 고약한 냄새가 났다.

유황샘물이로구나. 날이 무덥고 목이 탔으므로 나도 듀갈을 흉내냈다. 물맛이 약간 찝찌름했지만 불쾌하진 않았다. 나는 목을 축이고 얼굴을 씻었다. 길이 먼지투성이였던 것이다.

물방울을 뚝뚝 떨구며 고개를 들어보니, 듀갈이 이상한 얼굴로 지켜보고 있었다. 호기심과 타산적인 표정이 반반씩 섞여 있다고나 할까.

"물을 마시려고 등산한 거예요?"

내가 가볍게 물었다. 안장에 물병이 있는 데다, 듀갈이 샘물의 수호 성인에게 여인숙까지의 안전여행을 기원했으리라고는 보기 어려웠다. 가장 세속적인 부류에 속하는 남자니까.

"랜들 대장에 대해서 얼마나 알고 있소?"

"당신이 아는 것에 미치지 못해요. 오늘까지 겨우 두 번 봤고, 그나마 처음은 우연이었어요. 서로 친해질 틈이 없었죠."

놀랍게도 엄한 얼굴이 약간 펴졌다.

"흠. 그 남자는 속을 알기가 힘들지."

그는 샘 가를 손가락으로 두드리며 진지하게 뭔가를 숙고했다. 그리고 나를 뚫어지게 보며 다시 입을 뗐다.

"하지만 꽤 유명한 자요. 용감하고 특출한 전사라고 들었소."

"잉글랜드 장교라는 것보다 더 잘 알려지진 않았겠죠."

듀갈은 놀랄 만큼 흰 이빨을 드러내며 박장대소했다. 그 웃음소리에 마가목 거주자인 당까마귀 세 마리가 불평하며 하늘로 날아올랐다.

"당신은 잉글랜드 스파이요, 아니면 프랑스 스파이요?"

돌연한 화제 변화에 어안이 벙벙했다. 드디어 단도직입적으로 나오시는군.

"둘 다 아니에요. 나는 평범한 여자 클레어 보샹이에요."

나는 손수건에 물을 축여 목을 닦았다. 작은 물방울이 내 회색 능라 모직 여행복 안으로 또르르 굴러 떨어졌다. 가슴에다 젖은 수건을 짜서 같은 효과를 일으켰다. 듀갈은 몇 분 동안 입을 다물고 내 임시방편 샤워를 뚫어지게 구경했다.

"당신은 제이미의 등을 봤소."

"놓치기 어렵죠."

나는 약간 냉담하게 쏘아붙였다. 도대체 저 남자가 무슨 마음을 먹고 개연성 없는 질문을 하는 걸까? 때가 되면 본론이 나오겠지.

"랜들이 그 흉터를 냈다는 사실을 아는지 묻는 거예요? 당신 추측을 확인하기 위해서?"

"아니오. 난 이미 잘 알고 있소. 하지만 당신이 아는지 몰랐소."

나는 어깨를 으쓱하며 내가 뭘 알고, 모르는지 그가 상관할 바가 아니라는 뜻을 암암리에 전달했다. 듀갈은 짐짓 무심하게 말을 이었다.

"난 거기에 있었소."

"어디에요?"

"포트윌리엄에. 그곳 목사가 제이미와 나의 인척 관계를 알고 체포 사실을 알려왔지. 그래서 조카 녀석을 구하기 위해 달려갔소."

"대단한 성공은 거두지 못했군요."

나는 날이 선 어조로 비아냥거렸다. 듀갈이 어깨를 치켜 올렸다.

"불행하게도. 담당 하사관이 처벌을 맡았더라면 2차 채찍질은 막았겠지. 하지만 당시는 랜들의 부임 초기였소. 나를 모르거니와 내 말에 귀를 기울이려고도 하지 않더군. 제이미를 표본 삼아 자신에게 말캉한 구석이 없음을 부하들에게 각인시킬 태세였소."

듀갈은 허리띠의 단검을 톡톡 쳤다.

"사람들을 통솔하는 위치에선 상당히 원칙적인 방법이오. 초기에 부하의 존경을 사는 것, 그리고 존경에서 실패하면 공포를 일으켜야지."

나는 랜들의 상병을 떠올리고 대장이 어느 쪽을 취했는지 간파했다. 듀갈의 깊숙이 박힌 두 눈동자가 나를 흥미진진하게 주시했다.

"당신은 랜들의 됨됨이를 아는군. 제이미에게 들었소?"

"조금."

"그 녀석이 당신을 잘 본 모양이야. 보통은 아무에게도 그 이야기를 하지 않는데."

"왜일까요? 알다가도 모르겠네요."

나는 화가 나서 매섭게 쏘아붙였다. 지금도 새로운 술집이나 여인숙에 갈 때마다 듀갈이 제이미를 구경시키고 군중을 선동할까 봐 가슴을 졸이다가, 일행이 벽난로 주변에 둘러앉아 술을 마시고 객담을 나누면 안도의 숨을 쉬는 판이었다.

듀갈은 내 생각을 꿰뚫고 냉소적인 미소를 지었다.

"그 이유를 나에게 말할 필요가 없다 이건가? 내가 이미 알고 있으니까?"

그는 나른하게 시꺼먼 샘물에 손을 담그고 휘저어 유황 연기를 일으켰다. 그리고 내가 살짝 진저리를 칠 정도로 말에 강세를 넣어 빈정거렸다.

"옥스퍼드에서는 어떤지 모르겠지만 이 동네 '숙녀'들은 태형 같은 처벌 현장에 얼씬거리지 못하오. 당신은 본 적이 있소?"

"아뇨. 보고 싶지도 않아요. 하지만 제이미의 흉터가 어떤 경로를 통해 남게 되었는지 충분히 상상이 가요."

듀갈이 고개를 저으며 호기심 많은 어치 한 마리를 향해 물방울을 튀겼다. 하지만 과녁이 아슬아슬하게 빗나갔다.

"이런 말을 해서 미안하지만 당신이 틀렸소. 상상력은 뛰어난 기능을 가졌지만 한 남자의 등가죽이 벗겨지는 광경을 직접 보는 것만 못하오. 그야말로 참담하지. 인간을 망가뜨릴 작정으로 행해지는 일이고 대부분은 성공하오."

"제이미에게는 실패했어요."

나는 의도했던 것보다 훨씬 날카롭게 반박했다. 제이미는 내 환자였고, 더 나아가서는 친구였다. 듀갈과 그의 개인적인 전력을 놓고 왈가왈부하고픈 마음 따윈 조금도 없었다. 뭐, 참을 수 없는 압력이 가해진다면 그에 대한 엄청난 호기심은 인정하겠지만. 내 평생 그 훤칠하고 젊은 맥타비쉬처럼 개방적인 동시에 신비로운 사람은 처음이었다.

듀갈은 짧게 웃고는 우리가 술집에서 도주―내 생각에는 그랬다―하는 동안 흐트러진 머리칼을 젖은 손으로 쓸어 넘겼다.

"제이미는 제 친가의 피붙이처럼 고집불통이지. 그 사람들의 고집하면 바윗덩어리가 무색하지만 그 중에서도 제이미는 최악이오."

그 마지못한 목소리에는 존경의 빛이 담겨 있었다.

"제이미가 탈출을 시도한 혐의로 태형당한 것도 알고 있소?"

"예."

"그 녀석은 용기병에게 끌려간 당일, 해가 떨어지자마자 수용소 담을 넘었소. 꽤 비일비재한 일이오. 수용소 시설이 잉글랜드 군의 바램만큼 철통같지 않거든. 그래서 군인들이 밤마다 담 근처를 순찰하지. 주둔군 목사의 말에 따르면 제이미는 다시 잡혀

왔을 때의 모습으로 봐서 장렬하게 싸웠다더군. 하지만 6 대 1, 그것도 머스켓을 소지한 여섯 명을 상대로 오래 버틸 수 없지. 제이미는 사슬에 묶여서 밤을 보내고 그 다음날 아침 태형장으로 나왔소. 태형은 재판을 받은 후에 행해지기 때문에 당사자들이 마음의 준비를 할 수 있소. 그날 처벌받을 사람은 세 사람이었고 제이미가 마지막 순서였소."

"당신이 진짜 그걸 봤어요?"

"그럼. 단언컨대 태형 광경은 결코 즐겁지 않소. 나는 다행히 직접 경험한 적이 없지만 태형당하는 입장에서도 썩 즐겁지 않겠지. 자기 순서를 기다리면서 처벌 장면을 지켜보는 것이야말로 가장 치가 떨릴 테고."

"거기에 대해선 눈곱만치의 의심도 없어요."

듀갈이 고개를 끄덕거렸다.

"제이미는 상당히 불쾌한 표정이었지만 비명과 기타 소음에 눈썹 하나 까닥하지 않았소. 살 찢어지는 소리가 어떤 줄 아오?"

"으웩!"

"동감이오. 피와 멍 따윈 비길 게 아니지. 퉷!"

그는 샘물을 피해서 침을 뱉었다.

"보는 것만으로도 속이 뒤집어진다오. 좀처럼 충격을 받지 않는 나조차도."

듀갈은 으스스한 이야기를 계속 이었다.

"제이미는 차례가 되자 앞으로 걸어나왔소. 어떤 자는 끌려나왔는데 그놈은 자발적으로 나와서 손을 내밀었지. 수갑을 풀어달라고 말이오. 잉글랜드군 상병이 제이미를 말뚝으로 밀려는 듯한 몸짓을 취하자 그는 고개를 저으며 뒷걸음질쳤소. 난 도망치려는 줄 알았소. 하지만 제이미는 셔츠를 벗더군. 여기저기 찢어지고 걸레처럼 더러워진 옷을 가장 좋은 일요일 미사복처럼 차근차근 개서 내려놨소. 그리고 군인처럼 의젓하게 말뚝으로 가서 두 손을 위로 들어올리고 밧줄에 묶였소."

듀갈은 감탄하며 고개를 설레설레 저었다. 햇살이 마가목 잎사귀 틈새를 파고들어 그의 얼굴에 점점이 그림자를 드리워서 마치 섬세한 레이스를 통해서 보는 듯한 효과를 연출했다. 내가 그 생각에 배시시 웃자 듀갈은 자기 이야기에 대한 반응으로 받아들이고 고개를 끄덕였다.

"맞소. 그런 용기는 대단히 진귀하오. 무지에서 나온 게 아니기 때문에 더 값지지. 제이미는 앞서서 두 사람이 태형당하는 모습을 봤고 자신도 같은 일을 당하리란 것을 알고 있었소. 허나 그런 일은 아무리 마음의 준비를 한다 해도 도움이 안 되지. 전쟁터에서의 대담무쌍함은 스코트족에게 별 거 아니지만 냉정하게 두려움과 맞서는 행위는 어떤 인간에게서도 희귀하오. 특히 열아홉의 애송이에게."

"소름끼치는 장면이었을 텐데, 구역질은 안 나오던가요?"

듀갈은 내 비아냥을 눈치챘으면서도 내색하지 않았다.

"나올 뻔했지. 첫 번째 채찍질이 살을 가르자 피가 나왔고 삽시간에 녀석의 등이 퍼렇고 붉게 얼룩졌소. 허나 제이미는 비명을 지르지도, 자비를 구하지도, 피하려고 몸을 꼬지도 않았소. 그저 이마를 기둥에 단단히 누른 채 서 있었지. 아, 당연히 채찍이 내리칠 때는 움찔거렸소. 하지만 그게 전부였소. 나라면 흉내도 내지 못했을 거요. 또한 그럴 수 있는 사람이 몇 명이나 될지 의심스럽소. 제이미는 처형 중간에 기절했는데, 상병들이 양동이 물을 끼얹고 마저 끝냈소."

"정말 끔찍하군요. 그런데 왜 나에게 이런 말을 하는 거죠?"

"아직 이야기가 끝나지 않았소."

듀갈은 단검을 뽑아 손톱 밑의 때를 파내기 시작했다. 노상에서 청결을 유지하기 어려운데도 불구하고 유난히 깔끔한 남자였다.

"제이미는 밧줄에 묶여 축 늘어졌고 피가 흘러내려서 킬트를 적셨소. 기절하진 않았지만 너무 후들거려서 서 있을 수 없었던 게지. 바로 그때 랜들 대장이 형장에 나타났소. 태형이 시작되었던 때부터 지켜보지 않았던 이유는 모르겠소. 아마 다른 일이 있었겠지. 아무튼 제이미는 랜들 대장을 보고, 원수의 형상을 마음속에 새겨두려는 듯 눈을 꼭 감고 고개를 떨궜소. 마치 의식을 잃은 것처럼 말이오."

듀갈은 이맛살을 찌푸린 채 만만찮은 손거스러미에 집중했다.

"랜들 대장은 제이미의 태형을 끝냈다고 노발대발했소. 본인이 직접 즐길 생각이었던 모양이오. 그래도 이미 끝난 일을 어쩔 수 없었지. 하지만 그는 잠시 심사숙고하더니, 제이미가 어떻게 탈출을 시도했는지 꼬치꼬치 캐묻기 시작했소."

그는 단검을 살핀 다음 앉아 있던 바위에 대고 갈기 시작했다.

"대장이 질문을 시작하기 전부터 부하들은 사시나무 떨 듯 발발 떨었소. 그자는 세 치 혀로 공포 분위기를 조성하는 게 주특기요."

"알아요."

단검이 쓱싹쓱싹 규칙적인 리듬으로 갈렸다. 종종 금속과 바위의 거친 면이 부딪혀서 희미한 불똥이 튀었다.

"그 취조과정에서 제이미가 붙잡혔을 때 빵 한 덩어리와 치즈를 갖고 있었다는 게 드러났소. 랜들 대장은 씩 웃더군. 그는 도둑질이 중죄에 속한다고 선언하고 제이미에게 즉석에서 채찍질을 백 대씩이나 언도했소."

나는 무의식적으로 움찔했다.

"사람 잡을 짓이에요!"

"주둔군 의사도 똑같이 말했소. 그런 일을 허락할 수 없다더군. 자신의 양심상 죄수는 일주일간의 치료 기간을 거친 후에 2차 태형을 받아야 한다는 거요."

"흥, 꽤나 인도적이군요. 양심이라구, 기가 차서! 그러니까 랜들 대장이 뭐라던가요?"

"처음에는 썩 좋아하지 않았지만 양보했소. 하사관이 제이미의 결박을 풀어줬소. 그 열아홉 애송이는 좀 비틀거렸지만 제 발로 섰고 사람들 사이에서 박수갈채가 터졌소. 랜들 대장의 눈꼬리가 올라가더군. 심지어 하사관의 극히 평범한 행동, 즉 제이미의 셔츠를 집어서 건넨 것조차 배알 꼬여 했소."

듀갈은 단검을 요리조리 돌리며 비판적으로 검사했다. 그리고 검을 무릎 위에 내려놓고 나를 정면으로 바라봤다.

"알다시피, 훈훈한 선술집에서 맥주 한잔을 앞두고 용감해지기는 아주 쉽소. 머스킷 탄환이 관자놀이를 스치고 히스 가시가 엉덩이를 찌르는 추운 들판에서는 썩 쉽지 않지. 그리고 피를

345

줄줄 흘리면서 적과 얼굴을 마주 대할 때는 더 쉽지 않소."

"그렇겠죠."

나는 현기증이 돌았다. 두 손을 검은 샘물에 담그고 손목이 얼얼해지도록 놔뒀다.

"그로부터 일주일 후에 나는 랜들을 만나러 갔소."

듀갈은 자신의 행동을 정당화할 필요를 느낀 것처럼 방어적인 어조였다.

"우리는 오랜 대화를 나눴고 심지어 뇌물까지 제의했지만 ……."

"감명적이에요. 아, 진심이에요. 정말 당신이 친절을 베푼 거예요. 하지만 랜들은 제의를 거절했겠죠?"

"그렇소. 난 아직까지 그 이유를 모르겠소. 잉글랜드군 장교들은 딴 주머니를 차는 일이라면 눈이 벌개져서 나서는데. 게다가 랜들 대장의 옷차림은 상당하잖소."

"아마 다른 수입의 원천이 있나보죠."

"그게 틀림없소."

듀갈은 단언하고 나에게 날카로운 시선을 던졌다. 그는 잠깐 망설이다가 아까보다 천천히 말을 이었다.

"나는 제이미의 2차 태형 날, 그곳을 다시 찾았소. 비록 그 불쌍한 녀석을 위해서 해줄 일이 아무것도 없었지만 말이오."

그날은 제이미가 처벌을 당하는 유일한 죄수였다. 감시병들이 추운 시월의 동이 튼 직후 그의 셔츠를 미리 벗겨서 태형장으로 데려갔다.

"제이미는 시체처럼 꽁꽁 얼었소. 간수의 부축을 받지 않고 혼

자 힘으로 걸었는데, 추위뿐 아니라 날카로워진 신경으로 부들
부들 떠는 게 멀리서도 보였소. 두 팔과 가슴에 소름이 돋았는
데도 얼굴에는 땀방울이 맺혀 있었지."

　잠시 후 랜들 대장이 채찍을 옆구리에 끼고 등장했다. 걸음을
옮길 때마다 채찍 양끝의 납추가 서로 부딪혀서 나지막하게 텅
텅 튀겼다. 랜들 대장은 냉담한 시선으로 제이미를 위아래로 훑
어보고 하사관에게 죄인을 뒤로 돌려세우라고 몸짓했다.

"차마 눈뜨고 볼 수 없었소. 상처의 절반도 아물지 않았더군.
살이 파인 자리는 시꺼멓게 변색되고 나머지 부위는 노란 멍이
자리잡혔지. 저 쓰라린 등에 다시 채찍이 가해진다는 생각만으
로도 나를 비롯한 구경꾼들의 얼굴이 하얗게 질렸소."

　랜들은 하사관에게 고개를 돌리고 말했다.

"아주 잘했군, 월크스 하사. 나도 이만큼 잘할 수 있을지 볼
까?"

　상당히 사려 깊게도 그는 주둔군 의사를 불러서 제이미가 태
형을 당할 만큼 치유가 되었는지 공식적으로 표명하게 했다.

"고양이가 생쥐를 가지고 노는 것을 봤소? 당시가 바로 그랬소.
랜들은 제이미의 주변을 빙빙 돌면서 다정한 말을 한두 마디씩
툭툭 던졌지. 결코 기억하고 싶지 않을 말들을. 제이미는 떡갈나
무처럼 우뚝 서서 아무 말도 하지 않고 기둥에 시선을 못박았소.
랜들을 전혀 보지 않았소. 그 녀석은 떨리는 몸을 가누기 위해
양 팔꿈치를 껴안았소. 랜들은 입가를 팽팽하게 당기고 이렇게
말하더군. '오호, 일주일 전에 죽음이 두렵지 않다던 청년은 어
디로 갔지? 죽음이 두렵지 않다면 채찍질 몇 대쯤이야 우습겠지.

안 그래?' 그리고 랜들은 채찍의 손잡이로 제이미의 배를 꾹 찔렀소. 제이미는 처음으로 랜들과 눈을 맞추며 말했소. '그렇다. 하지만 네놈의 채찍질이 시작되기 전에 추워서 동상 걸리는 건 두렵다.'"

듀갈은 한숨을 내뱉었다.

"위풍당당한 말이었지. 허나 무모했어. 누군가를 채찍질하는 짓은 결코 자랑스런 일이 아니지만 그 비열성의 수위를 얼마든지 높일 수 있다오. 예를 들어 옆구리의 약한 살을 집중 공략한다거나 혹독한 구타를 곁들이는 방법으로 말이오. 아, 정말 비열한 짓이야."

듀갈은 상을 찌푸리고 천천히 말을 골랐다.

"랜들의 표정은 강렬했소. 사내가…… 점찍어둔 처녀를 봤을 때처럼 얼굴에서 빛이 났지. 제이미를 산 채로 가죽 벗기는 것보다 훨씬 흉한 짓을 염두에 두고 있는 표정이었소. 열 다섯 번째 채찍질이 살을 찢어놓자 핏물이 제이미의 다리로 줄줄 흘러내렸고, 눈물과 땀이 얼굴을 적셨소."

왠지 내 몸이 흔들렸다. 나는 얼른 샘물가의 돌을 움켜잡았다. 듀갈은 내 표정을 알아차리고 뒷이야기를 생략했다.

"제이미는 살아남았소. 그 이외에는 할 말이 없구려. 밧줄이 풀리자 거의 쓰러졌지만 상병과 하사관이 친절하게도 양쪽에서 부축해서 일으켰소. 제이미는 충격과 추위로 처벌 전보다 더 심하게 떨었지만 고개를 빳빳이 들었소. 두 눈이 활활 불타오르더군. 나는 스무 걸음 밖에서도 그 형형한 눈빛을 분명하게 봤소. 제이미는 피투성이 발자국을 남기고 형장에서 끌려가면서 랜들에게 시선을 떼지 않았소. 랜들을 노려보는 것만이 서 있을 수 있는 유일한 이유인 것처럼 말이오. 그들의 시선이 얽힌 채 좀처럼 풀어지지 않았다오. 서로에게 눈을 떼면 둘 중 하나가 쓰러질 듯이……."

습지는 너무나 조용했고 오직 마가목 잎사귀를 스치는 바람소리만이 흘렀다. 나는 눈을 감고 오랫동안 자연의 속삭임에 귀를 기울였다.

"왜…… 왜 나에게 그런 이야기를 하는 거죠?"

눈을 떴을 때 듀갈은 강렬한 시선을 하고 있었다. 나는 다시 샘물에 손을 식혀서 관자놀이에 댔다.

"인물분석에 도움이 될 것 같았소."

"랜들의? 호호, 고맙지만 그의 성격에 대한 더 이상의 증거는 필요 없어요."

"랜들은 물론이거니와 제이미에 대해서도."

갑자기 속이 울렁거렸다. 듀갈은 냉소적인 어조로 말에 힘을 줬다.

"나는 그 '유능한' 대장에게 '명령'을 받았소."

"무, 무슨 명령을?"

"클레어 보샹이란 잉글랜드 신민(臣民)을 6월 18일 월요일 포트 윌리엄으로 데려오라는 명령이오. 취조차."

내 표정이 경각심을 불러일으켰는지, 듀갈은 얼른 일어나서 나에게 다가왔다. 그는 내 뒷덜미를 아래로 밀면서 지시했다.

"고개를 무릎 사이에 박아요. 현기증이 지나갈 거요."

"나도 뭘 해야 할지 알아요."

그의 말에 따르면서도 왈칵 짜증을 부렸다. 빠져나가던 피가 다시 관자놀이에서 요동치기 시작했다. 냉기가 얼굴 주변을 엄습했고 귀가 윙윙 울리면서 손발이 얼음장처럼 식었다. 오로지 호흡에 정신을 집중했다. 숨을 들이마시고 하나 둘 셋 넷, 내쉬고 하나 둘, 들이마시고 하나 둘 셋 넷…….

한참 후에야 신체기능이 정상적으로 작동하는 기분을 느끼며 허리를 폈다. 듀갈은 이미 바위에 앉아서 인내심 있게 기다렸다. 물론 내가 샘물에 빠지지 않도록 지키는 것도 잊지 않았다.

"거기에서 벗어날 방법이 있소. 내가 아는 한 유일한 방법이."

"어서 말씀해보세요."

"좋소."

듀갈은 몸을 앞으로 숙여 앉으며 설명했다.

"랜들이 취조차 당신의 인도를 요구할 권리가 있는 이유는 단 한 가지요. 당신이 잉글랜드 국왕의 신민이기 때문이지. 우리는 그 사실을 바꿔놓아야 하오."

"무슨 뜻이죠? 당신도 국왕의 신민이잖아요. 어떻게 그런 사실을 바꾼다는 거예요?"

"스코틀랜드 법과 잉글랜드 법은 상당히 유사하오. 하지만 똑같지는 않소. 어느 잉글랜드 장교도 확고한 범행증거가 없는 한 스코틀랜드 사람을 심문할 수 없소. 아무리 수상쩍은 대상이라 해도 관련 수장의 허락 없이 일족의 영지에서 스코틀랜드의 신민을 데려갈 수도 없구."

"네드 고완과 대화 꽤나 했군요."

여린 현기증이 다시 몰려들기 시작했다. 듀갈은 고개를 주억거렸다.

"그렇소. 난 이런 상황이 벌어질지도 모른다고 생각했소. 그리고 변호사의 말은 내 생각을 뒷받침해줬소. 내가 랜들에게 당신의 인도를 합법적으로 거절할 수 있는 길은 딱 하나요. 당신을 잉글랜드 여자에서 스코틀랜드인으로 바꾸는 것."

"스코틀랜드인으로?"

어리둥절한 감정이 눈 깜박할 사이에 끔찍한 의혹으로 탈바꿈했다. 그건 듀갈의 다음 말로 확인되었다.

"맞소. 당신은 스코틀랜드인과 결혼해야 하오, 제이미와."

"싫어요! 안 돼요!"

"으흠…… 정히 싫다면 루퍼트도 가능하오. 그는 홀아비에다 작은 농장의 임차권을 가졌소. 좀 늙기는 했지만……."

"난 루퍼트와도 결혼하기 싫어요! 그건 정말 가장 우스꽝스런……."

나는 화가 바친 나머지 벌떡 일어나서 습지를 서성거렸다. 땅에 떨어진 마가목 열매가 발 아래에서 사정없이 터졌다.

"제이미는 좋은 젊은이오. 현재는 가진 게 많지 않지만 마음씨가 곱지. 당신을 잔인하게 대하지 않아. 게다가 타고난 전사에다 랜들을 증오할 이유까지 지녔소. 제이미와 결혼하면 그는 숨이 붙어 있는 날까지 당신을 보호하기 위해 싸울 거요."

"하지만…… 하지만 난 누구와도 결혼할 수 없어요!"

"왜지? 남편이 아직 살아 있소?"

"그게 아니라, 단지…… 단지 말이 안 돼요! 있을 수 없는 일이에요!"

듀갈은 '아니오'란 대답에 눈에서 힘을 풀었다. 이제 그는 태양을 힐끔 보고 자리에서 일어났다.

"슬슬 움직이는 게 좋겠소. 처리해야 할 일이 몇 가지 있으니까. 특별 결혼 허가증도 받아야 하구. 하긴 네드가 알아서 해주겠지."

듀갈은 혼잣말을 중얼거리며 내 손을 잡았다. 나는 확 뿌리치고 단호하게 말했다.

"난 누구와도 결혼하지 않겠어요."

그는 눈썹만 슬쩍 치켜 올렸다.

"랜들에게 취조당하고 싶소?"

"아뇨! 그럼…… 그럼 당신은 내가 잉글랜드 스파이가 아니란 걸 믿는군요?"

"'지금'은 믿소."

"왜 전에는 믿지 않다가 '지금'은 믿게 됐죠?"

듀갈은 샘물과 흐릿한 인물상 바위를 고갯짓으로 가리켰다. 저 풍상에 시달린 조각상은 거대한 마가목이 시꺼먼 샘물에 흰 꽃잎을 날린 것보다 훨씬 오래 전부터 자리를 지켜왔으니까.

"성인 니니안의 샘물이오. 당신은 내 질문에 대답하기 전에 샘물을 마셨소."

"그게 이 일과 무슨 상관이 있죠?"

듀갈은 놀란 표정을 짓고 입술을 비틀어서 조소를 지었다.

"몰랐소? 여기는 일명 '진실의 샘물'이라고 불리오. 물에서 지옥의 연기 냄새가 나잖소. 누구든 이 물을 마시고 거짓을 말하는 자는 위장이 타서 죽소."

"알았어요. 홍, 내 위장이 말짱하니까 내가 잉글랜드나 프랑스 스파이가 아니라는 사실을 믿을 수 있다? 그렇다면 다른 말도 믿을 수 있겠군요, 듀갈 맥켄지. 나는 누구와도 결혼하지 않아요!"

그는 이미 샘물을 둘러싼 덤불 사이를 가로지른 후였다. 바르르 떨리는 떡갈나무 가지만이 그의 자취를 알렸다. 노발대발하며 나는 쫓아갔다.

여인숙으로 돌아오는 길의 절반 이상을 결혼하지 않겠노라고 다짐 또 다짐했다. 듀갈이 참다못해 공연한 헛수고에 힘 빼지 말라고 충고한 다음에야 우리는 침묵 속에서 달렸다. 여인숙에 당도하자 나는 고삐를 내동댕이치고 쿵쾅거리며 피신처인 침실로 올라갔다.

제이미와의 결혼은 우스꽝스러울 뿐 아니라 가당치 않다. 나는 덫에 걸린 생쥐 기분으로 좁은 방안을 서성거렸다. 왜 일찌감치 위험을 무릅쓰고 스코트족의 손아귀에서 빠져나가지 못했을까? 실컷 자신을 원망하다가 결국 침대에 앉아서 차분하게 생각하려고 애썼다.

듀갈의 관점에서 보면 일리 있는 착상이다. 만일 나의 인도를 뚜렷한 이유 없이 일언지하에 거절한다면 랜들 대장은 쉽게 무력을 사용하리라.

또한 내 쪽에도 호혜적인 착상이다. 스코트족과 결혼하면 더 이상 감시당하거나 호위당하지 않을 테니까 적당한 때가 오면 훨씬 쉽게 도망갈 수 있다. 그리고 그 스코트족이 제이미라면…… 그가 나를 좋아하는 건 확실하다. 게다가 하일랜드를 손금보듯 훤히 알고 있다. 어쩌면 나를 크래이나둔까지 데려다주거나, 최소한 방향을 가르쳐줄지도 모른다. 그래, 결혼이야말로 내 목적을 달성할 수 있는 최선책이다.

단, 냉정하게 사태를 파악해야 한다는 게 문제였다. 내 피는 차가운 것과 거리가 멀었다. 나는 분노와 짜증으로 펄펄 끓었고, 도저히 가만히 있을 수 없어서 안절부절못하며 결혼을 피할 방법을 찾았다. 그렇게 한 시간이 흐르자 얼굴이 시뻘겋게 달아오르고 머리가 지끈거렸다.

그때 방문을 두드리는 소리가 들렸다. 듀갈이 마치 금속 명판처럼 빳빳한 종이를 든 채 앞장섰고 뚱보 루퍼트와 깔끔이 네드 고완이 왕실 시종 무관들처럼 의젓하게 뒤따랐다.

나는 격식을 차려서 비아냥거렸다.

"부디 들어오시지요."

듀갈은 평소처럼 나를 무시한 채 협탁에서 세면기를 치우고 화려한 몸짓으로 종이를 펼쳤다. 그는 복잡한 계획을 성공적으로 완수한 사람 특유의 의기양양한 어조로 입을 열었다.

"다 됐소. 네드가 서류를 작성했소. 이렇게 유능한 변호사는 다시 찾기 어려울 거요. 이 사람과 한편이면 천하무적이지. 안 그렇소, 네드?"

남자들이 속 편한 웃음을 마음껏 터뜨렸다. 네드가 겸손하게 말했다.

"그다지 어렵지 않았다오. 간단하기 그지없는 계약서인걸."

그는 검지로 서류를 넘기다가, 갑자기 생각이 난 듯 이맛살을 찌푸렸다.

"프랑스에 재산이 있소?"

변호사는 반달 안경 너머로 걱정스러운 듯 나를 빤히 응시했다. 내가 고개를 젓자, 그는 안심하고 서류를 이리저리 섞어서 하나로 정리한 후 모서리를 반듯하게 맞췄다.

"그럼 이것으로 됐소. 당신이 여기 서류 하단에 서명하면 끝이지. 듀갈과 루퍼트가 증인이라오."

네드 고완은 으스대며 잉크병을 내려놓고 주머니에서 깃털펜을 꺼내 나에게 건넸다.

"이게 그거예요?"

내가 물었다. 정말 형식적인 질문에 지나지 않았다. 왜냐하면 서류 첫 장에 '혼인 계약서'라고 거의 5센티미터 크기의 깨끗한 달필로 큼직하게 쓰여 있으니까.

듀갈은 내 저항에 초조한 한숨을 억눌렀다.

"이게 그거라는 것은 뻔하잖소. 혹시 랜들을 따돌릴 다른 묘책이라도 있소? 그렇지 않으면 빨리 서명하고 끝냅시다. 시간이 촉박하오."

이미 한 시간이나 머리를 쥐어짰지만 깜깜했던 묘책이 당장 떠오를 리 만무했다. 아무래도 이 방법이 내가 취할 수 있는 최선의 대안처럼 생각되었다.

"하지만 난 결혼하고 싶지 않다구요!"

내가 고집스럽게 말했다. 순간, 관련 당사자 중에서 나만 이런 심정이 아닐 거라는 생각이 번쩍 떠올랐다. 제이미가 레오크 성의 벽감에서 키스했던 금발 소녀의 얼굴이 눈앞에 어른거렸다.

"제이미도 나와의 결혼을 원치 않을 거예요!"

듀갈은 내 말을 무시했다.

"제이미는 군인이오. 명령에 따를 거요. 당신도 그렇게 해요. 뭐, 잉글랜드 죄수가 되는 편이 좋다면 마음대로 하구."

나는 씩씩거리며 그를 노려봤다. 랜들의 직무실에서 나온 이래 동요한 상태였지만 이제 양자 택일의 기로에 서자 짜증은 폭발 수위를 넘나들었다. 난 버럭 소리쳤다.

"그와 이야기하게 해주세요."

듀갈의 눈썹이 위로 치켜 올라갔다.

"제이미와? 왜?"

"왜라니요? 당신이 우리를 억지로 결혼시키려고 하니까 그렇죠. 맙소사, 그에게 말조차 꺼내지 않았군요!"

듀갈의 입장에선 무의미하고 필요 없는 절차였지만 결국 수긍했다. 그는 심복들을 이끌고 제이미를 찾으러 아래층 술집으로 내려갔다.

잠시 후 장본인이 나타났다. 상당히 어리둥절한 표정이었다. 난 다짜고짜 물었다.

"듀갈이 우리의 결혼을 원하는 걸 알아요?"

그의 얼굴이 밝게 개었다.

"예, 알고 있어요."

"하지만 당신은 젊은 청년이니까 마음에 둔 아가씨가 있겠죠?"

제이미는 멍해 보였지만 마침내 이해했다.

"아, 언약을 주고받은 아가씨가 있냐구요? 아니에요. 난 어느 아가씨에게도 괜찮은 신랑감이 못 돼요."

그는 혹시 모욕처럼 들렸을까 봐 허둥지둥 토를 달았다.

"알다시피 나는 사병 월급 이외에 번듯한 재산이 없어요. 게다가 목에 현상금까지 걸렸구요. 어떤 부모가 나 같은 놈에게 딸을 주고 싶겠어요. 당신도 그 생각을 해보셨어요?"

나는 손을 저었다. 결혼이란 괴팍한 착상에 비해 신랑감이 무법자라는 문제는 일고의 가치가 없었다. 나는 마지막 지푸라기를 잡았다.

"내가 순결하지 않다는 게 마음에 걸리지 않아요?"

제이미는 잠시 망설이다가 천천히 대답했다.

"아니오. 내가 동정이라는 게 당신 마음에 걸리지 않다면요."

그는 얼빠진 내 표정에 씩 웃으며 문으로 뒷걸음질쳤다.

"우리 중 한 사람이라도 뭘 해야 할지 알아야죠."

방문이 그의 뒤에서 소리 없이 닫혔다. 이로써 구혼이 끝났다.

정식으로 서류에 서명한 후 나는 계단을 내려가 술집 바에 앉았다.

"위스키."

나는 세파에 찌든 주인장에게 말했다. 그는 코웃음을 쳤지만 듀갈이 고개를 끄덕이자 의무적으로 술병과 잔을 꺼냈다. 술잔은 투박한 초록색이고 지저분한 데다 이가 나갔지만 지금 이 마당에는 위가 뚫렸고 밑이 막혔다는 게 가장 중요했다.

눈을 딱 감고 독주 한 잔을 비우자 그 다음부터 술술 넘어갔다. 나는 영혼과 육신의 괴리감을 느끼며 작은 스테인드글라스가 주인장과 도기에 다양한 색의 그림자를 불길하게 드리운 패턴, 내 옆벽에 걸린 주석 국자 손잡이의 곡선, 끈적거리는 주걱에서 몸부림치는 날파이 등 주변 환경의 사소한 요소에 강렬하게 집중했다. 나는 초록색 몸뚱이의 곤충에게 엄청난 동지의식을 느끼고 술잔의 가장자리를 사용해 파리를 탈출시켰다.

그때 술집 맞은편의 닫힌 문 너머에서 들려오는 높은 언성이 서서히 귀에 들어오기 시작했다. 듀갈은 나와 용무를 마친 후 다른 당사자와의 합의를 매듭짓기 위해 그 방으로 들어간 터였다. 나는 남편감의 거칠고 단호한 목소리에 반가움을 금치 못했다. 결혼 반대의사를 조금도 비치지 않았던 좀 전의 태도와 딴판이었다. 나에게 상처를 주고 싶지 않았나 보다.

"밀어붙여, 제이미. 물러서지 말라구."

나는 중얼거리고 술잔을 비웠다. 잠시 후, 누군가 내 손가락을 초록색 술잔에서 하나씩 떼어놓았다.

"맙소사, 늙은 작부처럼 취했잖아."

어떤 목소리가 내 귀에 대고 말했다. 꽤 귀에 거슬리는 목소리네. 사포를 먹었나 봐. 나는 깔깔 웃었다.

"입 닥쳐, 이 여자야!"

불쾌한 목소리가 소리쳤다. 그리고 다른 사람에게 말하는 소리가 점점 희미해졌다.

"거나하게 취해서 앵무새처럼 깍깍거리고……. 이럴 줄 예상했어야 했는데."

다른 목소리가 전자의 이야기를 잘랐다. 단어가 흐릿하고 애매하게 퍼져서 무슨 말인지 알 수 없었다. 하지만 깊고 달래는 듯한 목소리는 일품이었다. 그 소리가 아주 가까이에서 들렸고,

몇 마디를 알아들을 수 있었다. 집중하려고 애썼지만 생각이 다시 흩어졌다.

파리가 끈끈한 주걱에 미련을 못 버리고 선회하다가 덜컥 잡혔다. 스테인드글라스의 빛이 그 곤충의 초록색 몸뚱이에 집중되어 섬광처럼 반짝거렸다. 내 시선이 파리가 몸부림칠 때마다 고동치는 듯한 그 작은 초록색 빛에 고정되었다.

"형제여…… 넌 이제 죽었어."

그리고 섬광이 사라졌다.

14. 성혼

눈을 뜨자, 낮고 경사진 천장이 보였다. 침대에 속옷 차림이었
다. 나는 일어나려다가 도중에 생각을 바꿨다. 아주 조심스럽게
뒤로 누워서 눈을 감고, 고개가 베개에서 구르지 않도록 조심했
다. 마룻바닥이 일렁거리고 있었다.

잠시 후 문이 열리고 다시 잠에서 깼다. 한 쪽 눈만 신중하게
떠보니, 물결치는 형체가 무타흐의 부루퉁한 얼굴로 정돈되었다.
그는 침대 발치에서 마땅찮은 얼굴을 하고 있었다. 나는 눈을
감았다. 숨죽인 스코트족 소음이 들렸는데, 뜻을 생각하나마나
넌더리나는 혐오의 뜻이었다. 하지만 다시 눈을 떴을 때 그는
가고 없었다.

감사한 마음으로 무의식 상태로 빠져들려는 찰나, 문 열리는
소리와 함께 주인집 마나님이 세숫대야와 물병을 들고 나타났

다. 그녀는 명랑하게 침실을 가로질러 창문을 활짝 열었다, 그 소음은 내 머릿속에서 탱크의 격돌음처럼 꽝꽝 울렸다. 여인숙 마나님은 기갑부대처럼 씩씩하게 침대로 돌진해오더니 내 약한 손아귀에서 깃털 이불을 빼앗고 나를 속옷 바람에 떨게 했다.

"자, 일어나세요. 당장 준비해야 한다구요."

그녀는 튼튼한 팔뚝을 내 어깨 뒤로 넣어서 한 번에 일으켜 앉혔다. 나는 머리와 배를 움켜쥐었다.

"준비라뇨?"

내가 간신히 한마디 물었다. 입 안이 썩은 이끼를 문 것처럼 텁텁했다. 중년 여인은 힘차게 내 얼굴을 씻기기 시작했다.

"그래요. 자기 결혼식을 놓치고 싶지 않겠죠?"

"아뇨, 놓치고 싶어요."

내 대답은 무시당했고, 그녀는 허물없이 내 속옷을 벗긴 후 방 한가운데 세웠다.

잠시 후 나는 옷을 완전히 입은 채 침대에 앉았다. 어안이 벙벙하고 당황스러웠지만 착한 마나님이 제공한 포트(포르투갈산 적포도주) 한 잔으로 해장한 터라 최소한 이성이 작동했다. 내가 조심스럽게 두 잔째 술잔을 입에 댄 순간 그 여편네가 내 헝클어진 머리카락에 빗을 들이댔다.

나는 포도주가 쏟아지건 말건 진저리를 치며 펄쩍 뛰어올랐다. 마침 때맞춰서 문이 다시 한 번 열렸다. 젠장, 끝이 없군. 이번에는 2인조 방문객으로, 무타흐와 네드 고완이 똑같이 침통한 표정을 짓고 있었다.

무타흐는 침대 주변을 천천히 돌면서 나를 모든 각도에서 살폈다. 그리고 문지방으로 돌아가서 네드와 아주 낮은 목소리로 소곤거렸다. 마지막으로 나에게 절망적인 시선을 던진 후 무타흐는 등 뒤로 문을 닫았다.

드디어 내 머리가 중년 여인의 성에 찰 만큼 빗겨져서 뒤통수 높이 왕관처럼 고정되고 뒷목덜미와 관자놀이에 애교머리가 곱슬곱슬했다. 머리칼이 팽팽하게 뒤로 당겨진 탓에 두피가 벗겨질 것 같았지만 거울 속에 반영된 결과는 의심할 여지없이 근사했다. 나는 좀더 인간다워진 기분이 들었고 심지어 그녀에게 감사 인사까지 했다. 그녀는 여름 신부가 되어서 행운이라는 덕담을 남기고 나갔다. 머리에 꽃을 잔뜩 꽂을 수 있다나.

"우리 둘 다 시들 팔자라구요."

나는 중얼거리고 침대에 벌렁 누웠다. 그리고 젖은 수건을 얼굴에 얹은 채 잠들었다. 내 단꿈은 야생화가 만발한 들판과 관계된 것이었는데, 비몽사몽 중에 소맷자락을 끌어당기는 게 장난스런 미풍이 아니라 거친 손이라는 사실을 서서히 깨달았다. 나는 미친 듯이 팔을 휘저으며 벌떡 일어났다.

이제 작은 침실은 네드 고완과 무타흐, 여인숙 주인장과 그 마나님, 호리호리한 젊은이 등 무수한 얼굴들로 인해 만원 지하철을 방불케 했다. 청년은 여인숙 주인의 아들로, 가슴에 안고 있는 한아름의 꽃다발 냄새가 내 달콤한 꿈을 제공한 터였다.

또한 젊은 여자가 작은 고리버들 바구니를 든 채 이빨 몇 개가 없는 입 속을 활짝 드러내며 웃었다. 그녀는 마을의 침모로 판명되었다. 여인숙 마나님이 거미줄 같은 지방 연락망을 동원하여 짧은 시간 안에 구한 드레스 한 벌을 수선시키려고 모셔온

전문가였다.

문제의 드레스는 죽은 동물처럼 네드의 팔에 축 늘어져 있었다. 일단 침대에 펼쳐지자, 짙은 크림색 새틴의 목선이 깊이 파인 상체는 씨알 단추가 촘촘히 박혔고 화려한 금사의 붓꽃이 정교하게 수놓인 드레스였다. 목선과 봉긋한 소매는 겹겹의 레이스로 장식되었으며 초콜릿색 벨벳에 자수 처리를 한 겉치마까지 달려 있었다. 여인숙 주인은 들고 있는 뭉게구름 같은 페티코트에 거의 파묻히다시피 했는데 쥐색 수염이 그 레이스 거품 사이로 보일락 말락 했다.

열광적인 분위기 속에서 모두들 나를 마네킹처럼 세워두고 서로 쿵쿵 부딪혀가며 이걸 가져와라, 저걸 옮겨라, 좋다 나쁘다 비평하는 등 정신없이 뛰어다녔다. 결국 앙증스런 별 모양의 흰색 과꽃과 노랑 장미가 머리에 장식되는 것으로 마무리가 지어졌다. 옷은 헐렁하고 전임자의 냄새가 풀풀 났지만, 새틴 자락이 페티코트 위에서 진중하게 살랑거리는 것이 썩 예쁜 미녀는 아니어도 꽤 여왕다운 자태가 났다.

"나를 억지로 결혼시킬 순 없어요!"

나는 계단을 내려가며 무타흐의 등줄기에 대고 위협적으로 으르렁거렸다. 하지만 그와 나는 내 말이 속 빈 공갈이라는 것을 누구보다 잘 알고 있었다. 설령 내게 듀갈과 맞서고 잉글랜드군을 따돌릴 힘이 있다 해도 위스키의 취기에 실려 사라졌으니까.

듀갈과 네드를 비롯한 나머지 일행이 술집 계단 발치에 모여서, 하릴없이 얼쩡거리는 것 이외에 오후를 죽일 길이 없는 몇몇 마을 사람들과 술을 주거니받거니 하면서 농담을 나누고 있었다.

듀갈이 제일 먼저 나를 발견하고 말을 끊었다. 다른 사람들도 입을 다물었고, 나는 경건한 숭배의 시선에서 최상의 희열을 만끽하며 마지막 계단을 디뎠다. 듀갈의 두 눈이 내 머리에서 발끝까지 천천히 살피고 내 얼굴로 돌아와서 흡족한 표정으로 고개를 끄덕거렸다.

상당히 오랫동안 찬미의 시선과 숨죽인 반응을 누린 다음 나는 우아하게 짧은 목례를 되돌렸다.

술집의 모든 사람들이 드디어 경탄의 침묵을 깨고 감탄사를 발했다. 심지어 무타흐마저 자신의 노력에 만족하듯 슬쩍 미소 지으며 고개를 주억거렸다. 흥, 자기가 패션 잡지의 편집장이라도 된 줄 아나 보지? 하지만 무타흐 덕분에 초라한 여행복 차림의 결혼식은 면했다.

결혼식? 맙소사, 포도주와 크림색 레이스에 일시적으로 들뜬 나머지 그 행사의 중요성을 간과하다니. 현실이 새삼스럽게 충격으로 다가와 뒤통수를 쳤고 나는 계단의 난간을 움켜잡았다.

사람들을 둘러보니 가장 중요한 얼굴이 보이지 않았다. 내 신랑이 없었던 것이다. 어쩌면 제이미가 성공적으로 도망쳐서 지금쯤 멀리 갔으리란 생각에 고무된 나는 술집 주인장의 축하주를 단숨에 들이켜고 듀갈을 따라 밖으로 나갔다.

네드와 루퍼트가 말을 준비시키러 갔다. 무타흐도 어디론가 사라졌는데, 필시 제이미를 찾으러 갔으리라.

듀갈은 내 팔을 잡고 있었다. 표면상으로는 내가 신고 있는 새틴 슬리퍼가 미끄러져서 부축하는 몸짓이었지만 실상은 막판

탈출을 방지하기 위함이었다.

스코틀랜드 특유의 '훈훈한' 날씨였다. 이슬이 맺힐 정도로 안개가 짙지 않지만 완전히 걷힌 것도 아니라는 뜻이었다.

갑자기 여인숙 문이 열리고 눈부신 태양이 등장했다. 제이미라는 태양이. 내가 반짝이는 신부라면, 신랑은 찬란한 빛을 발했다. 내 입이 벌어져서 차마 다물어지지 않았다.

완벽하게 성장한 하일랜드 남자는 장관이었다. 연령과 외모와 체격 조건에 상관없이 전부 그렇지만 훤칠하고 반듯하고 준수한 하일랜드 청년의 성정 차림은 숨이 막혔다.

적금색 머리칼이 매끄러운 윤기를 발하며 뒤로 넘겨져서 고급 한랭사 셔츠 깃과 맞닿았고, 봉긋한 소매와 레이스 소맷부리가 풀 먹인 앞섶의 폭포 주름과 어우러졌으며, 멋을 부린 루비 장식핀이 목 아래에서 반짝거렸다.

제이미의 타탄은 야한 선홍과 검정으로, 맥켄지 일족의 점잖은 녹백색 무리에서 군계일학처럼 눈에 띄었다. 그 화려한 모직물이 원형의 은색 브로치로 오른쪽 어깨에 고정된 부분부터 우아한 주름을 그리며, 은장식이 박힌 칼집 허리띠에서 잠깐 주춤했다가 새하얀 스타킹과 은 버클이 달린 검정색 가죽 부츠로 이어졌다. 장검과 단도와 황갈색 가죽 장식 주머니가 성장을 완성했다.

180센티미터를 훌쩍 넘는 신장과 완벽한 비례를 이루는 체격, 준수한 용모의 제이미는 내게 익숙한, 초라한 조마사와 딴판이었다─제이미 자신도 그걸 알고 있었다. 그는 궁중 예법에 따라 한쪽 다리를 앞으로 내밀고 화려하게 절하며 중얼거렸다.

"삼가 인사 여쭙나이다, 마담."

눈이 장난기로 반짝거렸다. 나는 입을 달싹거렸다.

"세상에……."

과묵한 듀갈은 좀처럼 말문을 잃지 않았다. 하지만 지금은 두툼한 눈썹이 얼굴에서 떨어질 듯한 우거지상을 하고 나처럼 벌린 입을 다물지 못했다. 마침내 그가 목소리를 찾았다.

"너 미쳤니? 누가 알아보면 어쩌려구!"

제이미는 야유하듯 한쪽 눈썹을 치켜 올렸다.

"이런, 삼촌께서 나를 모욕하시는 겁니까? 그것도 내 결혼식 날에요? 내가 아내를 욕되게 할 순 없죠. 게다가 내 이름으로 결혼하지 않으면 합법적이 되지 않을 텐데요. 삼촌이 원하시는 게 바로 그거잖아요. 합법적인 결혼. 내가 잘못 알았나요?"

듀갈은 상당한 노력을 기울인 끝에 냉정을 되찾았다.

"공연이 끝났으면 출발하자."

하지만 제이미의 공연은 아직 끝나지 않았다. 그는 듀갈의 안달복달을 무시한 채 장식 주머니에서 짧고 흰 구슬 목걸이를 꺼냈다. 그리고 앞으로 다가와서 내 목에 걸어줬다. 작은 바로크 진주 목걸이였다. 민물 조개에서 불규칙적인 모양으로 생산된 진주알이 작고 섬세한 금알과 번갈아 꿰어졌고, 그 각각의 금알 아래에서 씨알 진주가 달랑거렸다. 제이미가 사과조로 말했다.

"겨우 스코틀랜드 진주에 불과하지만 당신에게 잘 어울려요."

그의 손이 잠시 내 목에서 머물렀다. 듀갈이 목걸이를 노려보며 버럭 고함쳤다.

"네 어머니의 진주잖아!"

"예."

제이미는 차분하게 대답했다.

"그리고 이제는 내 아내의 것이죠. 이만 가볼까요?"

목적지가 어딘지 몰라도 마을에서 상당히 멀었다. 우리는 침울한 결혼식 일행으로, 신랑신부가 죄수들처럼 서로 격리된 채 사람들에게 에워싸였다. 유일한 대화라고는 제이미의 지각 사유에 대한 설명이었다.

깨끗한 셔츠와 넉넉한 코트를 구하느라고 애먹었단다. 그는 셔츠의 레이스 장식을 만지작거리며 나직하게 말했다.

"이 동네 치안판사 아들의 옷이래요. 보기에 그럴싸하죠?"

우리는 작은 언덕 발치에서 말을 세워뒀다. 발자국 흔적에 불과한 길이 울창한 히스 사이로 언덕 너머까지 이어졌다.

"수배를 해뒀겠지?"

나는 듀갈이 말고삐를 나무에 매면서 루퍼트에게 소곤거리는 말을 들었다.

"그럼요."

시꺼먼 수염 속에서 이빨이 번쩍거렸다.

"사제를 설득하느라고 땀 깨나 흘렸지만 특별 허가증을 보여줬죠."

루퍼트는 가죽 주머니를 두들겼고, 그 음악적인 짤랑거림이 특별 허가증의 정체임을 암암리에 밝혔다. 이슬비와 안개 사이로 히스 너머의 성당이 삐죽하게 보였다. 나는 완전히 불신에 차서 그 둥근 지붕과 아기자기한 판유리로 된 창을 응시했다.

꿈에서도 알아볼 수 있는 곳이었다. 프랭크 랜들과 결혼식을 올렸던 어느 화창한 일요일 아침에 마지막으로 봤던 곳이었다.

"안 돼! 저기는 안 돼요! 난 못 해!"

"워이, 워이, 걱정 말아요. 자자, 걱정할 필요 없소. 다 잘될 거요."

듀갈은 내가 겁 많은 암망아지나 되는 양 스코트족의 달래는 소음을 내면서 커다란 손으로 내 어깨를 다독거렸다.

"신경이 날카로워진 게 당연하지."

단호한 손길이 나에게 길을 나가도록 등을 밀었다.

제이미와 듀갈은 내 양쪽에 달라붙어서 탈출을 저지했다. 거대한 플래드 뭉치인 그들이 바위처럼 흔들림 없는 반면, 나는 히스테리에 사로잡혔다. 지금부터 약 2백 년 후, 나는 이 고풍스런 한 폭의 그림 같은 성당에서 결혼했다. 하지만 지금은 매력이 자리잡기에 새 건물 냄새가 물씬 풍기는 곳에서 현상금이 걸린 스물 세 살의 스코트족 카톨릭 숫총각 제이미⋯⋯.

"제이미, 이 결혼은 안 돼요! 당신 성조차 모른다구요!"

그는 나를 굽어보며 적갈색 눈썹을 슬쩍 일그러뜨렸다.

"아, 프레이저예요. 제임스 알렉산더 말콤 맥켄지 프레이저."

그는 천천히 또박또박 정식 이름을 밝혔다. 완전히 정신이 나간 내가 말했다.

"클레어 엘리자베스 보샹."

그리고 바보같이 악수를 청했다. 제이미는 그걸 도움 요청으로 받아들이고 내 손을 자신의 옆구리에 단단히 꼈다. 이래저래 꼼짝 못 하게 된 셈이었다. 나는 신발을 질질 끌며 결혼식장으로 향했다.

루퍼트와 무타흐가 성당에서 우리를 기다리며 포로 신세인 사제를 감시했다. 빨간 코에 겁먹은 기색이 완연한 젊은 사제였다. 루퍼트는 커다란 검으로 유유히 버들가지를 깎고 있었는데, 그의 각재 손잡이가 달린 장총이 언제든 집을 수 있도록 교회 입구의 성수대 가장자리에 걸쳐져 있었다.

다른 남자들도 주님의 집에 대한 예의를 갖춰 예배석 뒷줄에 무기를 차례차례 내려놓았다. 유일하게 제이미만 장검과 단도를 성장의 일부로 간주하고 계속 둘렀다.

우리는 제단에 무릎을 꿇었다. 무타흐와 듀갈이 증인 자리에 서자 결혼식이 시작되었다.

카톨릭 혼인미사는 수백 년 동안 그다지 바뀌지 않았기 때문에 나와 이 붉은 머리의 젊은 이방인을 부부로 이어주는 말은 프랭크와의 결혼식에서 봉헌했던 맹세와 거의 똑같았다. 나는 조개 껍데기처럼 공허하고 차갑게 식어갔다. 앳된 사제의 더듬거림이 내 빈속에서 메아리쳤다.

맹세하는 순서가 되자 나는 자동적으로 일어섰다. 제이미의 손도 내 손처럼 차가웠다. 그때야 처음으로 그의 초연한 거동과 달리 속으로는 나만큼 신경이 날카로울지도 모른다는 생각이 떠올랐다.

나는 고집스럽게 신랑을 외면해왔지만 이제 고개를 들었다. 제이미가 강렬한 시선을 나에게 못박고 있었다. 그의 얼굴은 하얗고 무표정했다. 내가 그의 어깨를 치료했을 때와 똑같이 보였다. 나는 힘들여 미소를 지었지만 입가가 애매하게 떨리는 정도에서 그쳤다. 내 손을 잡은 그의 압력이 더해졌다. 마치…… 마치 우리가 서로를 지탱하는 것처럼, 그리고 둘 가운데 하나가 비키거나 시선을 돌리면 둘 다 쓰러질 것처럼. 묘하게도 그런 감정이 가볍게 마음을 녹였다. 앞으로 무슨 일이 생기든지 최소한 우리는 함께였다.

"나는 클레어 그대를 아내로 맞이하여……."

제이미의 목소리는 흔들림이 없었지만 손은 아니었다. 나는 그의 손을 꼭 잡았다. 우리의 경직된 손가락이 덩굴 가지처럼 얽혔다.

"사랑하고, 아끼고, 보호하며 좋을 때나 나쁠 때나……."

맹세가 저만큼 멀어졌다. 내 머리에서 피가 빠져나갔다. 드레스가 숨막힐 정도로 죄어들었고, 오한으로 떨면서도 옆구리에는 땀이 뱄다. 아, 기절하면 안 돼…….

조잡한 지성소 옆 벽면에 작은 스테인드글라스가 높이 박혀 있었다. 그 초록과 파랑 그림자가 내 소맷부리를 물들이며 선술집의 공용실을 연상시켰고 절실하게 술이 그리워졌다.

이제 내 차례였다. 나는 짜증스럽게도 말을 더듬었다.

"나는 제, 제이미 그, 그대를……."

나는 허리를 꼿꼿하게 세웠다. 제이미가 자신의 몫을 믿음직스럽게 완수했으니까, 나도 잘할 수 있어.

"지금부터 남편으로 받아들이고……."

내 목소리가 점점 명료해졌다.

"죽음이 우리를 갈라놓을 때까지 섬기겠습니다."

그 말이 기겁할 정도의 궁극적인 여운을 띠며 조용한 성당 안에 울려 퍼졌다. 모든 것이 정지된 만화의 한 장면처럼 얼어붙었다. 그리고 사제가 반지 교환을 명했다.

잠시 소요가 일고 무타흐의 얼굴이 단박에 굳었다. 그 표정에서 반지 준비를 잊었음을 알아차렸을 때, 제이미가 내 손을 살짝 놓고 자신의 손가락에서 반지를 뽑았다. 내 왼손에는 여전히 프랭크의 반지가 끼워져 있었다. 내 오른손이 스테인드글라스 푸른빛 속에서 퍼렇게 얼어붙은 것처럼 물든 가운데 큼지막한 금속 반지가 네 번째 손가락에 끼워졌다. 반지는 금방이라도 빠질 듯 헐렁거렸지만 제이미는 다시 내 손을 잡고 놓지 않았다.

젊은 사제가 몇 마디 더 중얼거렸고 제이미가 몸을 숙여 키스했다. 그는 입술을 스치는 정도의 짧고 의례적인 키스를 염두에 둔 게 분명했지만 그의 입술이 너무 부드럽고 따뜻해서 본능적으로 그에게 다가갔다.

스코트족 구경꾼들의 환호와 부추김이 어렴풋하게 들렸지만 내 몸을 감싼 이 따뜻함과 강인함은 압도적이었다. 제이미의 품은 성역이었다. 마침내 우리의 입술이 떨어졌다.

듀갈이 제이미의 단도를 칼집에서 뽑는 모습이 얼핏 보였다. 뭘 하려는 걸까? 제이미는 여전히 나만을 바라보면서 오른손을 내밀었다. 단검이 그의 손목을 가르며 얇은 줄을 남겼다. 나는 가쁜 숨을 들이켰다. 피할 겨를도 없이 내 손도 잡혔고 불에 덴 듯한 아픔과 함께 검이 스쳤다. 듀갈은 내 손목을 제이미의 것에 겹치고 흰 천으로 두 손을 함께 묶었다.

내가 좀 비틀거렸는지, 제이미가 남은 손으로 내 팔꿈치를 부축했다. 그가 부드럽게 격려했다.

"조금만 참아요. 이제 다 끝났어요. 나를 따라서 말하세요."

두세 마디의 게일어였다. 나는 뜻도 모르면서 제이미를 따라 서툴게 복창했다. 천이 풀러지고 핏방울이 닦여졌다. 그리고 우리는 부부가 되었다.

오솔길을 되돌아가는 길은 전체적으로 안도와 들뜬 분위기였다. 모두 남성으로 구성된 소수의 하객이었지만 흥겨운 피로연이 열릴 분위기였다.

언덕 발치에 이르렀을 즈음 나는 허기와 숙취와 결혼식의 중압감으로 기절했다. 다시 눈을 떴을 때, 새신랑의 무릎을 베고 축축한 나뭇잎 위에 누워 있었다. 제이미가 물수건으로 내 얼굴을 닦아주고 있었다.

"그렇게 나빴어요?"

제이미는 싱긋 웃었지만 눈에 어른거리는 불안이 내 심금을 울렸다.

"당신 때문이 아니에요. 어제 아침 이후 아무것도 먹지 못해서 그래요. 아, 술 몇 잔은 제외하구요."

그의 입술이 비틀렸다.

"들었어요. 음, 그건 내가 책임질 수 있습니다. 아내에게 줄 것은 많지 않지만 당신을 굶기지 않겠어요. 약속해요."

제이미는 미소를 머금고 수줍음을 담아 내 잔머리를 넘겨주었다. 나는 일어나려다가 손목의 희미한 아픔에 얼굴을 찌푸렸다. 결혼식의 마지막 순서를 잊고 있었다. 기절로 말미암아 상처가 약간 벌어졌다. 나는 제이미의 손수건으로 오른쪽 손목을 서툴게 묶었다. 그가 옆에서 구경하면서 입을 뗐다.

"당신이 성당에서 기절하는 줄 알았어요. 내가 미리 귀띔을 했어야 했는데. 막판에야 당신이 예상하지 못했다는 것을 알았어요."

"그 식이 정확하게 뭐였죠?"

"좀 이교도적이지만, 정식 혼인미사에 따르는 하일랜드의 관습적인 혈맹이에요. 어떤 사제는 생략하죠. 그러나 저 신부는 뭘 반대할 정신이 아니었어요. 거의 나만큼이나 겁에 질렸더군요."

"혈맹? 그 게일어가 무슨 뜻인데요?"

제이미는 내 오른손을 잡고 다정하게 임시 붕대의 매듭을 묶었다.

"영어로 옮기면 운율이 붙어요. 내용은 이래요."

그대는 내 피 중의 피, 내 뼈 중의 뼈.

그대에게 내 몸을 바치노라, 우리 두 사람이 한 몸이 될 때까지.

그대에게 내 영혼을 바치노라, 우리의 숨이 다하는 날까지.

제이미는 어깨를 으쓱했다.

"통상적인 맹세와 비슷하면서도 약간…… 유치하죠."

나는 붕대에 묶인 손목을 내려다봤다.

"예, 당신 말이 옳겠지요."

나는 사방을 둘러봤다. 미루나무 아래의 우리만 빼고 길에는 아무도 없었다. 둥근 나뭇잎들이 비에 젖어 녹슨 동전처럼 땅바닥에서 반짝거렸다. 간간이 나무에서 빗방울이 떨어질 뿐 주위는 한적했다.

"다른 사람은 어디 있어요? 여인숙으로 돌아갔나요?"

제이미는 이맛살을 찌푸렸다.

"아뇨. 당신을 돌보려고 일행을 보냈지만 저쪽 어딘가에서 기다리고 있을 겁니다. 결혼이 공식적으로 이뤄질 때까지 우리끼리 놔두지 않을 거예요."

"공식적? 우리는 결혼했잖아요. 아니에요?"

제이미는 몸둘 바를 몰라했다. 얼른 시선을 떨구고 킬트에서 나뭇잎을 정성 들여 터는 몸짓은 영락없이 수줍어하는 새신랑이었다.

"음, 맞아요, 결혼은 했죠. 하지만 아직 합법적인 구속력이 없어요. 저기…… 합방하고 나올 때까지요."

주름 셔츠 깃의 윗부분이 서서히 새빨갛게 물들었다.

내가 입을 뗐다.

"으흐흠…… 어서 밥 먹으러 가요."

15. 초야

주님의 이름으로 어떻게 이런 일이 일어날 수가? 나는 자문을 거듭했다. 6주 전만 해도 순진하게 스코틀랜드의 언덕에서 야생화를 꺾어 남편 곁으로 돌아갈 참이었다. 그런데 지금은 시골 여인숙 침실에서 생판 남이나 다름없는 또 다른 남편을 기다리고 있으니…… 그것도 내 목숨과 자유를 위태롭게 하고 싶지 않으면 억지 결혼을 성사시키라는 단호한 명령하에서.

나는 뻣뻣하고 겁에 질린 채 빌려 입은 드레스 차림으로 침대에 앉아 있었다. 희미한 소리와 함께 방문이 열렸다가 닫혔다. 제이미가 문에 기대서서 나를 바라봤다. 무안한 공기가 점점 짙어지기 시작했다. 마침내 침묵을 깬 쪽은 제이미였다.

"두려워하지 마세요. 당신에게 달려들지 않을게요."

나는 이 기막힌 상황에도 불구하고 웃음을 터뜨렸다.

"당신이 그러리라곤 생각지 않아요."

사실 내가 먼저 부추기지 않는 한 제이미는 나에게 손가락 하나 내지 않을 것이다. 그 생각이 꼬리를 물고 이어져서, 손가락을 대는 것 이상의 초대를 해야 한다는 사실이 떠올랐다.

나는 미덥지 못한 시선으로 그를 힐끔거렸다. 제이미에게 매력이 없다면 앞으로의 시간이 상당히 곤혹스러우리라. 하지만 사실은 정반대였다.

그래도 난 8년이 넘도록 프랭크에게 정절을 지켜왔고, 게다가 제이미는 성 경험이 없다고 고백한 터였다. 난…… 누군가의 동정을 빼앗은 경험이 한 번도 없는 만큼, 설령 이 결합에 대한 반감을 일단 제쳐두고 완전히 현실적인 관점을 유지한다 해도 어디에서부터 시작해야 할지 난처했다. 이런 추세로 나가다간 사흘이고 나흘이고 서로를 빤히 바라보다가 끝날 것이다.

나는 목소리를 가다듬으며 침대 옆자리를 다독거렸다.

"저기…… 여기에 앉는 게 어때요?"

"예."

제이미는 커다란 고양이처럼 유연하게 방을 가로질렀다. 하지만 내 옆에 앉는 대신 걸상을 끌어다가 마주 보고 앉았다. 그리고 약간 주저하며 내 양손을 잡았다. 큼지막하고 투박한 손이었지만 아주 따뜻했으며 손등이 붉은 체모로 살짝 덮여 있었다. 프랭크의 손은 길고 날렵했으며 거의 털이 없고 귀족적이었다. 나는 항상 남편이 일장 연설을 늘어놓을 때 그 손을 즐거이 바라보곤 했다.

"당신 남편에 대해 말해주세요."

제이미가 내 마음을 읽은 것처럼 말했다. 나는 너무 놀란 나머지 움찔해서 손을 뒤로 뺄 뻔했다.

"예?"

"우리는 여기에 삼사 일 동안 함께 있어야 해요. 내가 농장에서 반평생을 보냈던 경험과 사람이 다른 동물과 매우 다르다는 점으로 비춰봐서 우리가 해야 할 일에는 오랜 시간이 걸리지 않겠죠. 그러니까 대화하고 서로에 대한 두려움을 극복할 시간을 갖도록 해요."

우리 상황에 대한 단도직입적인 인정이 내 긴장을 약간 풀어줬다.

"당신…… 내가 두려워요?"

제이미는 전혀 그렇게 보이지 않았다. 뭐, 신경이 날카로울 수는 있겠지. 소심한 열 여섯은 아니지만 이번이 처음이잖은가. 그는 내 눈동자를 지긋이 들여다보며 싱긋 웃었다.

"예. 당신보다 더. 그래서 당신 손을 잡고 있는 거예요. 내 손이 떨리지 않도록."

믿어지지 않았지만 그 마음이 충분히 이해가 갔기 때문에 나는 제이미의 손을 굳게 잡았다.

"좋은 생각이에요. 서로 접촉하는 동안에는 말하기가 쉬워지죠. 그런데 왜 내 남편에 대한 말을 꺼냈어요?"

내 상상력이 날개를 달고 한없이 비상했다. 혹시 나와 프랭크의 성생활을 듣고 내가 자기에게 뭘 기대하는지 알고 싶다는 뜻일까?

"당신이 남편 생각을 하는 게 당연할 테니까요. 이런 상황에서는 그러지 않을 도리가 없겠죠. 나는 당신에게 전남편 이야기를 꺼내선 안 된다는 느낌을 주고 싶지 않아요. 지금 내가 당신 남편이 되었다고 해서…… 이런 말을 하니까 굉장히 이상하네요. 그러나 전남편을 잊어야 한다는 것은 옳지 않죠. 당신이 그를 사랑했다면 틀림없이 좋은 사람이었을 겁니다."

"예. 그이는…… 정말 좋은 사람이에요."

내 목소리가 가늘게 떨렸고, 제이미는 엄지로 내 손등을 문질렀다.

"그렇다면 그의 아내를 잘 보살펴서 고인의 넋을 위로하도록 최선을 다해야겠군요."

제이미는 내 손가락 하나하나에 정중히 키스했다. 나는 목소리를 가다듬었다.

"정말 다정한 말이에요, 제이미."

그가 씩 웃었다.

"듀갈이 아래층에서 축배를 들 때 생각해뒀어요."

"저기…… 묻고 싶은 말이 몇 가지 있어요."

"그렇겠죠. 궁금한 게 많을 겁니다. 상황이 상황이니까요. 뭘 알고 싶으세요?"

제이미가 불현듯 고개를 들었다. 푸른 눈동자가 램프 불빛 속에서 짓궂게 반짝거렸다.

"왜 아직도 내가 동정인지?"

"음, 내가 상관할 문제가 아니라는 건 알아요."

방 안의 온도가 갑자기 확 올라갔기 때문에 제이미로부터 한 손을 빼서 손수건을 찾았다. 드레스 주머니 속에서 뭔가 딱딱한 물체가 만져졌다.

"깜박 잊었네! 자요, 당신 반지."

나는 반지를 주머니에서 꺼내 도로 건넸다. 표면이 동그랗게 깎인 캐보숑 루비가 가운데 박힌 넓적한 금반지였다. 제이미는 그걸 손가락에 끼는 대신 장식 주머니에 집어넣었다.

"아버지의 결혼반지예요. 평상시에는 끼지 않지만 오늘은…… 가능한 번듯하게 보여서 당신을 자랑스럽게 해주고 싶었어요."

그는 살짝 얼굴을 붉히며 부산스런 몸짓으로 가죽 주머니의 끈을 묶었다.

"제이미, 당신이 정말 자랑스러웠어요."

나는 미소를 금치 못했다. 그의 눈부시도록 화려한 성장 차림에 루비 반지 하나를 더하는 것쯤은 뉴캐슬 광산에 석탄 한줌을 붓는 형국이었지만 그 이면에 담긴 갸륵한 생각이 마음에 와 닿았다.

제이미가 성실한 어조로 약속했다.

"빠른 시일 내로 당신의 반지를 마련할게요."

"괜찮아요. 그런 건 전혀 중요하지 않아요."

나는 거북한 기분을 느끼며 새신랑을 안심시켰다. 무엇보다도 난 빠른 시일 내로 도망갈 생각이니까.

"제이미, 중요한 질문이 한 가지 있어요. 왜 나와의 결혼에 동의했죠?"

"아!"

그는 손을 놓고 뒤로 물러앉았다. 잠시 뜸을 들이며 허벅지의 모직 킬트를 만지작거렸다. 두꺼운 직물의 주름 위로 팽팽하게 긴장된 근육이 드러났다. 제이미가 마침내 미소를 지으며 입을 뗐다.

"그냥 넘어가는 게 좋을 것 같은데요."

"안 돼요. 어서 말해봐요. 왜였죠?"

그의 표정이 돌연 진지해졌다.

"말하기 전에, 클레어, 당신에게 요청할 게 한 가지 있습니다."

"뭘요?"

"정직."

내가 불안한 마음을 드러내고 움찔거렸는지, 제이미가 열렬하게 몸을 앞으로 내밀었다.

"클레어, 내가 느끼기에 당신은 말하고 싶지 않은 게 있어요. 아마 말할 수 없는 거겠죠."

당신이 얼마나 정곡을 찔렀는지 당신 자신은 모를걸, 하고 나는 혼잣말을 했다. 그의 어조는 심각했다. 이제 그는 굳게 맞잡은 자신의 양손을 내려다보고 있었다.

"한편 나에게도 말할 수 없는 게 있어요. 최소한 지금은요. 그러니까 당신의 비밀을 털어놓으라고 강요하거나 압력을 넣지 않겠습니다. 하지만 이거 하나만은 부탁하고 싶어요. 무슨 말이든 진실되게 해주세요. 우리 사이에는 지금 아무것도 없잖습니까, 서로에 대한 존경 이외에는요. 그 존경에 비밀의 여지는 있어도 거짓은 없어야 해요. 어떻습니까, 동의해요?"

제이미는 손을 내밀었다. 그의 손목에 혈맹의 흔적이 검게 남아 있었다. 나는 내 남편이 된 제이미의 손바닥 위에 가볍게 손을 얹었다.

"예, 동의하겠어요. 당신에게 정직하겠어요."

"나도 똑같이 하겠어요. 자, 아까 내가 당신과 결혼한 이유를 물었죠?"

"약간 궁금했을 따름이에요."

"호기심이 잘못은 아니죠. 나에게는 여러 가지의 이유가 있습니다. 그 가운데 하나는—어쩌면 두 가지까지—언젠가 때가 올 때까지 말할 수 없어요. 하지만 중요한 것은 당신이 나와 결혼한 이유와 같아요. 당신을 잭 랜들의 손에서 지키기 위해서죠."

내가 랜들 대장의 기억에 진저리를 치자 제이미가 손을 더 힘주어 잡았다. 그는 결연한 목소리로 말했다.

"당신은 안전해요. 이제 내 이름과 가족과 일족을 가졌고, 필요하다면 내 몸을 바쳐서라도 당신을 보호하겠어요. 내가 살아 있는 한, 그놈은 두 번 다시 당신에게 손대지 못해요."

"고마워요."

나는 이 도드라진 광대뼈와 강인한 턱의 젊고 단호한 얼굴을 바라보며 듀갈의 터무니없는 착상이 실은 합리적인 제안이었다는 느낌을 처음으로 받았다.

특히 '내 몸을 바쳐서라도 당신을 보호하겠어요'라는 말이 강한 여운을 남겼다. 결의에 찬 넓은 어깨와 달빛 속의 검술시범에서 목격했던 우아한 잔인함이 그 약속에 무게를 실어줬던 것이다. 진심이 담긴 말이었다. 비록 젊지만 자신이 무슨 말을 하는지 알고 있고, 그것을 증명하는 상처까지 등에 새겨진 젊은이. 나에게 달콤하고 낭만적인 속삭임 따윈 하지 않았지만 자신의 목숨을 걸고 내 안전을 지키겠노라고 투박하게 약속했다. 내가 이 청년에게 어떻게든 보답할 수 있기만을 바랄 뿐이다.

"제이미, 당신은 정말정말 다정한 사람이에요. 하지만 그게 결혼을 감수할 가치가 있을까요?"

"그럼요. 나는 그놈을 잘 압니다. 능력만 닿는다면 무력한 여자는 물론이거니와 강아지 한 마리까지도 녀석의 손에서 구하겠어요."

"황송해서 몸 둘 바를 모르겠군요."

내 삐딱한 대답에 그는 웃음을 터뜨렸다. 제이미는 일어나 창가의 협탁으로 다가갔다. 누군가—아마 여인숙 마나님이—위스키 병에 야생화를 꽂아뒀고, 그 뒤로 포도주 한 병과 술잔 두 개가 놓여 있었다.

제이미는 술을 따라서 나에게 한 잔을 건네고 다시 자리에 앉았다. 그리고 미소를 지으며 술잔을 들어올렸다.

"컬룸의 포도주에 비할 바는 못 되지만 그리 형편없지도 않아요. 자, 프레이저 부인을 위하여 건배하죠."

그는 부드럽게 말했고 나는 다시 공포의 도가니에 사로잡혔다. 그러나 마음을 굳게 먹고 잔을 들어올렸다.

"정직을 위해서."

우리는 동시에 술을 마셨다. 나는 잔을 내리며 다시 물었다.

"좋아요, 당신이 나와 결혼한 이유 한 가지는 알았어요. 그 밖에 말할 수 있는 이유가 또 있어요?"

제이미는 주의 깊게 술잔을 응시했다.

"아마 당신과 잠자리를 하고 싶었기 때문이겠죠. 당신은 어때요?"

나를 당황하게 만들 의도였다면 대단히 성공한 셈이었지만 내 색하지 않았다. 오히려 대담한 질문을 던졌다.

"글쎄요, 당신은요?"

"정직하게 말하면 그래요. 나는 당신과 자고 싶어요."

푸른 눈동자가 술잔 가장자리에서 맴돌았다. 난 이의를 제기했다.

"그 때문에 결혼할 필요까진 없었을 텐데요."

그는 완전히 분개한 기색이었다.

"내가 결혼할 의향도 없이 당신과 동침할 그런 놈으로 보입니까!"

"그런 남자들이 한두 명인가요?"

나는 그의 순진함을 마음껏 즐겼다. 제이미는 말 그대로 할 말을 잃고 붉으락푸르락했지만 겨우 평정을 되찾았다. 그는 점 잖게 위엄을 갖춰서 말했다.

"이런 말을 하면 잘난 척하는 놈으로 보이겠지만 나는 그 '한 두 명'이 아니고, 내 행동을 그렇게 저질스런 일반 기준에 맞춰 야 할 필요성을 못 느꼈노라고 자위하렵니다."

이 발언에 대단히 감동한 나는, 평소 그의 용감하고 신사다운 행동에 감탄해왔고, 본의 아니게 그의 동기를 의심한 듯한 인상 을 끼쳤다면 정말 미안하다고 다독거렸다. 내 외교적인 구슬림 이 불확실한 영향을 발휘하는 가운데 침묵이 흐르고 그는 빈 술 잔을 채웠다.

우리는 말없이 포도주를 홀짝거렸다. 솔직하게 속을 터놓은 다음이라 둘 다 좀 쑥스러웠다. 그래, 내가 그에게 줄 수 있는 뭔가가 있구나. 나는 침대 옆자리를 다시 두들겼다.

"여기 같이 앉아요. 그리고……."

나는 어색함을 완화시켜 줄 안전한 화제를 찾았다.

"그리고 당신 가족에 대해 말해주세요. 어디에서 자랐어요?"

침대가 그의 체중에 의해 푹 꺼졌고, 나는 옆으로 기울지 않으려고 엉덩이에 힘을 줬다. 제이미는 소맷자락이 내 팔에 쓸릴 만큼 가까이 앉았다. 내가 허벅지에 손을 얹고 긴장을 풀자 그는 자연스럽게 내 손을 잡았다. 둘 다 아래를 내려다보지 않았지만 하나로 용접된 듯 맞잡은 손을 강렬하게 의식하고 있었다.

"어디부터 시작할까요?"

제이미는 발을 걸상에 올리고 발목을 겹쳤다. 하일랜드에서 각종 사건을 배경으로 뒤엉킨 가족과 혈족 관계를 유유자적하게 해부하려는 듯한 자세였다. 프랭크와 나는 어느 날 마을 술집에서 꼬부랑 영감쟁이 두 명의 아웅다웅에 넋을 잃었던 적이 있었는데, 그 대화인즉 오래된 헛간이 최근에 파괴된 원인이 과연 누구에게 있는가였다. 그 복잡한 불화는 무려 1790년까지 거슬러 올라갔다. 이제 익숙해져가는 경미한 충격 속에서, 나는 시간의 안개 속에 싸여 있다고 여겨졌던 그 특정한 불화의 씨조차 아직 뿌려지지 않았음을 깨달았다. 이에 따른 정신적인 혼란을 억누르면서 제이미의 말에 관심을 돌리려고 애썼다.

"우리 아버지는 당연히 프레이저 가문이고, 그의 어린 이복동생이 현재의 로바트 경이에요. 한편 우리 어머니는 맥켄지 일족이구요. 듀갈과 컬럼이 내 외삼촌이라는 건 알고 있죠?"

나는 고개를 끄덕거렸다. 넓적한 광대뼈와 대쪽같이 반듯하고 긴 콧날은 맥켄지 일족의 유전이다.

"우리 어머니는 장녀였고 다른 자매들이 두 명 더 있어요. 자 넷 이모는 돌아가셨지만 조카스타 이모는 루퍼트의 사촌과 결혼 해서 에일린 호수 근처에 살고 계세요. 죽은 자넷 이모는 슬하 에 4남 2녀를 뒀고, 조카스타 이모는 딸만 셋이에요. 듀갈은 네 명의 딸을, 컬룸은 어린 해미쉬 하나를 뒀구요. 그리고 우리 부 모님의 자식은 나와 누나인데 누나는 자넷 이모의 이름을 땄지 만 항상 제니라고 불러요."

"그럼 루퍼트도 맥켄지 일족이에요?"

나는 벌써 누가 누군지 헷갈리기 시작했다.

"예. 듀갈과 컬룸과 조카스타 이모의 사촌이니까 나에겐 육촌 아저씨뻘이에요. 루퍼트의 부친과 우리 외할아버지 야곱이 형제 였고……."

"잠깐만요, 너무 깊이 파고들지 말기로 해요. 그렇지 않으면 대 책 없이 헷갈리겠어요. 아직 프레이저 가문은 시작도 하지 않았 는데 벌써 흐름을 잃었거든요."

제이미는 턱을 문지르면서 고심했다.

"프레이저 쪽은 훨씬 복잡해요. 왜냐면 사이먼 할아버지가 세 번 결혼해서 이복 자식들을 많이 뒀거든요. 당장은 여섯 명의 친삼촌과 세 명의 고모가 살아 있다는 선에서 마무리하고 나머 지 친척들에 대한 설명은 나중으로 미룰게요."

"좋아요."

나는 몸을 앞으로 내밀어 우리 술잔에 포도주를 다시 따랐다.

설명을 들어보니, 맥켄지와 프레이저 일족의 영지가 네스 호수의 아래쪽에 해당되는 해변까지 접해 있었다. 그 경계선이 워낙 모호하고 정확하게 구획 지워지지 않은 터라 시대와 관습과 동맹 관계에 따라 시시때때로 바뀌었는데, 프레이저 영지의 남서부 가장자리이자 맥켄지 영지와의 접경 부근에 위치한 브로크 투아라크의 조그만 땅이 제이미의 부친, 브라이언 프레이저의 소유였다.

"상당한 옥토에다가 물고기가 많이 잡히고 사냥할 숲도 넉넉해요. 60여 가구의 소작농이 거주하고 '브로크 모르다'라는 마을이 있어요. 물론 지주 저택이 있죠—아주 현대적인 집이에요. 듀갈과 컬룸은 누나가 프레이저 가문으로 시집가는 것을 마땅찮게 여겼기 때문에 영지의 임차인이 아니라 부동산 보유권자가 돼야 한다고 주장했어요. 그래서 랠리브로크—거기 사람들이 부르는 이름이에요—는 우리 아버지에게 양도되었지만 토지가 반드시 어머니 엘렌 쪽의 혈통에게 상속되어야 한다는 단서가 추가되었지요. 즉, 우리 어머니가 자식 없이 돌아가시면 아버지가 재혼해서 자식을 뒀건 말건 토지가 로바트 경에게 되돌아가요. 하지만 아버지는 재혼하지 않으셨고 내가 우리 어머니의 유일한 아들이니까, 랠리브로크는 내 땅이에요."

"어제는 재산이 하나도 없다고 했잖아요."

나는 포도주를 홀짝거렸다. 술맛이 의외로 좋았다. 마시면 마실수록 달짝지근하게 넘어갔다. 이번 한 잔만 비우고 그만 마셔야지.

제이미는 힘차게 고개를 저었다.

"그곳은 내 땅입니다. 하지만 현재로서는 갈 수 없으니까 별 도움이 되지 않죠. 알다시피 내 목에 현상금이 걸려서요."

포트윌리엄에서 탈출한 후 제이미는 듀갈의 집 베안나크-'축복받은 곳'이란 뜻이었다-로 가서 상처와 연이은 열병에서 회복되었다. 그후 바로 프랑스로 건너갔고, 프랑스 군대와 함께 스페인 국경 부근에서 싸웠다고 했다.

"2년씩이나 프랑스 군대에 있었으면서도 동정이란 말이에요?"

도저히 믿을 수 없었다. 내 병동에는 여러 명의 프랑스 군인들이 있었는데, 여성에 대한 그들의 태도가 2백 년 전에 현저하게 달랐으리라곤 믿어지지 않았다. 제이미는 입을 살짝 비틀고 나를 곁눈질했다.

"새서내크, 당신이 프랑스 군대의 매춘부를 봤다면 내가 여자와 동침은 고사하고 손가락조차 델 배짱이 있을지 의심스러울 겁니다."

나는 사레가 들려서 포도주를 뱉으며 기침했다. 제이미가 다정하게 등을 두들겨주었고 겨우 진정되자, 그에게 이야기를 계속하라고 채근했다.

제이미는 일 년 전에 스코틀랜드로 돌아와서 6개월 동안 혼자, 때로는 '부스러기 사람들(일족이 없는 사람들)'과 함께 숲에서 닥치는 대로 먹고살거나 국경 지역에서 가축을 노략질했다.

"그 다음에 누가 도끼 같은 것으로 내 뒤통수를 때렸어요."

제이미는 어깨를 으쓱하며 말했다.

"다음 두 달 동안 일어난 일은 내가 의식이 없었기 때문에 듀갈의 말을 믿을 수밖에 없죠."

그가 공격을 당했을 당시 듀갈이 제이미의 친구에게 연락을 받고 조카를 프랑스로 옮기도록 손을 썼다.

"왜 하필이면 프랑스죠? 치명적인 환자를 이송하는 것은 매우 위험했을 텐데요."

"그냥 있는 편이 훨씬 위험했으니까요. 주변에 잉글랜드 정찰병들이 퍼져 있었거든요. 우리 일행이 상당한 활동을 벌였던 탓이죠. 듀갈은 내가 어느 소작인의 오두막에서 의식 없는 상태로 발견되길 원치 않았던 모양이에요."

"혹은 그의 저택에서 말이죠?"

난 약간 냉소적으로 비꼬았다.

"나를 베안나크로 데려갈 수 없었던 이유가 두 가지였어요. 첫째는 당시 그곳에 잉글랜드인 손님이 와 있었어요. 둘째는 내가 자칫하면 죽을지도 모른다고 판단했기 때문에 수도원으로 보낸 거죠."

프랑스 해안의 '성 안네 드 보프레' 수도원은 한때 알렉산더 프레이저의 영지였고, 지금은 그가 수도원장으로 재직하는, 학문과 경배의 성역이었다.

"알렉산더 아저씨와 듀갈은 그다지 사이가 좋지 않아요. 하지만 듀갈은 나를 이곳에 둬봤자 속수무책인 데 반해 거기에선 어떤 도움을 받을지 모른다고 판단했어요."

그리고 옳은 결정이었다. 수도사들의 의학적인 지식과 자신의 강인한 체력에 힘입어 제이미는 세인트 도미니크 소속의 성스런 형제들의 극진한 보살핌하에서 살아났고 점차 건강을 회복했다.

"다시 몸이 좋아지자 이곳으로 돌아왔어요. 듀갈 일행과 해안에서 만나 함께 맥켄지 영지로 향하는 길에…… 당신을 만난 거예요."

"랜들 대장 말에 의하면 당신들이 소를 훔쳤다던데요."

제이미는 그 비난에 아랑곳하지 않고 씩 웃었다.

"듀갈은 조금의 이득이라도 될 것 같으면 기회를 놓치지 않아요. 우리의 길목에 통통하게 살찐 소떼가 어슬렁거리고 사람이 보이지 않기에……."

그는 삶의 필연성을 운명적으로 받아들이는 사람 특유의 어깻짓을 해 보였다. 이야기를 간추려보니, 내가 듀갈 일행과 랜들의 용기병 사이에 발생한 접전의 결말부에 등장한 모양이었다. 벌떼처럼 추적하는 잉글랜드군을 따돌리려고 듀갈은 일행을 두 패로 나누어서 한쪽은 소를 몰고 덤불 주변을 돌아가게 하고 나머지는 묘목 숲에 매복하여 잉글랜드군을 공격하도록 지시했다.

"대단히 효율적인 전략이었어요."

제이미의 어조에 칭찬이 섞여 있었다.

"우리는 갑자기 뛰어나와서 소리를 지르며 놈들의 사이를 뚫고 달렸어요. 추격해오는 용기병에게 약을 올리면서 언덕빼기로 끌고 올라가선 개울과 바위 사이에서 녹초가 되도록 만들었어요. 그러는 동안 듀갈의 나머지 패가 소떼를 몰고 맥켄지 일족의 영지 경계선을 넘었죠. 우리는 교묘하게 용기병을 따돌리고 오두막에서 합류해 어둠을 틈타 도망갈 때를 기다리던 중에 당신을 만난 겁니다."

"알았어요. 그런데 당신은 왜 스코틀랜드로 돌아왔죠? 프랑스에 있는 편이 훨씬 안전하잖아요."

제이미는 대답하려고 입을 벌렸지만 다시 고려하며 포도주를 마셨다. 아마 내가 그의 비밀스런 영역에 접근한 모양이었다. 제이미는 언급을 회피했다.

"그건 굉장히 길고 긴 이야기예요. 나중에 기회가 닿으면 설명해드릴게요. 그런데 당신은 어때요? 가족 사항이 어떻게 되죠? 아, 괜찮다 싶으면 말해주세요."

나는 잠시 생각해봤지만 우리 부모님과 램 삼촌에 대해 말하는 게 별로 위험해 보이지 않았다. 오히려 램 삼촌의 직업 선택에 따른 유리한 점마저 있었다. 고고학자는 20세기처럼 18세기에도 상당히 관록 있는 직업이니까.

그래서 자동차랄지 비행기 그리고 물론 전쟁 등의 세부사항을 생략해가며 이야기했다. 내 말에 제이미는 간간이 질문을 던지거나 우리 부모님의 죽음에 동정을 표시하고 램 삼촌과 그분의 발굴 작업에 상당한 관심을 표시하며 열심히 귀를 기울였다.

"그리고 나는 프랭크를 만났어요."

나는 이야기를 맺었다. 위험한 영역을 건드리지 않고 얼마만큼 더 말해야 할지 망설일 때 다행스럽게도 제이미가 구원에 나섰다.

"지금 당장은 그에 관해 말하고 싶지 않겠죠. 이해해요."

나는 말없이 고개를 끄덕거렸다. 시야가 약간 부옇게 흐려졌다. 제이미는 부드럽게 내 머리카락을 쓰다듬으며 입을 뗐다.

"괜찮아요. 피곤하죠? 당신이 쉴 수 있도록 내가 나갈까요?"

순간적으로 '예'라고 말하고 싶은 유혹에 시달렸지만 그건 부당하고 소심한 짓처럼 느껴졌다. 나는 목소리를 가다듬으며 자세를 바로 하고 고개를 흔들었다. 깊은숨을 들이켜니, 제이미에게서 희미한 비누와 포도주 냄새가 풍겼다.

"아니에요. 나는 괜찮아요. 저기…… 말해주세요. 당신이 어렸을 때 뭘 하고 놀았는지에 대해서요."

침실은 굵은 초 한 자루의 빛으로 채워졌고 시꺼먼 밀랍이 지난 시간의 흐름을 알리듯 초 밑 부분에 굳어 있었다. 우리는 무려 세 시간이나 대화했고 포도주를 따르거나 방구석의 가리개 뒤로 볼일을 보러갈 때만 제외하고 내내 손을 잡고 있었다. 용무를 보고 온 제이미가 하품을 하며 기지개를 켰다. 나도 자리에서 일어났다.

"굉장히 늦은 시각이 됐군요. 잠자리에 들어야겠어요."

"좋아요."

제이미는 목 뒤를 주무르면서 말했다.

"동침하려요? 아니면 잠을 자려요?"

그는 의아한 듯 한쪽 눈썹을 세우며 입술을 슬쩍 올렸다. 사실 제이미가 너무 편안한 말벗인 탓에 나는 우리가 왜 한 방에 있는지조차 잊고 있었다. 이제 그의 말은 순수한 공포를 불러일으켰다.

"저기……."

"어느 쪽이든 옷을 입은 채 잠자리에 들진 않겠죠?"

제이미는 평상시의 현실적인 태도로 물었다.

"어, 예, 그렇긴 하죠."

나는 봇물 터지는 듯한 사건의 연속선상에서 잠옷 생각을 미처 하지 못했다. 어쨌거나 가지고 있지도 않았지만. 날씨에 따라서 속옷 차림으로 그냥 잤던 것이다.

제이미도 지금 걸친 옷뿐이었다. 돌아가는 상황에 따라 셔츠 차림으로 자거나 알몸으로 잘 생각이었던 게 확실했다.

"그럼 이리 오세요. 내가 레이스와 단추를 풀어드릴게요."

드레스를 벗기는 그의 손이 부들부들 떨렸다. 하지만 보디스에 달린 수십 개의 작은 고리와 고군분투하는 동안 제이미는 자의식을 다소 잃었다.

"하!"

그는 드디어 마지막 고리를 벗기고 의기양양하게 외쳤고 우리는 함께 웃었다.

"이제 내 차례예요."

더 이상 우물거려봤자 소용없다고 결정했다. 그래서 손을 뻗어 그의 셔츠를 벗기면서 맨가슴과 어깨를 어루만졌다. 손바닥으로 천천히 제이미의 가슴을 따라 내려가며 곱슬곱슬한 체모와 유두 주위의 부드러운 살을 느꼈다. 내가 무릎을 꿇고 엉덩이께의 킬트 버클을 풀려고 하자 제이미는 미동도 하지 않고 가쁜 호흡을 들이켰다.

행동해야 할 때가 있다면 지금이 바로 그 순간이야. 나는 일부러 킬트 안으로 손을 집어넣어 길고 단단한 허벅지를 따라 올라갔다. 대부분의 스코트족이 킬트 안에 뭘 입는지—아무것도 안 걸친다—정확하게 알고 있었지만 그런 제이미를 대하자 왠지 충격적이었다.

그때 제이미가 나를 일으켜 세우고 키스했다. 길고 열띤 입맞

춤이 이어지는 가운데 그의 두 손이 내 하반신을 헤매며 페티코트 끈을 풀었다. 페티코트는 풀먹인 주름 덩어리가 되어 바닥에 떨어졌고 나는 달랑 속치마 바람으로 남았다.

"이렇게 키스하는 법을 어디에서 배웠죠?"

내가 헐떡거리며 묻자 제이미는 싱긋 웃으며 나를 다시 안았다.

"난 동정이라고 했지, 수도사라고는 안 했습니다."

그가 다시 입을 맞추며 말했다.

"지도가 필요하면 당신에게 요청할게요, 새서내크."

제이미는 나를 힘차게 안았고, 나는 그가 현안 문제를 처리할 준비가 되고도 남았음을 느낄 수 있었다. 약간 놀랍게도 나 역시 마찬가지였다. 포도주와 새신랑의 매력, 아니면 그동안 육체적인 접촉의 완벽한 박탈 때문인지 제이미를 몹시 원했다.

난 그의 셔츠를 허리춤에서 꺼내고 가슴을 어루만지며 엄지로 그의 유두를 살짝 건드렸다. 순식간에 유두가 단단히 굳어졌고 제이미는 돌연 나를 부서질 듯 세게 안았다.

"아얏!"

나는 숨을 쉬려고 버둥거렸다. 그가 사과하며 힘을 풀었다.

"아뇨, 괜찮아요. 다시 키스해주세요."

제이미는 내 청에 따랐고, 이번에는 속치마 어깨 끈이 아래로 스르르 내려갔다. 그는 약간 뒤로 물러서서 내가 했던 것처럼 젖꼭지를 문질렀다. 나는 킬트 버클 때문에 고전을 면치 못했다. 그러자 제이미의 손가락이 내 손을 인도했고 버클이 마침내 풀어졌다.

갑자기 그가 나를 번쩍 안아 들고 침대에 앉았다. 나를 무릎에 앉힌 채 제이미는 쉰 목소리로 말했다.

"내가 너무 거칠거나, 그만두고 싶으면 말씀하세요. 언제라도 좋아요. 우리가 한 몸이 되기 전까지는요. 그 다음에는 멈출 수 없을 것 같아요."

대답 대신 나는 그의 목에 팔을 걸고 내 위로 끌어당겼다. 그리고 내 허벅지 사이의 촉촉한 계곡으로 이끌었다.

"주여!"

제이미 프레이저, 결코 헛되이 주님의 이름을 부르지 않는 남자가 신음했다. 난 말했다.

"이제 멈추지 마세요."

후에 나란히 누워 있을 때 그는 자연스럽게 내 얼굴을 가슴에 꼭 안았다. 우리는 굉장히 잘 맞았다. 애초의 어색함은 흥분과 서로를 탐색하는 신기함 속에서 연기처럼 사라졌다.

"당신이 생각했던 그대로였어요?"

내가 호기심에서 물었다. 제이미는 내 귀에 대고 깊고 가르랑거리는 웃음소리를 냈다.

"거의요. 내 생각에는…… 아니, 마음쓰지 말아요."

"아이, 어서 말해봐요. 어떻게 생각했죠?"

"말하지 않겠어요. 당신이 비웃을 테니까."

"절대로 웃지 않을게요. 약속해요. 자아, 어서 말해봐요."

제이미는 내 머리칼을 만지작거리며 귀 뒤로 넘겼다.

"좋아요. 난 얼굴을 마주 보고 할 줄 몰랐어요. 뒤에서 해야 한다고 생각했죠. 말처럼요."

나는 약속을 지키기 위해 안간힘을 쓴 끝에야 겨우 웃음을 참았다. 그가 방어적으로 뒷말을 이었다.

"우습게 들리는 소리겠죠. 하지만…… 어렸을 때 어떤 개념이 한번 입력되면 계속 고착되잖아요."

"사람들이 사랑을 나누는 모습을 한 번도 보지 못했어요?"

나는 약간 놀랐다. 왜냐하면 소작농의 오두막에서 모든 식구들이 한 방을 쓰는 것을 봤기 때문이었다. 뭐, 제이미의 부모는 소작농이 아니지만 그래도 스코트족 어린아이라면 최소한 한두 번은 잠에서 깨어 연장자들의 결합을 봤어야 옳았다.

"물론 봤죠. 하지만 일반적으로 이불을 덮은 모습들이었어요. 그래서 남자가 위에 있다는 것 이외에는…… 그게 내가 아는 전부예요. 내가 당신을 짓눌렀어요?"

제이미가 꽤 걱정스런 어조로 물었다.

"숨막힐 정도는 아니었어요. 아무튼 당신은 정말 그렇게 생각했단 말이죠?"

나는 웃지 않았지만 입이 저절로 벌어지는 것을 막을 수 없었다. 그의 귀 주변이 엷은 핑크색으로 변했다.

"딱 한 번 야외에서 어떤 남자가 여자를 갖는 광경을 봤어요. 하지만 그건…… 강간이었고, 여자를 뒤에서 가졌어요. 그 인상이 내 머릿속에 깊이 남아서 으레 그러려니 했죠."

제이미는 계속 나를 안은 채 특유의 말(馬) 다루기 기술을 다시 시작했다. 애무가 점점 바뀌어서 좀더 단호한 탐색으로 이어졌다. 그는 한 손으로 내 등을 쓸어 내리며 입을 열었다.

"당신에게 묻고 싶은 게 있어요."

"뭔데요?"

"좋았어요?"

그가 약간 수줍어하며 물었다.

"예."

"그런 것 같았지만 무타흐의 말에 의하면 여자들이 대부분 그걸 좋아하지 않으니까 가능한 빨리 끝내라더군요."

"흥, 무타흐가 뭘 안다고 그런 충고를 하죠? 거의 모든 여자들은 천천히 할수록 좋아한다구요."

제이미가 다시 낄낄거렸다.

"당신이 무타흐보다 훨씬 잘 알겠죠. 나는 어젯밤 그 주제에 대해 상당히 많은 충고를 받았어요. 무타흐와 루퍼트와 네드 고완에게요. 하지만 대부분이 그럴 듯하게 들리지 않기에 내 판단에 따르자고 마음먹었어요."

"당신 판단은 아직 그르지 않았어요."

손가락으로 제이미의 가슴 털을 꼬면서 말을 이었다.

"그런데 당신이 들은 현명한 충고에 뭐가 있어요?"

제이미의 피부는 촛불 속에서 건강한 황금색을 띠었는데 부끄러움으로 서서히 발그레해졌다.

"도저히 옮길 수 없는 내용이에요. 틀린 충고 같더라구요. 난 다양한 동물들의 짝짓기를 봤고 그 대부분이 이래라저래라하는 지시 없이 잘했어요. 그렇다면 사람도 마찬가지일 거라고 생각했죠."

난 개인적으로 성적 기교에 대한 착상을 학교 탈의실과 지저분한 잡지가 아니라 뒤뜰과 숲에서 얻는다는 개념이 대단히 마음에 들었다.

"어떤 동물들의 짝짓기를 봤는데요?"

"거의 모든 종류들. 알다시피 우리 농장은 숲 근처에 있어서 난 사냥하거나 길 잃은 소떼를 찾으면서 많은 시간을 보냈어요. 소와 말은 물론이고 돼지, 닭, 비둘기, 개, 고양이, 사슴, 다람쥐, 토끼, 멧돼지의 짝짓기를 봤죠. 참, 한 번은 뱀도 봤어요."

"뱀?"

"예. 뱀의 음경이 두 개라는 거 알아요? 물론 수컷 말이에요."

"처음 들어요. 진짜예요?"

"그렇다니까요. 이렇게 갈라져 있어요."

제이미는 둘째와 셋째 손가락으로 V자를 만들었다. 나는 깔깔거리며 말했다.

"암컷 뱀이 굉장히 불편해하겠군요."

"아주 좋아하는 눈치던데요. 나에겐 그렇게 보였어요. 뱀은 원래 표정이 풍부하지 않잖아요."

나는 그의 가슴에 얼굴을 묻고 마음껏 웃었다. 사향내가 풀먹인 리넨 냄새와 섞여서 풍겼다. 나는 일어나 앉으며 그의 셔츠 자락을 잡아당겼다.

"옷을 벗어요."

"왜요?"

제이미는 움찔했지만 순순히 일어나서 셔츠를 벗었다.

"왜냐하면 당신을 보고 싶으니까."

나는 제이미 앞에 무릎을 꿇고 건장한 나신을 찬양했다. 제이미는 아름다웠다. 길고 우아한 골격과 단단한 근육이 가슴선에서부터 어깨와 약간 오목한 복부를 거쳐 허벅지까지 매끄럽게 이어졌다.

"그럼 공정해야지요. 당신도 벗으세요."

제이미는 내 주름 투성이 속치마를 엉덩이 위로 잡아 올렸다. 일단 옷이 벗겨지자 그는 내 허리를 잡고 강렬한 시선으로 나를 구석구석 살폈다. 제이미가 너무 물끄러미 응시하자 괜히 쑥스러웠다.

"전에 벗은 여자를 보지 못했어요?"

"봤죠. 하지만 이렇게 가까이에선 아니었어요."

그의 얼굴에 함박웃음이 떠올랐다.

"게다가 내 여자도 아니었죠."

그는 두 손으로 내 둔부를 슬슬 쓰다듬었다.

"엉덩이가 큼지막하군요. 아이를 쑥쑥 잘 낳겠어요."

"뭐예요!"

내가 분개하여 몸을 뒤로 빼자 제이미는 나를 왈칵 끌어안으며 침대로 쓰러뜨렸다. 그의 가슴에 엎드린 채 버둥거렸지만 그가 힘주어 안았기 때문에 포기할 수밖에 없었다. 제이미는 나에게 입술을 맞추고 수줍은 듯 말했다.

"결혼이 합법화되려면 한 번으로 족하지만……."

"다시 하고 싶어요?"

"괜찮을까요?"

이번에도 웃지 않았지만 갈비뼈 부근이 차 오르는 웃음으로 몸이 들썩거렸다. 난 엄숙한 어조로 입을 열었다.

"예, 괜찮아요."

"배고프지 않아요?"

시간이 흐른 후 내가 나지막하게 물었다.

"아사 직전이에요."

제이미는 고개를 숙여 내 가슴을 부드럽게 깨물고 얼굴 가득히 미소를 지었다.

"하지만 음식도 필요하죠. 부엌에 냉육과 빵이 있을 거예요. 포도주도요. 내가 얼른 가서 야참을 가져올게요."

"아니, 일어나지 말아요. 내가 다녀오겠어요."

나는 침대에서 벌떡 뛰어 내려가 쌀쌀한 복도의 냉기를 막을 겸 속치마 위에 숄을 두르고 문으로 향했다.

"클레어, 잠깐만요! 내가 가는 편이 훨씬……."

하지만 이미 문을 열어 젖혔다. 방을 나서자마자 아래층 벽난로 주위에서 술과 음식을 들며 주사위 놀이를 하던 열 다섯 명 가량의 사내들이 일제히 계단통으로 달려와 우레와 같은 박수갈채를 보냈다. 나는 기겁을 해서 순간적으로 얼어붙은 채 열 다섯 명의 남자들에게 집중적인 추파를 받았다. 뚱보 루퍼트가 포문을 열었다.

"어이, 새색시! 이게 웬일이야, 아직도 걸어다니잖아! 제이미가 의무를 다하지 못했군?"

그 야유에 이어 귀청이 떨어질 듯한 웃음과 제이미의 무능함에 대한 농담이 사방에서 터졌다. 키 작은 검은 머리 청년이 외쳤다.

"제이미가 녹초가 되었다면 제가 기꺼이 대신할게요!"

"안 돼요, 이 녀석은 형편없다구요. 저를 택하세요!"

다른 청년이 제의하자, 무타흐가 얼른하게 취한 목소리로 호령했다.

"네 녀석들로는 어림없어! 제이미 같은 풋내기 다음에는 이 몸처럼 진짜 사내를 맛봐야 한다구!"

그가 울퉁불퉁한 알통을 과시하자 방 안이 웃음으로 들썩거렸다. 얼른 침실로 들어와서 문을 꽝 닫고 제이미를 노려봤다. 그는 여전히 알몸으로 침대에 누운 채 옆구리를 잡고 깔깔거렸다.

"지금 당신 얼굴이…… 으하하하, 걸작이에요!"

"도대체 저 남자들이 밖에서 뭘 하는 거죠?"

제이미는 우아하게 침대에서 빠져 나와 바닥에 흐트러진 옷가지를 뒤지기 시작했다.

"증인들이에요. 듀갈은 이 결혼이 무효화될 빌미를 주지 않아요."

그는 히쭉거리며 킬트를 엉덩이에 걸치며 문으로 향했다.

"당신의 명예가 회복 불가능하게 구겨졌어요, 새서내크."

"밖으로 나가지 말아요!"

내가 공포에 질려 소리쳤다. 제이미는 문고리를 잡고 달래는 듯한 미소를 지어 보였다.

"걱정 말아요. 증인들에게 볼거리를 제공해야죠. 게다가 입방아에 오르는 게 무서워서 사흘 동안 굶주릴 생각은 새털만큼도 없다구요."

그가 방을 나서자마자 봇물 터진 외설적인 칭찬이 문틈으로 들어왔다. 부엌으로 행진하는 제이미 등으로 무수한 축하인사와 음란한 질문과 충고가 따라붙었다.

"첫 경험이 어땠어, 제이미? 피를 흘렸나?"

루퍼트의 저 능글맞은 목소리는 눈을 감고서도 식별할 수 있었다.

"아뇨. 하지만 아저씨가 침실 문에서 귀를 떼지 않으면 피를 보게 될 줄 아시라구요."

제이미가 톡 쏘아붙이는 말이 이어졌다. 폭소와 조롱과 야유가 계속 이어지는 가운데 제이미는 아래층 복도 끝 부엌으로 갔다가 계단으로 도로 올라왔다.

나는 문을 살짝 열고 새신랑을 맞이했다. 그는 벽난로처럼 시뻘겋게 달아오른 얼굴을 하고 두 팔에는 음식과 포도주를 한아름 들고 있었다. 나는 여인숙이 내려앉을 정도로 힘차게 문을 닫고 자물쇠를 채웠다.

"한동안 나가지 않아도 될 만큼 넉넉하게 가져왔어요."

제이미는 조심스럽게 내 시선을 피하며 음식을 협탁에 내려놓았다.

"좀 드실래요?"

나는 포도주 병을 향해 손을 뻗었다.

"됐어요. 지금 나에게 필요한 건 술이에요."

어색함에도 불구하고 제이미의 강렬한 집요함이 내 반응을 일으켰다. 나는 경험을 강조하고 싶지 않았기 때문에 그가 하는 대로 놔두면서 간간이 제안을 했다. 예를 들자면 체중을 내 가습이 아니라 팔꿈치에 실어달라든가 하는 식으로.

제이미는 다정한 기교를 부리기에 너무 굶주리고 서툴면서도 지칠 줄 모르는 즐거움으로 사랑에 임했던 탓에 남성의 동정이 세간에서 너무 과소평가되는 게 아닌가 하는 생각마저 들었다. 또 쓸데없이 내 걱정을 하는 게 어찌 보면 귀엽고, 달리 보면 짜증스러웠다.

세 번째 결합 도중 나는 그를 향해 몸을 휘면서 신음했다. 제이미는 깜짝 놀라서 즉시 물러나며 사과했다.

"미안해요. 당신을 아프게 할 생각이 아니었어요."

"그게 아니에요."

나는 꿈처럼 멋진 기분에 휩싸여 나른하게 기지개를 켰다.

"정말 괜찮아요?"

제이미는 내가 어디 다친 구석이 없는지 살피면서 물었다. 그 순간 무타흐와 루퍼트의 긴급 교육에서 몇 가지 주안점이 빠졌다는 생각이 뇌리를 스쳤다.

"매번 이래요?"

일단 그를 기쁘게 해주자 제이미는 넋을 잃고 황홀해하며 물었다. 난 일본의 게이샤랄지 바스(잉글랜드의 온천 도시)의 여자가 된 기분이었다. 내 자신을 사랑의 기교에 있어서 대가로 상상해본 적이 없지만 그 역할에도 나름대로의 매력이 있었다. 나는 흐뭇해하며 대답했다.

"아뇨, 매번 이렇지는 않아요. 남자가 멋진 연인일 때만 그래요."

"아……."

제이미의 귓불이 새빨갛게 달아올랐다. 그의 얼굴에 어린 솔직한 흥미가 단호한 결의의 빛으로 바뀌었고 나는 약간 경계심을 느꼈다.

"다음 번에 내가 뭘 해야 할지 말해주겠어요?"

"특별한 건 필요 없어요. 그저 관심을 기울이면서 천천히 하면 돼요. 그런데 뭘 기다리죠? 당신은 벌써 준비가 됐잖아요."

그가 깜짝 놀랐다.

"당신, 쉬지 않아도 괜찮아요? 난 금방 다시 할 수 없는데 ……."

"여자들은 달라요."

"예…… 그런 것 같군요."

제이미는 엄지와 검지로 내 손목에 원을 그렸다.

"하지만 당신은 너무 작아서…… 아프게 할까 봐 걱정이에요."

"그런 일은 없어요. 설령 아프게 한다 해도 상관없어요."

나는 그의 어리둥절한 표정을 보고 직접 보여주기로 마음먹었다.

"뭘 하는 거예요?"

제이미가 충격에 휩싸여 소리쳤다.

"보이는 그대로지요. 가만히 있어요."

잠시 후 내가 이빨을 써서 애무의 수위를 점진적으로 거칠게 높이자, 제이미는 급하게 '헉' 소리를 내며 숨을 멈췄다. 내가 중단했다.

"아파요?"

"예, 조금."

그는 반쯤 목이 졸린 소리를 냈다.

"그만둘까요?"

"아뇨!"

나는 일부러 거친 애무를 계속했다. 마침내 제이미는 심장이 뜯겨나간 사람처럼 신음을 뱉으며 절정에 이르렀다. 그리고 가쁜 호흡을 몰아쉬며 털썩 눕고는 눈을 감은 채 게일어로 중얼거렸다.

"지금 뭐라고 했어요?"

제이미가 눈을 뜨고 대답했다.

"내 심장이 터지는 줄 알았다고 했어요."

나는 생긋 웃었다.

"어머, 무타흐와 그 일당들이 이것에 대한 말은 안 했군요?"

"하긴 했어요. 내가 믿지 않았던 것 가운데 하나였죠."

"그렇다면 무슨 충고를 들었는지 더 이상 말하지 않는 편이 좋겠어요. 그런데 거칠게 해도 상관없다는 뜻을 이제 알았죠?"

"예."

제이미는 큰 숨을 들이마셨다가 천천히 내뱉었다.

"내가 당신에게 똑같이 해도 같은 기분이 들까요?"

"글쎄요…… 잘 모르겠어요."

나는 어떻게 결혼했든 간에 신혼 침대에는 부부 이외에 다른 사람이 끼어들면 안 된다는 마음에서 있는 힘껏 프랭크의 생각을 접어둔 터였다. 제이미는 영혼과 육체 모든 면에서 프랭크와 완전히 달랐지만 남녀의 육체가 섞이는 방법이 제한되었고 나와 프랭크는 아직 사랑의 기교를 무한한 다양성의 형태로 누릴 만큼 친밀한 영역에 들어서지 못했다. 육욕의 메아리는 피할 수 없지만 몇 가지 영역은 여전히 미개발 상태로 남아 있었던 것이다.

제이미는 눈썹을 치켜 올리고 짐짓 협박하는 표정을 지었다.

"당신이 모르는 것도 있군요? 우리가 함께 알아봐요. 내가 힘을 되찾자마자……."

그는 다시 눈을 감았다.

"다음 주쯤에요."

동트기 직전, 나는 두려움에 떨며 잠에서 깼다. 무슨 꿈인지 기억 나지 않았지만 현실로의 돌연한 이행은 악몽과 똑같이 끔찍했다. 어젯밤 친밀한 관계의 기쁨에 흠뻑 빠져 잠시 내 처지를 잊었지만 이제는 꼼짝없이 내 인생을 꽁꽁 옭아맨 이 잠든 이방인 곁에서 홀로 미지의 위협이 도사린 망망대해를 표류했다.

내가 비통한 소리를 냈는지, 마치 꿩 한 마리가 발치에서 갑자기 푸드득 날아오르듯 침대의 타인이 눈 깜박할 사이에 이불을 젖히고 벌떡 일어났다. 그가 몸을 바짝 웅크린 채 방문으로 다가가는 모습이 새벽 전의 어둑한 빛 속에서 보였다.

문가에서 잠시 귀를 기울인 다음 그는 소리 없이 재빨리 방을 훑어봤다. 어두워서 잘 보이지 않았지만 손의 각도가 어떤 무기를 든 것 같았다. 안전을 확인하자 제이미는 내 옆에 앉아서 단검 같은 것을 침대 머리 부근에 다시 숨겨놓았다.

"괜찮아요?"

강인한 손가락이 내 젖은 뺨을 어루만졌다.

"예. 당신을 깨워서 미안해요. 악몽을 꿨어요. 그런데 왜……."

나는 왜 총알처럼 일어나서 경계했는지 물어보려고 했다. 하지만 따뜻하고 커다란 손이 내 맨팔을 쓰다듬으며 질문을 막았다.

"악몽을 꾼 게 당연해요. 온몸이 꽁꽁 얼었어요."

그 손이 서둘러 나를 이불 속의 훈훈한 자리로 밀어 넣었다. 제이미가 중얼거렸다.

"내 잘못이에요. 나 혼자 이불을 독차지했잖아요. 아직 누구와 잠자리를 같이하는 데 익숙지 못해서요."

제이미는 내 옆에 눕고 깃털 이불로 우리 몸을 아늑하게 감쌌다. 잠시 후 그가 다시 내 얼굴을 쓰다듬으며 진지한 어조로 물었다.

"나 때문인가요? 나를 참을 수 없기 때문에?"

나는 흐느낌처럼 마디가 끊어진 웃음소리를 냈다.

"아뇨, 당신 때문이 아니에요."

그를 안심시키려고 어둠 속으로 손을 뻗었다. 한참 동안 깃털 이불과 따뜻한 육신을 더듬은 후에야 제이미의 손을 발견했다. 우리는 나란히 누운 채 낮은 천장을 올려다봤다. 내가 불현듯 물었다.

"만일…… 만일 내가 당신을 참을 수 없다면 어떻게 할래요? 그래봤자 별 수 없잖아요?"

그가 어깨를 으쓱하자 침대가 삐거덕거렸다.

"첫날밤을 치르지 못해서 당신이 결혼 무효를 원한다고 듀갈에서 말하면 그만이죠."

이번에 나는 노골적으로 배를 잡고 웃었다.

"첫날밤을 치르지 못했다구요! 저 많은 증인들이 눈을 시퍼렇게 뜨고 있는데?"

이제 방 안이 충분하게 밝아서 나에게 돌려진 얼굴의 미소를 알아볼 수 있었다.

"증인이 있건 없건 확실하게 말할 수 있는 사람은 당신과 나뿐이잖아요? 나를 증오하는 사람과 결혼하느니 차라리 체면을 잃는 게 백배 나아요."

"난 당신을 증오하지 않아요."

"나도 그래요. 세상에는 이보다 훨씬 나쁘게 시작했지만 백년해로했던 부부가 많이 있죠."

제이미는 다정하게 내 등을 껴안고 편히 쉬었다. 그의 손이 내 가슴을 감쌌지만 그 몸짓은 어떤 의도나 요구에서가 아니라 그냥 손이 쉴 자리가 거기처럼 보였기 때문이었다. 제이미는 내 머리칼에 대고 속삭였다.

"두려워하지 말아요. 이제 우리 두 사람은 함께예요."

마음이 훈훈해지고 긴장이 풀렸다. 그리고 너무도 오랜만에 처음으로 안도감을 맛봤다. 새벽 햇살이 창문으로 새어 들어올 즈음 가물가물하게 꿈속으로 이끌려가면서 나는 머리맡의 단검을 떠올리고 다시 궁리했다. 대체 어떤 위협이 한 남자에게 신방의 단꿈을 꾸면서도 경계하게 만들까?

아웃랜더 2권으로 이어집니다.

옮긴이 **오 현 수**

한국외국어대학교 서반아어과 졸업.
현재 전문번역가로 활동 중.
번역서로는 <영원한 동맹><배반의 사랑><성공한 사람들의 비밀노트>
<내 마음이 강해야 내 소원도 이루어진다><붉은 아침의 노래><하얀 궁전>
<밤의 속삭임><겨울날의 불꽃> 등이 있다.

아웃랜더 1

Outlander
Diana Gabaldon

다이애너 개벌든 지음 | 오현수 옮김

초판 1쇄 인쇄일 | 2005년 2월 7일
초판 1쇄 발행일 | 2005년 2월 11일

발행처 현대문화센타 | 발행인 양장목 | 출판등록 1992년 11월 19일 | 등록번호 제3-448호
주소 서울특별시 은평구 대조동 191-1 (122-842) | 전화번호 384-0690~1 | 팩시밀리 384-0692
이메일 hdpub@chol.com | 홈페이지 http://www.hdbook.co.kr |
ISBN 89-7428-264-X 04840
       89-7428-263-1 (전3권)

• 잘못 만들어진 책은 구입하신 서점에서 교환하여 드립니다.